KB064688

The Beekeeper's Lament

THE BEEKEEPER'S LAMENT

꿀벌을 지키는 사람

한나 노드하우스 지음 | 최선영 옮김

한 남자와 5억 마리의 꿀벌들이 어떻게 세상을 지키는가

꿀벌이 사라지고 있다. 꿀벌은 하나의 기적이다.
농작물을 수분하고 식물의 열매를 맺게 하며, 인간에게는 꿀을 선사한다.
4대째 이 자연의 기적을 지켜온 한 남자가 있다.
그는 1만 개의 벌통을 트럭에 싣고 미국 전역으로 꽃을 찾아다니고 꿀을 모은다.
재정적인 논리와 이성적 상식을 거부하며 사라져가는 꿀벌과
자신의 외로운 일을 지키기 위해 어떠한 일도 마다하지 않는다.
꿀벌과 함께 살아온 그의 인생은 자연이라는 경이로운 기적을
잃어가는 시대에 우리에게 삶의 아름다운 감동과 깊은 반성을 전한다.

★★★★★ 처음부터 끝까지 모든 페이지에 마음을 빼앗기는 매혹적인 작품 AP 통신

오, 어느 신이었던가?

이런 예술을 발명한 이는.

그토록 신비한 새로운 지식은 어디에서 유래되어

인간이 배울 수 있었단 말인가?

-베르길리우스, 『권농가』 중 「네 번째 권농가」

차례

"벌들이 완전히 사라졌다"

지난 반세기 동안 미국 전역에서
봉군의 3분의 1, 약 100만 군집이
매년 사라지고 있으며, 그 정황은 종종
신비에 싸여 있다. 벌은 특별한 이유도 없이
정처 없이 떠돌아다니지 않는
예측 가능하고 믿을 만한 동물이다.
그럼에도 불구하고, 2006년과 2007년 말,
그리고 2008년 겨울에 벌들이 사라졌다.
그 기묘한 실종 사건으로 양봉장에는
성체 벌이 남아 있지 않았다.
겉으로는 벌집에서 아무런
질병도 발견되지 않았다.
오히려 벌집은 꽃가루와 꿀과
유충으로 가득한 채 그대로 남아
마치 주인이 돌아오길 기다리는
유령선 같았다.
그러나 벌들은 돌아오지 않았다.

1

존 밀러는 죽음을 좋아하지 않는다. 그에게 죽음이란 남 일처럼 가볍게 넘길 수 있는 문제가 아니다. 스포츠카를 사면 죽음을 늦출 수 있을 거라고 생각했던 것일까?

몇 년 전, 여름이 절정으로 향하던 무렵이었다. 밀러는 46번째 생일을 맞이하기 직전, 빨간색 쉐보레 콜벳 C-5 신제품을 구입했다. 그러고는 곧바로 캘리포니아를 떠났다. 네바다 주 리노 동부의 텅 빈 고속도로에서 밀러는 점점 속도를 내기 시작했다. 90마일, 100마일, 120마일, 170마일로 점차 속도를 높이며 최고의 성능을 자랑하는 캐딜락 STS마저도 추월해버렸다. 밀러의 콜벳 옆에서 그 차는 그저 느려터진 트랙터나 다름없었다.

그렇게 그는 순식간에 900마일이나 떨어져 있는 와이오밍 주 허드슨에 도착했다. 그곳에서 밀러는 오랜 친구인 래리 크라우스와 '스빌라'라는 레스토랑에서 식사를 하기로 되어 있었다.

존 밀러와 래리 크라우스는 꽃을 따라 이동하는 양봉업자다. 두 사람은 수천 개의 벌통을 가지고 미국 전역을 돌며 꽃을 찾아다니고 꿀을 모은다. 양봉업자들이 대개 그렇듯이 밀러와 크라우스는 아주 오랜 친구 사이이다. 사실, 이들 양봉업자들은 멸종의 위기에 처해 있다. 양봉업을 하는 사람의 수도 점점 줄고, 이들이 재배하는 유럽꿀벌(Apis mellifera) 또한 점차 사라져가고 있기 때문이다. 그러나 결국 양봉업자란 독침을 쏘는 곤충을 키우는 일을 업으로 삼는, 지독하게 비이성적인 사람들이 아니었던가? 이들은 모든 이성적인 논리와 금전적인 이해에 맞서 꿋꿋하게 양봉업을 고집한다.

그래도 이들은 매우 의리 있는 사람들이다. 밀러는 래리 크라우스를 가리켜 더 이상 세상에서 찾아보기 힘든 사람이라고 말한다. 친절하고 신사적이며 겸손하기까지 한 속이 꽉 찬 사람으로, '어머니에게 소개할 만한 친구'라는 것이다. 크라우스와 밀러는 벌 재배와 관련하여 서로 도움을 주고받을 뿐 아니라, 양봉업자들이 모이는 회의에 참가할 때면 꼭 함께 식사를 한다.

1년에 한 번 캘리포니아를 출발해 와이오밍을 거쳐 노스다코타에 있는 벌을 보살피러 갈 때면, 밀러는 크라우스를 만나 스빌라 레스토랑에서 맛있는 스테이크를 먹는다. 그러고 나서 두 사람은 길 아래에 있는 한 술집에 들른다. 밀러가 비꼬며 말하길, 그곳에는 루스벨트와 케네디, 트루먼과 같은 "죽은 민주당원들의 서명이 새겨진 사진이 어수선하게 널려 있다"고 한다. 그날 밤의 마지막은 크라우스의 집이다. 남은 스테이크를 개에게 주고 손님용 침대에서 잠에 곯아떨어지면 밀러의 하루가 끝나는 것이다.

다음 날 아침, 밀러는 노스다코타로의 여정을 계속한다. 꿀벌처럼 양봉업자들도 틀에 박힌 규칙을 준수한다. 밀러가 46번째 생일을 앞두고 떠난 그 여행도 평소와 조금도 다르지 않았다. 다른 점이 하나 있다면 자동차 속도가 더 빨라진 것이다. 아침이 밝자 그는 콜벳에 올라탔고 해질녘에는 노스다코타에 도착할 수 있었다. 1천 마일이나 더 달려야 했지만 빠른 스포츠카로 이동한 덕에 하루 일찍 도착할 수 있었고, 달력에도 죽음으로 다가가는 X 표시를 하나 줄일 수 있었다.

존 밀러는 그저 좀 더 빨리 가려고, 아니면 다른 양봉업자들을 골려주려고, 또는 여자들의 관심을 끌려고 콜벳을 산 것이 아니다. 중년의 위기를 겪고 있는 남자들은 젊음의 끝자락이라도 붙잡고 싶은 심정에 스포츠카를 구매하곤 한다. 콜벳도 이런 중년의 악착스러움을 연상시킨다. 하지만 밀러에게 콜벳은 자유로운 삶의 상징이다. 벌이나 벌통, 끊임없는 죽음의 위협, 보호복과 훈연기, 초지, 먹이통, 벌집을 떼어낼 때 쓰는 하이브툴, 세미트레일러, 운반대, 지게차, 그리고 다른 여러 실용적인 운송수단에서 해방된 자유로운 삶 말이다. 사실 콜벳은 세미트레일러보다 운전하기는 쉽지만 전혀 실용적이지 않다.

반면, 세미트레일러는 옆으로 기울어지기 쉬워 불안정하긴 해도 짐을 많이 실을 수 있어 실용적이다. 가끔 양봉업자들은 세미트레일러에 휴한기 동안 벌들에게 먹일 옥수수 액상과당, 벌통을 들어올릴 수 있는 지게차와 운반대, 벌통을 한데 묶을 수 있는 밧줄과 그물, 그리고 '언제든지 호의를 베풀 수 있도록' 챙겨가지고 다니는 벌꿀 한 통 등 여러 가지 비품들을 싣고 다닌다. 가끔은 벌통을 4층으로 쌓아올려 싣고 다닐 때도 있다. 평상형 트레일러에는 부담이 되지만, 세미트레일러에서는 그 정도 높이도 꽤 안정적이기 때문이다.

물론, 항상 그렇지는 않았다. 밀러에게 나쁜 일이 생기기 시작한 해인 2004년의 일이었다. 존 밀러의 동생 레인은 벌통을 한가득 싣고 287번 도로를 지나고 있었다. 몬태나 주 보즈먼 시 서쪽에 위치한 베어트랩캐니언 근처에서 커브 길을 잘못 판단하는 바람에 트레일러가 좌우로 흔들리다 결국 전복되고 말았다. 벌통이 512개나 되는데다 벌통 한 개당 6만 마리의 벌이 있었으니, 총 3,070만 마리의 벌이 도로를 덮어버린 것이다. 레인은 팔꿈치 뼈가 드러날 정도로 심한 찰과상을 입었고 차에서 빠져나오기 위해 앞 유리를 발로 차 깨뜨려야 했다. 다행히 지나던 운전자들이 그를 차에서 꺼내주었고 재빨리 사고현장을 빠져나올 수 있었다. 팔에 부상을 당하긴 했지만 겨우 20군데만 벌에게 쏘이고 그 자리에서 벗어날 수 있었으니 운이 좋았다.

곧 벌들이 벌통에서 나와 트럭 윗부분과 꿀로 뒤범벅이 된 화물칸을 뒤덮었다. 놀란 벌들이 마치 거대한 검은색 덩어리가 땅에 떨어진 것처럼 여러 겹으로 땅을 뒤덮어버려 사고현장을 찾아보기도 힘들 정도였다. 비상 소집된 양봉업자들이 벌을 포획하고, 고속도로 경비대와 소방관들이 사고 잔해를 수습한 다음, 주 정부 교통 당국에서 마지막 남은 꿀을 치우고 나서야 비로소 도로 운행이 재개되었는데, 그러기까지 무려 열네 시간이나 걸렸다. 교통은 다시 정상으로 복구되었지만, 그날 잃은 생명이 얼마나 되는지는 상상을 초월한다.

밀러는 자신이 죽음에 잘 대처한다고 생각한다. 그래서 양봉업자가 되지 않았다면 '검은 양복을 입고 거짓된 미소를 짓는' 장의사가 되었을 거라고 말하곤 한다. 실제로 밀러는 인간의 죽음에는 잘 대처한다.

마을 사람이 죽으면, 종종 지나치게 공을 들이긴 하지만, 감동적인 헌사를 써서 바친다. 그러나 벌통의 꿀벌들이 죽었을 때, 밀러는 자신의 감정을 표현할 방법이 없다. 그래서 상실감은 아주 깊기만 하다.

사람들은 벌들이 여왕벌을 위해 존재한다고 생각한다. 벌을 포함한 사회적인 곤충들은 카리스마 넘치는 리더에게 맹목적이고 광신적으로 헌신하기 위해 살아간다는 것이다. 그러나 여왕벌도 벌 집단을 위해 희생하긴 매한가지다. 자신의 의무를 다하기 위해 맹목적으로 하루에 수천 개씩 끊임없이 알을 낳다가, 번식 능력을 다하면, 벌떼의 공격을 받아 쏘이고 찢겨 죽음에 이른다. 일벌은 여왕벌의 생존을 위해 먹이를 찾아다니지만, 일벌의 최우선 의무는 어린 유충을 키우는 일이다. 따라서 벌들이야말로 진정한 의미에서 항상 미래를 준비하고 있는 셈이다.

전형적인 벌통의 모양은 직사각형 나무 상자로, 일반적으로 흰색 페인트칠이 되어 있다. 상자의 뚜껑은 쉽게 분리되며, 그곳을 통해 양봉업자들은 벌에게 접근할 수 있다. 그러나 납작한 나무 뚜껑을 통에서 분리하려면, 내부에 쌓인 밀랍 때문에 석기시대 쇠 지렛대와 비슷하게 생긴 10인치 길이의 쐐기 모양 철제 연장인 하이브툴이 필요하다.

육아실이라고도 불리는 벌통 중심부에는 10개의 나무판이 벌통의 가장자리에 걸려 있어 '벌집틀'을 고정시켜준다. 벌집틀은 직사각형의 밀랍 벌집으로 서류 캐비닛 속의 폴더처럼 차곡차곡 세워져 있다. 각각의 벌집틀은 수백 개의 밀랍 방으로 가득 차 있다. 그리고 각각의 작은 밀랍 방은 서로 연결되어 있는 6각형 모양으로 여왕벌이 알을 낳거나 일벌이 꿀과 꽃가루를 저장하는 용도로 사용된다. 벌집틀은 서로 연결되어 있거나 벌통에 붙어 있는 것이 아니기 때문에, 양봉업자는 문서 정리하는 사람이 캐비닛에서 폴더를 꺼내듯 벌집틀을 하나씩 번쩍 들어올려 벌통에서 꺼내, 벌의 상태를 체크하거나 꿀을 수확할 수 있다.

벌 군집이 건강할 때는 벌집틀이 수천 마리의 벌들로 바글거린다. 벌들은 그 안에서 기어다니고 부화하고 먹고 일한다. 일벌, 즉 벌집을 청소하고 유충들을 먹이고 꿀을 모으고 저장하며 벌통을 지키는 임무를 지닌 암벌들은 특징한 목적을 가지고 서로의 몸을 기어서 오르내린다. 여왕벌을 임신시켜야 하는 임무 하나만을 맡은 커다란 배불뚝이 수벌은 먹이를 얻기 위해 어슬렁거린다. 이런 혼란 속에서 여왕벌은 마치 무대 아래에 내려온 록스타처럼 자신의 요구를 들어주려 굽실거리는 일벌들에게 둘러싸여 알을 낳는다.

이것이 바로 건강한 벌 군집의 모습이다. 그러나 벌 군집이 무너지면 완전히 다른 모습을 보인다. 벌의 개체수가 감소하고 유충 배양실은 차갑게 식으며 벌통 안에서는 일벌들이 서로 꼭 붙어 북적거리거나 벌통에서 멀리 떨어져 죽기 위해 출입구를 기어나가고, 여왕벌도 결국 죽고 만다. 육아실은 텅 비고 드문드문 남아 있는 일벌들은 활기를 잃으며 도둑벌과 쥐, 벌집 나방이 벌통을 약탈한다. 벌통은 지저분해지고 썩어가며 폐허가 되고 약탈에 시달리다 종말을 맞이한다. 마치 마약중독자들에게 점령당한 폐가의 모습과 같다. 이런 일이 일어나면, 단순히 3만 5천 마리, 혹은 6만 마리, 심지어는 8만 마리가 목숨을 잃는 것은 사소하고 별일이 아닌 것으로 여겨진다. 진짜 비극은 봉군(蜂群, 벌떼)과 밀러의 미래가 사라질 수도 있다는 사실이다. 그런 수준의 손실은 상상하기 쉽지 않다. 밀러는 할 말을 잃거나, 사용해서는 안 되는 말을 입에 담게 되고 만다. 봉군의 죽음은 너무도 일반적인 일이지만 매우 충격적일 정도로 슬픈 일이기도 하다. 그런 불행을 어떻게 묘사할 수 있을까? 절대로 쉬운 일이 아니다.

양봉가들은 절대로 이른 죽음을 계획에 포함시키지 않는다. 그럼에도 죽음은 양봉가들의 생활 깊숙이 자리 잡고 있다. 생계가 곤충의 번영에 달려 있을 때는 아무리 정교한 계획도 미약한 제안에 불과하다. 이제 우리도 이 사실을 잘 알게 되었다. 지난 반세기 동안 미국 전역에서 봉군의 3분의 1, 즉 약 100만 군집이 매년 사라지고 있으며, 그 정황은 종종 신비에 싸여 있기 때문이다.

하지만 밀러는 대규모로 벌을 잃는 일에 익숙해져 있다. 병든 벌은 절대로 회복하지 못한다. 다리 하나가 부러져도 치료하지 않는다. 외골격이 부서지면 말라 죽어버린다. 날개가 닳아 날지 못해도 죽는다. 모든 일이 잘 풀릴 때에도 수천 마리의 벌들이 매일 자연스럽게 죽는 것이다. 따라서 몸통과 날개가 닳은 벌들은 다음 세대가 그 자리를 대체하며, 매년 밀러는 수십억 마리 벌들의 죽음을 그렇게 지켜본다.

그러나 최근의 손실은 곤충을 업으로 삼는 그도 감당하기 힘들었다. 시작은 2005년 2월이었다. 벌들은 짧은 동면을 끝내고 잠에서 깨어나 가루받이 시즌을 시작하려 하고 있었다. 매년 겨울 되풀이하듯, 그는 아이다호에 위치한 감자 창고에서 겨울을 난 1만 4천 개의 벌통을 트럭으로 운반해 캘리포니아 주 뉴캐슬에 있는 그의 농장에 내렸다. 벌들이 3개월치의 '황색비(yellow rain)'를 떨어뜨리는 며칠간 그는 벌통에서 떨어져 있었다. 황색비는 꿀벌들의 배설물에서 나오는 겨자색 액체로 양봉업자의 작업복이나 모자에 떨어진다. 자동차 앞 유리나 겉 표면에 묻으면 자동 세차기를 세 번이나 왔다 갔다 해야 지워질 정도다. 그런 다음 밀러는 벌들을 먹일 옥수수 액상과당을 먹이통에 채워놓은 후 캘리포니아 센트럴밸리의 아몬드 나무에 꽃이 피길 기다리고 있었다.

매년 겨울마다 밸런타인데이가 가까워지면 되풀이되는 일과였다. 그런데 그 해에는 끔찍한 일이 일어났다. 벌들이 겨울을 이겨내지 못한 것이다.

양봉가들은 겨우내 2월을 기다린다. 센트럴밸리의 74만 에이커나 되는 농장에서 아몬드 꽃들이 동시에 피는 시기이기 때문이다. 아몬드 꽃가루는 너무 무거워서 바람으로는 이동하지 못한다. 그래서 아몬드 나무는 호박벌, 땅에 둥지를 트는 벌, 나뭇가지에 둥지를 트는 벌, 딱정벌레, 박쥐, 그리고 특히 꿀벌 등의 꽃가루 매개체에 의지해 남성성을 가진 꽃가루가 여성성을 가진 암술로 옮겨져 열매를 맺도록 한다. 100만 에이커의 4분의 3이나 되는 넓이의 이 아몬드 농장에는 엄청난 양의 꽃이 핀다. 그래서 토착 꽃가루 매개체에만 의지할 수 없다. 사실 한때는 센트럴밸리에 분포하던 야생곤충이나 새들만으로도 충분히 가루받이가 가능했으나 살충제와 서식지의 상실로 인해 이들은 멸종 위기에 처해 있다. 그래서 아몬드 경작자들은 존 밀러와 같은 양봉가에게 의지해야 하는 실정이다.

양봉가들은 수십억 마리나 되는 부지런한 벌들을 싣고 농장으로 와 아몬드 꽃이 열매가 되고, 열매가 돈이 될 수 있도록 고되지만 명예로운 일을 수행한다. 대부분의 양봉업자들은 한 해 동안 벌들이 건강하게 살아 있을 수 있도록 돌보고 3주간에 걸친 가루받이 쇼에 참가한다. 밀러도 이 쇼에 참가하는데 아몬드 농장에서는 벌들이 꽃가루를 옮겨주는 대가로 벌통 한 개당 최대 200달러까지 지불한다. 벌꿀 가격이 하락하면서 양봉가들은 수익을 위해 아몬드 농장에 의지하게 되었다. 따라서 2월은 꿀벌이 아몬드만 만들어내는 것이 아니라 밀러의 은행계좌에 돈도 만들어내는 시기다.

밀러의 벌통은 동글동글한 갈색 꿀벌들이 열심히 꽃에서 꽃으로 꽃가루를 옮기느라 시끌벅적해야 했다. 하지만 꿀벌들은 활기를 잃고 벌통 받침대 위를 술에 취한 듯 원을 그리며 돌아다녔고, 날개를 잃고, 말라 죽고, 지쳐 있었다.

당시 밀러의 소박한 목표는 양봉업계를 '완전히 지배하는 것'이었다. 가족이 모두 함께 운영하는 밀러의 양봉업은 미국 내 상위 20위권에 들었으며 벌통 수를 50퍼센트 늘려 1만 5천 개로 만들자는 5개년 계획도 착착 진행 중이었다. 그런데 갑자기 그의 사업에 어려움이 닥친 것이다. 단 몇 주 만에 밀러는 4천 개나 되는 벌통을 잃었다. 이는 약 1억 5천만 마리의 벌에 해당되며 전체의 50퍼센트에 달하는 수치였다. 그런데 밀러만 그런 일을 당한 것이 아니었다. 그의 동료 중 일부는 전체 벌통 중 60퍼센트를 잃기도 했다. 누가 키웠건, 어떻게 보살폈건, 지역이 어디건 상관없었다. "벌들이 완전히 사라진 것이다." 이 상황에서 양봉가들이 할 수 있는 일은 아무것도 없었다. 그저 손을 들고 항복하고 또 다른 대출을 받은 후 다시 시작하는 것뿐이었다. 밀러에 따르면 그것은 '완전한 실패'였다.

그러나 양봉업에 종사하지 않는 사람들 중 전국적으로 벌 개체수가 놀랄 만큼 감소했다는 사실을 알아챈 이는 없었다. 그러다 2006년, 펜실베이니아 주에서 양봉업을 하는 데이브 하켄버그라는 사람이 소유한 꿀벌 중 3분의 2가 사라지는 사건이 발생했다.

하켄버그는 플로리다 주 탬파 남부 자갈밭에 옮겨둔 벌통 400개 중 360개가 이상하게도 텅 비어 있는 것을 발견했다. 물론, 벌집에 꿀은 가득했고 밀랍도 그대로였다. 알에서부터 작은 애벌레, 그리고 벌 모양을 한 흰색 덩어리처럼 보이는 단계에서 어린 벌에 이르기까지 여러 단계의 유충들도 그대로 남아 있었다. 남아 있는 꿀벌은 외롭게 혼자 남은 여왕벌과 빈 벌통을 돌아다니는 한 움큼 정도의 일벌들뿐이었다. 평소처럼 쓰레기통 하나를 한가득 채울 정도가 아니라 겨우 호주머니 하나, 혹은 컵 하나를 채울 정도의 벌만이 남아 있었다. 성충은 거의 찾아보기 힘들었다. 붕괴된 군집에서 일반적으로 발견되는 벌꿀 약탈의 흔적도 찾아볼 수 없었다. 도둑벌도, 벌집 나방도, 벌집딱정벌레도 없었다. 벌통 입구에 죽은 벌도 찾아볼 수 없었다. 봉군의 성체 벌 전체가 단체로 집을 나가 사라진 것이다.

일반적으로 벌들은 그런 행동을 하지 않는다. 규칙을 지키고 질서를 엄수하는 동물이다. 짧은 생애 동안 벌집을 돌보고 청소하며 여왕벌과 유충들을 먹이는 일을 되풀이한다. 꿀벌은 외골수다. 단지 그럴 마음이 들었다는 이유만으로 여왕벌을 내팽개쳐두지 않는다. 또한 그저 재미로 날아다니지도 않는다. 즉흥적으로 해외 학교에 등록할 리도 없고 레게머리를 하지도 않으며 문신을 하지도 않고 장기 휴가를 가지도 않는다. 그저 자신의 임무를 묵묵히 해낼 뿐이다.

꿀벌이 벌통을 떠날 때는 가까운 곳으로 일하러 갈 때뿐이다. 몇 킬로미터 떨어진 곳으로 꽃을 찾으러 떠나는 일은 있지만 너무 멀리 날아가지 않으며 열심히 모은 꽃가루와 꿀을 가져와 봉군을 지탱한다. 벌들은 임무를 저버리지 않는다. 먹이를 모으면 집으로 곧바로 급히 이동하며, '일직선길'을 이용한다. 벌들은 특별한 이유도 없이 정처 없이 떠돌아다니지 않는 예측 가능하고 믿을 만한 동물이다.

그럼에도 불구하고, 2006년과 2007년 말, 그리고 2008년 겨울에 벌들은 그렇게 사라졌다. 그 기묘한 실종 사건으로 하켄버그의 양봉장에는 성체 벌이 남아 있지 않았다. 겉으로는 벌집에서 아무런 질병도 발견되지 않았다. 오히려 벌집은 꽃가루와 꿀과 유충으로 가득한 채 그대로 남아 마치 주인이 돌아오길 기다리는 유령선 같았다. 그러나 벌들은 돌아오지 않았다.

2007년 대규모로 봉군이 사라지자 세상은 충격을 받았다. 그것은 아주 기이한 일이었다. 최초로 손실을 목격하고 보고한 사람은 하켄버그였지만 곧 다른 양봉가들도 뒤따랐다. 과학계는 즉각적으로 그 이상한 새로운 질병에 '가을 가출 장애(Fall Dwindle Disease)'라는 이름을 붙였다. 그러나 가을이 겨울이 되고 겨울이 봄이 되었어도 미국과 전 세계의 양봉가들이 비슷한 현상을 계속 신고했고, 과학계에서는 '벌집 군집 붕괴 현상(Colony Collapse Disorder)' 혹은 CCD라고 재명명하기에 이르렀다. 전국 36개 주에서 벌집 군집 중 3분의 1 이상이 사라졌고 이러한 현상은 유럽 일부 지역과 인도, 브라질에서도 발견되었다. 일부 양봉가들은 그 해와 다음 해에 사라진 벌 개체수가 최대 90퍼센트에 이를 것이라 예상했다. 하켄버그의 경우, 그 해 플로리다로 운송한 벌통 2,900개 중 2천 개가 사라졌나고 보고했다.

그래도 그것은 존 밀러를 포함한 여러 양봉가들이 꿀벌 손실을 신고한 2005년보다 그다지 심각하지 않았다. 다른 것이 있다면 그 질병이 전에는 발견되지 않았다는 점이었다. 양봉업을 45년이나 해온 하켄버그도, 4대에 걸쳐 양봉업을 이어오고 있는 존 밀러도, 사태를 조사하기 위해 소집된 곤충학자나 유전학자, 영양학자, 농업연구원도 본 적이 없는 질병이었다. 이처럼 대중의 관심을 끌 만큼 치명적인 미스터리가 존재했던 적은 없었다. 수년간 사람들의 관심 밖에 있던 양봉업은 갑작스레 아주 흥미로워졌다. 신문도, 잡지도, 웹사이트도 모두 이 수수께끼 질병의 원인을 설명하기 위해 여러 이론을 거론하고 있었다. 살충제에서 악천후, 불량 옥수수 액상과당, 고압 전선, 무선전화, 여러 바이러스와 박테리아, 곰팡이균, 그리고 벌처럼 고귀한 생명들이 천국으로 돌아갈 때 보여주는 '황홀경'에 빠진 징후라는 얘기까지 여러 이론들이 난무했다.

기자들이 밀러에게 전화해 그 원인에 대해 물어봤으나, 그는 특별한 답을 기대했던 그들에게 실망감만 안겨주었을 뿐이었다. 그때마다 그는 CCD 현상이 PPM, 즉 '형편없는 벌 관리(piss-poor management)' 혹은 PPB, 즉 '매우 열악한 벌 사육방식(piss-poor beekeeping)' 때문이라고 대답했다. 질병 자체만큼이나 빠른 속도로 다양한 약어들이 양봉업계에 퍼지고 있었다. 밀러는 양봉가들이 피해를 입은 것은 벌들을 제대로 잘 보살피지 않았기 때문이라고 생각했다. 그리고 그는 자신의 생각을 그의 의견을 요청하던 언론에 말해주었다.

나는 실망하며 돌아간 기자단과 같은 심정이었다. 당시 나는 CCD가 생기기 훨씬 이전부터 잡지에 존 밀러에 대한 기사를 쓰고 있었다. 그리고 사실 그의 벌들도 사라졌다면 좀 더 손쉽게 내 목적을 달성했을 것이다. 그러나 그 해 겨울은 밀러에게 특별히 나쁜 일이 일어나지 않았다. 그저 평소와 다름없었다. 수백만 마리의 벌들이 죽었지만, 늘 일어나던 일일 뿐이었다. 벌들은 낭만적으로도, 혹은 충격적으로도 사라지지 않았다. 그저 2005년 2월의 비참한 사건이 일어난 이후 매년 그랬듯, 단체로 다양한 질병에 걸려 죽었을 뿐이었다. 나는 그가 무언가 끔찍한 사건을 말해주길 바라며 계속 이메일을 보냈다. 그는 나에게 계속 답장을 했고 양봉업계에 도는 최신 소문을 전해주었다. 벌들의 죽음을 유전자 변형 옥수수 액상과당 탓이라고도 하고, 새로운 곰팡이균에 의한 감염 탓이라고도 했다. 또는 가장 그럴듯한 이유로 PPM이 성행하기 때문이라고도 했다. 그리고 밀러는 이웃의 죽음이나 새로 산 트럭과 같은 자기 관심사로 주제를 돌리곤 했다.

존 밀러는 이메일 보내는 것을 좋아한다. 그리고 잘난 체하는 것을 좋아하고, 자극적인 소재로 농담하고 메일을 쓰고 말하는 것을 좋아하며, 빈정대며 얘기하는 것도 좋아한다. 무엇보다 그는 말하는 것을 좋아한다. 내가 밀러와 처음으로 대화한 것은 2004년으로, 허니 스팅거(Honey Stinger)라는 벌꿀로 된 에너지 겔을 생산하는 기업에 대한 기사를 쓰기 위해서였다. 나는 그 기업과 파트너 관계에 있던 밀러에게 전화를 걸어 인터뷰를 했었다. (프랑스 전역을 일주하는 사이클 대회인 투르 드 프랑스의 챔피언 랜스 암스트롱도 그 기업의 파트너였다. 2010년 그는 이 기업의 주인이 되었다.)

당시 밀러는 벌통을 캘리포니아의 아몬드 농장으로 옮기느라 2주간 연속으로 밤을 샜다고 말했다. 그는 "우리는 모두 낮잠이 필요합니다"라고 말했다. 그 말을 듣고 나는 후속 기사를 쓰고 싶어져 그에게 거듭 전화를 걸어 사업에 대해 이런저런 질문을 했다. 우리는 한 시간 반이나 통화를 했고 나는 그에게 감사 이메일을 보냈다. 그는 곧바로 답장을 보내왔다. 그 답장은 아주 놀라웠다. 시 형식으로 쓰여 있었기 때문이다. 재미있고 약간 감동적이기도 해서 나는 그 이메일을 간직했다. 나는 그때 비범하고 험난한 인생을 사는 사람을 발견했다는 사실을 깨달았다. 조금 이상한 것에 열정을 쏟고 그것을 표현하는 데 재능이 있는 사람. 어쩌면 나는 양봉업을 하는 계관시인을 이메일을 통해 우연히 만나게 된 것인지도 몰랐다. 나는 그의 편지를 파일로 저장했다. 그리고 그 다음 편지도 저장했고, 계속 그렇게 하다 보니 나중에는 수백 페이지에 달하는 자유시가 담겨 있는 이메일을 모으게 되었다. 호메로스와 같은 균형을 갖춘, 글자크기와 모양이 일정한 서사시가 완성된 것이다.

"나는 모르몬교도다. 비록 아내는 한 사람뿐이지만." 이렇게 시작한 밀러의 첫 번째 이메일은 아래와 같이 이어졌다.

나는 공개 연설 과정을 수강했다.

나는 대중연설을 두려워하는 사람들을 돕기 위해 만들어진 비영리 조직 토스트마스터 클럽에서 높은 점수를 받았다. 비록 더 이상 회원은 아니지만.

확실하지는 않지만, 나는 내가 이 분야에 있는 사람 가운데《월스트리트 저널》,《하버드 비즈니스 리뷰》,《패스트 컴퍼니 매거진》을 구독하는 유일한 사람이라고 생각한다.

내가 다른 사람보다 낫다는 뜻은 아니다.

그렇다고 다른 사람보다 못하다는 뜻도 아니다.

나는 호기심이 많아 보통 양봉가들보다 조금 더 독서를 즐길 뿐이다.

나는 1년에 300일을 밖에서 보낸다. 따라서 내가 생각하는 캠핑이란 시내에 위치한 드레이크 호텔 같은 곳 17층에 묵으며 룸서비스를 받는 것이다. 그것이야말로 바로 캠핑이다!

벌레가 들끓는 트럭 밑 침낭에서 자는 것이 아니다.

나는 양봉장에 나오면, 양봉장에서 벗어나고 싶다.

나는 양봉가들과 말하는 것을 좋아하며 그들에게 해줄 말도 있다.

그는 양봉업에 대해 이렇게 말하며 이메일을 끝맺었다.

> 나에겐 미스터리다. 그리고 나는 그와 관련해 얘기하는 것을 좋아한다.
> 사람들은 언제나 바보의 말을 듣고 싶어한다. 그것도 상당한 시간 동안.
> 그저 오락거리로 말이다.
> 지난번 당신에게 한 시간 반을 빚졌다.
> 알고 있는가?!

그랬다. 그는 나에게 한 시간 반을 빚졌다. 그래서 나는 2006년 2월, 그를 만나기 위해 콜로라도에서 캘리포니아로 향했다. 캘리포니아에 한창 아몬드 꽃이 필 시기였다. 그는 나를 콜벳에 태웠다. 차에 얼마나 애정을 쏟았는지 7년이나 된 차인데도 보관 상태가 아주 좋았다. 승차감은 아주 부드러웠고 땅에 착 닿은 느낌이었다. 우리는 다른 사람들보다 딱히 더 빨리 달리지도 않았다. 그곳은 캘리포니아였고 새크라멘토 공항 동부에서 뉴캐슬에 있는 그의 집까지 향하는 고속도로는 차들로 가득했기 때문이다. 센트럴밸리는 그곳에서 시작해 시에라 산맥까지 완만하게 이어져 있었다.

밀러의 집은 3에이커(1만 2,140제곱미터) 넓이의 귤 과수원이 내려다보이는 녹색 언덕에 자리 잡고 있었다. 그의 집 아래에는 알루미늄으로 된 별채와 트럭, 지게차, 유통기한이 전부 다른 액상과당 탱크들과 U자 모양으로 모여 있는 트레일러들, 일꾼들을 위한 조립식 주택이 있었고, 수백 개나 되는 흰색 벌통들이 여기저기 쌓여 있어 어지러운 모습이었다. 밀러는 그 광경을 "정신 나간 제드 클램펫(Jed Clampett, 미국의 오지 마을에 사는 가족의 일상을 소재로 한 시트콤에 출연한 배우 - 옮긴이)네 집 같다"라고 묘사했다. 그는 또한 이런 말도 했다. "양봉가는 부동산을 가져선 안 됩니다."

그런 평가는 그에게도, 그리고 그의 아내에게도 해당되지 않았다. 그의 집은 먼지 하나 없이 깨끗했으며 매우 잘 정돈되어 있었기 때문이다. 밀러의 집은 아직도 새 집 같았다. 창이 많고 가구는 하얀 색이었으며 벽에는 가족사진과 인상주의 화가가 그린 풍경 그림, 그리고 파란 눈의 약간 화난 표정의 예수가 회색 구름을 환하게 비추는 모습이 담긴 그림이 걸려 있었다.

우리는 저녁 시간에 맞춰 집에 도착했다. 마침 교회 친구들과 빌 밀러도 막 도착해 있었다. 빌 밀러는 존 밀러와 아무런 친인척 관계도 아니었고 단지 존의 딸인 제니 밀러가 고등학생일 때 사귀던 남자친구인 앨런 밀러의 아버지였다. 빌은 목소리가 부드러운 사람으로, 이혼한 지 얼마 되지 않았다고 했다. 빌이 그 집에 온 것은 저녁을 먹으며 친목이나 다지려는 것이 아니었다. 그는 존 밀러의 콜벳을 사고 싶어했다.

이제 존 밀러가 달라질 때가 왔다. 그는 이런 글을 쓴 적이 있다. "3년이 지났지만, 아직 속도위반 딱지 한 번 끊어본 적이 없다. 스포츠카가 있다고 달라진 게 뭐가 있는가?" 그날 밤 빌 밀러가 콜벳을 가지고 집으로 갔는지는 알 수 없다. 그러나 나는 그랬을 거라고 생각한다.

반면 존 밀러의 아내인 잰은 빌이 그날 차를 가지고 가지 않았을 거라고 확신했다. 학교에서 미생물을 가르치는 잰은 늘씬하고 건강하며 호감 가는 스타일로, 적갈색 머리와 함께 놀랄 만큼 푸른 큰 눈을 가진 사람이다. 두 사람은 고등학교 시절부터 알고 지냈지만, 서로 다른 친구들과 어울렸다. 그러다 스물두 살부터 사귀기 시작했고 두 사람 모두 "존이 그 이후로 전혀 성장하지 않았다"는 사실에 동의한다. 잰은 즐거움과 분노를 동시에 느끼며 남편을 참아냈다. 밀러는 이렇게 말한다. "계속 화를 내다가도 가끔은 즐거워했습니다." 잰은 늘 부엌을 청결하게 유지했고, 내 예상이 옳다면 그녀는 가족들의 일거수일투족을 파악하고 있는 사람이다. 그러니 며칠이 지난 후에야 차를 팔았다는 그녀의 말은 아마도 정확할 것이다.

존 밀러는 그날에 대해 기억도 못하고 관심도 없지만, 그날 밤 빌 밀러가 차를 가지고 집으로 돌아갔다고 내가 결론을 내린다고 해도 그는 신경도 쓰지 않을 것이다. 나는 존 밀러의 인생을 전달하기 위해 그곳에 있었고, 그의 방대한 이야기 속에 작은 역할을 맡았었다.

존 밀러의 인생에 한 부분이 된다는 것은 기분 좋은 일이다. 그는 훌륭한 이야기꾼이기 때문이다. 밀러는 지혜롭고 집중력이 뛰어나 세세한 것까지 묘사하는 데 달인이다. 그는 모든 것을 기억한다. 비록 그가 기억하는 사건들이 항상 실제로 일어난 것은 아니지만 말이다. 그는 또한 아주 재미있다. 최근 양봉업계에 일고 있는 아무리 재미없는 사건들과 마주해도 유머를 잃지 않는다.

여왕벌 사육자이자 아몬드 경작자인 밥 코넌은 아주 재미있는 사람은 아니지만 상냥하고 다부지며 철저한 사람이다. 언젠가 그는 내게 이런 말을 한 적이 있다. "사업을 하는 동안 전혀 재미있지 않은 일들을 그렇게 많이 겪는데도 어떻게 존 밀러는 유머감각을 잃지 않는지 모르겠어요." 그렇다. 존 밀러는 유머감각을 잃지 않는다. 그의 위트는 신랄하고, 유머는 무시무시하다. 밀러는 농담을 잘하고 '과장되게 이야기하며' 양봉업계 이사회에 적극적으로 참여하여 제 목소리를 내고 양봉업의 미래에 대해 걱정한다.

그러나 무엇보다 그는 충성심이 강하고 근면하며 때로는 공격적이기도 한, 벌통을 열 때마다 10여 마리씩 죽어나가는 그 섬세한 곤충을 진심으로 걱정한다. 그는 이 점을 강조하기 위해 자기 자신을 바보로 만드는 것 따위에는 신경도 쓰지 않는다. 그는 늘 이렇게 말한다. "나는 여러분이 찾고 있던 수다쟁이입니다."

밀러는 1954년에 태어났다. 그의 코끝은 뾰족하고 눈썹은 우스꽝스럽게 구부러져 있으며 머리는 희끗희끗 세었다. 목소리는 영화배우 지미 스튜어트(Jimmy Stewart)와 비슷해서 아주 듣기 좋고 늘 사람들을 놀라게 하는 표현을 쓴다. 그는 독실한 모르몬교도이지만 그의 가족에 따르면 그는 기회가 와도 성찬은 받지 않을 거라고 한다. 말일성도(모르몬교도의 정식 호칭 - 옮긴이)가 되기에는 아직 할 일이 많기 때문이다. 초보자들에게 그는 종종 '카우보이 말투'를 사용한다. 특히 벌에 쏘였을 때, 매일 일어나는 일이고 운이 안 좋은 날에는 하루에 50번도 쏘이지만, 그는 아주 분개하며 그런 말투를 사용하곤 한다.

한때 그는 커피를 들이붓듯 마시고 쿠어스 라이트 맥주를 앉은 자리에서 여섯 캔까지 마시는 것으로 유명했던 적이 있다. 그런데 이것은 교회에서 금지하는 타락 행위다. 그래서인지 밀러는 그 사실을 자랑스러워하지 않는다. 그는 종종 이렇게 말한다. "교회는 죄지은 사람들이

가는 곳이지요." 또한 가끔 그가 보여주는 반항은 그가 더욱더 개혁을 원한다는 사실을 보여준다. 성도가 되는 것은 아직 그에게 어울리지 않는다.

밀러는 완벽한 모르몬교도의 모습을 보여주지 못하고 있는 동시에, 플란넬 옷과 고무장화를 신은 전형적인 양봉가의 모습도 보여주지 못한다. 그가 작업할 때 입는 옷은 파도타기용 반바지와 야구모자, 러닝슈즈, 마라톤 대회 참가 기념 티셔츠다. 그는 지금까지 25번이나 마라톤 대회에 참가했다.

밀러에게는 자녀가 넷 있는데, 아들이 둘, 딸이 둘이며 모두 성인이 되어 각자 가족을 꾸려 생활하고 있다. 그리고 밀러와 함께 마라톤을 하는 자녀도 있다. 그러나 양봉가가 되려는 자녀는 없다. 양봉업을 하기에 밀러의 자녀들은 너무 현실적이다. 밀러의 장남은 실리콘밸리에서 애플에 근무하고 있다. 딸 하나는 간호사이고 또 하나는 회계사다. 막내아들은 최근 모르몬 선교 임무를 마치고 법대 진학을 숙고 중이다. 밀러와 잰 모두 네 아이들이 밀러보다 성숙하다고 생각한다. 양봉업을 하지 않기로 결심한 것이 바로 더 성숙하다는 증거라는 것이다. 밀러가 말하길, 족보를 보면 자신은 네안데르탈인에 가깝지만 아이들은 아내인 잰에 더 가깝다고 한다.

밀러는 말랐지만 튼튼한 체구를 가지고 있다. 중년으로 접어들면서 허리둘레가 약간 늘어나긴 했다. 그는 좀처럼 가만히 있지 못하고 늘 부산스럽게 뛰어다닌다. 또한 여러 가지 일에 흥분하곤 한다. 벌통 뚜껑을 열어볼 때마다 흥분하고, 자선 경매 행사에서 '양봉업계는 오바

마를 지지한다'라는 문구가 있는 배지를 샀을 때도 흥분했다. 비록 그는 전혀 오바마를 지지하지 않지만 말이다. 아니 오히려 오바마를 지지하지 않기 때문이라고 말하는 게 더 정확할 것이다.

그는 자기가 아는 사람이 언론에 등장했을 때도 흥분한다. 그들의 이름을 발견하면 그는 기사를 복사해 반송용 봉투와 함께 보내 그들의 사인을 받곤 한다. 그는 그들에게서 아이디어를 얻고, 들떠서 다른 이들에게도 전화를 걸어 들뜨게 만든다. 그는 모든 양봉업계 사람들이 서로 알고 지내며 대화하기를 원한다. 백악관에도 벌통이 있었으면 하는 사람이다.

그는 직원들이 조금 다르게 일을 처리하길 바란다. 그의 아이디어는 가끔 아주 훌륭하기도 하지만, 가끔은 곤란한 상황을 유발할 때도 있다. 그는 이런 것도 아주 좋아한다.

밀러는 스프레드시트를 좋아한다. 아니, 사랑한다. 장의사가 되었다면 운구하는 사람 모두를 데이터베이스화했을 것이다. 그는 이런 일에 아주 진지하다. 기억하는가? 그는 죽음에 아주 강하게 동요한다는 사실을 말이다. 그가 스프레드시트를 좋아하는 이유는 '숫자가 중요하다'는 사실을 믿고 있기 때문이기도 하다. 그는 모든 양봉장에 대한 세세한 기록을 간직하고 있으며 벌들이 방문하는 모든 식물들의 정확한 개화 시기도 기록하고 있어 그의 스프레드시트 파일의 용량은 엄청나다. 그는 친구들의 전화번호를 외우고 있으며 친구들을 아주 사랑한다.

몇 년 전, 밀러는 여름에 머물곤 하는 노스다코타 지역에서 오래된 식료품점을 하나 인수하고는 그 공간을 '밀러 양봉원의 헛된 희망 헬스클럽'으로 바꾸고 운동기구를 들여놓았다. 그러고는 그곳을 지역 주민들이 일주일 내내 24시간 무료로 이용할 수 있도록 개방했다. 그는 실패도 나쁘지 않다고 생각한다.

밀러는 참을성이 없다. 종종 안녕이라는 인사도 없이 사라져버리곤 한다. 교회 예배에서나 파티에서, 혹은 양봉가들의 회합에서도 계속 앉아 있지 못하고 갑자기 아무 설명도 없이 자리에서 일어나 다시는 돌아오지 않곤 한다. 그는 짜증도 잘 낸다. 상대방을 민망하게 만드는 이야기를 즐기며 상대방을 농담거리로 만드는 것도 좋아한다. 조금도 우습지 않은 이야기도 그가 얘기하면 재미있다.

죽음을 좋아하지 않지만, 안전벨트는 매지 않는다. 크리스마스가 며칠 지나지 않은 어느 날 그는 캘리포니아 주 리버사이드 출구 램프 서쪽에서 80번 주간 고속도로(Interstate 80)를 지나다 운전대를 홱 돌려야 했다. 그의 트럭에는 아몬드 꽃이 개화하기 전까지 벌들을 먹일 옥수수 액상과당이 가득했다. 브레이크를 수리한 지(혹은 수리하려 한 지) 얼마 되지 않은 낡고 커다란 카마로에 탄 어린 녀석이 밀러의 트럭을 잽싸게 지나쳐 갔던 것이다. 밀러의 표현대로 "고물 덩어리"에 탄 그 녀석이 브레이크를 밟았지만 차는 멈추지 않았다. 밀러의 트럭 앞에서 카마로는 고속도로 좌우를 휘젓고 다니다 결국 타이어가 터지더니 밀러의 텐 휠(ten-wheeler)형 트럭 앞 차축 뒤를 치고는 끼익 소리를 내며 멈췄다. 밀러는 손에서 운전대를 놓쳤고 트럭의 앞 차축은 붕 떴다가 다시 떨어지며 우아하게도 180도로 뒤집어졌고 뒤에 싣고 있던 수천 갤런의 액상과당 탱크를 고정하던 끈이 찢어졌다. 액상과당 탱크는 고속도로 위를 볼링공처럼 구르다 가드레일에 처박혔다. 운전대와 기어변속기는 대시보드에 밀려 밀러가 안전벨트를 매고 있었더라면 앉아 있었을 곳으로 밀려들어왔다. 그러나 밀러는 안전벨트를 매고 있지 않았기 때문에 좌석 사이 바닥으로 굴러 떨어져 있었다. 운전자석은 그가 스스로를 묘사하듯 "뚱뚱한 대머리"(비록 그는 전혀 뚱뚱하지 않고, 아직 완전한 대머리가 아니지만)가 꼭 낄 정도만큼의 공간만 남겨두고 구겨져 있었다.

밀러는 구겨진 운전자석에 벌집처럼 조그맣게 남은 공간에 앉아 그 사건의 불길한 측면을 생각하고 있었다. 주 경찰관이 이 광경을 보고 좋아했을 리 없다. 고속도로 관리 당국은 도로를 폐쇄하고 더 이상의 아수라장을 막기 위해 옥수수 액상과당을 닦아내야 했기 때문이다. 밀러는 4만 5천 달러를 들여 트럭을 새로 사야 했고 벌들에게 먹일 옥수수 액상과당을 1,200달러를 주고 다시 사야 했다. 그때는 겨울이었고 피어 있는 꽃은 없었다. 따라서 아몬드 꽃이 피기 전까지 벌들이 먹을 꿀이 충분하지 않았다. 방문해야 할 농장과 설치해야 할 벌통, 그리고 준비해놓아야 할 꽃가루 패티(인간이 수확한 꽃가루와 양조용 이스트, 자당으로 만든 단단한 과립 형태)가 산더미처럼 쌓여 있었다. 어서 벌들에게 먹이를 마련해주고 4일 후에는 카리브해로 크루즈 여행을 떠나야 했다. 양봉가가 된 이후로 그의 가족들은 거의 휴가를 떠나지 못했다. 그래서 운명적이었던 이 사고는 그에게 이런 교훈을 주었다. 절대로 안전벨트를 매지 마라.

항상 도로 위에서 시간을 보내야 하는 이주 양봉가들만큼 안전벨트를 반드시 매야 하는 이들도 없다. 전미양봉연맹(American Beekeeping Federation)에서는 미국 내에만 1,200명이나 되는 이주 양봉가들이 있다고 추산하고 있다. 와이오밍 주에 사는 밀러의 친구 래리 크라우스와 최초로 CCD 증상을 보고한 데이브 하켄버그도 여기에 해당한다. 이 직업은 미국처럼 다양한 배경과 기업화된 거대 농업, 활동적인 사람들을 가진 나라에 특히 적합하다. 캠핑카를 타고 전국을 도는 은퇴 노인들처럼, 이주 양봉가들도 캘리포니아나 텍사스, 플로리다와 같은 따뜻한 지역에서 겨울을 나고, 여름이 되면 북쪽으로 이동해 다코타 주를 포함한 농촌 지역에서 클로버와 알팔파가 피어 있는 곳에 자리 잡는다. 밀러는 양봉가들의 연례 이동을 '토박이 이주민들의 여행'이라고 부른다. 그와 그의 동료들은 미국에서 태어나 이주 농업을 하는 몇 안 되는 사람들 중 하나이기 때문이다. 그는 자신을 여행의 '왕초'라고 부르며 그 말에 동의하지 않는 사람들은 없다. 전통적인 양봉가들을 유럽꿀벌을 키우는 외골수에 온순한 사람들이라고 한다면, 이주 양봉가들은 아프리카에 분포하는 '살인벌'에 비교하는 것이 좋을 것이다. 떠돌이에 공격적이고 떼를 지어 이동하기 때문이다.

밀러의 양봉업이 미국에서 가장 규모가 큰 것은 아니다. 사우스다코타 주의 리처드 아디는 벌통을 8만 개나 소유하고 있어 밀러와 비교도 되지 않는다. 그러나 밀러가 키우는 온순하고 검은 카르니올라 벌처럼,

그의 꿀벌 사육은 흠 잡을 데가 없다.

그의 조상은 '이주 양봉업계의 아버지'로 알려진 모르몬교도 농부인 네피 에브라임 밀러다. 1894년, 네피 에브라임 밀러(N. E. 밀러)는 귀리 몇 자루를 주고 벌통 7개를 샀다. 그리고 그 봉군 7개를 확대해 유타 주에 양봉 제국을 세웠다. 밀러의 말을 들어보자. "그 분은 아주 호기심이 많았습니다. 또 아주 영리해서 꿀벌에 정통할 수 있었지요."

N. E. 밀러는 겨울이 되면 유타의 클로버 들판에서 캘리포니아의 오렌지 농장으로 벌통을 옮기며 이주 양봉업을 개척했다. 그는 또한 미국 최초로 꿀벌을 수백만 파운드나 생산해내서 유명세를 타기도 했다. 오늘날 대부분의 영리를 목적으로 하는 양봉업자들처럼 N. E. 밀러의 아들과 손자, 증손자들 역시 그의 길을 따랐고, 수백 파운드나 되는 벌통을 화물용 운반대로 들어올려 세미트레일러에 싣고 전국을 누비며 꿀과 꽃가루를 찾아다닌다.

벌들은 풍요로운 계절과 그렇지 못한 계절에 맞춰 자신들의 생을 계획한다. 밀러도 마찬가지다. 꿀벌들처럼, 그는 계속 이동하고 그의 삶은 일련의 숫자와 날짜에 맞춰져 있다. 겨울은 조용하고 손실을 보는 시기이며 벌들은 생존을 위해 벌통 속에 떼 지어 모여 있다. 밀러는 벌통 일부는 뉴캐슬에 있는 그의 집 근처에, 그리고 일부는 아이다호 주에 있는 감자 창고를 빌려서 보관한다. 영상 4도 정도로 기온이 일정하게 유지되고 환기가 잘 되는 어두운 곳에 있으면 벌들은 짧은 동면을 잘 보낼 수 있고 다가오는 겨울을 대비해 에너지를 비축해둘 수 있기 때문이다. 밀러 또한 다가올 바쁜 새해를 준비하며 휴일을 가족들과 조용히 보낼 수 있다.

봄은 활기와 탄생, 재건의 계절이다. 밀러와 벌들에게 봄은 조금 일찍 시작된다. 1월 19일이 되면 그는 들판에 숨겨둔 벌통 2,700개를 검사하고 벌들에게 먹이를 준다. 그리고 뉴캐슬에 있는 그의 집을 청소한다. 1월 20일에는 아이다호 주 창고에 남아 있는 7천여 개의 벌통을 트럭에 실어 캘리포니아로 향한다. 1월 26일부터 2월의 둘째 주까지 밀러는 남쪽으로는 머데스토에서 북쪽으로는 치코에 이르는 200마일에 이르는 지역을 돌며 아몬드 농장에 벌통을 설치한다. 그 시기에 밀러는 차에서 판매하는 타코로 끼니를 때운다.

3월 1일, 아몬드 꽃은 활짝 피어 절정에 달하고, 3월 9일에서 13일 사이에 아몬드 경작자들은 계약에 따라 자신의 농장에 설치된 벌들을 '해방시켜'주고 밀러는 벌들을 다시 트럭에 싣는다. 그는 얼른 벌들을 그곳에서 옮겨야 한다. 그렇지 않으면 이제 꽃 한 송이 없는 사막과도 같은 농장에서 벌들이 굶어죽거나, 봄마다 센트럴밸리에 마구 뿌려지는 농업용 살충제에 노출될 수 있기 때문이다. 작물의 가루받이를 하는 것은 마치 창녀가 된 것과도 같다고 밀러는 말한다. "나는 밤에 베일을 쓰고 들어가고 그들은 나에게 돈을 쥐어줍니다. 몇 주가 지나면 그들은 나를 불러 당장 나가라고 하지요."

그래서 그는 그곳에서 나온다. 3월 말이 되면, 밀러는 3천여 개의 벌통을 뉴캐슬에 있는 집으로 옮겨 새로운 여왕벌을 맞이하게 한다. 3천 개는 워싱턴 주로 옮겨 핑크레이디 품종 사과의 가루를 받게 하고 1,600개는 스톡턴으로 옮겨 체리를 가루받이하게 한다. 4월 2일, 뉴캐슬에 보관하고 있는 벌통을 나눠 새로운 여왕벌을 넣어준다. 4월 5일, 스톡턴에서 체리의 꽃가루를 받던 벌들을 뉴캐슬로 옮겨와 이들에게도 새 여왕벌을 넣어준다. 5월 5일, 워싱턴에서 사과의 꽃가루를 받던 벌들을 싣고 그의 여름 고향인 노스다코타 주에 있는 객클로 옮겨 꿀을 모으기 시작한다.

5월 10일, 밀러는 여름에 머무는 집의 뒷마당에 채소를 심는다. 채소를 심으며 밀러는 북쪽 지방의 봄이 어떨지 징조를 살핀다. 하층토와 표층토가 얼마나 습기를 머금고 있는지 살펴보고 흙의 온도도 살펴본다. 마당 옆의 라일락과 근처의 쥐엄나무, 사과나무의 상태도 살펴본다. 그는 근처 농장에서 봄밀 씨앗을 뿌렸는지, 그리고 얼마나 오래되었는지도 살핀다. 그런 정보를 알아야 6월 말 클로버 꽃이 피기 전까지 벌들을 먹일 먹이가 얼마나 더 필요한지 알 수 있기 때문이다. 그때가 되면, 그의 벌 전부가 노스다코타 주에 도착한다. 그는 그곳에서 여름을 나며, 캘리포니아에는 잠깐 아내를 보러만 방문할 뿐이다.

여름은 풍요와 수확, 노동의 계절이다. 꿀을 수확하는 시기는 6월 20일에 시작한다. 가장 첫 번째 작물은 노란색 스위트 클로버다. 이 꽃이 피는 시기는 보통 왕모기가 부화하는 시기와 일치한다. 모기가 귀찮게 굴기 시작하면, 밀러는 클로버 꽃이 필 때가 왔다는 것을 알아챈다. 노란색 스위트 클로버는 알팔파 꽃이 피기 며칠 전에 개화를 시작해서 6월 4일에 절정에 달한다. 날씨가 좋을 때는 그 키가 트럭 사이드미러높이까지 이르기도 한다. 흰색 스위트 클로버는 열흘 후 절정에 달한다.

목축업자들은 6월말이 되기 전 첫 번째로 핀 알팔파를 잘라버린다.

소를 키우는 이 목축업자들은 알팔파 양을 늘리기 위해 6월 첫째 주까지 기다린다. 밀러는 소 키우는 이들을 좋아하는데, 짧고 쓸모없는 줄기보다는 꽃이 핀 것을 더 선호하기 때문이다. 비만 잘 내린다면, 별들이 일직선으로 늘어서는 때 일전에 잘라버린 알팔파가 꽃을 피운다. 6월 말부터 8월 4일까지 절정에 달하는데, 영리한 양봉가라면 이 두 번째 핀 알팔파 꽃으로 꿀을 가득 채울 생각을 하지 않는다. 6월 15일이 되면 꽃들이 모두 누렇게 시들기 때문이다. 클로버와 알팔파 꽃이 모두 지면 어두운 색의 꿀을 만드는 메밀과 국화과 식물인 검위드 시즌이 시작된다. 그리고 국화꽃도 피기 시작한다.

8월 20일은 벌꿀 생산의 마지막을 장식한다. 꿀 수확이 좋은 해에 밀러는 9월 첫째 주 월요일인 노동절까지 기다렸다가 저밀실을 '약탈하기' 시작한다. 저밀실은 얇은 나무로 된 직사각형 상자로 벌통 본체 위에 두세 개가 쌓여 있다. 이 저밀실에 포개어놓은 벌통에 판매용 벌꿀이 들어 있는 것이다. 포개진 상자 맨 아래에 있는 이중 깊이의 본체는 여왕벌이 알을 낳고 미래의 꿀벌을 키우는 곳으로 여기에는 반드시 꿀을 남겨놓아야 한다. 수확이 나쁜 해에는 좀 이른 시기인 8월 15일에 저밀실을 해체한다. 목표는 9월 25일에서 10월 5일 사이에 판매용 벌꿀을 벌통에서 분리하는 것이다. 추분이 오기 전인 9월 21일까지 1차로 일부 벌통을 트럭에 실어 아이다호로 보낸 후 농장에 내려놓고 낮 기온이 7도 정도로 떨어질 때까지 기다린다. 그렇게 8주를 일해야 밀러와 그의 일꾼들이 노스다코타에 있는 벌통 전체를 옮길 수 있다. 11월 25일이면 벌통은 모두 아이다호로 옮겨지게 되고, 날씨도 충분히 추워져 꿀벌들이 온도가 조절되는 감자 창고에서 온몸을 송그린 채 '잠자리'에 들 수 있다. 극히 일부의 벌들은 뉴캐슬로 옮겨져 동면에 들기 전에 마지막으로 또 한 번 먹이를 먹게 된다. 그러고 나서, 1월 25일이 되면 아몬드는 꽃을 피우기 시작하고 또다시 한 해가 시작된다.

이와 같은 연례 꿀벌 이동은 전혀 신기할 것이 없다. 이것은 우리의 농업 시스템을 하나로 결합하는 접착제와 같다. 꿀벌이 가루받이 작업을 하지 않는다면, 전국 농작물 수확량은 현재 수확량의 극히 일부분에 머무를 것이다. 농부들은 90가지 다양한 과일과 채소의 씨를 받기 위해 꿀벌에 의존한다. 아몬드에서 양상추, 크랜베리, 블루베리, 카놀라에 이르기까지 꿀벌이 도움을 주는 수확물의 가치는 1년에 150억 달러에 달한다. 물론 바람과 야생 곤충들이 소규모로 일부 농작물들의 가루받이에 도움을 주긴 하지만, 미국 소비자들의 필요를 충족시켜줄 만큼 생산을 하려면 꿀벌의 도움이 반드시 있어야 한다.

모든 미국 농업이 그렇듯이 양봉업도 필요에 의해 규모의 경제를 이루었다. 꿀벌은 씨를 받아주는 기계나 다름없어서, 트랙터와 탈곡기, 콤바인만큼이나 농부들이 필요로 하는 것 중 하나다. 물과 노동력, 해충 방제, 토질 문제를 해결하기 위해 관개 시스템과 대형 기계, 살충제, 그리고 화학 비료가 존재한다. 그러나 오늘날 농작물 수확량을 결정하는 가장 큰 요인은, 대부분 농작물의 경우 꿀벌의 숫자다.

에밀리 디킨슨은 이렇게 썼다.

초원을 만들고 싶으면

클로버 이파리 하나와 꿀벌 한 마리만 있으면 된답니다.

클로버 하나와 꿀벌 한 마리,

그리고 상상력만 있으면 돼요.

상상력만으로도 만들어낼 수 있답니다.

꿀벌이 별로 없다면요.

그녀가 오늘날의 양봉업이 어떤 모습일지 예상했을 리는 없다. 이제는 더 이상 꿀벌과 꽃, 꿀만 있으면 되는 간단한 문제가 아니다. 미국의 기업식 농업은 수백만 에이커에 달하는 초원에서 집중적으로 단일 작물만을 재배하므로 양봉업자의 가루받이 군대가 없이는 작물 생산이 불가능하다. 꽃을 찾아 이동하는 벌과 이주 양봉가가 없다면 우리는 매년 여름 수확량의 3분의 1을 포기해야 할 것이다. 또한 슈퍼마켓에 쌓여 있는 맛있는 과일과 채소 대부분을 찾아볼 수 없을 것이다. 꿀벌이 없다면, 미국인의 식단은 지금보다 훨씬 더 밋밋하고 단조로워질 것이다.

그러나 꿀벌이 없다면, 존 밀러의 삶은 지금보다 훨씬 더 쾌적해질 것이다. 젊은 시절부터 그는 매년 8개월 이상 아내와 아이들을 버려둔 채 이주 노동자나 농부, 지주, 그리고 다른 양봉가들과 어울려 지냈다. 재앙이 시작된 2005년 이전에도 이미 양봉업은 지속적인 경제적 자연적 재난을 겪고 있었다. 전염병이 돌고, 여왕벌이 죽었으며, 가뭄으로 말라 죽기도 했다. 세미트레일러 몸체가 꺾이는 사고도 일어나며, 장비들이 손상되기도 했다. 꿀 가격이 급락하기도 하고, 경쟁업체에서 저가 꿀을 공급하기도 했으며, 직원들의 실력은 실망스러운 수준이었다. 게다가 은행에서는 빚을 독촉하고, 이웃에서는 불평이 터져나왔으며, 벌통이 훼손되는 사건이 발생하기도 하고, 곰과 스컹크에 습격을 당하기도 했다. 밀러의 수입은 불확실했고 그는 늘 곤경에 빠져 있었다.

N. E. 밀러가 양봉업의 산업혁명을 일으킨 이후로, 이 일은 상업화되고 합리화되었는가 하면 터무니없이 복잡해지기도 했다. 존 밀러의 벌들은 그의 증조부의 벌들이 다녀갔던 바로 그 초원을 날아다녔다. 그는 할아버지가 꿀을 판매했던 것과 같은 방식으로 악수 한 번으로 계약을 체결했으며 아버지의 경쟁 상대였던 이들의 자손들과 경쟁했다.

하지만 오늘날의 양봉업은 벌에 대한 이해 그 이상을 요구한다. 식물과 분자생물학, 화학, 유전학, 기상학, 그리고 진드기학에 대한 지식이 있어야 하며, 회계와 이민법, 그리고 트럭 구매와 트럭 운전법뿐 아니라 트럭 수리에도 정통해야 한다. 게다가 마케팅과 홍보에 대한 지식도 갖춰야 한다. N. E. 밀러가 기차와 전보를 이용해 사업을 수행했다면, 존 밀러는 세미트럭과 이메일, 스프레드시트, 대출상환 일정을 이용해 사업을 한다. N. E. 밀러가 벌꿀을 팔아 돈을 벌었다면, 밀러는 이제 가루받이를 통해 수익을 얻는다.

N. E. 밀러도 현재 존 밀러와 다른 양봉가들이 겪고 있는 전국적인 엄청난 손실을 예상하지 못했을 것이다. 1990년에는 330만 개의 벌 군집이 있었다. 그러나 2006년이 되자 전국의 봉군은 250만 개도 채 되지 않았다. 야생 꿀벌은 이미 모조리 사라진 상태다. 전문지식이 없는 일반인들은 최근 양봉가에게 닥치는 재앙이 2006년에 시작되었다

고 생각하기 쉽다. 그러나 사실은 그보다 20년 전에 재앙이 이미 시작되었다. 수십 년간 벌들은 생명 유지 장치를 통해 살았던 것이다. 그것은 모두 단호하지만 우둔한 존 밀러와 같은 양봉가들의 노력 덕분이었다. "지난 20년은 인간과 꿀벌의 관계가 시작된 이래 가장 격동의 시기였습니다." 밀러는 이렇게 말하며 특히 지난 5년간은 정말 힘든 시기였다고 강조했다.

벌이나 인간이나 마찬가지인 것은
생명에는 고통이 수반된다는 점이다. 그대도 볼 수 있듯
벌에서 그 징후를 발견할 수 있다. 의심할 것도 없다.
병에 걸려 땅으로 떨어지면 색이 변하고
몸은 엉망이 되며 끔찍하게도
바싹 마른 모습이 된다.
다른 벌들이 무얼 하고 있는지 보라.
둥지에서 벌을 끌어내고 있지 않은가.
바로 생명을 잃은 녀석들의 사체다. 그대도 볼 수 있듯
병에 걸려, 채 죽지 못한 것들은 매달려
문 밖에서 움직이지도 못한 채
다리는 꼬이고 뒤엉켜 있다.
혹은 아직도 둥지 안에 있는 녀석들은
굶주림에 힘이 빠지고 추위에 웅크리고 있다.
그리고 길고 긴 애절한 소리가 들려온다.

속삭이듯 바스락거리는 소리가 차가운
남쪽 바람을 타고 수풀 사이를 살랑거리듯이,
혹은 격랑하는 바다가 쉿쉿거리며
파도가 물러날 때의 소리를 내듯이,
혹은 불꽃이 소용돌이치며
화로 안에서 타오르는 소리를 내듯이.

사실 이 글은 존 밀러가 아니라 로마의 시인 베르길리우스가 쓴 것이다. 벌들은 탄생 이후로 계속 죽고 있다. 밀러는 수년간 여러 기생충과 병원균에 맞서 벌들을 건강하게 유지하기 위해 노력하고 있다. 그러나 운명적이었던 2005년 2월, 밀러는 양봉업이라는 일이 다시는 돌릴 수 없을 만큼 많이 변했다는 것을 깨달았다. 그는 더 이상 단순한 양봉가가 아니었다. 그는 생존의 기로에 선 위험에 처한 종을 지키는 관리자이자 대표였다. 콜벳을 탄다고 기분이 나아질 수 있는 일이 결코 아니었다.

양봉업자의 목숨을 건 도박

밀러는 이렇게 말한다.
"일반적으로 볼 때, 양봉가들은
불행한 사람들이지요.
우리는 아주 연약하고 변덕스러운
자연에 의지할 수밖에 없습니다."
아마도 그것은 항상 피할 수 없는
진실이었을 것이다. 그러나 양봉가들은
대단히 현실적인 국가인 미국에서,
절망적일 정도로 낭만적이다.
자신들이 사랑하는 일을 하기 위해
실패의 칼날 위해서
춤을 추고 있는 셈이니 말이다.
그는 말한다.
"나는 왜 여기서 벗어나지 않느냐고요?
벌을 사랑하기 때문입니다.
벌들은 근면하고 말도 잘 듣습니다.
이기심도 없습니다.
아주 관대한 동물이지요."

존 밀러와 함께 시간을 보낸다면 대부분은 차 안에서 보내게 될 것이다. 정확히 말하면 2톤짜리 대형 포드트럭이나 515마력의 컨테이너 화물차인 캐스캐디아, 혹은 최근 애국적인 마음에서 주저했으나 본의 아니게 구매한 반(反)미국적인 도요타 타코마 안에서 보내게 된다. 밀러는 이 트럭을 '요다'라고 부르는데, 그가 "지금까지 소유했던 픽업트럭 중 최고"라며 칭찬을 아끼지 않았다.

게다가 이 차는 공항용 픽업트럭으로도 쓸 수 있다. 2009년 1월, 밀러는 새크라멘토 공항에 검은 도요타 트럭을 끌고나와 나를 태웠다. 콘솔에는 아몬드와 귤, 허니 스팅거 벌꿀 바가 가득 채워져 있어 우리는 그것들을 먹으며 차안에서 대화를 나누었다. 그때 우리는 전미양봉연맹의 연례회의가 열리고 있는 레노를 향해 서쪽으로 속도를 내며 달렸다. 당시 밀러는 나에게 "미국에서 가장 경쟁력 없는 1,200명의 사람들이 모여 미국 식량 공급의 파수꾼인 자신들의 역할을 토론하고 왜 벌들이 죽어가는지" 고민하는 자리라고 말했다.

우리는 눈이 가득 쌓인 가파른 계곡을 오르고, 시에라 산맥 꼭대기의 고풍스러운 화강암 바위 사이를 아슬아슬하게 지나갔다. 그리고 하늘

높이 치솟은 침엽수림과 고산지대의 왜소 관목을 뚫고 내려가 붉은 사막 지대에 자리 잡은 네모반듯한 도시에 도착했다. 일직선으로 뻗은 고속도로를 벗어나 거대한 카지노와 컨벤션센터가 한 구획을 다 차지하는 존 아스쿠아가 너겟(John Ascuaga's Nugget) 호텔 주차장에 차를 세웠다. 주차장에는 양봉업자 옷차림을 한 사람들로 가득했다. 밀러는 트럭만 보고도 그들을 구별해냈다. "저기 크라우스의 트럭이 있어요!" 밀러는 친한 친구인 크라우스의 트럭 옆에 주차를 하고 회의장으로 향했다.

우리는 호텔 안을 메운 슬롯머신과 음악, 번쩍이는 불빛과 벨소리 등을 뒤로 한 채 에스컬레이터를 타고 이동식 벽과 대담한 무늬의 카펫이 있는 휑하게 넓은 회의실로 들어갔다. 양봉업자들은 접이식 의자에 앉아 있었다. 격자무늬 셔츠와 야구모자를 쓴 그들은 깡마른 과학자들이 차례로 나와 미토콘드리아와 형태학, 단일염기다형성, 유전자표식에 의한 선발(Marker Assisted Selection)에 대해 이야기하자 지루해 하기도 하고 어리둥절해 하기도 했다. 꿀벌 무늬의 폴로셔츠를 입은 밀러는 발표 하나가 이어지는 시간도 참지 못하고 일어나 복도로 사라졌다가 5분이나 20분이 지난 뒤에야 돌아왔다. 다른 양봉가들은 좀 더 참을성이 있어 피곤한 눈으로 파워포인트를 바라보며 체구가 아주 작은 크로아티아 출신 과학자가 꿀벌의 설사 증상을 "디어리아(dee-arrhea, 설사의 정확한 철자는 diarrhea - 옮긴이)"라고 발음하는 것도 끈기 있게 듣고 있었다.

복도에는 양봉가들이 서성이며 수다를 떨고 있었다. 동물학자 카를 본 프리슈는 50여 년 전에 벌들이 집으로 돌아와 '8자 모양으로 춤'을 추며 가까운 꽃밭의 위치를 알려준다는 사실을 밝혀냈다. 양봉가들이 회의에 참가하는 것도 비슷한 이유인데, 꽃이 풍부해 충분한 수확을 얻을 수 있는 곳에 대한 정보를 나누기 위해서다. 하지만 이들은 춤을 추지 않는다. 어쨌든 잘 추지도 못한다. 대신, 이들은 대화를 나눈다. 쉴 새 없이.

밀러는 "통조림 음식에 대한 팁과 요리법을 교환한다"고 농담하지만, 사실은 그렇지 않다. 이들은 소문을 주고받고, 오렌지색 혹은 빨간색 하이브툴의 장점에 대해 토론하며, 재정 상태와 손실, 가루받이 요금, 벌꿀 가격을 비교해본다. 입찰식 경매 방식을 이용하면 이들은 꿀에 너무 많은 비용을 지불하게 된다. 그래서 이들은 건전하지만 재미는 없는, 스커트 정장에 어깨에 띠를 맨 차림으로 복도를 돌아다니는 '벌꿀 공주'들에게서 추첨식 복권을 산다. 이 공주들이나 양봉가들 모두 계략과 빠른 현금 유동성의 상징인 너겟 호텔과는 전혀 어울리지 않는다. 양봉업에서 빠른 현금 유동성은 존재한 적이 없다. 그래서인지 양봉가들은 호텔 밖을 서성인다. 거대한 너겟 호텔에서는 회의 기간 내내, 한때는 신기했던 온도 조절 장치가 달린 회의실에 한 번도 들어가지 않고도 시간을 보낼 수 있다.

제자리에 머무르지 않고 이동하는 것은 양봉가들에게 전혀 새로울 것이 없는 일이다. 결국, 꿀벌도 북아메리카가 원산지가 아니며, 물론 양봉가도 마찬가지다. 미국 최초의 꿀벌과 양봉가는 1620년 영국에서 도착했다. 당시 그 배에는 미국 최초의 식민지 주민과 작물들뿐만 아니라 유럽인들이 정복을 위해 사용한 머스캣 총과 미생물, 그리고 야망이 함께 실려 있었다.

곤충들은 새로운 환경에 아주 잘 적응하며 침착하게 동부 지방의 숲을 장악해나갔다. 배에서 탈출한 곤충 떼는 변방을 향해 아주 빠르게 퍼져나갔으며 1년에 40마일 정도의 속도로 대평원을 향해 서쪽으로 나아갔다. 1788년 토머스 제퍼슨은 이런 글을 썼다. "꿀벌은 정착민들보다 조금 더 빨리 이 나라에서 자신들의 영역을 확장시켜나가고 있다. 그래서 인디언들은 꿀벌을 '백인의 파리'라고 불렀으며 꿀벌은 곧 백인 정착민이 다가온다는 신호라고 받아들였다." 이집트인들이 최초의 피라미드를 세우기 이전부터 사육되어온 꿀벌은 수천 년간 인간의 이동 경로를 따라 아프리카에서 유럽과 아시아로, 그후에는 북아메리카로 이동하며 어디에서든 번성했다. 따라서 신세계에서 유럽 꿀벌이 완전히 적응했다는 사실은 놀랄 일도 아니다.

반면, 유럽의 양봉가들은 새로운 세계에 적응하기가 쉽지 않았다. 미국 최초의 전문 양봉업자로 기록된 사람은 존 일스(John Eales)라는 남자였다. 지역 법정 문서에 따르면, 매사추세츠 주 힝엄 출신의 그는 1644년 뉴베리 북쪽으로 이주해 공동 양봉장을 경영했다고 한다. 문서에는 "마을 사람 모두에게 익숙지 않은 낯선 일을 그가 해내리라고 모두가 기대감"을 가지고 있었다고 적혀 있다. 하지만 1645년이 되자, 그는 마을 최초의 공식 노숙자로 기록되었다. '생활비를 벌지 못해' 마을 경찰서에서 '법정이 그를 어떻게 처리할지 결정할 때까지' 구금하고 있었다. 몇 번의 숙고 끝에 판사는 일스가 "양봉을 통해 얻은 것을 거래할 수 있는 편리한 장소로 이주되어야 하며 뉴베리 마을 주민들은 그가 생활비를 벌 수 있도록 해주어야 한다"고 판단했다. 일스는 미국 양봉업자 최초로 파산한 사람이었던 것이다. 그러나 그가 마지막은 아니었다. 존 밀러는 "벌을 키우면 다른 사업보다 파산하는 데 소요되는 시간이 더 오래 걸린다"고 말한다. 사실 이 말은 캘리포니아의 다른 양봉업자가 한 금언이다. 그러나 일스에게 파산하기까지의 시간은 전혀 오래 걸리지 않았다.

밀러를 담당하는 은행원은 언젠가 양봉업자는 7년에 두 번씩 실패할 각오를 해야 한다고 말한 적이 있다. 그것이 바로 오늘날 최신식 기술과 규모의 경제를 갖춘 양봉업의 현실이다. 그러니 수십 년 전 파산하는 것은 훨씬 더 쉬웠을 거라고 예상할 수 있다. 미국 대륙에 처음 자리 잡았던 약 25년 동안 양봉업은 가내수공업이자 부업 수준에 머물러 있었다. 농부들은 농작물과 꿀벌을 교환했고 조금이라도 남는 꿀이 있으면 물물교환하거나 팔아버렸다. 꿀벌을 이용해 돈을 벌 생각은 하지도 못했다.

그러나 매사추세츠 주 앤도버 출신의 한 성직자가 양봉업을 시작하면서 상황이 바뀌었다. 재능은 있으나 조금 우울한 성격이었던 로렌조 로레인 랭스트로스(Lorenzo Lorraine Langstroth)는 1810년에 태어났다. 넙적하고 정직해 보이는 얼굴과 위엄 있는 모습의 랭스트로스는 어린 시절부터 곤충을 사랑했고, 바지 무릎이 다 닳을 때까지 땅 위를 기어다니는 개미의 행동을 관찰했다고 한다. 그는 생애를 두고 자신을 괴롭힌 갑작스런 우울감과 '히스테리컬한 침묵'이라는 '뇌의 고통'(아마도 조울증이 아니었을까 싶다)을 잊기 위해 1833년 양봉업을 시작했다. 랭스트로스는 통나무 속에서 벌 군집을 획득했고 계속 군집 포획을 거듭한 끝에 수백 개의 봉군을 소유하게 되었으며, 틈만 나면 벌들을 돌보고 관찰하며 시간을 보냈다.

양봉업을 지속하기에 좋은 시기는 아니었다. 미국 전역에서는 벌집나방이라고 불리는 얼룩 반점을 가진 회갈색 해충이 벌집을 공격했으며 벌집 나방의 유충은 밀랍과 벌집 부스러기를 먹으며 자라나 끈끈한 흰색 거미줄 같은 고치와 역겨울 정도로 달콤한 썩는 냄새를 벌집에 남겨두었다. 벌들은 또한 미국 부저병이라 불리는 새로운 치명적인 박테리아성 질병 앞에 속수무책이었는데, 전염성이 강한 이 병에 걸린 꿀벌 유충은 목숨을 잃었다. 게다가 당시에는 벌집에서 그런 해충과 병원균을 없애는 것도 쉬운 일이 아니었다. 그런 피해를 입지 않아도 엄청난 사상자를 배출하는 것이 일상적이었다.

대부분의 양봉가들은 여전히 밀짚으로 된 전통적인 동그란 벌집을 이용하거나 속을 움푹 파낸 통나무에 '나무 수지(gums)'를 발라 벌통을 만들었다. 그래서 벌들을 살펴보려 벌통을 열 때마다 상당량의 벌집을 부서뜨렸다. 꿀을 모을 수 있는 유일한 방법은 벌집을 잘라 그 과정에서 벌들을 죽이는 것뿐이었다. 또한 봉군을 늘릴 수 있는 유일한 방법은 건강한 일벌들이 많은 강력한 봉군을 만들고 새로운 벌집을 찾아나선 야생 벌떼를 포획하는 수밖에 없었다. 랭스트로스가 나타나기 전, 이미 아리스토텔레스에서 에스파냐 출생의 로마 작가인 콜루멜라, 베르길리우스에 이르기까지 수십 명의 관찰자들이 꿀벌의 생애를 설명한 바 있다. 그럼에도 불구하고 랭스트로스는 "평범한 사람들에게 꿀벌 집의 내부는 심오한 미스터리다"라고 썼으며 이러한 무지로 인해 양봉가들의 문제는 더 심각해져만 갔다.

양봉을 훌륭하게 해내고 싶었던 랭스트로스는 독서를 시작했다. 그리고 미국 양봉업 안내서에서는 더 이상 조사할 것이 없다고 결론을 내린 그는 유럽의 양봉업 안내서로 관심을 돌렸다. 그는 영국 '양봉업의 아버지', 찰스 버틀러의 책인 『암컷들의 왕국(Feminine Monarchie)』을 읽었다. 그 책은 영어로 쓰인 최초의 본격적인 양봉업 설명서였고, 찰스 버틀러는 벌집을 지배하는 거대한 벌이 바로 암컷이라는 사실을 확인한 최초의 인물이었다. 랭스트로스는 17세기 네덜란드 출신의 생물학자로서 5년간 낮 시간에는 벌만 관찰하며 보낸 얀 스바메르담(Jan Swammerdam)의 글도 읽었다. 스바메르담은 "내내 타는 듯한 태양열 아래에서 시야를 가릴까봐 모자도 쓰지 않고 밖에서 시간을 보냈다"고 한다. 그의 논문인 「일반 곤충사(Historia Insectorum Generalis)」에는 꿀벌 해부도가 거의 완벽하게 최초로 게재되었고 "그 작업이 너무 힘겨워 그 후 스바메르담은 다시는 이전의 건강과 혈기를 되찾지 못했다"고 한다. 이 책은 그의 사후인 1737년 출판되었다.

랭스트로스는 좀 더 현대의 책을 찾아보기로 했다. 그러다 그는 스위스 출신의 과학자 프랑수아 위베르(François Huber)라는 사람에 대해 알게 된다. 시력을 잃은 과학자였던 그는 충실한 종복 프랑수아 뷔흐넝(François Burnens)의 도움으로 꿀벌의 신비를 알아내는 실험을 수행할 수 있었다. 1789년, 위베르는 '잎 벌집'을 고안해냈다. 이 벌집틀은 책 페이지처럼 펼 수 있는 것으로서 벌집을 완전히 파괴하지 않고 군집 내부를 들여다볼 수 있는 최초의 벌통이었다. 랭스트로스는 영국의 화학자 에드워드 베번(Edward Bevan)의 책도 읽었다. 1827년 출간된 그의 책은 벌집 위에 몇 단의 벌꿀 상자가 포개어 쌓여 있는 벌통을 묘사했다.

랭스트로스의 독서 목록에는 슐레지엔 출신의 목사인 요한 지어존(Johann Dzierzon)의 책도 있었다. 지어존은 1840년대에 벌통 양 옆 벽에 있는 홈에 고정해놓아 떼어내기 쉬운 벌집틀이 특징인 벌통을 고안해냈다. 자신의 봉군을 점점 더 잘 통제할 수 있게 되면서 지어존은 벌통의 수를 360개까지 늘릴 수 있게 되었으며, 연간 6천 파운드의 꿀을 생산해낼 수 있었다. 물론 절도나 방화, 홍수와 같은 사건과 부저병과 같은 치명적인 질병이 침범하는 등, '빈번하게 상황이 역전'되긴 했지만 말이다.

지어존, 위베르, 그리고 베번의 벌통 디자인은 잎으로 둘러싸이고 위에는 가로장이 있어, 밀짚과 나무 수지로 만든 전통적인 벌통에서 엄청난 진보를 이룬 것이었다. 그러나 여전히 틀을 떼어내기 위해서는 벌집을 상당 부분 부서뜨려야 했다. 랭스트로스는 더 진보한 벌통을 고안해내지 않으면 "양봉가 때문에 벌들이 생명을 잃는 곤란한 상황을 개선하지 못할 것"이라고 생각했다. 개선된 벌통은 양봉가들이 벌들을 살펴보고 꿀을 수확할 때 벌통을 최소한으로 훼손하는 것이어야 하고 벌들의 생존과 양봉가들의 수익성을 증진시킬 수 있는 것이어야 했다. "요컨대, 양봉업이 다른 여러 농촌 경제 분야만큼 수익성이 있고 확실성을 보장할 수 있는 사업이 되도록 그 조건을 만족시켜야 한다." 이렇게 생각한 랭스트로스는 자신만의 벌통을 고안해내기로 결심한다.

벌통을 부수지 않고 벌에 접근하기 위해 랭스트로스는 벌들이 벌통의 양 옆, 위, 아래에 벌집을 접착시키지 못하게 막아야 했다. 그는 우선 벌들의 생리를 이해해야 했다. 벌들은 아주 정확한 동물이라서 벌집 사이에 정확한 틈을 남겨둔다. 정확히 말해 9밀리미터만큼 남겨두고 그 사이를 날아다니며 비행을 한다. 간격이 5밀리미터보다 좁으면 벌들은 그 틈을 나무눈과 나무 수액에서 모은 프로폴리스라고 하는 끈끈한 수지 같은 물질로 채운다. 벌들은 프로폴리스를 이용해 작은 틈을 메우고 밀폐하며 벌통 구조를 보강한다. 간격이 약 9밀리미터보다 넓으면 벌집을 더 만들어 그 틈을 이어놓는다. 그는 최적의 간격을 '벌들의 공간'이라고 부르고 모든 조건을 만족하는 벌통을 고안하기 위해 궁리했다. 그러다 1851년의 어느 날 오후, 랭스트로스는 답을 발견했다.

평소와 마찬가지로 시내 집에서 2마일 가량 떨어진 곳에 설치해놓은 양봉장에서 어떻게 하면 벌통 벽에 붙은 벌집에 손실을 가하지 않으며 잘라낼 수 있을지 생각에 잠겨 집으로 돌아오던 늦은 오후 길에…… 실제 벌들의 공간과 똑같은 틈새를 유지하면 된다는 확실한 방법이 머리에 떠올랐다. 그리고 곧바로 벌통 속에 최적의 간격을 두고 벌집틀을 매달면 된다는 직감이 떠올랐다. 완벽한 벌통의 모습을 떠올린 나는 길 한가운데에서 '유레카'라고 소리 지르지 않을 수 없었다.

랭스트로스는 신속하게 특허를 냈다. 그가 발명한 벌통은 현대의 양봉업자들이 사용하는, 벌집틀이 걸린 직사각형 흰색 상자 모양 벌통과 거의 똑같다. 그의 단순한 발명이 가져온 수많은 장점들 중 하나는 바로 양봉업자들이 '수시로' 벌통을 열고 나방이 있나 살펴보고 나방 유충을 없앨 수 있다는 점과, 가장 편리하고 아름다우며 판매 가능한 형태로 '꿀을 수확할 수 있게 되었다'는 점이다. 양봉업자들은 오래되어 망가진 벌집틀을 제거하고 빈 벌집틀을 설치해 벌들이 밀랍이 아닌 벌꿀 생산에 에너지를 쏟을 수 있는 조건을 만들어주게 되었다. 또한 가루받이를 필요로 하는 꽃을 찾아 벌통을 좀 더 쉽게 이동할 수 있게 되었으며 더위와 추위를 피해 벌통을 보호할 수도 있게 되었다.

랭스트로스의 새로운 벌통은 벌들의 개체수가 늘어 분봉할 준비가 되었을 때, 멀리 날아가버리게 두지 않고 하나의 벌통에서 두 개 혹은 세 개의 벌통으로 분리하기 쉽게 만들어주었다. 게다가 벌들의 심기를 건드리지 않을 수 있었다. 랭스트로스는 자랑하듯 뽐내며 이렇게 말했다. "나는 벌통을 차례로 열어 벌로 뒤덮인 벌집틀을 밖으로 빼내고 벌통 앞에서 벌집틀을 흔들어 벌들을 떼어낸 후 분봉을 했다. 여왕벌을 보여주고 벌들이 저장해놓은 것들과 함께 벌들을 다른 벌통으로 옮겨놓는 등, 한 마디로 벌들이 파리만큼이나 전혀 두렵지 않은 생물인 양 다루는 내 모습을 본 많은 사람들은 놀라움을 금치 못했다."

1853년, 랭스트로스는 『벌통과 꿀벌(The Hive and the Honey-Bee)』이라는 책을 출간했다. 이 책에서 그는 자신의 벌통의 장점을 설명하고 벌 관리에 대한 실용적인 조언을 제공하였다. 이 책은 절판되지 않고 아직도 출간되고 있다. 천 년간 지속되었던 불편했던 벌 사육의 시대가 가고, 랭스트로스의 발명품을 통해 양봉업자들은 벌들을 여타의 가축들처럼 길들일 수 있게 되었으며, 벌통을 대체 가능한 생산 단위로 변환시킬 수 있게 되었다.

그의 벌통은 벌들에게, 좀 더 정확히 말해 양봉업자들에게 지배력과 이동성을 부여해 벌통을 현대 농업의 도구로 바꾸어놓았다. 랭스트로스는 이렇게 썼다. "창조주께서 인간을 위해 말 혹은 소를 고안해낸 것과 같이 벌 또한 고안해내셨다는 사실을 분명히 알 수 있게 되었다."

그러나 그렇게 엄청난 기술적 진보를 이루어냈음에도 불구하고, 혁신적인 현대 양봉업은 그때나 지금이나 양봉업자들의 삶을 안락하게 보장해주지 못하고 있다. 랭스트로스의 벌통이 만병통치약은 아니었던 것이다. 랭스트로스에 의하면, 그의 벌통이 "양봉업자들의 불리한 상황을 유리하게 바꾸어놓을 만큼 신비한 힘을" 가진 것은 아니었다. 그 벌통을 사용한다고 일이 편해지거나 경계를 늦출 수 있는 것도 아니었다. 랭스트로스는 "꿀벌을 다량 보유하고 있다면 벌들을 돌보기 위해 한창 때에는 유능한 일꾼을 고용해야 한다. 안식일마저도 지키기 힘들다. …… 벌 관리를 믿고 맡기지 못할 만큼 무지하거나 부주의한 사람들에게까지 아름다운 결실을 준다는 약속을 할 수는 없다"고 말했다. 랭스트로스의 벌통이 가진 우수성에도 불구하고, 전 세계 벌들에게 닥친 가장 거대한 위협은 여전히 양봉업자들의 무능력이었다.

그의 벌통을 사용한다고 부(富)가 보장이 되는 것도 아니었다. 랭스트로스는 "양봉업으로 돈을 벌 수 있는 '왕도'가 있는 것은 아닐 것"이라고 경고했다. "다른 모든 농촌 경제 분야와 마찬가지로, 양봉업에는 주의력과 경험이 필요하다. 그리고 게으름과 무지라는 인간의 성향이 얼마나 강력한지에 대해 자각하고 있는 사람만이 양봉업뿐 아니라 모든 일에서 번성할 것이다." 실제로 랭스트로스가 '큰 수익'을 보장했음에도 불구하고 아무리 부지런한 양봉업자라도 수익을 내기 힘들었다. 랭스트로스 역시 그랬다.

그는 1852년 자신의 벌통에 특허를 냈지만 특허권을 실행하기는 거의 불가능했다. 여러 사업가들이 새로운 버전의 벌통을 시장에 내놓았고, 랭스트로스는 자신의 특허권을 실행하기 위해 여러 번 소송을 걸었지만, 소송을 하는 데 정신력을 쓰다 보니 '뇌의 고통'이라는 힘겨운 병치레를 겪어야 했다. 그는 자신의 소용돌이치는 우울증에 대해 이렇게 썼다. "그 강력한 지배력으로 인해 가장 즐거움을 느끼던 바로 그 일이 나를 가장 우울하게 만드는 일이 되어버렸다. 나는 벌에 대해 모든 흥미를 잃었을 뿐 아니라 벌에 대해서는 보지도 듣지도 않을 수 있는 집 한 구석에 앉아 있는 것을 더 선호하게 되었다." 그는 이렇게 덧붙였다. 가장 기분이 우울할 때는 "'B'라는 철자를 보기만 해도 더욱 깊은 어둠 속으로 빠져들었다." 랭스트로스는 1895년 오하이오 주의 데이턴에서 자신의 딸과 지역 주민들의 도움으로 살다 죽었지만, 벌을 통해서는 전혀 수익을 올리지 못했다.

그러나 여전히 랭스트로스의 발명은 여러 기술적 진보가 터져나오는 자극제가 되었다. 태미 혼(Tammy Horn)의 저서로 양봉업의 역사에 관한 포괄적인 학문 연구를 담아낸 『미국의 꿀벌(Bees in America)』에 의하면, 19세기 중반 20년 정도의 짧은 기간 동안에만 양봉을 취미에서 직업으로 바꾸려는 노력의 일환으로 네 가지나 발명되었다고 한다.

가장 첫 번째 것으로는 1851년 랭스트로스가 발명한 벌통이 있다. 그 다음으로, 1857년 요하네스 메링(Johannes Mehring)은 랭스트로스의 벌통에서 사용한 이동 가능한 벌집틀에 붙이는 밀랍으로 된 벌집 기초판을 고안해냈다. 이렇게 미리 만들어진 벌집 덕에 벌들은 꿀과 꽃가루, 유충을 보관할 수 있는 6각형 방을 쉽게 만들 수 있게 되었고 밀랍이 아닌 꿀을 생산하는 데 에너지를 집중할 수 있게 되었다. 1865년에는, 오스트리아의 양봉가인 프란체스코 드 흐루슈카(Francesco de Hruschka)가 채밀기를 발명했다. 이것은 통에 넣고 벌집을 빙빙 돌리면서 생기는 원심력을 이용해 저밀실에 있는 꿀을 꺼내는 방법으로, 벌집을 부수지 않아 벌들이 계속 벌집을 고치고 다시 지을 필요가 없게 해주었다. 모세스 퀸비(Moses Quinby)의 훈연기는 1873년 발명된 것으로, 벌통에서 작업할 때 벌들을 진정시키기 위해 전통적으로 사용했던 화염상자를 대신해 좀 더 확실하게 벌들을 쫓아버릴 수 있었다.

동시에 미국에서는 두 권의 책이 발간되었다. 미국《양봉 저널(American Bee Journal)》이 1861년부터 출간되었으며, 1873년 시작된 A. I.

루트의 저널,《양봉에서 정보를 얻다: 꿀벌 관리에 소요되는 자본과 노동력을 최소한으로 투입하면서 가장 큰 수익을 창출할 수 있는 방법에 대한 합리적 고찰(Gleaning in Bee Culture: Or how to Realize the Most Money with the Smallest Expenditure of Capital and Labor in the Care of Bees, Rationally Considered)》은 여전히 미국에서 가장 영향력 있는 양봉업 관련 저널로 남아 있다(지금은 '비 컬처'라는 좀 더 간결해진 제목을 달고 나온다). 두 잡지 모두 새로운 발명이 미국 양봉가들 사이에 좀 더 쉽게 확산되고 보급되는 데 일조했다.

일부 양봉업자들은 양봉을 본업으로 삼을 수 있게 되었다. 랭스트로스와 동시대 인물인 퀸비는 훈연기뿐 아니라 랭스트로스의 벌통을 이용해 자신만의 버전을 개발하기도 했으며, 뉴욕 주의 모호크밸리에 벌통을 1,200개나 소유하고 있었다. 그는 다작 작가이자 발명가이며 미국 최초로 양봉업만으로 생계를 이어갔던 사람이다.

초기의 전업 양봉가 중 또 다른 사람으로는 C. C. 밀러 박사(존 밀러와는 아무 관계가 없다)가 있는데, 그는 정규 교육을 받은 내과의사로서 1861년부터 양봉업을 취미로 삼았다. 1878년, 밀러 박사는 병원 문을 닫고 전업 양봉가가 되었으며, 자료를 수집해 어떻게 자신이 성공적으로 벌꿀 생산을 '유일한 직업'으로 삼았는지 설명하는 실용적인 안내서이자 자신의 회고록이기도 한 『벌들과 함께 한 50년(Fifty Years Among the Bees)』을 출간했다.

골드러시의 바람이 지나간 후, 존 하비슨(John Harbison)이라는 한 기업가는 동부 지방에서 꿀벌을 들여오기 위해 캘리포니아까지는 배와 기차를 이용해 파나마 지협을 건넜고 그 이후에는 증기선을 이용해 새크라멘토까지 이동한 후 꿀벌 매매 대금으로 수천 달러를 받아 차익을 남겼다. 이런 하비슨의 성공적인 거래가 알려지자, '꿀벌 열병(bee-fever)'이 시작되어 대략 1만여 봉군이 바다와 지협을 통해 캘리포니아로 흘러들어왔다. 하비슨은 2천 개의 봉군을 소유하고 세이지와 메밀꽃이 피어 있는 남부 캘리포니아의 밭에서 양봉을 했으며, 1870대에는 이곳이 세계 최대의 벌꿀 생산지가 되었다. 이와 비슷하게 존 밀러의 증조부인 N. E. 밀러도 적극적으로 이 신 산업을 받아들여 위대한 양봉업자가 되길 꿈꾸었다. 전성기에 N. E. 밀러는 봉군을 1만 개까지 소유했다. 그의 도움으로 사업에 나선 직원들과 N. E. 밀러의 자녀들이 소유한 봉군까지 합치면 3만 개에 이르기도 하였다.

N. E. 밀러는 1873년 유타 주 캐시 밸리에 있는 한 통나무집에서 태어났다. 그는 독일에서 이주한 모르몬교도 농부의 열다섯 아이 중 다섯째였다. 어린 시절 그는 숲 속에서 속이 빈 나무를 발견하고 벌떼를 그 안에서 살게 하였다. 이 사건으로 인해 그는 평생 벌에 관심을 가지게 되었다. 1894년 가을, 21세였던 N. E. 밀러는 아버지를 설득해 남은 귀리 다섯 자루를 이웃의 봉군 7개와 교환했다. 그는 자신이 벌들을 돌보는 데 재능이 있음을 알았고 기회가 있을 때마다 벌떼를 포획하고 꿀벌을 사들이면서 그의 양봉장은 급속하게 커져갔다.

1904년 곡물 수확량이 기대에 못 미치자, 밀러는 10개의 봉군에서 5갤런의 벌꿀을 채집해 12달러를 벌었다. 그가 벌었던 돈 중 가장 큰 돈이었다. 다음 날도 밀러는 벌꿀을 판매했고, 곧 벌꿀 생산이 농사보다 훨씬 더 수익성이 좋을 수도 있다는 결론을 내리게 되었다. 물론, 벌 개체수가 충분해 대량으로 생산할 때의 얘기였다. 그는 자신의 직업이던 밀 타작을 그만두고 양봉업에만 집중했다. 그리고 1906년, 봉군을 300개 소유한 N. E. 밀러는 운송 노선이 좀 더 가까운 유타 주의 로건으로 가족들과 함께 이주했다. 그는 지역 농부들의 농장에 벌통을 설치했고 그 범위가 북쪽으로는 아이다호 주와의 경계선까지 이르렀다.

1907년, 그는 캘리포니아의 양봉업자가 밀랍을 가공하는 새로운 방법을 고안해냈다는 소문을 들었다. N. E. 밀러는 "그래서 나는 1907년 12월, 유타 주의 하이럼에 위치한 은행에서 오르발 애덤스에게서 107달러를 빌려 남부 캘리포니아로 향했다"라고 썼다. 그의 이야기는 존 밀러의 작은 할머니이자, N. E. 밀러의 셋째 아들 우드로와 결혼한 리타 스쿠젠 밀러가 쓴 전기 『달콤한 여정(Sweet Journey)』에 실려 있다.

캘리포니아에서는 유타에서 추위를 피해 벌통에 옹송그리며 모여 있는 시기 훨씬 이후까지도 벌들이 여전히 날아다니며 꿀을 모을 수 있었다. 유타에서는 겨울을 대비해 벌통을 창고에 두고 지푸라기와 흙으로 덮어두곤 했지만, 겨울마다 십수 개의 봉군을 잃어야 했다. 추운 계절에 벌들을 따뜻한 곳으로 옮겨놓을 수 있다면 겨울철 손실을 절반으로 줄이고 벌꿀과 밀랍 생산을 두 배 늘릴 수 있었다. 운이 좋으면 봉군의 수를 두 배로 늘릴 수도 있었다. 샌버너디노 지역은 겨울을 나기에 완벽한 장소였다. 오렌지 나무숲과 세이지 밭이 넓게 펼쳐져 있었고, 가까이에 기차역이 있어 시장 접근이 용이했다. 이듬해 겨울, 밀러는 꽃과 꽃가루가 풍부한 여름을 쫓아 기차로 유타 북부 지방의 클로버 밭에서 샌버너디노로 꿀벌들을 이동했다가 다시 돌아왔다.

N. E. 밀러가 최초의 이주 양봉가는 아니었다. 고대 이집트에서는 양봉가들이 봉군 몇 개를 배에 실어 나일 강 유역을 아래위로 오갔다. N. E. 밀러가 최초로 이주 양봉업을 시작하기 50년 전, 로렌조 랭스트로스는 꿀을 찾아 이동하는 한 독일인 남자에 대한 글을 쓴 적이 있다. "가끔은 황무지로, 가끔은 목초지로, 가끔은 숲으로, 또 가끔은 산으로 벌들을 보낸다." 1870년대에는 C. O. 페린(C. O. Perrine)이라는 한 남자가 바지선단에 협조를 요청하여 1천 개의 봉군을 싣고 미시시피 강을 따라 내려갔다. 그가 고용한 15명의 선원들은 강을 항해하는 것에 대해서는 약간의 지식을 가지고 있었을지 몰라도 양봉업에 대해서는 무지했다. 그들은 상륙 시기를 잘못 선택해 꽃에서 꿀을 모을 때를 놓쳐 수많은 벌들이 굶거나 물에 빠져 죽었고 벌통을 배 밖으로 떨어뜨리기도 했다. 페린은 최악의 해를 보낸 후 포기했다. 그리고 북미양봉협회(North American Beekeeping Association)에 참가한 사람들에게 "넓은 물가에서 최대한 멀리 떨어져 있으라"고 조언했다.

그러나 그의 조언을 듣고도 O. O. 포플턴(19세기의 양봉가들은 이니셜을 사용하는 것을 좋아했다. N. E. 밀러도 N. E.로만 불렸다.)은 플로리다 중부 지방에서 인디언강을 오르내리며 벌통을 이동시켰고 20세기 초 무렵에는 약간 성공도 거두었다. 존 하비슨과 함께 이 직업에 적합한 이름을 가진 마이그러터리 그레이엄(Migratory Graham)은 봉군을 이끌고 캘리포니아 지역 십수 마일을 기차와 왜건을 타고 돌며 꿀을 찾아다녔다. N. E.의 공헌이라면 이런 이동 방식을 산업적으로 적용한 것이며 기차를 이용해 주와 주 사이를 이동하며 대규모로 벌통을 옮기는 방식을 개척했다는 점이다.

N. E.는 우선 가축 운반이 가능했던 유니언 퍼시픽 철도에 접근했다. 그는 600개의 봉군을 싣고 캘리포니아에서 유타로 '시험 비행'을 했다. 벌들을 실은 운반차에는 '가축'이라는 이름을 붙여 철도 직원들이 겁먹지 않았고 그 덕분에 이동은 성공적이었다. 그리고 이미 유타 주에 봉군을 600개 소유하고 있던 N. E.는 클로버 밭을 오갈 봉군 수를 두 배로 늘렸다. 1909년 겨울이 되자, N. E.는 벌을 모두 싣고 캘리포니아로 향했다. 이 이동 또한 성공적이어서, 1910년 그는 가족들을 모두 데리고 갔다. 그의 아들이 4일간 벌들과 함께 이동하며 운반차 바닥에서 벌통을 옆에 두고 잤고 왜건과 포드 모델 T를 이용해 봉군을 샌버너디노 양봉장에 설치했다.

여러 주를 이동할 수 있게 되면서 더 많은 꿀을 수확하고 더 많은 돈을 벌 수 있었으나 번거로운 작업도 생겨났다. 벌통을 쌓고, 고정하고, 보호하고, 구멍을 막아 벌들이 기차에서 탈출하거나 숨이 막혀 죽지 않도록 해야 했다. 꿀벌 무리는 베일과 장갑, 그리고 벌의 행동에 대한 기초적인 지식을 갖춘 마부와 운전사에 의해 말과 왜건(겨울에는 썰매)에 실려 기차역으로 이동했다.

각각의 벌통에는 도착하자마자 꿀을 수확할 수 있을 만큼 벌과 유충이 충분하면서도 이동 중 질식해 죽을 만큼 개체수가 너무 많아서도 안 됐다. 또한 목적지에 도착해 먹이를 찾을 수 있기 전까지 벌들을 먹일 꿀이 충분하면서도 불필요한 운송비용이 발생할 정도로 많아서도 안 됐다. 기차는 빨리 달려 적시에 도착해야 했다. 그러나 여름에는 모하비 사막 모래 위를 달리다 엔진이 멈추고 고장 나는 일이 빈번했다. 이런 일이 벌어지면 밀랍이 녹아 벌통 밑으로 흘러 벌들이 죽었다. 운송이 시작된 초기에는 50퍼센트 이상의 벌들이 죽기도 했다. 그러나 N. E.는 의지를 굽히지 않았고 유개차, 가축 운반차, 자동차, 냉동차 등 여러 형태의 운송수단을 가지고 실험하고, 벌통을 다양한 방법으로 쌓고 고정하며, 심지어는 운송 중에 벌통에 물을 끼얹어 시원하게 해주기도 했다. 그의 인내심은 결국 결실을 맺었다. 1911년이 되자, N. E.는 3천 개의 봉군을 소유하게 된 것이다.

N. E. 밀러의 딸이자 존 밀러의 할머니인 플로렌스는 그가 한 자리에 가만있지 못하고 허풍을 잘 떨었으며 '극단주의자'에 '성격이 급한 사람'이었다고 말한다. 존 밀러와 비슷하게 N. E. 밀러도 '갑자기 아이디어가 떠오를 때'가 많았다는 것이다. 그는 또한 매우 꼼꼼하기도 했다. 꿀을 보관하는 창고에는 티끌 하나 없었으며 트럭에는 1천 마일마다 기름을 넣었다. 실천적인 모르몬교도였던 N. E.는 차도 커피도 알코올도 마시지 않았고 담배도 피우지 않았다. 그리고 그런 사람을 고용하지도 않았다. "불경한 행동은 알지도 못하는 사람이었다"고 리타 밀러는 『달콤한 여정』에서 언급하고 있다. 그러나 그는 "가끔 '지옥에 떨어져 천벌을 받을 놈 같으니'와 같은 표현을 써서 극심한 분노와 실망감을 나타내기도 했다"고 한다.

N. E.는 꿀을 팔기 전 사람을 빤히 쳐다보았다. 그러고는 중요한 인물이라는 판단이 서면, 당좌 거래로 수천 파운드의 꿀을 배송해주기도 했다. N. E.는 상세한 정보를 중요시했다. "성공적인 관리자는 모든 사

항을 주시할 수 있어야 한다"고 그는 회사 매뉴얼에 적어놓았다. "왜냐하면 벌꿀 사업은 아주 상세해야 성공에 이를 수 있기 때문이다." 이 매뉴얼에는 양봉업의 거의 모든 것에 대한 지시사항이 담겨 있다. 예컨대 벌통을 열 때는 어떤 손을 사용해야 하는지(왼손)에서부터 벌통 옆에서 작업할 때는 뚜껑을 어디에 두어야 할지(벌통 입구 바로 앞에)까지 모든 사항을 아우르고 있다.

N. E.는 타고난 양봉가였지만, 더 많은 지식을 열망했다. 다른 분야에서 활동하던 여러 동시대인들처럼, N. E. 역시 자신이 전업 양봉이라는 적절한 산업을 만들어낼 수 있다고 믿었다. 그때는 과학적 경영의 시대였다. 헨리 포드에서 존 D. 록펠러에 이르기까지 산업계의 거물들은 세심한 방법론을 개발해 직원 관리와 경영이 좀 더 효율적이도록 만들었다. 시스템이 중요하게 여겨졌고 대량생산이 핵심이었다. N. E.는 이와 같은 원칙을 양봉업에도 도입했다.

존 밀러에 의하면 N. E.는 1년 수확분의 꿀 항아리와 단지를 차 한 대 분량만큼 구입한 최초의 인물이자, 차 한 대 분량만큼의 꿀을 동부 시장에 운송한 최초의 인물이기도 했다. 대형 트럭이 등장하자 N. E.는 재빨리 기차 운송을 그만두었다. 트럭을 이용하면 운전기사 두 명이 캘리포니아에서부터 직행으로 운송할 수 있었다. 기차에 실었을 때처럼 자주 정차하며 벌들의 죽음을 초래할 일이 없었다. N. E.는 훌륭한 시스템과 진보적인 아이디어만 있으면 양봉가들도 "헨리 포드가 자동차 산업에서 이뤄낸 것과 같은 성과를 양봉업에서 이뤄낼 수 있으며, 수요와 공급의 법칙에 따라 꿀에 적정 가격이 책정되어 대도시나 인구가 많은 곳에 사는 사람들은 꿀을 자주 사 먹을 수 있을 것"이라 믿었다고 리타의 책에 언급되어 있다.

그렇게 야망적으로 사업을 확장하려면 엄청난 부채를 져야 했다. 도달하기 힘든 규모의 경제를 추구하던 N. E.의 빚은 끊임없이 늘어만 갔다. 리타의 글을 살펴보자. "생산량 증가를 통해 부채는 언제든 청산할 수 있다. 양봉장을 늘리고 꿀벌 수를 늘려 판매할 꿀의 양을 늘리면 된다." 재정 상태가 심각한 상태에 이른 것으로 판단되자, N. E.는 새로운 대출을 신청하고 벌들을 더 사들이는 대응책을 썼다. 그리고 아들들을 서부 지방과 중서부 지방으로 보내 새로운 양봉장을 세우도록 했다. 존 밀러의 조부인 얼은 아이다호 주 블랙풋에 양봉장을 새로 열었다. 얼의 형인 델 또한 블랙풋 근처에서 열었다가 나중에는 캘리포니아로 옮겼다. 두 사람의 동생인 우드로는 네브래스카로 옮겼는데 이 양봉장은 실패로 끝났다. 또 다른 형제인 레이는 솔트레이크시티에서 양봉장을 열었다. N. E.가 캘리포니아로 완전히 거처를 옮기자, 레이가 유타주의 양봉장을 인계받게 된다.

그러나 1917년, N. E.의 빚은 감당할 수 없을 정도가 되어버렸다. 엎친 데 덮친 격으로, 냉동 과일 차에 실어 운송하던 봉군 전체를 잃어버리는 사건이 발생하고, 밀원이 되는 농작물에 흉작이 들었다. 재정 곤란이 커진 상황에서 제1차 세계대전으로 노동력이 부족해지면서, 문제는 더욱더 악화일로를 걷게 되었다. "그의 능력으로는 도저히 지불할 수 없는 고지서들이 책상에 높이 쌓여 있었다"고 존 밀러의 할아버지인 얼이 회상했다. "그뿐 아니라 은행에서는 막대한 빚을 갚으라고 아우성이었다." 잠시 N. E.는 파산 신청을 고려했으나 그렇게 하지 않기로 결심했다. 그는 손실된 벌통에서 밀랍을 녹여내 싸게 팔아 치웠다. 자신이 소유했던 유타의 땅 일부도 매각했다. 그렇게 3년이 지나자 그는 간신히 빚을 갚을 수 있었다.

그런 후 N. E.는 꿀벌을 더 사들였다. 1926년이 되자, 그의 회사는 다시 살아났다. 3만 2천 개의 봉군을 소유하고 있던 N. E.와 아들들, 그리고 동료들(처음에는 N. E.의 일을 돕다 후에 N. E.의 도움으로 사업을 시작한 사람들)은 미국 최초로 100만 파운드의 꿀을 생산해냈다. 열차 38량을 가득 채우는 양이었다.

그러나 성공은 그리 오래 지속되지 못했다. 대공황으로 수요가 줄어 꿀의 가격이 생산가 아래로 떨어지면서 양봉업으로 생계를 이어가는 사람들의 미래도 파괴되었다. 수십 명의 양봉가들이 다른 일을 찾아 떠났다. 돌보는 이가 없는 벌통이 늘어갔고, 쥐와 나방이 벌집을 먹어 치웠다. 벌들은 굶주리다 죽어갔다. 1933년 가을, N. E.는 캔자스시티와 세인트루이스, 시카고, 밀워키, 아이오와 주의 카운슬 블러프즈, 네브래스카 주의 오마하와 링컨 등지를 여행하며 꿀을 팔았다. 그러나 자동차 한 대 분도 팔지 못하고 돌아와야 했다. 다시 부채가 쌓여갔다.

N. E.가 그렇게 벗어나고 싶었던 오두막 규모의 경제로 다시 돌아가게 되면서, 밀러 집안 아들들은 집집마다 돌아다니며 사람들에게 꿀을 팔아야 했다. N. E.는 모든 것을 팔려고 내놓았으나, 누구도 사는 사람은 없었다. 그는 캐나다로 모르몬교를 선교하기 위해 떠난 아들 우드로에게 쓴 편지에 "방금 벌꿀 재고 전체를 겨우 350달러만 주고 가져

가겠다는 냉정한 은행가가 왔었다. 시장가격은 약 2,440달러에 달하는데 말이다"라며 불평을 늘어놓았다. 손자인 클린턴이 양봉업을 하고 싶다고 하자, N. E.는 손자에게 상업이나 통신, 공공기업 분야로 진로를 바꾸라고 타일렀다. 선교 임무를 끝낸 우드로는 워싱턴 D. C.로 가 내무부에서 일하며 농업에서 양봉업보다 더 돈이 안 되는 분야는 오직 염소를 키우는 일뿐이라는 사실을 알게 되었다.

결국, 밀러 가문은 대공황을 이겨낸 몇 안 되는 상업적 꿀 생산회사 중 하나로 남았다. N. E.는 1940년에 66세의 나이로 죽었고, 병에 걸린 아버지를 돕기 위해 워싱턴에서 돌아온 우드로에게 빚만 남은 기업을 물려주었다. 잠시 동안 우드로는 벌과 함께 여행을 계속했다. 1941년, 그는 세계에서 가장 규모가 큰 꿀 생산자가 되었고, 다음 해《리더스 다이제스트》에 '우드로 밀러의 여행하는 벌들'이라는 기사가 실리면서 전국적인 명성을 얻기도 했다.

그러나 파산할 뻔했던 아버지의 상황을 떠올리며 우드로는 양봉업이라는 사업은 항상 위태로운 것이라는 결론을 내렸다. 그는 돈을 벌려면 꿀을 포장하고 유통하는 사업에 뛰어들어야 한다고 생각했다. 그는 봉군을 조금씩 임대하거나 매각하며 다른 양봉가가 생산한 꿀을 병에 담고 판매하는 사업에 집중했다. 1954년, 그와 동료 포장업자는 최초로 플라스틱으로 된 곰 모양 꿀단지를 발명했다. 랭스트로스와 마찬가지로, 그들도 발명을 통해 돈을 벌지는 못했다. 특허를 내지 않았기 때문이다.

N. E. 밀러의 회사는 오늘날 우드로의 후손들에 의해 경영되고 있다.

그들은 서부 지역에 퍼져 있는 양봉가들에게서 꿀을 구입하고 225밀리리터 병에 담아 4만 5천 파운드짜리 탱크로리에 실어 미국과 유럽, 중동, 일본, 그리고 필리핀에 있는 소매상과 제빵업자, 그리고 시장에 내다판다. 부동산 개발업자들은 1962년 N. E.가 최초로 벌꿀을 생산했던 건물을 불태우고 허니힐스(Honye Hills)라는 고급 주택지를 조성했다.

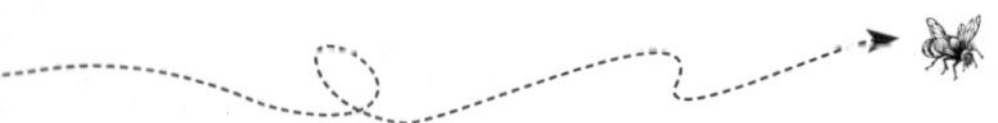

모든 양봉가들이 이 사업을 버리고 떠난 것은 아니다. N. E.처럼 여타의 양봉가들도 새로운 기술을 이용해 고정적인 수익을 창출하고자 했다. 1960년대에는 지게차와 목재 운반대를 이용해 벌통을 4개에서 8개까지 한꺼번에 들어올려 트럭에 실음으로써 벌을 운송하는 데 소요되는 시간을 줄였다.

이들은 또한 300갤런들이 아연 도금 탱크에서 설탕 액상과당을 만들어 드립식 캔에 옮겨 담고 벌통 위에 실었다. 이것은 마치 햄스터 우리에 달린 워터 디스펜서 혹은 우리 안에 설치된 먹이통처럼 보인다. 존 밀러가 선호하는 이 설비는 깊고 좁은 직사각형 플라스틱 꿀통으로 벌통 속에서 두 개의 벌집틀이 들어갈 자리를 차지한다.

양봉가들은 이 기구를 이용해 벌들에게 먹이를 줄 수 있고 벌들이 먹이를 찾을 수 있는 곳이 주변에 반드시 있어야 한다는 걱정에서 벗어나 봉군을 운송할 수 있게 되었다. 예컨대 이들은 2주간 캘리포니아 양봉장에 트럭을 주차하고 머무르며 아몬드 꽃이 필 때까지 벌들에게 액상과당을 먹이며 기다릴 수 있게 된 것이다. 또한 이들은 주된 밀원이 되는 꽃이 6월 말까지 꽃을 피우지 않는다는 사실을 알면서도 5월 초에 노스다코타로 벌을 싣고 이동할 수 있게 되었다. 이러한 보조 먹이통 기술의 발명으로 오늘날 미국에는 20명이나 되는 대규모 양봉가가 탄생할 수 있게 되었고 존 밀러도 그들 중 하나다.

그러나 규모가 가장 큰 양봉가일지라도 대부분 가족 경영의 형태를 띤다. 존 밀러는 아이다호 주의 블랙풋에서 자라났고 여섯 살 때부터 아버지 닐의 양봉 일을 도왔다. 1996년, 존 밀러와 그의 동생 제이는 아버지의 사업을 인수했다. 아버지는 1957년 그 자신의 아버지인 얼에게서 사업을 인수했고, 얼은 또 자신의 아버지인 N. E.에게서 사업을 인수한 바 있다. 산업이라고 할 만한 수준의 양봉가들은 거의 모두 상황이 비슷하다. 사실 양봉업은 미국에 마지막으로 남은 세습적이고 특권적인 귀족제와 같다고 할 수 있다. 그 이유는 사업을 시작하는 데 드는 비용 때문이다.

뒷마당에서 벌통 한두 개를 관리하는 것은 쉽지만, 양봉으로 생계를 유지하려면 대부분의 양봉가들은 최소한 600개의 봉군을 소유해야 한다고 생각한다. 밀러의 말을 들어보자. "낡은 트럭 한 대와 벌통 1천 개를 유지하려면 30만 달러가 필요합니다. 단순히 아침에 일어나서 '오늘부터 양봉가가 돼야지'라고 할 수는 없는 거지요."

창업 자금에 문제가 없더라도 전국의 주요 양봉 지역에서 훌륭한 목초지를 찾는 것은 거의 불가능하다. 접근이 쉽고 꿀과 꽃가루가 충분한 목초지여야 하고, 아스팔트나 쇼핑몰, 저택으로 뒤덮인 땅은 안 된다. 밀러가 양봉을 하는 장소 대부분은 아버지와 할아버지가 벌을 키우던 곳이다.

내가 취재한 또 다른 캘리포니아 양봉가인 오린 존슨 역시 가족들이 60년 넘게 지켜오던 땅에서 벌을 키운다. 래리 크라우스도 물론 마찬가지다. 따라서 물려받은 토지가 없는 상태에서 장래에 양봉가가 되고 싶은 사람이 취할 수 있는 최선의 방법은 "은퇴가 가까운 노인"과 친하게 지내는 것이라고 밀러는 말한다. 자손들이 사업을 물려받을 의사가 없고 원하는 사람을 후계자로 삼아 모든 장비와 양봉장을 넘겨줄 의향이 있는 사람 말이다. 후계자가 될 사람이 없다면 그 사람의 벌들은 먹이를 찾기 힘들 것이다.

양봉가들은 목초지에 대해서 매우 깐깐하다. 밀러의 친한 친구인 캘리포니아 양봉가 팻 하잇컴은 이렇게 말한다. "장소가 우리에겐 가장 중요한 요소입니다." 양봉가들은 다른 이들이 끼어드는 것을 좋아하지 않는다. 새크라멘토 동부에 위치한 플레이서 카운티는 존 밀러가 겨울을 나는 '영역'이다. 그는 마지못해 이곳을 러시아 출신 양봉가 두 명, 그리고 밥과 존 사이퍼트 형제와 공유하는데 그들은 그의 양봉업에 위협이 되기에는 너무 멀리 떨어져 있는데다 봉군의 수도 적기 때문이다. 그는 래리 크라우스와는 기꺼이 이곳을 공유한다. 래리 크라우스를 좋아하기 때문이다. 또한 크라우스의 아버지와 존 밀러의 아버지가 겨울을 나기 위해 거의 동시에 그 지역 땅의 권리를 매입했으며 크라우스에게도 그 땅이 자기 것이라 주장할 권리가 있었기 때문이다.

물론 캘리포니아보다는 개발이 덜 된 다코타에서 벌을 키울 땅을 구하는 일이 더 쉽긴 하지만, 노스다코타 출신의 한 양봉가가 '더티 존'이라 이름붙인 소수의 양봉가들이 벌을 키우기에 가장 적합한 지역을 모두 차지하고 있는 것이 현실이다. 노스다코타 주 객클의 서쪽으로 60마일, 북쪽과 동쪽으로는 20마일, 그리고 남쪽으로는 25마일에 이르는 지역을 밀러는 자신의 여름용 양봉장이라 주장한다. 그의 친구인 잭 브라우닝은 제임스타운 외곽 지역에서 양봉장을 운영하는데 존 밀러의 소유지에서는 40마일이나 떨어져 있어 각자의 벌들이 뒤섞일 염려가 없으면서도 서로 협력할 수 있다. 브라우닝은 거의 1만 4천 개에 이르는 봉군을 소유하고 있다. 그 역시 아이다호 주의 블랙풋에서 자라났으며 밀러 일가의 양봉장 관리인인 라이언 엘리슨의 여동생과 결혼했다. 사실 이런 혼합이 늘 일어나는 것은 아니다. 밀러와 브라우닝의 할아버지들은 원수지간이었기 때문이다.

와이오밍에서는 타인의 양봉장이 있는 곳에서 2마일 이내에는 양봉장을 세우지 못하도록 법으로 금하고 있다. 래리 크라우스에게는 3천 개의 봉군이 있다. 그의 조수인 짐 니즈와그에게는 73개의 봉군이 있으나 땅을 더 확보하기 이전까지는 봉군 수를 확대할 수 없다. 2마일 법으로 인해 그는 주변 목초지를 사용할 수 없다. 물론 내가 만난 사람 중 가장 친절한 사람인 래리 크라우스는 짐이 자신의 땅을 이용할 수 있도록 허락했지만 말이다.

크라우스는 이렇게 말한다. "우리는 거대 이주 양봉가들이 우리 주, 노스다코타에서 떠나길 원합니다." 사우스다코타에도 비슷한 법이 있다. 그러나 노스다코타에서는 거대 양봉가들이 무척 많은 벌통을 양봉이 가능한 지역마다 설치해 다른 누구도 벌을 키울 수 없게 되자, 그 법을 없애버렸다. 밀러는 이렇게 말한다. "양봉가들은 서로 잘 어울리지 못할뿐더러 전체 사회에도 어울리지 못합니다. 그래서 양봉가는 양봉가인 것이지요."

그들은 벌은 좋아하지만, 인간은 또 다른 문제다. "꿀벌의 뇌에는 90만 개의 뉴런이 있습니다. 따라서 내가 꿀벌이 이해할 수 있는 범위 안에서만 행동한다면 꿀벌도 건강하게 활동합니다. 그러나 내 행동이 그들의 이해 범위를 벗어나면, 꿀벌들이 활력을 잃고 지치게 됩니다. 나는 벌들은 아주 잘 이해합니다. 하지만 사람들은 잘 모르겠어요."

일반적으로 양봉가들은 '사교성'이 없다. 이들은 밖으로 나가 제 힘으로 일하며 혼자 있는 것을 선호한다. 제1차 세계대전이 끝난 후, 미국과 영국 정부는 장애를 입었거나 전투 피로증으로 시달리는 퇴역 군인들에게 양봉업을 장려했다. 혼자서도 일할 수 있는 직업이기 때문이었다. 양봉장은 다른 사람들에게서 피해 있을 수 있는 최적의 장소였다. 그래서 양봉가들 중에 은둔자가 많은 것이다. 역설적인 사실은, 이들이 돌보는 동물인 벌은 아주 사회적인 동물이라는 점이다. 벌은 집단 속에서 살고 죽는다. 로렌조 랭스트로스는 이렇게 썼다. "꿀벌은 벌 무리처럼 다수가 함께 몰려 있을 때에만 건강하게 지낸다. 혼자 남은 벌은 갓 태어난 아이처럼 무방비 상태로 차가운 여름밤의 추위에 힘을 잃고 만다."

다른 면에서도 벌들은 양봉가들과 아주 다른 특성을 보인다. 꿀벌은 조직과 협력의 완벽한 본보기다. 각자 맡은 역할이 있고 민첩하게 그 역할을 해낸다. 셰익스피어는 이런 글을 남겼다. "꿀벌은 일한다. 여럿이 모여 사는 왕국에 자연법칙에 따르는 질서의 기술을 가르쳐준다." 그러나 양봉가들이 모인 왕국은 질서와 화합을 유지하는 데 어려움을 겪는다.

미국에는 두 개의 주된 양봉업 조직이 있다. 하나는 '전미벌꿀생산자협회(American Honey Producers Association)'이고 다른 하나는 '전미양봉연맹'이다. 벌꿀생산자협회는 순전히 국내에서만 활동하는 양봉가들의 모임으로, 가업을 몇 대에 걸쳐 이어받아 경영하는 '아버지와 아저씨'들이다. 양봉연맹은 전업 양봉가들과 겸업 양봉가들, 취미 양봉가들, 벌꿀 포장업자들과 벌꿀 수입업자들, 여왕벌 사육자들, 귀농 양봉가들 모두를 아우르는 상부 집단이다. 밀러는 이 단체를 두고 "실제로 비행접시를 타고 있는 사람들"이라고 농담을 한다. 사실 이 두 조직은 1969년까지는 하나였으나 수입 벌꿀에 대한 관세 문제로 불화를 겪다가 벌꿀생산자협회가 따로 떨어져나가 조직을 세운 것이다.

반면 벌들과 양봉가들 사이에는 공통점도 아주 많다. 둘의 생활은 모두 기후에 크게 영향을 받는다. 날씨가 좋을 때, 양봉가와 벌은 모두 열심히 일한다. 이들의 태도는 변함이 없다. 꿀벌은 여왕벌을 위해서는 무엇이든 할 수 있다. 여왕벌을 위해 죽기도 한다.

또한 벌들은 특정 꽃에 충실하다. '항상성'이라 불리는 이 특성 때문에 벌들은 특정 꽃이 질 때까지 같은 꽃에만 들른다. 양봉가 또한 신의와 습관의 동물이다. 존 밀러의 점심 메뉴는 거의 매일 똑같다. 치킨 샐러드에 시고 단맛이 나는 소스 렐리시와 마요네즈를 더하고 그의 노스다코타 집 마당에서 키운 채소 절임을 곁들인다. 양봉업 관련 회의에 참가할 때면, 그와 래리 크라우스는 매 끼니 똑같은 레스토랑에서 먹는다. 밀러와 크라우스는 벌꿀 포장업자나 아몬드 농장주들과 오랜 관계를 유지하고 있다. 훌륭한 양봉가는 더 나은 조건을 제시하는 곳을 찾아 여기저기 옮겨 다니지 않기 때문이다. 이들은 쓰고 남은 벌통도 버리지 않고 친구 양봉가들이 역경에 처할 때 지원해준다. 해충을 처리하는 방법에 대한 팁도 서로 주고받는다. 새로운 가루받이 작업 계약을 맺을 때에도 선례를 공유한다.

이렇게 전업 양봉가들은 과거에 남아 있는 사람들이다. 밀러라면 양봉가들을 "거칠고 모자란 네안데르탈인"이라고 표현할 것이다. 이직이 잦은 시대에, 양봉가들은 가업을 이어받는다. 이들 중 다수는 다른 일은 해본 적도 없다. 이들은 블로그를 하지 않는다. 래리 크라우스의 경우에는 이메일도 사용하지 않는다. 이들은 낡은 것이라고 버리지 않는다. 오래된 하이브툴도, 낡아빠진 베일도 그대로 간직한다.

벌들은 벌통이 다른 곳으로 옮겨졌거나 여왕벌이 바뀌는 등, 환경의 변화에 며칠간 혼란스러워하지만 곧 예전의 환경은 잊고 새로운 환경에 적응한다. 그러나 양봉가들은 그렇게 하지 못한다. 주변 세계가 바뀌면 이들은 극심한 혼란을 겪는다. 고집도 세다. 랭스트로스는 이렇게 썼다. "양봉가들을 설득하는 일이 얼마나 어려운지 깨달았다. 이들은 자신들이 기존에 가지고 있는 지식과 일치하지 않는 지식은 비난한다. '현실적인 사람이라면 일고의 가치도 둘 필요가 없는, 책상머리에서 나온 지식'에 불과하다고 말이다."

밀러는 자신이 양봉업계에서는 혁신자에 해당한다고 생각한다. 그는《비즈니스 저널》도 읽고 양봉가들에게는 복잡한 개념인 자금조달 비용, 적당한 감가상각 책정법, 장기적 혹은 단기적 관점에서 바라본 매입의 효과, 부패하지 않거나 부패하기 쉬운 소모품 등을 설명한다. 밀러는 벌을 사랑하고 생명을 존중하며 잘 관리할 줄 아는 지각 있는 훌륭한 양봉가가 반드시 훌륭한 사업가는 아니라는 사실을 깨달았다. 그리고 그 두 가지 모두 되기 위해 노력하는 중이다.

그는 열정을 다해 산업에 재투자해 벌을 연구하고 새로운 기술을 개발해야 한다고 믿지만 이 분야에 "평범한 인재들만 가득하다"는 사실을 우려하고 있다. 자신의 증조부인 N. E. 밀러처럼 그는 자신이 평범한 인재라고 생각하지 않는다. 밀러의 말에 따르면, 성공적으로 양봉업을 영위하려면 새로운 환경에 적응하고 변화하려는 의지가 필요하기 때문이다. 그러나 대부분의 양봉가들은 항상 해오던 그대로만 하려고 한다.

양봉업에 한 가지 방식만 있는 것은 아니다. 우선, 존 밀러식 모델이 있다. 남쪽으로 가서 가루받이를 하고 봉군을 나누고 증식하며, 북쪽 평원으로 가서 여름을 나고, 꿀을 생산하고, 2개월간 아이다호 주 감자 창고에 벌들을 보관했다가 다시 시작하는 방법이다. 리처드 아디의 모델도 있다. 그의 모델은 존 밀러의 모델이 대형화한 것이다. 아디는 미시시피와 사우스다코타, 캘리포니아에 걸쳐 약 8만 개의 봉군을 소유하고 있으며, 다른 양봉가들이 산업을 떠날 때마다 그들의 꿀벌도 인수한다. 여기에서 5천 개, 저기에서 1만 5천 개를 인수하며 전례 없는 규모의 경제를 이뤄내고 있다.

오린 존슨의 모델도 있다. 존슨은 봉군을 700개 소유하고 있는데 계속 그 수를 줄여나가며 자신이 가진 꿀벌을 훌륭하게 관리하려 노력한다. 그는 캘리포니아 휴슨에 있는 자신의 집에서 50마일 이내에 있는 세이지 밭에서 벌을 키운다. 밀러처럼 캘리포니아 아몬드 농장과 오렌지 농장에서 가루받이작업을 하지만, 여름에는 북부 평원지대에 있는 다른 양봉가에게 자신의 벌통을 보내는 양봉가들도 있다. 또, 북부 지방에 사는 양봉가들 중에는 아몬드를 가루받이하러 가는 귀찮은 일을 하지 않고 겨울에는 그냥 벌들을 죽게 놔둔 뒤 다음 해 봄에 주문한 택배 상자에서 꺼낸 벌들로 다시 양봉을 시작하는 사람들도 있다.

어떤 방식을 취하든, 쉬운 일은 아니다. 15년 전, 밀러는 미국에 대략 5천 명가량의 양봉가가 있다고 추산했다. 봉군을 300개 이상 소유하고 양봉업이 주업이며 연간 꿀 생산량이 최소한 6천 파운드 이상 되는 사람들로 한정했을 때 말이다. 오늘날 양봉업을 주업으로 하는 사람(일부 여성 포함)의 수는 75퍼센트 이상 감소했다. 1979년, 노스다코타에는 양봉가가 468명 있었으나, 2009년에는 그 수가 178명으로 줄었다. 양봉을 전업으로 하는 사람들은 다음과 같은 여러 가지 이유로 양봉업을 떠나야 했다. 먼저 살충제, 가뭄, 곤두박질친 벌꿀 가격 때문이다. 또한 양봉장으로 쓸 땅이 구획정리 구역에 포함되면서 상가, 쇼핑센터, 소규모 상점 등이 들어섰기 때문이다. 지게차와 액상과당 탱크로리, 세미트레일러 등을 구입하거나 렌트해서 조직화해야 하는 번거로움, 생일파티와 중요한 경조사들을 지킬 수 없는 업무환경, 몇 달 몇 주 동안 길

위에서 매일 밤을 보내야 하는 고된 업무로 인해 양봉업을 떠났다. 그 밖에도 독침을 쏘는 곤충에 둘러싸여 일해야 하고 몇 달간 가족을 떠나야 하는 상황을 견딜 수 있는 직원들을 매년 '힘들여 극적으로' 구해야 하는 상황을 견디지 못한 사람들도 양봉업을 떠났다. 고약한 경쟁업자들이 물이나 액상과당으로 꿀을 희석시켜 팔고 벌들을 제대로 돌보지 않는 것도 또 다른 이유였다. 벌통을 훔쳐가는 좀도둑들도 골칫거리였다. 그리고 해충과 기생충, 전염병도 양봉가들을 떠나게 했다.

양봉가 중 한가하게 휴가를 즐기거나 골프클럽 멤버십을 소지한 사람은 거의 없다. 1988년, 노스다코타에 닥친 연이은 가뭄으로 인해, 밀러는 집을 팔고 돈을 끌어모아 양봉업을 유지해야 했으며 근처 트레일러로 이사를 해야 했다. 밀러는 언젠가 자신의 양봉장의 이름을 '짜증을 북돋는 양봉장'으로 바꾸겠다고 농담조로 말했다.

대부분의 양봉가들은 N. E. 밀러나 존 밀러, 로렌조 랭스트로스처럼 강박관념에 사로잡혀 있는 사람들이다. 랭스트로스는 양봉가들은 "좀 더 편안하게 벌을 관리하려면 벌에 대해 완벽하게 이해하고, 매달 적절한 개체수의 벌을 방출해야 하며, 어떤 것에도 소홀해서는 안 되고, 미뤄서도 안 된다. 벌들은 자신들이 창출하는 수익에 비해 대단한 관심을 필요로 하지는 않지만, 정확한 타이밍과 정확한 방법을 필요로 한다"는 사실을 확실히 숙지해야 한다고 썼다.

최근에는, 모든 것이 암울하기만 하다. 경제는 형편없고, 물류는 골치 아픈 문제이며, 벌들이 사라지는 전염병이 돌고 있다. 밀러는 이렇게 말한다. "그래서 일반적으로 볼 때, 양봉가들은 불행한 사람들이지요. 우리는 아주 연약하고 변덕스러운 자연에 의지할 수밖에 없습니다." 아마도 그것은 항상 피할 수 없는 진실이었을 것이다. 결국, 꿀벌은 외부에서 도입된(때로는 침략의 과정을 거쳐) 종으로서, 여러 외국산 식물 종들(예컨대 아몬드 등)의 생산성을 신장시켰으며, 훨씬 더 낯선 침략자들(인간, 쇼핑몰, 기생충, 단일 재배 등)로 인해 역경에 빠졌기 때문이다. 랭스트로스는 벌을 조작하고 벌집을 제어하는 자신을 비판하는 사람들에게 이런 반박의 글을 쓴 적이 있다. "자연에 개입한다며 반대하는 자들은 꿀벌이 야생 상태에 있지 않다는 점을 기억해야 할 것이다."

양봉가들도 마찬가지다. 대단히 현실적인 국가인 미국에서, 이들은 절망적일 정도로 낭만적이다. 자신들이 사랑하는 일을 하기 위해 실패의 칼날 위해서 춤을 추고 있는 셈이니 말이다. N. E. 밀러의 후손들 중, 여전히 양봉을 직업으로 가지고 있는 사람은 존 밀러, 그리고 그와 사이가 멀어진 그의 동생뿐이다. "모두 양봉업에서 벗어나 회계사나 변호사, 벌꿀 포장업자가 되었지요"라고 밀러는 말한다. "나는 왜 여기서 벗어나지 않느냐고요? 벌을 사랑하기 때문입니다. 벌들은 근면하고 말도 잘 듣습니다. 이기심도 없습니다. 아주 관대한 동물이지요."

그가 꿀벌을 사랑한다는 증거는 어디서든 찾아볼 수 있다. 집 현관에 놓인 꿀벌 줄무늬 양탄자에서부터 솔트레이크 스팅어(Stinger) 야구팀의 야구모자, 오피스 물품 상점에서 그가 발견한 노란색과 검은색 줄무늬가 새겨진 독일제 사인펜에 이르기까지 다양하다. 잉크가 새서 사인펜이 나오지 않자, 밀러는 상점을 샅샅이 뒤져 남아 있는 사인펜을 모조리 사들였다. 항상 그 펜을 가지고 다녀, 손가락과 셔츠에는 종종 잉크 얼룩이 묻어 있곤 한다. 꿀벌에 대한 그의 사랑은 비현실적일 정도로 열정적이다.

"이 소명과도 같은 직업이 좋습니다"라고 밀러는 말한다. 사실은 예전에는 더 좋았다. 밀러에 의하면 미국의 양봉을 바꾸어버린 혁명과도 같은 일이 세 번 있었다고 한다. 첫째는 랭스트로스의 벌통이 발명되어 양봉업으로 생계를 유지할 수 있게 된 사건이다. 두 번째는 양봉업을 근대적 사업으로 바꾸어버린 이주 양봉업의 탄생이다. 세 번째는 1987년의 대격변이다. 그 사건으로 이미 힘들었던 양봉업은 더욱더 힘겨워졌다.

적갈색의 작은 침입자가 양봉장을 무너뜨리다

"벌통은 붕괴하고 있었지요.
그것도 바로 내 눈앞에서 말입니다."
붕괴를 막기에는
이미 너무 늦은 상황이었다.
봉군은 아주 심각하게 감염되어,
여름 수확철의 마지막 벌들은
병이 들어 꿀을 모을 수 없었다.
건강한 벌들로 다시 채우기에도
이미 늦은 상황이었다.
아무것도 할 수 없었다.
밀러는 병들고 굶주린 봉군을
창고에 넣고,
아무런 희망이 없음에도,
봉군이 회복하기를 기대했다.
그러나 벌들은 회복되지 않았다.
눈에도 잘 보이지 않는
적갈색의 바로아 응애가
교활하고 위압적인 적이 되었다.

3

존 밀러가 그 작은 해충을 처음 본 건 1990년대 초반이었다. 그리고 그 해충은 이후 밀러의 사업에 위기를 불러온다. 밀러는 정확히 몇 년에 그 해충을 처음 봤는지 기억하지 못하지만, 그 주는 기억한다. 4월 초, 밀러와 일꾼들이 건강한 벌들로 가득한 벌통 뚜껑을 막 열었을 때였다. 직원 중 하나가 수벌이 들어 있는 방이 심하게 훼손되어 있다는 사실을 알아챘다. 벌통 뚜껑을 열자 작은 적갈색의 징그러운 벌레가 들어 있었다.

아무도 그런 벌레를 본 적이 없었다. 그들은 눈에 잘 보이지 않을 정도로 작은 진드기같이 생긴 벌레가 1987년 미국에서 처음 발견되었으며, 바로아 응애(varroa mite)라고 불린다는 사실을 알아냈다. 그리고 사진으로도 확인했다. 그 벌통에 벌레가 들어 있다는 사실은 특정 봉군에만 그 벌레가 있는 것이 아니라 밀러가 소유한 전체 봉군에 퍼져 있을지도 모른다는 징조였다. 양봉장에 있던 모든 사람들은 일손을 멈추고 모여 아무 말 없이 그 응애를 바라보았다. 밀러가 몇 마디 저질 농담을 던지더니 자폐증에 걸린 아이처럼 한 시간가량을 돌아다녔다. 그러더니 밖으로 나가 응애를 죽일 화학약품 몇 가지를 사가지고 왔다. 그

전까지 밀러는 벌통에 살충제를 뿌린 적이 없었다.

나중에, 그는 두 장의 공문을 받았다. 첫 번째 것은 노스다코타 주 농무부에서 온 것으로, 주에서 파견된 꿀벌 감독관이 밀러의 양봉장에서 바로아 응애를 발견했다는 내용이었다. 두 번째 것은 다음 해 겨울, 고향인 캘리포니아 주의 플레이서 카운티에서 받은 것으로, 밀러의 양봉장이 응애의 습격을 받았다고 선언하는 편지였다. 그래도 밀러는 운이 좋았다. 그보다 몇 년 전 그의 벌통에서 응애가 한 마리라도 발견되었더라면 캘리포니아 주 정부는 각 벌통에 독을 바르고 그의 벌들이 살았던 장비를 불태우며 밀러의 벌을 모두 살처분하려고 했을 것이니 말이다. 그러나 값비싼 비용과 함께, 사방의 양봉장을 모두 없애는 정책을 추진했음에도 응애의 확산을 막을 수 없었기 때문에 주 정부는 그 계획을 포기한 상태였다.

공문에 깜짝 놀랄 만한 소식은 없었다. 밀러는 이미 자신의 양봉장이 응애의 습격을 받았음을 알고 있었다. 그러나 두 개 주의 (표면상으로는 공정한 3자의 입장인) 농무부가 그의 양봉장이 감염되었음을 공식적으로 선언했다는 사실은 "오점과도 같았다"고 밀러는 말한다. 한때 밀러는 자부심 넘치는 양봉가였다. 다른 이들의 양봉장은 부저병과 바로아 응애로 고통을 받을지라도, 밀러의 양봉장은 언제나 깨끗하고 손질이 잘되어 있었으며 전문적으로 운영되고 있었기 때문이다. 밀러에 따르면, 그는 '독선이라는 망상'에 빠져 있었다. 자신은 너무 훌륭한 양봉가라 바로아 응애 감염과 같은 곤란을 겪지 않을 거라는 극심한 착각을 하고 있었던 것이다. 그러나 응애는 훌륭한 양봉가와 형편없는 양봉가를 가리지 않는다. 응애는 감염된 벌통 속의 벌 등에 올라타 건강한 봉군에 침입하며 모든 꿀벌을 감염시킨다. 핀 머리 크기만 한 응애는 너무 작아 아주 관찰력이 뛰어난 사람이 아니라면 지나치기 쉽지만, 응애의 영향력은 대단했다. 밀러는 이렇게 말한다. "이 바로아 응애는 거인처럼 북미 양봉장 전체를 활보했습니다."

바로아 응애는 피같이 붉은 갈색의 진드기처럼 생긴 생물이다. 길이는 1.8밀리미터에 폭은 2밀리미터 정도 된다. 다리는 8개이고 털이 많으며 몸통은 반짝이는 어두운 색 껍데기로 감싸여 있다. 두 가닥으로 된 날카로운 혀는 벌의 외골격을 뚫을 수 있어 꿀벌의 체액을 빨아 먹는다. 심장이나 동맥, 혈관과 같은 혈액순환 시스템이 없는 꿀벌에게 체액은 피와 같은 역할을 한다고 알려져 있었으나, 사실 체액은 삼투압을 이용해 체절 사이를 흐르는 혈액 조직이라고 볼 수 있다. 응애는 벼룩이 개 위에 올라타듯 성체 벌 위에 한 번에 올라타며, 벌 등이나 앞가슴 사이에 자리를 잡아 거의 눈에 띄지 않는다. 임신한 암컷 응애가 가장 먼저 꿀벌을 습격한다. 성체 벌 모르게 벌통 속에 들어간 응애는 봉군의 다음 세대가 될 유충을 키우는 육아실에 뛰어 들어간다. 유충들에게 먹이를 주고 일벌이 유충의 성장을 위해 밀랍으로 방을 막아버리기 전에 암컷 응애는 타이밍을 잘 잡아 육아실 바닥에 몸을 숨긴다. 일단 육아실이 봉인되면, 벌이든 인간이든 바로아 응애를 발견하거나 낌새를 알아차리지 못한다. 응애를 발견하려면 봉인된 방을 열고 유충을 죽이는 수밖에 없다.

이제 방 안에 안락하게 자리 잡은 암컷 응애는 몸을 구부리고 6개의 알을 낳는다. 하나는 수컷, 나머지는 암컷이다. 5일에서 8일이 지나면 알이 부화해 응애 유충이 되어 꿀벌 유충이나 번데기의 체액을 빨아 먹고 자라고 응애들은 교미를 한 후 새로운 방에 들어가 또 다른 꿀벌 유충을 먹이로 삼는다. 바로아 응애에 감염된 육아실은 훼손되어 몇 주가 아니라, 단 몇 시간도 존속하지 못한다. 응애에 감염된 꿀벌들은 다양한 장애를 갖게 된다. 날개가 구겨지거나 빠지고, 분비샘이 발달하지 못하며, 복부는 짧아지고, 단백질은 부족해지며, 정액의 질이 떨어진다. 무게도 건강한 벌보다 가볍고 잘 날지 않는다. 가장 병약해진 벌은 재빠르게 봉군에서 쫓겨나 바닥을 힘없이 기어다니다 죽는다. 응애는 치명적인 바이러스를 몰고 다니기 때문에 응애가 단 한 마리만 있어도 성체 벌의 수명은 최대 반이나 감소한다. 응애 개체수가 증가하면, 전체 봉군이 힘을 잃고 차츰 기력을 잃기 시작한다.

잔인하지만, 바로아 응애는 번성하는 봉군에만 침입하는 병이다. 건강해서 개체수가 많은 봉군에서 응애는 가장 효율적으로 먹이를 찾을 수 있기 때문이다. 봉군의 개체수는 밀원이 되는 꽃이 가장 만발하고 여왕벌이 하루에 수천 개의 알을 낳는 7월 중순에 절정에 달한다. 밀러가 계산한 바에 의하면, 7월 16일에 건강한 봉군에는 거의 8만 마리의 벌들이 있다고 한다. 즉, 그가 가진 벌통 1만 개를 통틀어 전체 벌 개체수가 7억 7,600만 마리에 달한다는 것이다. 혹은 밀러의 말에 의하면

"맨해튼에 있는 쥐 개체수의 절반"에 달한다. 이 시기에는 벌이 아주 많아, 처음에는 응애가 봉군에 미칠 수 있는 영향력이 미미하다. 봄과 여름에는 자연적으로 죽거나 자동차에 치여 죽은 벌들을 무한하게 보충할 수 있는 반면, 바로아 응애는 17일마다 4~5개 혹은 6개의 알만을 낳기 때문이다.

그러나 8월이 되면, 여왕벌은 점점 더 알을 적게 낳기 시작한다. 겨울에는 개체수가 적은 것이 좋기 때문이다. 꿀벌의 수가 감소하는 반면, 응애의 수는 계속 증가한다. 이 시기가 되면, 수천 마리의 응애가 알을 여러 개 낳으면서 기하급수적으로 그 수가 늘어 상상도 할 수 없을 정도로 증가 속도가 빨라진다. 늦은 가을이 되면 바로아 응애의 수는 절정에 달하고 꿀벌의 수는 바닥까지 떨어진다.

겨울이 되면 벌통 하나에 있는 꿀벌의 수는 3만 5천 마리 미만으로 감소한다. 혹은 밀러의 말에 따르면 "맨해튼에 있는 바퀴벌레 개체수의 10분의 1"에 해당한다. 꿀벌과 응애, 두 생물 개체수의 곡선이 교차하면, 6월과 7월에는 꿀과 유충과 일벌로 넘치던 벌통마저 흔들리기 시작한다. 여름이 가고 가을과 겨울이 오면서 건강한 일벌의 수가 줄어들어, 벌꿀과 꽃가루, 유충의 양도 감소하고, 꿀벌 무리는 굶주림과 포식자, 질병에 점점 더 취약해지다 결국 붕괴되고 만다. 바로아 응애의 수가 벌들이 그 수를 회복할 수 있는 능력을 넘어서면, 꿀벌 무리는 '붕괴'하고 마는 것이다.

한편, 바로아 응애는 이동하거나 다른 벌통을 약탈하거나 무단이탈한 꿀벌들을 이용해 다른 벌집으로 옮겨 새로운 봉군을 공략한다. 그런 후 처음부터 다시 시작한다. 임신한 암컷 응애 한 마리는 여러 마리로 불어 비슷한 재앙을 초래한다. 파급 효과를 일으키며 봉군을 파괴하고, 양봉장을 파괴하며, 양봉업 전체를 파괴하는 경우가 대다수다.

1987년 이래, 바로아 응애는 미국 꿀벌의 사망을 초래하는 가장 주된 원인이다. 전국적으로 활개를 치는 CCD는 비교도 안 된다. 밀러의 할아버지가 양봉업을 하던 시절에는, 양봉가들의 가장 큰 문제는 미국부저병이었다. 양봉가들이 벌통 간에 벌집틀을 옮기고, 양봉장 간에 벌통을 옮기면서 확산된 병이었다. 그러나 바로아 응애는 스스로 벌통을 옮겨다닌다. 게다가 그 속도는 양봉가들이 당황해 대응책을 펴지도 못할 정도다. 밀러는 이렇게 썼다.

내가 일하는 동안 일생일대의 도전이 될 것입니다.
의문의 여지도 없지요.
할아버지는 그것에 대해 들어본 적도 없습니다.
내 아버지도 거의 알지 못했지요.
나는 대부분의 시간을 그 문제를 해결하기 위해 보냅니다.
파괴자 바로아 응애는 공식적인 이름입니다.
바로아 응애는 나에게 제대로 영향을 미쳤습니다.
흔해빠진 진드기와 섬뜩할 정도로 비슷하고,
사슴진드기, 빌어먹을 진드기, 라임병 진드기와 비슷해,
나는 종종 '진드기' 모드에 돌입합니다.
이름이 무엇이든, 그것은 전염병일 뿐입니다.

미국 봉군에 참담하게 나타난 바로아 응애는 또 다른 기생충 감염의 출현과 함께 이미 예상되었던 것이다. 꿀벌의 가슴 기문에 서식하며 호흡을 방해하는 기생충인 기문 응애는 이미 3년 전 미국에서 발견되었다. 감염되면 즉시 발견되는 바로아 응애와는 달리, 기문 응애는 육안으로는 발견할 수 없다. 이를 보려면, 양봉가들은, 좀 더 정확히 말해, 곤충학자나 꿀벌 조사관들은 꿀벌을 해부해 기도를 확대하고, 기도 조직은 녹이지만 응애에는 아무 손상도 가하지 않는 용액에 담근 후, 남아 있는 물질을 유리판 위에 바르고 현미경으로 살펴보아야만 한다. 기문 응애도 꿀벌의 수명과 비행 시간을 단축시키고, 결국에는 전체 봉군의 건강을 약화시킨다. 처음 발견된 것은 1984년 텍사스에서였으며, 전국으로 급속히 퍼져나갔다.

몇 년이 지난 후, 양봉업 관련 회의에 참가한 밀러는 노스다코타 주 비즈마크에 있는 오래된 패터슨 호텔의 화장실에서 평소 알고 지내던 양봉가를 만났다. 플로리다에서 온 그 양봉가는 웨스트팜비치에 살고 있었다. 그는 메인 주에 있는 블루베리 밭의 가루받이를 위해 벌들을 대서양 연안으로 옮겨놓고, 서쪽으로 향해 7월 20일경에는 밀러의 여름 기지인 객클에서 한 시간 거리에 있는 노스다코타 주의 스틸에 도착했다. 그날은 여름작물인 클로버와 알팔파 꽃이 지는 시기와 일치했다. 밀러는 이해할 수 없었지만, 플로리다에서 온 그 양봉가에게는 돈이 넘쳐났고 스포츠카와 큰 요트, 비행기가 있었다. 그는 양봉가 회의에 아름다운 여자를 태운 스포츠카를 타고 나타나 호텔 바로 앞에 주차해, 모두가 바라볼 수 있도록 했다.

밀러에 따르면 "양봉가들은 이 상황에 어떻게 대응해야 할지 몰랐다"고 한다. 그것은 당황스러울 정도로 양봉가답지 않은 행동이었다. 나중에 밀러가 알아낸 바에 의하면, 그 양봉가의 부는 꿀벌을 키워서 얻은 것이 아니라(아닌 것이 당연하지 않은가?), 벌과 함께 마리화나를 대서양 연안을 따라 운송한 덕분이었다. 평범한 마약 단속반원은 밀수품을 찾아내기 위해 살아 있는 벌들로 가득한 벌통 속을 뒤질 장비나 능력을 갖추지 못했다. 그러나 누군가가 그를 잡아, 결국 그 양봉가는 데일 카운티 감옥에 갇히는 신세가 되었다. 그러나 그건 이미 그가 플로리다에서 기문 응애에 감염된 벌을 트럭 한 대 분량만큼이나 노스다코타로 옮긴 후였다.

패터슨 호텔 화장실에서 플로리다 양봉가를 우연히 마주쳤을 때, 밀러는 그에게 자동차나 여자에 대해 묻지 않았다. 그가 어떻게 꿀벌에서 얻은 소득만으로 유명 연예인처럼 살 수 있는지 궁금했지만 그때는 그 양봉가가 체포되기 전이었기 때문이다. 대신, 밀러는 복도에서 들은 소문, 즉 그의 벌이 기문 응애에 감염된 것이 사실인지에 대해 물어보았다. 밀러는 이렇게 회상한다. "그는 나를 돌아보며 자기라면 당장 벌들을 노스다코타에서 내보내겠다고 말했습니다."

캘리포니아 주는 응애의 감염을 늦추기 위해 캠페인을 벌이고 있었다. 응애에 감염된 양봉장은 살처분 당했고, 응애 감염이 확인된 주에서 들어오는 벌통은 주 경계를 넘지 못하도록 했다. 그 플로리다 양봉가는 노스다코타도 곧 감염된 주 리스트에 올라갈 거라는 사실을 알고 있었다. 밀러는 그날 아버지에게 전화를 걸어 전체 봉군을 아직 응애가 발견되지 않은 아이다호에 있는 본거지로 옮기라고 설득했다. 다른 양봉가들은 운이 없었다. 캘리포니아는 곧 노스다코타에서 들어오는 벌의 출입을 막았고, 캘리포니아에서 겨울을 나는 이주 양봉가들은 북부 평원의 추위를 참고 견뎌내야 했다. 혹독한 겨울에 이어 두 해 동안 연이은 가뭄을 겪으면서, 한때는 번성했던 양봉업에 종말이 닥쳐왔다.

서둘러 주 경계를 닫고 봉군의 파괴를 막았어도 기문 응애의 확산을 막기에는 역부족이었다. 응애는 벌통에서 벌통, 주에서 주로 옮겨다니며 급속히 확산되었다. 그리고 결국 전 대륙을 뒤덮었다. 기문 응애는 모든 곳의 봉군을 파괴했고 전 주의 양봉업에 피해를 입혔다. 그러나 더 이상 세력을 넓히지는 못했다. 수년간 가장 약한 봉군들이 죽어나가면서, 미국의 꿀벌들은 유전적 저항력을 갖추게 된 것이다. 이제, 양봉가와 꿀벌 조사관들은 기문 응애 감염 테스트를 거의 하지 않는다. 걱정해야 할 더 심각한 일들이 많기 때문이다. 그러나 1980년대 중반이 되자, 양봉업계는 진정한 공포에 휩싸이게 된다. 국가 간 경계가 점점 허물어지면서, 급속도로 영역을 확대하고 있는 새로운 해충을 해결하기 위해 싸워야 했던 것이다. 이주 양봉가들은 벌들을 여러 곳으로 옮기면서 수많은 이주 양봉업의 문제들 역시 옮겼다.

상황은 악화되기만 했다. 1987년 9월 25일 아침 10시 30분(이처럼 정확한 시간에 대한 기억은 양봉가들의 기억 속에서만 나올 수 있는 것이다), 개리 오레스코빅이라는 이름의 한 양봉가는 자신의 벌 등에 올라탄 말라붙은 피 색깔의 낯선 곤충을 발견했다. 그는 확인을 위해 거듭 들여다본 후, 이웃인 데이비드 믹사에게 전화를 걸어 혹시나 그 곤충이 자신이 두려워하는 바로아 응애가 맞는지 확인하러 와달라고 했다. 믹사는 크로아티아계의 여왕벌 사육자로 1983년 부다페스트에서 열린 양봉업 회의에 참가해 중부 유럽을 돌며 사촌들을 방문하고 여러 양봉장을 들른 바 있다.

아시아에서 유래한 바로아 응애는 1970년대, 소비에트권 공산국가들을 휩쓴 적이 있다. 루마니아와 불가리아, 유고슬라비아를 차례로 휩쓴 후 전체 유럽을 강타했다. 믹사의 사촌들도 당시 봉군 대다수를 잃은 사람들 중 하나였다. 믹사가 처음으로 바로아 응애를 본 것도 사촌의 양봉장에서였다. 믹사는 "나는 자그레브에 있는 양봉장에서 꿀벌 한 마리에 응애가 21마리나 올라타 있는 것을 봤습니다"라고 말한다. 그는 그 순간, 그 벌레들을 훗날 다시 보게 될 거라는 것을 직감했다. 철의 장막도 기생충 전파를 막을 수 없는데, 그 누가 막을 수 있겠는가?

4년 후 9월의 어느 날, 위스콘신에서 믹사는 오레스코빅이 발견한 벌레가 북아메리카 대륙에서 발견된 최초의 바로아 응애라는 사실을 확인시켜주었다. 오레스코빅은 벌통 1,800개 중 19개를 살처분한 후 메릴랜드 주 벨츠빌에 있는 미 농무부 연구소로 샘플을 보냈다. 그리고 농무부 연구소 역시 감염 사실을 확인했다.

바로아 응애가 어떻게 미국까지 다다랐는지 정확히 아는 사람은 없다. 응애에 감염된 꿀벌이 이미 감염된 지역에서부터 스스로 날아왔을 리는 없었다. 1970년대에 응애가 발견된 남아메리카 대륙에서부터도 날아올 수 없었다. 아무리 단단히 결심을 해도 곤충이 날아올 수 없는 거리였다. 양봉가들과 과학자 대다수는 바로아 응애가 위스콘신이 아니라 플로리다를 통해서 들어왔을 거라고 생각하고 있다. 미국 양봉업의 골칫거리 대부분이 이곳에서 시작되었기 때문이다. 오레스코빅과 그의 이웃인 믹사는 봉군을 싣고 플로리다로 가서 겨울을 나며 감귤류와 피망, 수박 등의 가루를 받았으며, 오레스코빅이 처음 응애를 발견한 벌통은 모두 그가 플로리다 중부지방에서 구입한 벌들과 함께 보관되어 있었다.

꿀벌 수입은 1922년 이래로 불법이 되었다. 따라서 플로리다에 도착하는 배나 비행기를 타고 들어왔을 것이라고 추측하고 있다. 믹사가 들은 소문에 의하면 응애는 플로리다와 남미 사이를 오가는 미국 마약 단속국 소유 비행기에서 나왔다고 한다. 혹은 외국에서 여왕벌을 몰래 들여오는, 일명 '보따리 수입상' 양봉가들이 가져온 것일지도 모른다. 이 밀수꾼들은 말 그대로 주머니나 짐 보따리에 여왕벌을 담은 우리를 숨겨 들여오기 때문이다.

사실 중요한 건 그런 것들이 아니었다. 어쨌든 어떤 경로를 통해서 바로아 응애는 미국에 도착했고, 위스콘신에서 발견된 시점에는 플로리다 전역에 퍼져 있었다. 1988년 1월 14일이 되자, 플로리다 주 농무부는 응애에 감염된 봉군이 8천 개라고 발표했다.

일단 응애의 존재가 확인되자, 연방동식물검역국(Federal Animal and Plant Health Inspection Service)은 행동에 돌입했다. 미국 환경보호청(EPA)에서 긴급히 인증을 받아 양봉가들에게 플루밸리네이트를 사용하라고 권고했다. 미국에서는 아피스탄이라는 상품명을 달고 판매 허가를 받은 살충제로서, 이미 유럽에서 바로아 응애 퇴치에 효과가 있다고 증명된 약품이었다. 밀러가 처음 자신의 양봉장에서 바로아 응애를 발견했을 때, 그는 빨리 뛰어나가 살비제 소량이 코팅된 플라스틱 스틱형 아피스탄 스트립 수천 개를 사왔다. 그는 아피스탄을 벌통 안에 넣었다. "마치 마법과 같은 효과가 있었다"고 밀러는 회상한다.

동시에, 캘리포니아와 같은 주요 양봉업 지역은 바로아 응애에 감염된 봉군이 주 경계를 넘지 못하도록 했다. 캐나다 정부 또한 자국에서 가루받이 사업을 하던 미국 꿀벌과 여왕벌 사육자가 국경을 넘지 못하도록 막았다. 그러나 그렇게 검역을 강화했음에도 응애의 확산을 막지 못했다. 바로아 응애에게 주 경계나 주 정부 법 따위는 아무 상관없었고, 일벌은 주 경계를 넘나들며 자신들이 선택한 꽃을 찾아다녔다. 마찬가지로 다수의 양봉가들은 여전히 평소처럼 이주 양봉업을 행하고 있었으며 야간이동이나 이면 도로 이용을 통해 검역을 피하고 있었다.

최초로 바로아 응애가 발견된 지 2~3년이 지난 후에야 처음으로 그로 인해 어려움을 겪는 양봉장이 나타났다. 그로부터 2년 후, 바로아 응애는 미국 전역을 뒤덮었다. 대규모 이주 양봉업 덕분에 급속히 빠른 속도로 벌통 사이를 옮겨다닐 수 있었기 때문이다. 감염 초기에, 바로아 응애는 미국에 존재하는 야생 봉군을 모두 공격해 죽였다. 그리고 한때는 농작물과 꽃의 가루받이 작업을 도맡다시피 하던 야생벌을 완전히 없애버렸다.

오늘날, 야생벌의 개체수는 1987년 이전과 비교했을 때 2퍼센트에 불과한 것으로 추정되고 있다. 게다가 남아 있는 그 야생벌들도 사실은 양봉장에서 탈출한 것들일 뿐, 바로아 응애로 인한 멸종에서 살아남은 녀석들이 아니다. 바로아 응애로 인해 미국의 야생 꿀벌은 사실상 멸종 상태다. 양봉가들이 봉군 관리를 제대로 하지 않는다면, 사육되는 꿀벌도 2년 이내에 모두 사라지고 말 것이다. 양봉가가 꿀벌을 돌보지 않으면, 꿀벌이 살아남을 확률은 제로에 가깝기 때문이다. 밀러의 봉군과 같이 잘 관리된 꿀벌들이 위험을 피할 수 있는 것은 오직 극도의 경계와 정기적인 아피스탄 설치 덕분이다.

바로아 응애가 세계 최초로 발견된 건 1904년 인도네시아에서였다. 동식물 연구가였던 에드워드 제이콥슨이 자바 섬에서 동양종 꿀벌(Apis cerana)에 있는 적갈색 응애를 발견한 것이다. 그는 응애를 네덜란드에 있는 레이던 박물관으로 보냈고, 그곳에서 네덜란드 생물학자인 A. C. 오우데만스는 그 해충이 아직 확인되지 않은 거미종에 속한다는 사실을 알아냈다. 그는 그 응애에 바로아 제이콥소니(Varroa jacobsoni)라는 학명을 지었다. 이 해충은 아시아 풍토병에 해당하며, 수백만 년을 두고 함께 진화했기 때문에 동양종 꿀벌에는 거의 해를 가하지 않는다는 사실이 밝혀졌다. 동양종 꿀벌에는 자연 방어 시스템이 있어, 성체 벌이나 봉인된 육아실에 있는 응애를 감지해서 쫓아낼 수 있다. 그래서 제이콥슨이 바로아 응애를 발견한 지 1세기가 지나도록, 아무도 더 이상 깊게 조사하려 하지 않았다.

곤충학자들은 유럽 꿀벌과 동양종 꿀벌이 수백만 년 전, 유전학적으로 동일한 조상에서 파생된 것이라고 보고 있다. 유럽 꿀벌처럼 동양종 꿀벌도 집단을 이루어 살고, 꿀을 생산하며, 쉽게 사육할 수 있다. 동양종 꿀벌은 더 작고 털이 적으며, 배에 좀 더 뚜렷한 줄무늬가 새겨져 있다. 또한 유럽 꿀벌보다 더 빨리 날고 더 불규칙한 특징이 있다. 그리고 조금 더 방어적인 태도를 보인다. 더 빨리 떼를 지었다가 흩어지며, 집단 크기가 작아 꿀도 소량만 생산한다. 따라서 유럽 꿀벌이 인간과 함께 다니며 유럽을 비롯하여 인간이 살 수 있는 모든 곳에 퍼지게 된 것이다. 과학자들의 추정에 의하면, 수백 년 전에 이미 유럽 꿀벌은 지구를 한 바퀴 돌았다고 한다. 시베리아 횡단 열차를 타고 서쪽에서 동쪽으로 이동한 유럽 꿀벌은 아시아에서 동양종 꿀벌뿐 아니라 응애도 만난 것으로 추정된다.

1950년대 초반, 응애는 운명적인 이동을 하게 된다. 일부(혹은 단 한 마리의) 아시아 응애가 동양종 꿀벌에서 유럽 꿀벌로 옮겨간 것이다. 과학자들은 그 일이 러시아 동부 어딘가에서 일어났다고 보고 있다. 1960년대가 되자, 응애는 러시아와 북아프리카 전역에 퍼졌다. 1970년대에는, 유럽으로 옮겨왔고, 파라과이에서도 발견되었다. 그러나 1987년 9월 어느 날 아침 위스콘신에서 게리 오레스코빅이 핏빛 진드기를 발견하기 이전까지, 미국은 감염되지 않은 것으로 여겨졌었다.

그러나 거기까지였다. 1980년대 후반에 응애는 북미 대륙을 뒤덮었고, 1990년대 초반에는 남아프리카에서도 발견되었다. 2000년에는 뉴질랜드까지 영향력을 확대해, 뉴질랜드 양봉가들은 3만 개 이상의 봉군을 잃는 참사를 겪고, 2천 명 이상의 양봉가가 은퇴를 해야 했다.

2008년에는, 응애가 하와이에도 상륙했다. 지금까지, 호주만이 응애가 한 마리도 발견되지 않은 주요 양봉업 국가로 남아 있을 뿐이다. 대부분의 징그러운 벌레들처럼 바로아 응애도 한때는 전혀 눈에 띄지 않는 그늘에서 살아, 전혀 주목을 받지 못했다. 그러나 전 세계 꿀벌 공급량을 급격하게 감소시키자, 해롭지 않은 곤충으로 분류되던 응애는 갑자기 양봉업계의 공공의 적이 되고 말았다.

그래서 양봉업계는 바로아 응애의 생리에 대한 집중 특강을 시작했다. 지금까지 40년간, 곤충학자들은 바로아 응애에 대해 집중적으로 연구하며, 생애주기와 번식 행태, 성향들을 알아가고 있다. 그들은 연구할수록 응애와 꿀벌의 관계가 복잡하다는 사실을 알게 되었다. 예를 들어, 응애의 영향력은 지역에 따라 다르게 나타났다. 남미와 러시아 동부 지역의 벌들은 상대적으로 저항력을 가지고 있었다. 서유럽과 북미의 벌들은 응애를 이기지 못하고 대부분 죽어갔다. 게다가 유럽 꿀벌에 옮은 응애는 동양종 꿀벌에 있는 응애보다 몸집이 확연히 더 컸다. 처음에 과학자들은 이런 차이가 유럽 꿀벌이 더 크고 봉군도 더 크기 때문에 응애가 더 많은 영양을 섭취할 수 있어 잘 자란 것이라고 생각했다. 그러나 2000년, 데니스 앤더슨이라는 호주의 한 병리학자는 다른 결론에 도달했다.

나는 존 밀러와 함께 참가한 양봉업 관련 회의에서 데니스 앤더슨이 바로아 응애에 관해 연설하는 것을 처음으로 들었다. 앤더슨은 청바지에 칼라가 달린 셔츠를 입었는데 단추를 두어 개 푼 차림이었다. 곤충에 빠진 괴짜들은 상상도 못할 옷차림이었다. 그는 샌님같은 곤충학자

스타일이 아니라, 호주의 환경운동가로 TV 프로그램 〈악어 사냥꾼〉으로 널리 알려진 스티브 어윈 같은 허풍쟁이 스타일이었다. 그의 바로아 응애에 관한 연설은 흥미로운 동시에, 바다 악어나 박스 해파리처럼 위협적이었다.

그는 미소를 자주 지었지만, 억지 미소였다. 놀란 듯한 눈썹 모양에 코는 뾰족했고, 굵고 덥수룩한 머리칼과 턱수염으로 뒤덮인 그의 얼굴은 어린애 같았다. 60에 가까운 나이였지만, 흰머리는 찾아볼 수 없었다. 그는 벌과 벌의 질병을 연구하며 전 세계를 돌아다녔다. 1년에 6개월은 캔버라에 위치한 호주 연방과학산업연구기구에서 보냈고, 나머지 6개월은 아시아 전역을 돌며 꿀벌의 질병과 해충에 대해 현장 연구를 했다. 그는 꿀벌과 응애에 관해 연구하는 책임 연구원이었다. 최후의 바로아 응애 없는 보루 국가였던 호주는 이미 감염된 국가들보다 좀 더 전문적으로 연구에 전념할 수 있도록 기금을 대주었다. 그리고 그 기금은 대부분 응애를 박멸할 수 있는 화학약품 개발에 쏟아졌다.

앤더슨이 처음으로 바로아 응애를 연구하게 된 것은 호주 대륙 북쪽에 가까이 있는 파푸아 뉴기니에서 현장 조사를 할 때였다. 그곳은 꿀벌 생리학자에게는 환상적인 장소였다. 20세기 뉴기니 섬을 휩쓸었던 이주 정책 덕분에 그곳에서는 동양종 꿀벌과 유럽 꿀벌이 섞여 있어서 두 종의 꿀벌이 공유한 병원균의 행태를 연구하기에는 최적의 실험실 역할을 했다. 제1차 세계대전 이전에 호주의 선교사들은 뉴기니로 유럽 꿀벌을 들여갔고, 인도네시아 정부가 자바 섬의 농부 수천 명을 섬 서쪽에 있는 이리안자야로 이주시킨 후인 1970년대에는 동양종 꿀벌이 유입되었다. 이 농부들은 닭과 돼지, 동양종 꿀벌과 같이 자신들이 키우던 가축도 함께 데리고 이주했다. 그러면서 그때까지는 아무런 해도 끼치지 않던 바로아 응애, 즉 바로아 제이콥소니 또한 꿀벌과 함께 데리고 갔다.

1989년, 미국에 응애가 유입된 지 약 2년이 지난 후, 앤더슨은 북반구에 서식하는 유럽 꿀벌이 큰 피해를 입고 있다는 사실을 알았다. 뉴기니에서는 유럽 꿀벌이든 동양종이든 응애는 흔하게 퍼져 있었다. 그러나 앤더슨은 뉴기니 유럽 꿀벌에 대한 응애의 행태가 다른 지역의 유럽 꿀벌에 대한 응애의 행태와 다르다는 사실을 알아냈다. 뉴기니에서 응애는 육아실에서는 번식할 수 없어 개체수가 충분히 늘지 않았던 덕분에 봉군 전체에 위해를 가할 수 없었다. "이런 행태를 바로아 응애에서 발견한 건 처음이라, '지금 내가 본 건 그저 예외일 것이다'라고만 생각했습니다"라고 앤더슨이 말했다. 그러나 그것은 예외적인 행태가 아니었다. 뉴기니에서는 그것이 정상이었다. 뉴기니에서 바로아 응애는 유럽 꿀벌 군집 안에서 번식이 불가능했다. "나는 그 현상을 4년간 관찰한 후에야, '이곳의 바로아 응애는 번식을 할 수 없다'라고 말할 수 있었습니다."

문제는 그 이유였다. 뉴기니에서는 유럽 꿀벌이 응애에 저항력을 가지고 있는 것일까? 혹은 응애의 종류가 다른 것일까? 이것을 연구하기 위해 앤더슨은 실험을 했다. 유럽종 여왕벌을 호주 퍼스에서 키운 후 수벌 한 마리에서 추출한 정액으로 인공수정을 했다. 그렇게 하면 여왕벌이 낳는 자손들은 모두 한정된 유전자 기반을 가지고 태어나게 된다. 그후, 앤더슨은 새끼 벌 20마리는 뉴기니로, 20마리는 독일로 가져가 각각의 지역에서 발견된 응애에 어떤 반응을 보이는지 살펴보았다. 뉴기니에서 꿀벌들은 건강을 유지했다. 그러나 독일에서는 말살되고 말았다. 독일에서 발견된 응애는 퍼스에서 온 벌 군집 속에서도 손쉽게 번식했으나, 뉴기니의 응애는 그렇지 못했던 것이다.

앤더슨은 같은 실험을 인구 밀도가 높은 자바 섬에 자리한 인도네시아 수도인 자카르타에서도 실시했고, 그곳의 응애 역시 유럽 꿀벌 군집 속에서 번식을 할 수 없었다는 사실을 발견했다. 그러나 1994년, 앤더슨의 실험이 끝난 지 얼마 되지 않아, 자바 섬의 응애가 갑자기 유럽 꿀벌 속에서도 번식을 시작해 섬 전역의 봉군을 말살하고 있다는 소식을 듣게 되었다. 그는 말살된 봉군에서 응애를 채취해 실험을 했다. 이전에 뉴기니와 자바 섬에서 연구했던 응애보다 훨씬 더 큰 개체였다. 몸집이 큰 응애가 봉군 사이에 급속히 퍼지고 있었지만, 번식을 하지 못하는 작은 응애 역시 발견되고 있었다. 앤더슨은 그때가 바로 자신이 유레카를 외친 때였다고 말했다. "나는 그곳에 두 종류의 응애가 있다는 사실을 깨달았지요."

자바 섬에서 발견된 새로운 응애는 몸집이 크기만 한 것이 아니었다. 좀 더 길쭉하기도 했다. 1990년대 중반에 이르자, DNA 기술의 진화로 인해 응애 유전자 코드의 배열 순서를 밝혀낼 수 있었다. 그래서 앤더슨은 두 종류 응애의 특정 사립체 유전자의 배열 차이를 연구하고, 그 두 응애가 서로 다르다는 사실을 밝혀냈다. 그후, 그는 아시아를 여행하며 추가로 샘플을 더 수집하고 그것들의 유전자 배열순서 또한 밝혀냈다. 그는 전 세계의 동양종 꿀벌 등에 올라탄 응애가 단 한 종류만 있는 것이 아니라는 사실을 알아냈다. 4가지의 완전히 다른 종류의 응애가 지역에 따라 18가지의 서로 다른 유전자형을 가지고 있었다. 18종류의 응애 중, 오직 두 종류만이 유럽종 꿀벌 봉군에서 전 세계적으로 발견되었다. 그리고 그 두 종류 모두 전 지구의 꿀벌 개체수 감소의 원인으로 지목되던 종이 아니었다. 앤더슨이 뉴기니에서 발견한 바로아 제이콥소니는 인도네시아에서 유래된 것으로 유럽종 꿀벌 봉아(꿀벌 알과 애벌레, 번데기의 총칭)에서는 번식을 할 수 없었다.

조지아 대학의 곤충학자인 키스 델라플레인이 2001년《꿀벌 과학 저널》사설에 쓴 내용에 의하면, 그것은 "양성의 고유종으로서, 숙주를 방해하고 있었으며……우리가 생각했던 것처럼 세계적인 재앙을 일으킨 범인이 아니다." 이 응애는 숙주가 되는 꿀벌이 다르다고 해서 지역에 따라 상이한 행동을 보이지 않았다. 사실, 응애의 행동이 달랐던 것은 바로 응애의 종류가 달랐기 때문인 것이다. 앤더슨은 지난 30년간 곤충학자들이 완전히 다른 응애를 연구하고 있었음을 깨달았다.

범인은 바로아 제이콥소니가 아니었다. 두 종류의 유전자형 중 몸집이 더 큰 그 응애가 바로 유럽 꿀벌에서 번식을 할 수 있는 녀석이었다. 문제가 되는 유전자형을 가진 응애 중 하나는 한반도 어딘가에서 유래한 것이고, 다른 하나는 일본이 원산지였다. 일본 응애는 파라과이로 향하는 배에 실렸던 응애에 감염된 벌에 의해 1970년대 남미에서 발견된 것이었다. 이 응애는 그 파괴력과 확산력 때문에 강력하게 금지되고 있었다. 훨씬 더 병원성이 강한 종은 한반도에서 진화했다. 어느 시점

엔가, 이 녀석은 동양종 꿀벌인 아피스 세라나에서 러시아 꿀벌로 옮겨가 유럽과 미국으로 퍼져나갔다. 한국 응애는 앤더슨이 연구한 응애들과 유전자형에서 공통점이 거의 없었다. 그 사실로 미루어 숙주가 되는 꿀벌 종을 옮겨 탄 응애가 오직 한 마리 암컷이었음을 알 수 있었다. 그 녀석은 말하자면 건국의 어머니인 셈이었고, 자신을 복제해 전 세계에 퍼뜨린 것이다.

델라플레인은 앤더슨의 발견을 중력의 법칙이나 상대성의 법칙의 발견까지는 아니더라도 '과학의 혁명'에 비견되는 것이라고 했다. 유럽 꿀벌인 아피스 멜리페라의 기생충에 대해 연구하는 세계 과학자들의 입장에서는 놀랄 만한 일이라는 것이다. 새로운 종을 발견한 사람인 앤더슨에게 그것에 이름을 붙일 자격이 주어졌다. 그 새로운 종의 응애에 '바로아 앤더스니'라는 이름을 주거나(앤더슨은 "저는 기생충 같은 응애로 기억되고 싶지 않습니다"라고 말했다.) 원산지명을 딴 이름을 주는 대신, 그는 그 응애의 파괴적인 성향을 따라, 멜로드라마나 만화책에 나오는 이름 같은 '바로아 디스트럭터'라는 학명을 지어주었다.

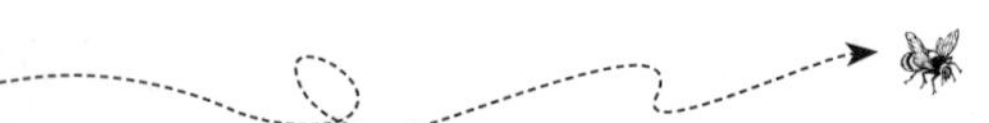

호주 정부는 자국 땅에 그렇게 파괴적인 해충이 퍼지는 것을 막기 위해 응애에 감염되었을지 모르는 외국 벌이 호주 대륙에 상륙하지 못하도록 막고 있었고 호주 출신의 뛰어난 꿀벌학자인 앤더슨은 거기에 아주 깊이 관여하고 있었다. 이것은 급속한 이동의 시대에 쉬운 일이

아니었다. 새로운 위대한 여왕벌을 찾는 꿀벌 수집가의 주머니를 타기도 하고, 배의 선반이나 돛대에 매달려, 혹은 비행기 수하물 칸에 타기도 하며, 다양한 운송수단을 이용해 벌들은 모든 대양을 건넜다. 문제가 더 복잡해진 것은 이제 더 이상 오직 한 종류의 응애만을 상대해서는 안 된다는 사실 때문이었다. 앤더슨이 바로아 디스트럭터를 관찰하고 이름을 붙인 이후로, 또 다른 변종 응애가 동양종 꿀벌에서 유럽 꿀벌로 옮겨갔다. 다행이었던 것은, 그 사건이 앤더슨에게는 아주 친숙한 벌에서, 즉 그가 가장 처음 응애를 연구했던 바로 그 지역에서 일어났다는 점이다.

2008년, 뉴기니에서 유럽종인 아피스 멜리페라 봉군이 엄청난 속도로 사라지고 있다는 보고가 들어왔다. 앤더슨은 사태를 확인하러 떠났다. 그가 우울한 어조로 이렇게 말했다. "가장 처음 뚜껑을 열었던 벌통에서 거의 모든 방마다 응애가 번식하고 있었음을 확인할 수 있었습니다." 그러나 뉴기니에서는 정교한 기술을 이용할 수 없었기 때문에 어떤 종류의 응애가 문제를 일으키고 있는지 확인할 수는 없었다. 그래서 그는 임시변통을 마련했다. 동양종 꿀벌 봉군에서 바로아 제이콥소니를 채취해 유럽 꿀벌에 퍼진 응애와 비교하기 위해 디지털 카메라로 사진을 찍고 노트북으로 이미지를 전송했다. 그 둘은 정확히 같은 크기에 같은 모양을 하고 있었다. 그는 유전자 검사를 위해 호주 연구실로 샘플을 보냈다. "예상대로, 그것은 자바 응애였습니다." 사상 처음으로 바로아 제이콥소니가 유럽 꿀벌 봉군에서 번식을 하고 있었던 것이다.

이러한 전망은 동요를 일으켰다. 바로아 디스트럭터처럼, 이 새로운 병원성 해충인 제이콥소니도 전 세계적으로 궁지에 몰린 꿀벌 개체수에 더욱 큰 문제를 일으킬 수 있는 생소한 바이러스를 옮길 수 있었기 때문이다. 게다가 이제 유럽 꿀벌에서 번식을 할 수 있는 제이콥소니 응애가 여전히 동양종 꿀벌에서도 번식할 수 있는지 앤더슨은 알지 못했다. 동양종 꿀벌에서 번식이 가능하다면 바로아 응애가 호주에 도착하는 불가피한 상황은 시간문제일 뿐이었다. 앤더슨은 이렇게 말했다. "응애가 뉴기니를 벗어나는 방법은 동양종 꿀벌 등에 타는 것입니다."

유럽 꿀벌은 뉴기니와 같은 열대 저지대에서는 살아남지 못한다. 살아남기 위해서는 엄청난 보살핌과 관리가 필요하다. 동양종 꿀벌에는 그런 문제가 없다. 뉴기니에서 동양종 꿀벌은 침략종으로 여겨진다. 쉽게 봉군을 이루고 장거리 비행도 가능하기 때문이다. 동양종은 이리안자야 섬에 도입된 이후, 옛날 호주의 영토였던 파푸아 뉴기니 섬에도 퍼졌고, 동쪽으로는 뉴브리튼 섬까지 퍼졌으며, 1,300마일이나 떨어진 솔로몬 군도까지 확산되었다. 호주 땅에도 침입해, 2007년 5월에는 드라이독에 정박 중인 요트의 돛대에 몰린 벌떼를 없애기 위해 호주 극동북부 지방인 케언스의 양봉가가 호출된 적도 있다.

당시 그는 그 벌이 특이하다는 점을 깨닫고 지역 농업국 관리에게 전화를 걸었다. 농업국 관리는 그 벌이 동양종인 아피스 세라나라는 것을 알아차리고 즉각 비상 상황을 선언했다. 퀸즐랜드 생물보안소 관리는 모든 호주 벌들의 인위적 이동을 제한하고, 감시팀을 인구가 적은 북쪽 지방으로 보내 벌떼를 찾도록 했다. 이들은 공고문을 내, 시민들에게 특이한 벌을 보면 신고하라고 했고 포충망을 이용해 그 지역을 샅샅이 뒤졌으며 아피스 세라나 DNA를 찾기 위해 벌을 주식으로 하는 새 모이를 검사했다. 이들은 '비라이닝(Beelining)'이라고 불리는 절차를 이용해 계획적으로 놓아둔 설탕 먹이판으로 성가신 동양종 꿀벌을 꾀어 붙잡고 표시를 해놓았다. 그러고는 그 벌들을 다시 놓아주고 뒤를 좇아 벌통을 찾아냈다.

요트 정박장에서 반경 1킬로미터 이내에 있는 봉군 3개를 발견하고 말살했다. 봉군의 발견으로 벌들이 그곳에서 봉군을 형성하고 확산될 만큼 이미 꽤 오랫동안 서식하고 있었다는 사실이 분명해졌다. 농업국은 벌들이 최대 3개월 전에 호주 땅에 상륙했을 것이라고 짐작했다. 수색지역은 더 넓어졌고, 2010년 7월이 되자 100개 이상의 동양종 꿀벌 벌집이 발견되었다. 그 확산을 막기란 거의 불가능해 보였다. 북부 퀸즐랜드 지역에서는 이미 동양종 꿀벌이 토착종으로 자리 잡고 있었던 것 같았다. 벌집과 벌집에서 채취한 꿀벌을 검사한 결과 모든 벌들은 단일 봉군에서 유래한 한 핏줄로 밝혀졌다. 아마도 뉴기니에서 출발한 배에 올라탄 벌떼 한 무리가 검역을 피해 상륙한 것이리라. 검사 결과, 그 꿀벌에서는 응애를 한 마리도 발견할 수 없었다. 동양종 꿀벌이 유럽 꿀벌의 벌집을 약탈하고 공격하거나 식량 전쟁에서 이길 위험성이 남아 있긴 했지만, 한동안 호주 정부는 응애를 감추고 있을지 모를 이 벌들을 말살하지 않았다.

그러나 앤더슨은 호주 대륙에 바로아 응애가 도착하는 것은 시간문제라는 사실을 알고 있었다. 새로이 발견된 아주 파괴적인 뉴기니 변종일 수도 있고, 한국형 변종일 수도 있으며, 여러 꿀벌 종이 섞이며 혼합되는 와중에 새로이 생겨난 또 다른 해로운 유전자형을 가진 응애일 수도 있었다.

앤더슨은 이렇게 말했다. "도착할 것이냐 아니냐의 문제가 아니라, 언제 도착하느냐의 문제였습니다." 단기적으로는 응애의 확산이나 파괴력을 방지하는 데 앤더슨의 바로아 응애 유전학에 관한 지식이 아무런 힘을 쓸 수 없을 것이다. 바로아 응애는 놀라울 정도로 파괴적일 뿐 아니라, 엄청난 적응력을 가지고 있기 때문이다.

이것이 바로 2005년 겨울, 존 밀러가 값비싼 희생을 치르며 얻은 교훈이었다. 미국의 양봉가들이 처음으로 바로아 응애를 접했던 초기, 치료는 간단했다. 그저 가을이면 각각의 벌통마다 아피스탄 스트립을 설치해놓고 잊고 지내는 것이었다. 아피스탄은 응애를 죽여, 전체 봉군에 위협을 가할 정도로 응애의 개체수가 느는 것을 막을 수 있었다. 그러나 약 10년 후, 이 약품은 효과를 다하고 말았다. 아피스탄이 응애의 대부분을 말살했지만, 세월을 거치며 살아남은 몇 마리가 번식을 해서 살비제에 저항력을 가진 유전자를 퍼뜨리고, 결국 약품에 저항력이 있는 유전자를 가진 녀석들의 후손들이 응애의 대부분을 차지할 정도로 그 개체수가 늘어났다는 사실이 밝혀졌다.

더 강해지고 더 저항력이 세진 응애를 퇴치하기 위해 새로운 약품이 개발되었다. 다행히도, 쿠마포스(coumaphos)라는 이름의 두 번째 화학 약품은 미국 환경보호청 승인 절차를 기다리고 있었고 서둘러 출시되었다. 쿠마포스 또한 응애 퇴치에 효과가 좋았지만 꿀벌에도 더 독성을 발휘했다. 밀러는 이 약품을 벌통에 설치하고 얼마 후, 여왕벌들이 알을 덜 낳고 약해지다 곧 죽는다는 사실을 알아챘다. 밀러의 친구로 세계 최고의 엉겅퀴 꿀 생산자인 케빈 워드는 쿠마포스가 "응애를 뺀 모두를 죽인다"는 농담을 하곤 한다.

양봉가들은 그들의 연약한 벌들을 보호하기 위해 농업의 산업화가 시작된 이후 대항해 싸우던 바로 그것에 의존하게 되었다. 바로 살충제다. 1950년대와 1960년대부터 메틸파라티온이나 퓨라단과 같은 치명적인 화학약품이 전국에 걸쳐 작물에 뿌려졌으며 거의 무차별적으로 새들과 곤충, 양봉되는 벌들을 죽였다. 그 효과는 대단했다. 살충제를 뿌리고 있을 때 근처를 지나던 새와 곤충들은 날아가던 와중에 하늘에서 떨어져 죽곤 했으니 말이다. 살충제를 맞고도 살아남았거나 이제 막 살충제가 뿌려진 꽃을 다녀간 벌들은 오염된 꽃꿀을 가져갔고, 결국 전체 봉군이 참담한 결말을 맞이하게 되었다. 화학 살충제가 뿌려지고 몇 주가 지나도, 밭은 여전히 치명적인 상태였고, 울타리에는 '펠리그로(Peligro)', 즉 위험이라는 표시가 붙어 있었다.

양봉가들에게 그 위험은 현실이었다. 단 한 번이라도 살충제가 뿌려지는 시기가 잘못되거나 농약을 뿌리는 비행기가 잘못 지나가기라도 하면 생계를 망칠 수 있었다. 밀러는 캘리포니아 주 트레이시 근처 알팔파 밭에 놓여 있던 그의 벌통 위를 지나가던 비행기에서 새어나온 퓨라단에 가슴이 철렁했던 것을 기억한다. 죽은 벌들이 벌통 바깥에 생긴 '죽음의 웅덩이'에 쌓여 있었을 뿐 아니라, 더욱 충격이었던 것은 벌통 안에도 죽은 벌들로 가득했던 것이다. 밀러는 "죽은 벌들을 자루에 쓸어 담으며 눈물을 참았습니다"라고 말했다.

분석을 위해 죽은 벌들을 주 정부 소유의 실험실에 보냈을 때, 전문가들은 벌에서 퓨라단 수치가 그렇게 높게 나온 것은 처음이었다고 말했다. 캘리포니아와 몇몇 주에서는 농부들이 작물에 살충제를 뿌릴 때면 양봉가에게 통보하도록 했다. 그러나 다른 주에서는 양봉가들에게 책임을 돌려 농부들의 살충제 살포 계획을 잘 챙겨 알아두도록 했다. 그것은 거의 불가능한 일이었다. 수 마일 떨어진 곳에서 뿌려지는 살충제도 갑작스런 강한 바람에 실려 전체 봉군을 죽일 수 있었기 때문이다.

양봉가들은 살충제와 관련된 모든 것을 증오하게 되었다. 응애의 살육이 시작되기 전, 자존심이 있는 양봉가라면 미국 부저병을 퇴치하기 위해 테라마이신(Terramycin)이라는 항생제를 벌통에 설치하는 것 외에는 아무런 화학약품도 사용하지 않았다. 이제 양봉가들은 자신의 벌통에 화약약품을 투여하지 않을 수 없게 되었다. 밀러는 이렇게 말한다. "우리가 이제껏 훌륭한 양봉이라고 믿어왔던 모든 것을 거스르는 일이었습니다." 그러나 그 외에 그들이 할 수 있는 일이라곤, 바로아 응애를 퇴치하지 않고 그냥 두어 봉군의 80~90퍼센트를 잃는 것밖에 없었다. 그렇게 하고 싶은 양봉가는 없었다. 그래서 밀러는 자존심을 누르고 쿠마포스를 지속적으로 사용했다. 3~4년간 그 약품은 효과가 있었다.

그러나 2004년 늦여름, 밀러는 너무 늦게 쿠마포스가 더 이상 효과가 없다는 사실을 깨달았다. 당시 그는 노스다코타 주 레르 외곽지역에 위치한 양봉장에 있었다. 그곳은 벌꿀을 좋아하며 정원 가꾸는 솜씨가 뛰어난, 80대에 접어든 '멋진 노총각' 윌버 하우프의 농장에 설치한 양봉장이었다. 하우프의 마당은 모래흙으로 되어 있었으며, 밀러의 벌통은 상대적으로 잔디가 드문 곳에 있어 작업하기 쉽고 벌통 바닥을 살펴보기 좋았다. 봉군의 상태가 그리 좋지 않았다. 밀러는 왜 벌들이 꿀을 만들지 않는지 이해할 수 없었다. 그래서 그는 벌통 바닥을 살펴보았다. 그는 이렇게 글을 남겼다. "나는 바닥을 내려다보다 모래에 시선이 꽂혔다. 그런데 그곳에는 개미가 있었다!"

개미란 밀러와 그의 오른팔인 라이언 엘리슨이 바로아 응애가 기생하는 일벌을 지칭하는 말이다. 날개는 기형이고 몸집은 보통보다 작다. 아직 태어난 지 몇 시간 되지 않은 유충이지만 안살림 벌들이 이미 내쫓은 벌들이다. 추방당한 이 벌들은 어찌할 바를 모르고 벌통 입구 앞을 기어다녔다. 비쩍 마른데다 응애가 옮기는 해로운 병원균인 날개기형 바이러스(deformed wing virus)에 걸려 있다. 밀러는 무릎을 꿇고 앉아 그 개미들을 자세히 들여다보았다(벌들에 대한 지식을 얻기 위해 바지 무릎이 닳도록 관찰했던 로렌조 랭스트로스처럼 말이다). 그리고 매우 불쾌한 사실을 알아냈다. "유레카! 알아냈어, 집사양반!" 응애가 쿠마포스에 적응해 더 이상 효력을 발휘할 수 없었고, 그에 따라 봉군도 약해지고 있었던 것이다.

"벌통은 붕괴하고 있었지요. 그것도 바로 내 눈앞에서 말입니다." 붕괴를 막기에는 이미 너무 늦은 상황이었다. 봉군은 아주 심각하게 감염되어, 여름 수확철의 마지막 벌들은 병이 들어 꿀을 모을 수 없었다. 이들은 겨울을 나기에 충분한 꿀을 생산해내지 못할 터였다. 건강한 벌들로 다시 채우기에도 이미 늦은 상황이었다. 아무것도 할 수 없었다. 밀러는 병들고 굶주린 봉군을 창고에 넣고, 오랜 세월 쌓아온 경험으로 미루어 아무런 희망이 없음에도, 봉군이 회복하기를 기대했다.

벌들은 회복되지 않았다. 한때는 위협적이었으나 이제는 처리 가능한 문제가 된 바로아 응애가 교활하고 위압적인 적이 되었다. 작고 붉은 흰 수염고래가 된 것이다. 다음 해 1월, 밀러는 그 놈들의 소행을 목격했다. 아몬드 꽃이 피기 전 이른 시기에, 캘리포니아 주 로스바노스의 커다란 과수원에 세미트레일러 한 대 분량의 벌통을 내려놓고 있던 밀러는 곧 그 벌통들이 쓰레기통에 불과하다는 사실을 알아차렸다. 원래는 8개 틀에 건강한 벌들이 가득해야 했으나, 벌집틀 2개에만 건강한 벌들이 있었다. 세미트럭 한 대 분량 전체가 모두 죽어 있었던 것이다. 그 해 밀원이 되는 식물의 작황이 좋지 않아, 벌들은 얼마 되지 않은 꿀을 가지고 겨울을 나야 했다. 벌꿀은 적어지고, 꿀벌 수는 줄어들었으며, 쿠마포스는 약효가 떨어지고, 벌통에는 응애와 바이러스가 가득했다. 그것은 마치 "제대로 폭풍우를 맞은 것 같았다"고 그는 말한다.

봄이 되자, 밀러는 벌통 4천 개를 잃었다. 그가 일생을 걸고 하는 일의 규모가 3분의 1 이상 줄어들게 된 것이다. 그의 동료들도 마찬가지 상황에 처해 있었다. 밀러의 말을 들어보자. "예전에는 벌통을 8퍼센트만 잃어도 우리는 화가 나서 큰 소리로 욕을 하곤 했습니다. 이제 사람들은 그 정도 수준은 감사하게 받아들이죠. 우리는 세미트럭 한 대 분량의 죽은 벌들을 과수원에서 끌고 온 거예요."

밀러는 쓸데없이 한 가지 교훈을 두 번씩이나 배우게 된 것이다. 그때부터 그는 바로아 응애를 신중하게 대한다. 다른 양봉가들처럼, 밀러도 자기 자신을 탓했다. 그는 이렇게 쓰며 자신이 응애를 감지하지 못했다고 후회했다. "벌통 내부를 살펴보지 않았다. 끈끈이 막대에 붙은 샘플을 꺼내보거나 육아실을 열어서 살펴보고, 또 살펴보고, 또 살펴보지 않았기 때문이다. 양봉가가 할 수 있는 가장 중요한 일, 즉 벌통 전체의 건강 상태를 확인하지 않고 지나쳤던 것이다."

2004년 '약물 과용에 된통 당한' 뒤로, 그는 훨씬 더 자주 양봉장을 점검하고 양봉가와 곤충학자들 사이에 떠도는 소문을 확인해서 벌을 죽이지 않고도 응애를 죽일 수 있는 것이 무엇인지 알아내려고 노력했다. 시간이 날 때면 밀러는 자신의 '프랑켄슈타인 양봉장'에 간다. 그곳은 그가 꿀을 생산해내지 않는 벌통을 가져다놓고 매일 응애의 개체수를 세고 미국 환경보호청의 승인을 받거나 승인을 받지 않은 여러 약품들을 벌통에 적용해 실험을 하는 곳이다.

자신의 프랑켄슈타인 양봉장에서, 밀러는 포름산과 같은 물질을 실험해본다. 그가 들은 바에 의하면, 포름산은 기온이 2주간 약 15도에서 26도 사이에 머무를 경우에 응애 박멸에 효과가 있다고 했다. 기온이 이보다 낮으면 포름산은 응애를 죽일 만큼 충분한 가스를 방출하지 않고, 이보다 높으면 증발하여 벌에게는 해를 입히지 않을지 몰라도 인간에게 해를 입힌다. 따라서 포름산을 사용할 때는 반드시 마스크를 착용해야 한다. 마스크를 착용하지 않은 양봉가들이 양봉장에서 피를 토하며 죽었다는 소문도 있다. 백리향 기름의 주성분인 식물추출물, 티몰 역시 벌통에 사용 가능하며 바로아 응애 퇴치에 효과가 있긴 하지만 벌들이 티몰을 싫어한다. 그래서 벌통에 바로아 응애가 폭풍처럼 번져도 양봉가들은 티몰을 사용하지 않는다. 옥살산은 천연나무 표백제로, 바로아 응애의 21일 번식 주기에 맞춰 3일마다 정기적으로 정성들여 발라주면 응애의 번식을 방해한다. 이것은 포름산보다 인간에 덜 해로우며(일시적으로 눈을 멀게 할 뿐이다), 벌에게는 아무런 해도 끼치지 않으면서 응애의 체액을 공격해 효과가 더 좋다. 그러나 이 약품은 환경보호청의 승인을 받지 못했고, 예전의 아피스탄이나 쿠마포스만큼 약효가 뛰어나지도 못하다.

벌레 위에 달린 벌레를 죽이는 물질을 찾아내는 일은 힘들다. 밀러는 이를 인간의 등에 침팬지가 매달린 것에 비유한다. 침팬지는 인간의 목을 잡고 물어뜯는다. 이로 인해 인간은 다량 출혈을 일으키고 얼른 약상자로 달려가 침팬지는 죽이면서도 인간은 죽이지 않는 약품을 찾아내야 한다. 바로아 응애의 경우, 양봉가들은 벌에게는 아무 해도 끼치지 않고 벌꿀도 오염시키지 않으면서 진드기류(진드기와 응애)만 죽이는 물질을 찾아내야 한다. 밀러는 이렇게 말한다. "우리가 할 수 있는 일이 별로 없습니다. 게다가 벌꿀의 품질도 유지해야 합니다."

정부의 승인을 받은 많은 천연 살비제들은 양봉가의 손길이 꽤 많이 필요해 대규모 양봉가들에게는 사용이 불가능하다. 반면 아피스탄과 쿠마포스는 간편했다. 약품이 소량 코팅된 플라스틱 스트립을 벌통 안에 넣어두고 잊어버리면 됐다. 다른 처방법들은 양봉가가 벌통에서 틀을 하나씩 꺼내 벌에 희석한 약품을 분무하도록 한다. 늦가을, 육아실이 봉인되지 않아 응애가 숨지 못하고 판매할 꿀이 남아 있지 않은 3주라는 잠깐의 시간 동안 1주일에 한두 번씩 약품을 뿌려야 한다. 벌통이 몇 개 되지 않은 취미 양봉가들에게는 가능한 일이지만, 수천 개 이상의 벌통을 가진 전문 양봉가들에게는 불가능한 일이다.

그래서 많은 양봉가들은 타크틱(Taktic)이라고도 알려진 아미트라즈라는 정부의 승인을 받지 못한 살충제를 사용한다. 이것은 양이나 소, 돼지의 진드기를 죽이기 위해 사용되는 것이다. 아미트라즈는 예전의 쿠마포스만큼 효과가 좋으며 독성으로 인한 부작용은 더 적다고 한다. 이 약품을 벌에게 사용하는 것은 불법이다. 그러나 양봉가가 주의를 기울여, 벌꿀을 판매해야 할 때에는 벌통에 잔류 약품이 남아 있지 않도록 한다면 대부분의 농산물 감독관들은 그리 많은 질문을 던지지 않을 것이다. 이 약품 사용에 반대하는 이들은 마치 스펀지에 물이 스며들 듯 약품이 벌집에 침투해 그 안에 저장된 벌꿀에까지 스며들 거라고 주장한다. 하지만 이것은 쿠마포스와 플루밸리네이트의 경우도 마찬가지다. 그리고 어쨌든, 언젠가는 아미트라즈도 그 효력을 잃을 것이다. 그 사이에 과학자들이 좀 더 지속 가능한 해법을 찾아내면 된다.

밀러가 묘사하듯, 전 세계에 몇 안 되는 외로운 꿀벌 연구실의 연구는 두 방향을 따른다. 더 나은 살비제를 개발하거나 혹은 더 강하고 질병에 저항력이 센 벌을 키우는 것이다. 그러나 지금까지는 더 강한 벌을 키워내지 못하고, 살충제 사용을 통해 더 강한 응애만을 키워냈을 뿐이다. 실제로, 바로아 응애는 꿀벌이나 인간보다 훨씬 더 적응력이 강하다는 사실이 밝혀졌다. 그래서 응애를 억제하려는 모든 노력은 결국 더 강하고 더 저항력이 강한 응애만을 만들어냈을 뿐이다. 밀러는 이렇게 말한다. "나중에는 망치로 때려도 살아남는 응애를 키워내게 될지도 모릅니다." 새로 개발한 살비제가 미국 환경보호청의 승인을 받으려면 최소한 3년을 기다려야 하는 절차상의 문제도 이 역학관계에 악영향을 미치는 요인 중 하나다. 새로운 살비제 연구를 하려면 상당한 시간과 돈을 투자해야 한다. 제약회사 입장에서는 새로운 응애 퇴치제를 만드는 연구를 할 만한 충분한 금전적 동기가 거의 없다. 현재 응애가 전부 퇴치된 것은 아니지만, 양봉업자들은 연구를 후원할 만한 돈이 충분하지 않기 때문이다.

효과가 있는 살비제 여러 종류가 동시에 시장에 출시된다면, 양봉가들은 '통합 해충 관리'라는 살충제 순환 사용법을 사용하여 한정된 기간 동안만 약품을 사용하고 응애가 저항력을 기르기 전에 다른 약품으로 교체할 수 있을 것이다. 그러나 지금은 응애가 기존의 살비제에 저항력을 키운 후에야 새로운 살비제가 승인을 받는 실정이다. 그래서 양봉가들은 법을 따르다 모든 것을 잃을 위험에 처하든지 혹은 허가받지 않은 민간요법을 사용해 벌통을 살려내야 한다.

얼마 지나지 않아 곧 양봉가들의 마음에 들 방책이 하나 생길 예정이다. 호주 출신 곤충학자인 데니스 앤더슨에 따르면 응애는 '화학물질의 세계'에 산다고 한다. 응애는 눈이 없다. 대신 털과 감각기관을 이용해 화학적 신호에 반응하며 자신의 위치를 알아낸다. 앤더슨은 이렇게 말한다. "응애는 꽤 복잡한 세계인 벌들의 거대 도시를 돌아다니다 그 도시 안에서 번식을 하고 나아가 더 큰 세계로 확산시킬 수 있을 특정 지점을 찾아내야 합니다. 박쥐는 소리를 이용해서 앞을 봅니다. 바로아 응애는 화학물질을 이용해 앞을 보는 셈이지요." 바로아 응애를 연구하는 과학자들은 언제 번식을 해야 하는지 알려주는 화학물질의 냄새를 모방한 함정을 만들어 응애의 시선을 끌 수 있지 않을까 조사하고 있다.

유전자 연구 또한 점진적인 진보를 보이고 있다. 동양종 꿀벌들도 결국엔 몸의 털을 손질해 자신의 몸 한가운데에 붙어 있는 바로아 응애를 감지하고 쫓아내는 위생적인 습성을 터득하지 않았던가? 과학자들은 비슷한 생존 기제를 가진 유럽 꿀벌을 키워내는 방법을 찾고 있고, 지금까지 제한적인 성공을 거두고 있다.

다른 과학자들은 바닥에 구멍이 있는 벌통을 고안해 응애가 숙주를 떠나 새로운 육아실로 이동하려고 할 때 떨어지도록 하고 있다. 일부 양봉가들은 "꼭대기에 막대가 달린" 벌통으로 벌을 옮기니 응애가 상당수 사라졌다고 주장한다. 그러나 천연 벌통과 비슷한 환경을 가질 수 있는 이 벌통은 이주 양봉가들에게 근본적인 해결책이 되지 못한다. 꼭대기에 막대가 달린 벌통은 이동이 용이하지 않고 작업도 쉽지 않다. 그래서 전 세계의 양봉가들이 애당초 랭스트로스의 상자형 벌통을 채택한 것이다.

따라서 양봉가들은 20년 전에만 해도 상상도 못했을 손실을 경험하며 살아남을 방법을 배워야만 한다. 당시에는 봉군의 10퍼센트만 죽어도 끔찍하게 여겨졌지만, 지금은 20퍼센트가 죽어도 그리 나쁘다고 판단하지 않는다. 양봉가들은 바로아 응애가 나타나기 전에 얼마나 편안하게 살았는지 이제야 새삼 깨닫고 있다. 벌들은 그때도 박테리아 감염이나 곰팡이 감염, 나방, 쥐, 스컹크, 곰 등에게 시달리고 있었지만(20년 전에도 수익을 내는 일이 쉬운 것은 아니었지만) 양봉업은 쾌적한 삶의 방식이었다. 초원에 벌통을 두고 다른 일을 하러 갈 수도 있었다. 장기 휴가를 떠날 수도 있었고, 마라톤에 출전할 수도 있었으며, 낚시나 사냥을 하러 갈 수도 있었고, 그저 TV를 보고 있을 수도 있었다. 꿀벌들 스스로 알아서 잘했기 때문이다. 꽃가루나 꿀을 따러 가고, 집을 지었으며, 떼를 지어 날아다니기도 하고, 야생생활에도 잘 적응하다 살아남았다. 그러나 오늘날에는, 바로아 응애 탓에 세계 대부분의 지역에서 유럽 꿀벌들은 정성스러운 보살핌과 심지어는 생명 유지 장치를 필요로 하는 생물이 되었다. 양봉가가 없다면, 유럽 꿀벌은 살아나지 못할 것이다.

밀러의 시는 이렇게 시작된다.

> 꽤나 간단했지.
> 미국 부저병.
> 유럽 부저병.
> 백묵병.
> 개미보다 오래된 이것들은 삽 하나와,
> 둥지 깊숙이에 시아노 가스 한 스푼이면
> 개미들의 천국에 보낼 수 있었다.
> 대단한 물질이었다. 아주 치명적인.

그런데 기문 응애가 나타났다.

그리고 그 뒤를 따라

나타난 것이

바로아였다.

그렇게 갑자기, 세상이 변했다.

바로아와 그것의 자손들이 여전히 남아 있다.

그리고

다른 모든 것도.

그러나 20년도 되지 않은 시간 동안 미국 전체 봉군의 반을 잃은 것에도 이점은 있다. 양봉가들은 늘 자신들이 중요한 존재임을 알고 있었지만 아무도 알아주지 않았다고 밀러는 종종 말한다. 이제 벌들은 죽어가고, 아몬드 경작자들은 양봉가들이 얼마나 중요한 존재인지 알아가고 있다. 체리 농부와 사과 농부, 수박 농부, 카놀라 농부, 블루베리 농부, 멜론 농부, 그리고 다른 모든 가루받이에 의존하는 농부들도 마찬가지다.

죽음의 대가로 이익을 얻는 악마와의 거래

예전에는 공짜로 자유롭게 이루어졌던
꽃과 벌의 만남이
이제는 양봉가와 중개업자,
그리고 농부라는 3단계를 거쳐야
관리가 된다.
한때는 벌레와 식물들 간의 자유로운 방문이
있던 곳에 시장이 형성된 것이다.
'세계에서 가장 큰 가루받이 이벤트'를 위해
아몬드 농장에 방출된 벌들은
아몬드 열매를 맺게 하는 막중한 임무를 띠고
아낌없이, 부지런히, 인내하며
스스로의 종말을 준비한다.
아몬드 산업은 존 밀러의 벌들을 죽이고 있다.
그러나 아몬드 덕분에 그는 좋아하는 일,
즉 벌을 키우는 일을 할 수 있다.
그래서 그것은 악마, 파우스트와의
꽤 만족스러운 거래다.

4

바로아 응애는 벌들에게 아주 끔찍한 존재다. 물론 다른 여러 해충과 질병도 마찬가지다. 미국에 최초로 유럽 꿀벌이 도착한 것은 1620년대의 일이었고 최초로 꿀벌을 잃은 것은 1670년의 일로 기록되어 있다. 꿀벌 스스로 미 대륙에 퍼져나갔다. 역사학자들은 북미 대륙에서 일어난 이 최초의 꿀벌 사망 사건이 미국 부저병 때문이라고 추정하고 있다. 이것이 바로 밀러의 아버지와 할아버지를 괴롭혔던 그 전염병이다. 한때는 이 병이 양봉가에게 일어날 수 있는 최악의 사건이라고 여겨졌었다.

부저병은 박테리아성 전염병으로, 육아실 내부에서 곰팡이처럼 자라나며 보통의 경우라면 반짝이는 흰색이었을 꿀벌 유충을 지저분한 노란빛으로 바꾸어놓는다. 유충은 죽을 때에는 섬뜩한 고동색으로 변하고, 로렌조 랭스트로스의 표현에 의하면 "시큼하고 역겨운 악취를 내뿜는다." 랭스트로스는 이 질병이 "양봉가에게 일어날 수 있는 가장 최악의 재난"이라고 여겼다. 일벌은 이 병에 걸린 유충을 발견하면 벌통을 청소한다. 그러면서 이 전염병 포자를 벌통 전체에 뿌리게 되는 것이다. 이 포자는 최대 40년간 휴지 상태로 잠복해 있을 수 있으며 또 다른 전염병이 생기면서 드러나게 된다. 랭스트로스의 시절, 이 전염병을 막을 수 있는 유일한 방법은 감염된 벌통과 그 안에 든 벌들까지 모두 태워버리는 것이었다. 그러나 이 벌통 태우기 전략은 그저 임시방편일 뿐이었다. 1930년대와 1940년대에 걸쳐 봉군 상실의 규모는 바로아 응애나 CCD에 의한 상실에 비견된다. 제2차 세계대전 기간 중 개발된 술파제를 기반으로 한 항생제의 도입으로 인해 부저병의 대학살은 양봉가에게 더 이상 큰 타격을 주지 않게 되었다.

부저병이 양봉가들에게 닥친 유일한 문제는 아니었다. 랭스트로스의 벌통이 발명된 1851년보다 수년 전, 벌집 나방이 침략하자 랭스트로스는 '벌들에게 닥친 최악의 해'라고 선언했다. 벌집 나방은 5센트짜리 동전 크기의 음침하게 생긴 곤충으로, 실패 군집(discouraged populations)에서 더 잘 자라며 특히 벌통처럼 갇힌 공간에 아주 잘 적응한다. 앞이나 뒤, 원하는 방향 어디로든 기어다닐 수 있으며, 몸을 동그랗게 말거나, 매듭처럼 보일 정도로 웅크릴 수 있으며, 팬케이크처럼 납작하게 만들 수도 있다. 한 마디로 모든 종류의 '책략과 교활한 수단'을 사용해 양봉가의 삶을 비참하게 만들 수 있다.

벌집 나방은 유럽인들에게는 새삼스러운 것이 아니었다. 랭스트로스는 베르길리우스와 콜로멜라, 그리고 여타의 고대 작가들이 벌집 나방을 "양봉장에 퍼진 역병"이라고 표현했다는 사실을 언급했다. 스바메르담은 벌집 나방을 '벌들의 늑대'라고 불렀다. 랭스트로스의 글에 따르면, "벌집 나방의 유린으로 인해 1830년대와 1840년대 미 북부와 중부의 주에 서식하던 봉군의 수가 반으로 줄었다"고 한다. 또한 양봉가들의 경우, "수많은 이들이 넌더리가 나서 양봉을 집어치웠다"고 한다.

1853년에 발표된 논문에서 랭스트로스는 설사병인 노제마병도 설명하고 있다. 봉군이 이 병에 걸리면 벌통 입구와 바닥에 질퍽한 검은색 배설물이 발견된다. 참을 수 없을 만큼 역겨운 냄새를 유발하는 이 질병은 북부 지방에서 벌들을 환기가 잘 되지 않는 곳에 가둬두는 겨울에 발생한다. "인간에게 가장 치명적이라고 알려진 콜레라와 이질이 발생하는 조건과 완벽하게 같은 환경 아닌가? 극도로 열악한 환경인, 더럽고 축축하며 환기가 안 되는 이곳은 가련한 수용자들에게는 완벽하게 격리된 병원이나 마찬가지다." 랭스트로스는 또한 쥐와 말벌, 개미, 거미는 물론이고 닭, 꿩, 메추라기 등 날개는 짧고 몸이 무거워 나는 힘이 약한 조류인 순계류, 그리고 심지어는 양서류의 침입을 개탄하고 있다. 랭스트로스의 글에 따르면, "두꺼비는 벌을 게걸스럽게 잡아먹기로 유명하다"고 한다.

랭스트로스가 개발한 새로운 벌통 덕분에 봉군을 살펴보기 쉬워져, 양봉가들은 이러한 병균과 포식자를 발견하고 죽일 수 있게 되었다. 그러나 개선된 새로운 벌통에도 불구하고, 전 세계 양봉가들은 여전히 반복되는 손실에서 벗어날 수 없었다. 1904년, 랭스트로스가 죽은 지 9년이 지난 후, 영국 해협 한가운데에 있는 영국령 섬인 아일오브와이트(Isle of Wight)에서 기이한 질병으로 봉군이 붕괴되는 사건이 일어났다. 이 병으로 섬에 있는 거의 모든 봉군이 사라졌으며, 그후에는 영국 본토로 옮겨가 처참한 피해를 입혔다.

1921년이 되어서야 J. 레니 박사는 그 피해를 일으킨 범인인 기문 응애를 발견하게 된다. 세계 최초로 알려진 응애 감염 사례였다. 물론, 이것이 마지막은 아니었다. 1922년, 미국 정부는 꿀벌 수입을 전면 금지한다. 응애 감염을 미연에 방지하기 위한 정책으로, 응애가 미국에 들어오는 것을 60년 이상 미룰 수 있었다. 반면, 이 정책은 미국 꿀벌의 유전적 다양성을 고립시켜 필연적으로 미국 영토에 들어오게 된 그러한 병원균에 더욱 취약하게 만드는 결과를 초래했다.

그리고 응애가 들어왔다. 조금씩 들어오다, 급격히 들어오기 시작했고, 쓰나미처럼 몰려왔다. 게다가 여전히 들어오고 있다. 적색 불개미도 들어왔다. 아프리카 남부가 원산지인 이 개미는 브라질 화물선을 타고 1930년대 어느 날 앨라배마 주 모빌에 도착했다. 이 개미는 현재 미국 남부와 남서부 지역에 퍼져, 벌통에 들끓으며 벌들을 몰아내고 벌통에 있는 모든 것을 먹어치운 후 가까이 있는 작물을 파괴하기 위해 이동한다.

백묵명도 들어왔다. 1960년대 중반 유럽에서 미국으로 퍼진 곰팡이균이다. 백묵명은 약해진 벌통에 있는 유충을 먹어치워, 벌통 입구에는 분필처럼 하얗게 변해 버려진 '미라들'만 흩뿌려져 남아 있게 된다. 기문 응애와 바로아 응애도 들어왔다. 이 둘은 1980년대에 시작된 기생충 감염 질병이다. 또한 아프리카 벌도 들어왔다. 1953년 우연히 브라질에서 번식하게 된 이 벌은, 1990년에 미국 국경을 넘어 벌통을 습격한 후 유럽 꿀벌과 이종 교배해 이들의 후손 꿀벌들은 아주 공격적으로 변했다.

그리 작지 않은 작은 벌집 딱정벌레(small hive beetle)도 들어왔다. 작고 검은 알갱이 모양의 이 벌레는 1998년 남아프리카에서 미국으로 건너왔다. 이 벌레는 봉군의 유충과 꽃가루, 벌꿀을 먹어치우며, 온 사방에 배설물을 남겨, 이들이 지나간 자리는 더럽고 끈적끈적한 것들로 가득하게 된다. 밀러의 친구 중 한 사람은 이것을 "끔찍한 진흙"이라고 표현한다.

그리고 '미친 라즈베리 개미(crazy Raspberry ant)'가 들어왔다. 이 개미를 박멸하는 방법을 알아낸 해충 구제업자인 톰 라즈베리를 따라 이름이 지어졌다. 이 개미를 박멸하는 것은 쉬운 일이 아니다. 미친 라즈베리 개미는 일반적인 획일적 개미 행렬을 이루지 않고 살충제가 뿌려진 곳에 죽은 개미들을 쌓아 놓고 그것을 피해 안전한 곳으로 행진한다. 이 개미는 2002년 휴스턴 항구에 처음 도착했다. 2008년에는 서식 범위를 두 배로 늘리고, 화재경보기나 하수 펌프, 컴퓨터, 가스계량기 등을 고장 내고, 유충을 잡아먹고 붕괴된 벌통에 알을 낳으며 벌통에 엄청난 해를 입힌다.

그리고 불길한 느낌의 이름을 가진 카슈미르 벌 바이러스(Kashmir bee virus)와 이스라엘 급성 마비 바이러스(Israeli acute paralysis virus), 검은 여왕벌 방 바이러스(black queen cell virus), 날개기형 바이러스(deformed wing virus), 카쿠고 바이러스(Kakugo virus) 등이 들어왔다. 카쿠고 바이러스의 경우, 벌의 뇌를 손상시켜 비정상적으로 공격성을 띠게 만든다. 최근에 발견된 질병들만 열거해도 이 정도로 많다. 이처럼 봉군은 아주 오랫동안 여러 가지 나쁜 질병에 시달려왔다. 그러나 지난 30년 동안, 질병들이 미국에 도달하는 속도는 점점 더 빨라져, 쉴 틈도 없이 공격해왔다. 모두 아몬드 때문이다.

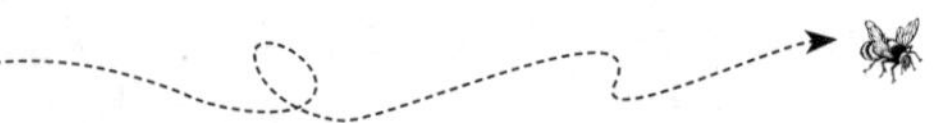

존 밀러가 처음으로 아버지의 벌들을 캘리포니아 아몬드 농장으로 싣고 간 것은 1974년의 일이었다. 그 전에, 밀러의 가족은 벌들이 아이다호에서 겨울을 나게 했다. 완만하게 남쪽으로 난 경사로에 벌통을 일렬로 세워 6개씩 겹쳐 쌓은 후, 밀짚과 타르지, 철조망을 둘러 북서쪽에서 불어오는 바람으로부터 보호해주었다. 그리고 눈이 와 벌통이 더 깊게 파묻혀 단열 효과를 내기를 기대했다. 겨울 중 최악의 달이 지나고 3월 말이 되어 밀러 일가가 벌통을 싼 포장을 벗길 때면, "1만 마리의 쥐들 또한 밀짚으로 인한 단열 효과를 즐기고 있었다는 사실을 발견하곤 했으며, 때로는 스컹크도 발견했다"고 밀러는 썼다.

평범한 해에는 겨울을 나면서 2~4퍼센트의 손실을 기록했다. 죽은 봉군을 채우기 위해 이들은 GMC 5500 평상형 트럭을 타고 네바다를 거쳐 캘리포니아 라이브오크로 가서 유진 워커라는 이름의 사내에게 꿀벌과 일벌 1.3킬로그램들이 포장을 500개 구입해 트럭에 실었다.

존의 할아버지인 얼은 1919년 아이다호에 양봉장을 세우면서 이주양봉을 그만두었다. 얼은 자신의 아버지 N.E.나 동생 우드로처럼 옮겨 다니지 않았다. 존의 말에 따르면, 얼은 "사업을 하고, 부동산을 매입하고, 양봉장을 경영하고, 아이다호 주에 있는 작은 도시인 블랙풋의 시장이 되고, 엘크스 클럽에서 카드게임 하는 것에 만족했다"고 한다. 여름 수확이 끝나면 고용된 직원들을 해고하고 캘리포니아로 벌통을 옮겨놓는 대신, 얼은 일꾼들을 시켜 집을 지어 팔았다.

얼은 자신의 전례를 따를 것이라 생각하고 1957년, 존의 아버지인 닐에게 사업을 넘겼다. 그러나 1960년대 후반, 닐은 곤경에 처하게 된다. 밀러 일가의 양봉장을 둘러싼 알팔파 밭의 농부가 디엘드린과 헵타클로르와 같은 새로운 살충제를 사용하기 시작한 것이다. 이 살충제들은 알팔파 바구미와 꿀벌 박멸에 효과가 아주 좋았다. 닐의 손실은 엄청났다. 게다가 그는 아이다호 남동부에 있는 소규모 농장과 낙농장들의 규모가 점점 더 커지고 더 상업화되고 있다는 사실을 알아차리게 되었다.

농부들은 현대식 화학비료의 도움을 받아 감자를 더 많이 심고 알팔파는 적게 심고 있었다. 그리고 알팔파를 키울 때에도 구식 3미터짜리 풀 베는 기계 대신 기계 뒤에 벤 풀이 떨어지는 삼점히치(1개의 상부링크와 2개의 하부링크로 구성된 트랙터 연결부위에 작업기를 부착시켜 작업기 전 중량을 트랙터가 지지토록 한 작업기 연결 장치 - 옮긴이)식 트랙터를 사용하고 있었다. 알팔파 꽃이 피기 전에, 독립적으로 서 있을 수 있는 7미터짜리 모워 컨디셔너(목초를 벰과 동시에 압쇄처리할 수 있는 장치-옮긴이) 6개 부대를 이용하여 알팔파 밭을 두 시간 만에 해치우고 3일 만에 건초로 가득한 골짜기를 비워낼 수 있었다. 당시 건초는 "소를 위한 최고의 영양분"이었다고 존 밀러는 말한다. 그러나 슬프게도 꿀벌들에게는 그렇지 않았다.

이 사실은 벌들을 먹일 많은 꽃이 필요한 사업을 하는 이들에게는 좋지 않은 징조였다. 그래서 닐은 양봉업에서 빠져나갈 생각을 하기 시작했다. 더 이상 양봉을 통해 가계를 꾸려나갈 방도를 찾을 수 없었다. 그러나 1968년, 제임스 파워스라는 변덕스러운 성격의 "거대한 야수 같은 남자"가 나타났다. 다른 이들과는 잘 어울리지 못했지만, 우연히도 닐과는 좋은 친구가 된 이 남자는 아이다호 파르마 서쪽으로 480킬로미터 떨어진 자신의 고향을 떠나 블랙풋을 지나게 되었다. 그의 고향은 농업과 축산업을 대규모로 운영하기에는 기후가 맞지 않아 여전히 클로버와 알팔파가 가득한 곳인 노스다코타로 가는 길이었다. 파워스는 자신의 벌 2만 마리를 노스다코타에 두고 있었다. 아이다호 남동부에는 1년째 흉작이 들었지만 노스다코타는 그렇지 않았다. 이제는 양봉업에서 은퇴한 닐 밀러는 이렇게 회상했다. "제임스가 이렇게 말했어요. '노스다코타로 건너와. 꽃이 엄청 많아.'" 그리고 파워스는 최후통첩을 내렸다. "그가 이렇게 말했습니다. '여기를 보러 오지 않으면 자네와는 다시는 말도 하지 않을 걸세. 진심이야.'"

다행히도 닐은 제임스 파워스를 좋아했고, 그의 친구로 남고 싶었다. 또한 호기심도 생겼고 약간 간절한 마음도 들었던 그는 차를 북동쪽으로 몰아 지평선 끝까지 피어 있는 꽃을 보았고 그 꽃이 생산하는 엄청난 양의 수확량을 직접 목격했다. 파워스는 자신의 양봉장이 있는 오크스와 주도(主都)인 비즈마크 사이 중간 지점에 객클이라는 작은 마을이 있다고 했다. 그리고 그곳에는 성공적으로 양봉을 운영하는 데 필요한 모든 것들이 갖춰져 있다고 했다. 괜찮은 도로와, 땅, 작은 포드 자동차 대리점, 장비와 식료품을 파는 상점, 그리고 끝도 없이 펼쳐진 스위트 클로버 등 모든 것이 있었다.

닐이 객클을 방문했을 때, 마을 카페에서 옆에 앉아 있던 한 손님이 이렇게 말했다. "여기 사람이 아닌 것 같은데요, 그렇죠?" 그는 닐에게 무엇이 필요한지 물었고, 닐은 벌꿀 생산 사업을 할 수 있는 창고를 찾고 있다고 대답했다. 다음 날, 객클발전연합회(Gackle Improvement Association)에서 마을 남쪽에 있는 땅을 보여주고는, 그의 사업이 순조롭게 시작될 때까지 5년 동안 부동산 세금을 내지 않고 사용할 수 있도록 해주었다.

다음 해, 밀러 일가는 객클로 이사했다. 그곳에는 약속대로 꽃이 아무 방해도 받지 않고 피어 있었다. 그러나 그곳의 겨울은 아이다호보다 훨씬 혹독했다. 노스다코타에서 겨울을 나는 양봉가들은 매년 20퍼센트의 손실을 예상해야 했다. 따라서 북쪽에서 양봉업을 하려면 필요악처럼 남쪽에서도 양봉업을 해야 했다. 닐은 겨울에 벌통을 둘 장소를 찾아야 했다. 가급적이면 많은 양의 벌꿀을 만들 수 있는 곳이어야 했다. 그는 겨울 동안 애리조나 주 파커에 벌통을 놔두는 짐 파워스에게 조언을 구했다. 그의 사업은 번성하는 것 같았다.

닐은 파워스의 벌들이 겨울을 나는 곳에서 콜로라도 강을 건너면 되는 곳인 캘리포니아 주 블라이드를 찾아냈다. 그러나 1973년에 따뜻한 기후를 가진 지역에서 양봉장을 찾기란 아주 힘든 일이었다. 닐의 말이다. "좋은 지역은 모두 누군가의 차지가 되어, 새로 온 사람은 갈 곳이 없었지요." 당시 10대였던 존 밀러는 거의 그리운 마음이 들지 않는 곳이라며 이렇게 표현했다.

콜로라도, 당시에는 버드나무와 관목으로 가득했다.

매년 봄이면, 사막은 생명력 질긴 식물들의 꽃으로 가득했다.

그 풍부함으로 인해 벌통 아래 숨어 햇볕을 피하길 즐겼던 전갈과 뱀, 거미와 같은 많은 생물들이 즐거워했다.

봄이 가고 여름이 차오르면, 점점 더 많은 생물들이 벌통 밑으로 숨어 든다.

기억하라. 이것은 운반대 이전 시대의 일이다. 그래서 모든 것은 손으로 옮겨야 했고,

그래서 벌통을 들어올리면 불쾌한 무언가가 다리 사이에 똬리를 틀고 있는 것을 발견하곤 했다. 그러나 두 손에 들고 있는 것은 벌통이니, 감히 떨어뜨릴 생각은 말아라!

블라이드는 내가 경험한 최악의 장소였다.

밀러 양봉원에도 최악의 장소였다. 존 밀러는 이렇게 말한다. "처음에 벌들의 상태는 좋았습니다. 그러나 차 안 백미러를 통해서 블라이드가 보이는 곳에 이를 때쯤이면 우리는 모두 더위로 제정신이 아니었고 태양이 모든 것을 파괴한 후였습니다." 추운 계절에 벌들을 둘 더 나은 장소를 찾던 닐은 매년 봄 밀러 일가의 벌통을 다시 채워주는 여왕벌 사육자인 유진 워커에게 상의했다. 워커는 캘리포니아 트레이시에 사는 에드 토밍이라는 농부를 위해 꿀벌 가루받이 사업을 시작한 상태였다.

에드 토밍은 1959년, 매년 사탕무와 콩을 심는 것에 질려, 센트럴밸

리의 약 500에이커 되는 땅에 대규모 아몬드 농장을 만들었다. 미국 전역에 걸친 살충제의 사용으로 벌들이 죽어 워커는 평소보다 더 많이 여왕벌을 사육해야 했고, 토밍은 아몬드 나무의 가루받이를 위해 워커가 공급할 수 있는 것보다 더 많은 벌들이 필요했다. 당시 가루받이 계약금액은 그리 크지 않아, 벌통 하나당 8달러 정도로 겨우 밑지지 않는 수준이었다. 그러나 아몬드 경작자들은 겨울 내내 벌통을 둘 장소를 제공했으며 6주간 벌들에게 먹이를 제공했다.

아몬드는 방울뱀들 사이에서 겨울을 보내는 것보다 훨씬 더 매력적이었다. 그래서 밀러 일가는 1974년 봄에 토밍의 아몬드 농장에 벌들을 실어 나르기 시작했다. 그리고 트레이시 지역에 있는 다른 농부들과도 계약을 체결했다. 타이밍이 아주 적절했다. 주와 주 사이를 연결하는 고속도로가 완공을 앞두고 있어서 밀러 일가는 많은 벌들을 트럭으로 운반할 수 있었다. 또한 개선된 지게차 덕분에 한 번에 벌통 여러 개를 운반대에 실어 트럭에 싣고 내릴 수 있어, 고된 노동도 줄었다. 점점 더 많은 농부들이 아몬드를 심기 시작했고, 이는 한때는 공짜였던 서비스에 대해 양봉가들에게 돈을 내고 싶어하는 사람들이 점점 더 많아진다는 의미였다.

아몬드 수요가 꿀벌 공급량을 바짝 쫓아오자, 가루받이 가격은 벌통 하나당 약 12달러 선으로 올랐고, 이로 인해 매년 봄마다 캘리포니아로 벌통을 끌고 오는 양봉가들에게 약간의 수익을 보장해주었다. 겨울의 마지막 달을 보내기 아주 좋은 방법 같았다. 1976년에 닐은 새크라멘토 동쪽에 있는 뉴캐슬에 현재의 토지를 사두었다. 겨울에 사업 기지로 쓰기 위해서였다. 1978년, 존 밀러는 신부인 잰과 함께 블랙풋을 떠나 캘리포니아로 이주했다.

그래서 이제 2월은, 존 밀러의 양봉 주기에서 가장 중요한 시기는 아니더라도 핵심이 되는 시기가 되었다. 그는 자기가 소유한 모든 벌통을 캘리포니아로 가져온다. 전국의 거의 모든 상업적 양봉가들도 마찬가지다. 이것은 아주 장관이다. 끝없이 펼쳐진 꽃밭과 도로를 뒤덮은 양봉 장비들, 평상형 트레일러와 벌통, 그물과 밧줄, 그리고 도와주는 사람들로 붐빈다. 양봉가들에게는 러시아워와 마찬가지다. 밀러는 이 장관을 바라보는 것을 즐긴다. 그는 매년 아몬드 꽃이 필 때면 '이주 내국인 관광'이라는 것을 개최해 새로 온 사람들에게 꿀벌과 꽃이 만들어내는 이 기적과도 같은 광경을 보여준다. 개념은 간단하다. 일종의 꿀벌 관광을 이용한 홍보라는 것이다.

"나는 순진한 사람 두어 명을 꾀어 아몬드 농장과 농업의 기적에 대한 관광을 제안한다. 꿀벌의 역할을 강조하는 것도 잊지 않는다."

내가 처음으로 그의 관광에 참가한 것은 2006년 2월이었다. 밸런타인데이가 지난 지 일주일 정도 되는 시점으로 아몬드 꽃이 피기 시작할 때였으며, 2월 하순 꽃이 절정에 이르기 일주일 정도 전이기도 했다. 밀러는 나를 그의 빨간색 콜벳에 태운 후 밀러 양봉원이라는 로고가 붙은 붉은색 대형 픽업트럭에 갈아타게 했다. 그러고는 새크라멘토에서 머데스토 방향으로 110킬로미터 정도 떨어진 곳으로 향했다. 물론 가는 내내 열변을 토했다. 우리는 양봉가와 가루받이 중개업자, 그리고 수많은 고용인들로 가득한 머데스토 외곽의 한 깨끗한 모텔에 차를 댔다. 1983년, 밀러 일가는 벌들을 머데스토에서 30분 정도 서쪽으로 떨어진 토밍의 농장에서 실어와, 집에서 더 가까우면서도 훨씬 더 규모가 큰 아몬드 농장이 있어 가루받이 작업을 하기 편한 계곡의 남동쪽에 옮겨놓았다. 머데스토는 캘리포니아 주 중심에 위치한 센트럴밸리의 한가운데에 자리 잡고 있다. 이 지역은 전국, 아니 사실은 전 지구상에서 가장 비옥한 농업지다. 그러나 이곳에 시골의 낭만 따위는 없다. 계곡에서는 비료와 화학약품, 거름이 혼합된 냄새가 나며, 주민들은 모두 떠나고 히스패닉 이주 노동자가 대부분을 차지하고 있다.

머데스토의 모습을 적나라하게 보여주는 주요 농업 지역인 크로우스랜딩 로드를 따라 걸어보면, 지구상 그 어느 곳보다 타코를 파는 노점과 닭을 키우는 농장, 엘티오 자동차 판매상, 그리고 트랙터 대리점과 벼룩시장이 이렇게 밀집된 지역은 없을 것이라는 사실을 알게 될 것이다. 밀러는 "원하는 것은 무엇이든 살 수 있어요. 젖은 우산, 마른 우산, 죽은 경찰관의 배지까지 모든 것이 있지요"라고 말한다. 그리고 물론, 끝없이 펼쳐진 아몬드 나무가 있다. 여기보다 아몬드를 키우기에 더 적합한 곳은 없다. 밀러는 이렇게 말한다. "신이 아몬드를 생각하며 만들어낸 것이 바로 이 흙입니다."

신은 아몬드를 생각할 때 아주 까다로웠던 것 같다. 남쪽으로는 바커스필드에서 시작해서 북쪽으로는 레드블러프까지 약 650킬로미터나 펼쳐진 센트럴밸리는 북미지역에서 아몬드가 대량 생산될 수 있는 유일한 장소다. 그곳의 모래흙과 지중해성 기후 조건은 건조하고 뜨거운 여름을 만들어, 아몬드 대량 생산에 최적이다. 11월과 12월 600시간의 추운 시기를 지나면, 온화한 1월과 2월이 온다. 연 강수량은 380밀리미터에서 500밀리미터 사이이고, 토양은 잘 말라 있으며 담수관개가 발달되어 있다. 이곳의 농부들은 표면상으로는 아몬드를 과학적으로 키우고 있다. 나무는 줄지어 심어져 있으며, 나무가 심어진 공간도 완벽해 5.8×6제곱미터 넓이의 다이아몬드 격자무늬를 이루고 있다. 각각의 나무는 가장 강력한 바람이 불어오는 북서쪽으로 약간 기울어져 있다.

아몬드 생산성에 대한 광범위한 연구 덕분에, 해가 지나면서 격자무늬는 더 작아졌다. 1985년, 격자는 1에이커(약 4046.8제곱미터)당 나무 95그루의 크기였지만, 지금은 135그루로 늘었으며, 어떤 곳에서는 150그루까지도 심는다. 아몬드 나무의 생존율과 생산성을 높이기 위해 농부들은 원래 자연 상태에서는 가냘프고 연약한 가지가 무성한 식물인 아몬드 나무에서 가지를 잘라내 더 단단한 복숭아 뿌리에 접붙이기 한다. 가지를 잘라내는 방법은 농부마다 다르다. 밀러에 따르면 독일 침례교도들은 수직으로 잘라낸다고 한다. 그러나 요즘 대부분의 농부들은 나무가 자연적으로 자라게 둔다. 나무가 많으면 아몬드도 많아지고, 돈도 더 많이 벌 수 있기 때문이다.

토양에는 질소와 인산염이 들어 있는 비료가 뿌려진다. 나무 아래 땅에는 제초제가 뿌려져 나뭇가지가 우거진 곳의 땅은 깨끗하게 유지

한다. 나무에는 살진균제를 뿌려 나무껍질이나 뿌리를 썩게 만드는 고약한 질병들을 예방하고, 살충제를 뿌려 해충에 의한 감염을 예방한다. 그리고 수액에 담가 나무의 생기와 성장을 촉진한다. 이제 아몬드 나무는 수령 5년이 되면 아몬드를 생산하기 시작하고, 10년이 되면 생산성이 절정에 달하며, 25년이 되면 점점 감소하기 시작한다.

아몬드는 체리와 자두, 복숭아와 먼 친척인 핵과류에 속한다. 먹을 수 있는 것은 씨앗이고, 솜털이 달린 녹색 껍데기가 과육이다. 아몬드는 이집트의 파라오에게 올려졌다. 또한 구약성서에서도 중요하게 다뤄지고 있다. 영어식 이름은 라틴어 아미그달라(amygdala), 즉 '편도 자두'라는 말에서 파생되었다. 오랜 세월 널리 식용되고 교역되어 원산지가 어디인지는 아무도 모른다. 중앙아시아의 경사지에서 야생으로 자라다 중국에서 지중해 지역으로 실크로드를 따라 교역된 후 북아프리카 지역으로 흘러들어갔을 것이라고 추정될 뿐이다.

북아프리카는 뜨겁고 건조한 기후로 아몬드 나무가 아주 잘 자라는 지역이었다. 그래서 일부 음식 역사학자들은 아몬드 나무의 원산지를 중동 지역으로 추정하기도 한다. 신대륙에 처음 들어온 지역은 좀 더 정확하다. 1760년대 프란체스코회 선교사들이 캘리포니아 해안을 따라 아몬드 나무를 가지고 다녔으며, 200년 동안 습한 기후를 잘 견뎌냈다. 그러다 19세기에 어떤 사람이 아몬드 나무를 센트럴밸리에 심게 된다. 나무는 뜨겁고 건조한 기후에서 잘 자랐다. 20세기로 넘어오면서, 아몬드는 캘리포니아의 주요 작물이 된다. 1950년대가 되자 아몬드 농사는 하나의 산업으로 자리 잡고, 1970년대가 되면서 아몬드 농사가 인기를 끌게 되고, 1990년대에는 전 세계에 시장을 형성한다.

아몬드 시즌은 공휴일과 함께한다. 꽃은 밸런타인데이 즈음에 피기 시작하고, 수확은 핼러윈 즈음에 끝난다. 그 사이에 꽃봉오리가 생겼다가 창백한 연분홍 꽃이 만개한다. 그리고 진다. 꽃잎은 마치 눈처럼 농장 바닥을 뒤덮는다. 열매는 꽃이 피었던 자리에 열린다. 아몬드 열매가 익으면서 녹색 겉껍데기가 딱딱해지고, 7월이 되면 소리를 내며 갈라진다. 늦여름이 되면 그 틈이 점점 벌어지고 이른 가을이면 엷은 속껍데기를 드러낸다. 그 껍데기 속에 길쭉하고 표면은 갈색인 알맹이가 들어 있다. 이런 열매가 3천 제곱미터나 펼쳐져 있는 것이다.

수확 준비는 8월 초에 시작되어, '흔드는 사람'이 나타난다. 이들은 열매를 바닥에 떨어뜨린다. 그리고 바닥에 떨어진 열매는 마를 때까지 햇볕 아래 1~2주일간 놔둔다. 1960년대 초 이전에는, 일꾼들이 길쭉한 나무망치를 이용해 나무를 두드려 캔버스 천 위에 열매를 떨어뜨렸다. 이제 이들은 에어컨 기능이 장착된 운전석에 타고 수십만 달러짜리 네모난 트랙터를 몰면서 고무로 코팅된 유압식 집게를 이용해 나무 몸통을 잡고 지진이나 전기의자에 버금가는 힘으로 나무를 흔드는, '쇽웨이브'라고 불리는 작업을 수행한다. 1분도 되지 않아 이 기계는 나무 한 그루에 있는 거의 모든 열매의 껍질을 벗겨낼 수 있다.

다음으로는, '스위퍼'라는 기계가 등장한다. 도로 청소 자동차와 탱크의 중간쯤으로 보이는 이 기계는 지면에 낮게 붙어 다닌다. 지나가며 바닥을 쓸어 열매와 나뭇잎, 일꾼들이 버린 점심 도시락 포장 따위를 나무 사이 길에 날려버린다. 그런 후에는 픽업 기계가 나타난다. 여기에 달린 벨트는 마치 진공청소기의 회전기처럼 생겼다. 이 기계는 아몬드와 흙, 나뭇잎, 도시락 포장을 삼키고 바닥에 거대한 먼지 구름만 빼고 아무것도 남기지 않는다. 이때 나무와 풀, 울타리, 관개용수 파이프, 그리고 인근의 도로는 모두 며칠간 공중에 떠 있는 고운 흙으로 덮인다. 픽업 기계는 짐을 방충망 같은 곳에 올려 흙을 걸러내고 나뭇잎과 도시락 포장은 바람을 이용해 날려버린다. 거기서부터 열매는 가공 공장으로 향한다. 공장에서 열매는 엘리베이터와 언더롤러, 컨베이어, 다공식 분류판, 그물, 블래스터, 진공관 등에 실려 연쇄적으로 이동하며, 분류되고 쌓였다가 연기로 소독된 후 껍질이 벗겨지고 포장되어 운반된다. 기계들은 부드러운 겉껍데기를 벗겨내고 딱딱한 껍데기는 깨뜨리며 남아 있는 흙먼지는 빨아들인다. 그런 다음 아몬드에 등급이 매겨지고, 크기와 무게가 측정되며, 1톤짜리 나무 상자에 실려 운반된다. 이러한 기계화된 여정을 따라 아몬드는 아주 정교하게 처리된다. 깨끗한 열매는 시장에서 최고가에 팔리는 반면, 깨진 열매는 제과회사와 가공식품회사에 할인된 가격으로 팔린다.

캘리포니아는 세계 아몬드 공급량의 상당 부분을 차지하고 있다. 밸리의 최상급 기후 조건과 토양 등 우연한 지리적 위치와 의도된 엄청난 생산량 덕분이다. 아몬드는 건포도나 양상추, 아보카도, 딸기, 소고기 등을 능가하는, 캘리포니아의 가장 중요한 수출 농산품이다. 미국 와인 수출 금액의 두 배 이상을 벌어들이기도 한다.

최근에는 아몬드의 수익성이 터무니없을 정도로 높아졌다. 아몬드 농장주들은 도매로 1파운드 무게에 1달러씩만 받아도 수지가 맞을 정도다. 2005년 아몬드 가격은 이것의 세 배에 달했고 캘리포니아 아몬드 농장주들의 매출을 모두 합치면 약 30억 달러에 이른다. 그 이후 아몬드 가격은 등락을 거듭하며 파운드당 2.5달러 선에서 거래되고 있다. 지난 10년간의 생산량은 아몬드 농장주인 댄 커밍스가 말하는 것처럼 '퍼펙트 스톰'이었다. 물론 좋은 의미에서 그렇다는 것이다. 댄 커밍스는 새크라멘토 계곡에 아몬드와 호두 농장 수천 에이커를 소유하고 있고 캘리포니아아몬드협회에서 일하고 있다. 아몬드의 인기는 특히 유럽에서 높아지고 있다. 유로화의 가치가 상승하면서 경쟁관계에 있는 여타의 견과류 가격이 높아졌기 때문이다.

따라서 아몬드 경작에 적합한 땅에서 키우는 다른 작물들의 가격은 내려가고 아몬드 농장의 수익은 기록적으로 높아지면서, 수많은 센트럴밸리 농부들이 면화와 포도주용 포도, 복숭아, 살구 등을 갈아엎고 아몬드를 심은 것은 놀랄 일도 아니다. 수익은 극대화하고 노동비용과 골칫거리는 최소화하려는 농부들이 아몬드를 경작하는 것은 전적으로 납득할 만하다. 견과류는 시장에서 높은 가격을 받는다. 대부분의 과일이나 채소보다 잘 상하지도 않는데다 같은 핵과이면서도 손으로 일일이 따야 하는 복숭아와 달리 기계로 수확이 가능하다.

아몬드 경작지는 1990년대의 40만 에이커에서 지금은 80만 에이커로 증가했으며(실제로 아몬드를 생산하는 땅의 크기는 74만 에이커에 달한다), 전체 수확량은 20년 전의 2억 3,600만 파운드에서 2009년에는 거의 14억 파운드로 증가했다. 이 지역의 합리적이고 분별력 있는 모든 농부들이 다 이아몬드 격자무늬 위에 아몬드를 심자, 이러한 광란을 사람들은 '아몬드 러시'라고 부르고 있다. 커밍은 내게 이렇게 말했다. "우리는 이 땅을 가장 효율적으로 사용할 수 있는 작물이 어떤 것인지 결정합니다. 그것이 바로 아몬드입니다."

내가 처음으로 밀러와 머데스토를 여행했을 때, 우리는 아몬드 농장 한가운데에 있는 가장 높은 곳으로 차를 몰았다. 거기서 볼 수 있는 것은 아몬드뿐이었다. 단일 작물만 심어진 광활한 땅에 서쪽 지평선에서부터 동쪽의 산까지 끝도 없이 연분홍색 꽃이 피어 있었다. 풍경은 엄청나게 개조되어 잔디와 관목지는 수많은 꽃들 틈으로만 언뜻 보일 뿐이다. 주간 고속도로를 따라 새로운 아몬드 나무가 풍성하게 심겨 있으며 다이아몬드 격자무늬에 심긴 30센티미터 정도 크기의 접목들이 파운드당 3달러를 받는 선물 시장에 이르기 위해 장관을 이룬다. 이것들은 지난 10년간 이곳에 무수히 생겨난 똑같은 모습의 쇼핑몰들 그리고 회반죽을 칠한 주택 단지들과의 치열한 경쟁을 통해 길가 토지가 자신의 차지임을 내보이고 있다.

부동산 붐과 마찬가지로 아몬드 붐도 보기 흉하게 뻗어나가 엄청난 부를 창출했다. 머데스토 근처 뒷골목에서 양철 지붕과 낡은 외장재, 그리고 먼지 나는 차고 진입로를 갖춘 그 지역 특유의 전형적인 농가 주택 사이에 자리잡은 아몬드 농장주의 집을 찾아내는 것은 쉬운 일이다. 아몬드로 부자가 된 이들의 집은 손으로 바른 회벽과 맨사드 지붕, 포장 진입로와 함께 늘 야자수 나무가 일렬로 늘어서 있다. 밀러는 1970년대부터 오늘날에 이르기까지 타호 호수에 있는 '아몬드 키우는 녀석들의 오두막'의 상승을 그래프로 그리기를 좋아한다. 그래프 모양은 대각선으로 위로 솟아오르며 무한대로 향한다.

한편, 밀러는 이렇게 말한다. "양봉가들은 그들의 이익을 나눠 갖지도 못했어요." 밀러는 코르테즈 해에서 요트를 타고 있거나 브리티시 컬럼비아 주 오지에서 헬리스키(헬리콥터를 타고 산 정상에 올라가 천연의 눈에서 스키를 타고 내려오는 스포츠 - 옮긴이)를 타는 중에 전화를 거는 아몬드 경작자들의 전화를 자주 받는다. 밀러는 10년 전 카리브 해로 크루즈를 타러 딱 한 번 갔을 뿐이다. "2년에 한 번씩 제드 클램펫식으로 별장을 공동 사용하려고 합니다." 그것이 그가 할 수 있는 유일한 모험 여행이다. 꿀벌 중개업자이자 밀러의 친구인 리로이 브랜트는 머데스토에서 함께 아침을 먹으며 이렇게 말했다. "골프를 좋아한다면 절대로 양봉가가 되지 마세요." 분명히 아몬드 경작자가 되는 일이 훨씬 더 낫다.

1950년, 아몬드 경작자들로 구성된 컨소시엄이 캘리포니아 아몬드 협회를 만들어 경작자들을 결합해 마케팅과 리서치에 힘쓰기 시작했다. 당시 미국에서 아몬드는 매년 5천만 파운드 생산되었으며 세계 시장의 17퍼센트를 차지하고 있었다. 에스파냐가 세계 아몬드 판매량의 75퍼센트를 장악하고 있었다. 그러나 오늘날, 캘리포니아는 80퍼센트나 되는 시장 점유율을 자랑한다.

아몬드의 경제학은 수요와 공급의 법칙을 거역하고 있다. 일반적으로, 한 상품의 공급량이 많아지면 가격은 내려가게 되어 있다. 따라서 다량으로 생산되는 상품인 옥수수와 면화, 콩 등의 상품의 경우 사람들은 주로 정가제를 지지한다. 그러나 아몬드는 누구나 경작할 수 있는 것이 아니다. 특정한 기후와 토양이 필요하며, 나무를 키우기 위해서는 막대한 투자금이 소요된다. 그리고 처음 열매를 맺기 전까지 5년간 인내하고 자금을 대야 한다. 그렇게 할 수 있는 이들은 그 보상을 받게 된다. 요즘 아몬드에 공급 과다라는 말은 없기 때문이다. 그래서 더 많은 생산량은 더 많은 돈을 의미한다. 심지어 2008년과 2009년 세계 경제 위기를 겪을 때도 아몬드 판매량은 기록을 갱신했다. 2009년에 수출량은 전년도보다 10퍼센트 증가했다. 농업이든 다른 분야든, 아몬드는 경제가 파탄에 이른 시기에도 계속 활황을 이룬 몇 안 되는 상품 중 하나다. 분명히 아몬드는 방탄이 되는 견과임에 틀림없다.

아몬드협회는 수요를 늘리기 위한 캠페인에서 뛰어난 마케팅 요령을 보여주고 있다. 아몬드가 건강에 좋다는 연구를 의뢰하고 대중에게 알리고 있다. 그러한 마케팅 덕분에 아몬드에 대한 국내 수요가 증가했지만, 여전히 센트럴밸리의 아몬드 대부분은 해외로 수출되고 있다. 가장 큰 시장은 유럽이지만 인도와 중국에서의 수요량이 폭발적으로 증가했다. 아몬드협회는 인도와 중국에서 아몬드의 명칭을 바꾸는 것에 대해 신중히 생각한 적이 있다. 중국에서 아몬드는 '싱런', 즉 '살구 씨'라고 불려, 협회에서는 조금 더 달콤한 듯한 별명을 만들면 판매량이 증가할 거라고 생각했다. 그래서 '생명의 열매', '행운의 열매', 혹은 '캘리포니아산 큰 싱런' 등으로 바꾸는 것은 어떨까 잠시 고려했지만, 지속적으로 증가하는 판매량으로 인해 굳이 이름을 바꾸지 않기로 결정했다. 2008~2009년 사이에 중국으로의 수출량은 두 배 이상 증가했다. 그리고 어쨌든 '살구 씨'는 '편도 자두'보다는 확실히 언어적 향상을 보인 것이다.

아몬드협회는 또한 수확량을 늘리기 위해 농업 연구와 최신식 비료 개발, 관개, 경작 전략, 그리고 최적의 격자무늬 패턴 등을 연구하는 데 수익을 투자하고 있다. 에스파냐에서는 언덕 지형과 구식 경작 및 수확 방식 때문에 1에이커당 100파운드 이상은 수확하지 못하고 있다. 반면, 센트럴밸리 농장에서는 1에이커당 3천 파운드까지 수확을 기대할 수 있다.

하지만 수확량과 수익성을 증진시키기 위한 그 모든 최신 전략에도 불구하고 아몬드 경작자들은 여전히 한 가지 문제를 안고 있다. 바로 가루받이다. 새나 곤충이 꽃에서 꽃으로 꽃가루를 운반해주지 않으면 아무리 최신식으로 경영하는 농장이라도 충분한 열매를 맺을 수 없다. 이러한 사막과도 같은 경작지에서 바람과 야생 곤충이나 새에만 가루받이를 의존하는 경우 1에이커당 아몬드 생산량은 40파운드밖에 되지 않는다. 꿀벌을 고용하면, 1에이커당 평균 수확량은 2,400파운드이고, 좀 더 조밀하게 구성된 농장에서는 최대 3천 파운드까지 기대할 수 있다. 아몬드를 만들어내기 위해서는 벌이 필요하다.

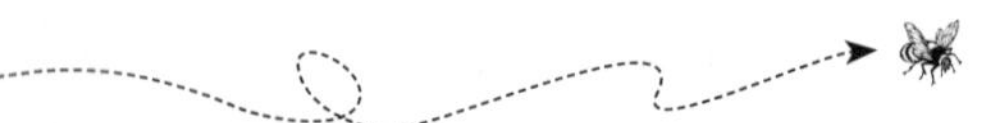

정확히 언제부터 꿀벌이 꽃의 생식에 개입했는지는 알려져 있지 않다. 고식물학자들은 약 1억 년 전 백악기 시대에 식물 종이 7배 이상 증가하면서 곤충이나 새가 번식에 도움을 준다는 사실을 꽃들이 학습했던 때로 추정하고 있다. 일부 꽃식물은 스스로 가루받이하기도 한다.

그러나 다수의 꽃들은 꽃가루, 즉 꽃 안에 있는 끈끈한 가루가 한 개체에서 다른 개체로 옮겨질 때에만 씨앗을 만들고 번식할 수 있다. 일부 꽃가루는 바람을 타고 이동하기도 하지만, 많은 과실수들은 곤충이나 새와 같은 외부의 도움을 필요로 한다.

어떤 꽃가루 매개체는 밝은 색에 매료되기도 하고, 꿀벌과 같은 다른 매개체들은 꽃꿀과 꽃에서 나오는 향기에 이끌리기도 한다. 꽃꿀은 꽃잎 맨 아래 부분에 위치해 있어, 곤충이 꽃꿀에 다가가려면 꽃의 수컷 역할을 하는 꽃가루를 잔뜩 묻힐 수밖에 없게 되어 있다. 곤충이 다음 꽃으로 날아가면 꽃가루 일부분이 꽃잎에 문질러지며 떨어져나가 꽃의 암컷 역할을 하는 암술머리에 묻게 되고 그렇게 수정시켜서 씨앗을 맺게 한다. 그로 인해 꽃들은 곤충을 유인하기 위해 달콤한 향과 밝은 색, 그리고 더 많은 꽃꿀을 만들어내도록 진화했다.

벌들은 꽃꿀을 집으로 가지고 와 증발시켜 꿀을 만들기 시작했고, 새끼를 먹이고 꽃이 피지 않는 시기에 살아남기 위해 밀랍 방 안에 저장하게 되었다. 꿀의 공급으로 인해 벌들은 더 크고 더 잘 조직된 공동체를 만들 수 있게 되었고, 그에 따라 꽃꿀과 꽃가루를 더 잘 저장할 수 있게 되었다. 꿀벌과 꽃은 서로를 도우며 적응해나갔다.

꿀벌보다 더 효율적인 곤충들도 있다. 예를 들어, 푸른 과수원 벌(Blue orchard bee)은 꿀벌보다 50배나 더 많은 꽃들을 가루받이할 수 있다. 그러나 이들은 혼자 사는 곤충이며, 1년에 단 3~8배만큼만 개체수가 증가한다. 반면 꿀벌은 한 마리의 여왕벌과 몇 마리 되지 않던 일벌에서 몇 주만 지나면 수만 마리까지 증가할 수 있다. 그리고 꿀벌들은 꽃에서 꽃으로 이동이 쉬운 자연적인 휴대형 공동체를 이루어 살아간다. 이러한 사실이 가루받이해야 할 꽃이 많은 아몬드 경작자들을 매료시켰다.

나무 한 그루당 2만 5천 송이의 꽃이 있고, 1에이커당 135그루 이상의 나무가 있으니, 1에이커당 350만 송이의 꽃이 있는 셈이다. 이것은 상상하기도 힘들 만큼 많은 수다. 그래서 혼자 사는 벌들은 이 일을 해낼 수 없다. 무리가 필요하다. 열매들 사이의 자원에 대한 경쟁을 줄이기 위해 솎아내야 하는 대부분의 과일이나 견과류와 달리, 아몬드 나무에게 너무 많은 꽃이란 없다. '수정'되지 않은, 즉 성공적으로 가루받이가 되어 떨어지지 않은 꽃들에게는 아주 적절하게도 '노처녀'라는 별명이 붙는다.

더 많은 아몬드 꽃이 수정될수록 더 많은 아몬드가 열리며 더 많이 수확할 수 있고 더 많이 판매할 수 있어 더 많은 돈을 벌어들일 수 있다. 즉, 아몬드 경작자에게는 벌이 많을수록 좋은 것이다. 대부분의 농촌진흥청 담당관들은 아몬드 농장 1에이커마다 봉군 2개를 설치할 것을 추천하고 있다. 그러나 나무 한 그루당 수확량을 최대화하기 위해 일부 농부들은 3개 이상의 봉군을 설치하기도 한다.

그러나 벌의 개체수가 작물의 품질을 보장하지는 않는다. 벌들은 섭씨 10도 미만이거나 비가 내리면 일을 하지 않는다. 비가 내리지 않고 충분한 추가 관개가 마련되지 않으면 가루받이를 끝낸 열매는 자라나지 않는다. 갑자기 냉해가 찾아오면 꽃이 살아남지 못한다. 농부들은 냉해가 오면 헬리콥터를 고용해 작물들 위를 날아다니게 한다. 그러면 헬리콥터의 회전 날개가 계곡 대기의 역전층에서 따뜻한 공기를 아래로 내려보내게 된다. 12월에 너무 따뜻해서 나무들이 충분히 동면하지 못하면, 양분을 많이 저장하지 못해 꽃을 적게 피우고 열매도 적게 생산해낸다. 이는 모두 꿀벌들의 능력 밖에 있는 일이다. 꿀벌은 그저 자신의 일을 묵묵히 할 뿐이며, 그것도 아주 잘해낸다. 그러나 꿀벌이 없으면 작물도 없을 거라는 사실을 아몬드 경작자들은 알고 있다. 그리고 요즘 꿀벌을 얻기 위해서는 이주 양봉업자가 필요하다.

잠깐 생각해보자. 양봉가들은 아주 위대한 일을 하고 있다. 가루받이처럼 그 일은 너무 일상적이라 눈에 띄지 않고 너무 복잡해서 상상이 불가능한 일이다. 매년 1월이 되면, 전국 벌의 약 3분의 2 정도 되는 규모인 150만 개의 벌통이 캘리포니아로 몰려와 아몬드 경작자들의 가루받이 수요를 충족시켜준다. 밀러는 1월 말에 캘리포니아로 벌통을 싣고 온다. 아이다호 창고에서 겨울잠을 자는 벌들을 일찍 깨우는 것이다. 대형 세미트럭에 트럭 한 대당 500개의 벌통을 싣고 캘리포니아 본사로 향한다. 운반대 하나당 이중으로 된 벌통 4개를 싣는다. 운반대는 밀러의 집이 위치한 언덕 아래에 있는 양봉장에 내린다. 조금 더 작은 트럭은 밀러의 집 가까이에 있는 양봉장 중 한 곳으로 가 벌통을 내려놓는다.

밀러는 운이 좋다. 1976년 이래로 이 지역에서 양봉을 해온 덕분에 뉴캐슬 근처에 55~60개 정도 되는 양봉장을 이용할 수 있기 때문이다. 뉴캐슬은 골드러시 시기에 생성된 도시로 통나무와 노란색 벽돌로 만들어진 건물들이 늘어선 중심가의 대로는 역사적으로도 귀중한 곳으로 여겨지고 있다. 밀러는 모든 뒷골목과 초원지대, 그리고 들판에 대해 농부나 경찰들보다 훨씬 더 잘 알고 있다. 물론 아주 잘 숨겨진 양봉장에 갈 때는 어디서 길을 벗어났는지 기억하기 위해 가끔 나무에 티셔츠를 묶어놓아야 할 때도 있다.

그는 늘 새로운 양봉장을 경계한다. 한때는 금을 찾아다니던 탐사자들이 강을 둘러보며 금맥을 찾아 언덕을 파헤치던 이곳에서 밀러는 완벽한 초시를 찾아 헤맨다. 밀러는 그곳을 '광산 양봉장'이라고 부른다. 금 매장량처럼, 초원도 점점 더 줄어들고 있다.

밀러의 양봉장은 대부분 근처 언덕 지대에 자리 잡고 있다. 그곳은 농장과 목장이 점점이 박혀 있던 초지대였지만, 점차 삼나무와 돌로 지어진 판에 박힌 농가 대저택들이 들어서고 있다. 밀러는 그런 집에 사는 사람들을 '와인통 지식인들'이라고 부른다. 이런 대저택 소유주들은 자신들의 화려한 성에 방문하는 낯선 양봉가들에게 친절하지 않다. 밀러는 그가 벌을 치던 한 영지가 팔리고 새로 건축한 건물이 멋지면 멋질수록 자신의 벌들이 그 땅에서 쫓겨나는 시기도 빨라진다는 격언을 남겼다.

한번은 이런 일이 있었다. 밀러는 친구인 에디 페레라의 땅에서 25년간 벌을 키웠다. 페레라는 꿀을 사랑했고 단 것을 좋아하는 성향 때문에 불편을 겪는 것 같지도 않았다. 그는 92세에 죽었는데 그의 이는 완벽했다. 밀러가 "에디는 내가 살면서 본 이 중 가장 멋진 이를 가지고 있었어요"라고 말할 정도였다. 언덕 위에 있던 에디 페레라의 집이 팔리고 얼마 지나지 않아, 새 주인이 건물을 부수고 거의 성과 같은 집을 지은 뒤, 그곳에 오랫동안 있던 목우장을 고소했다. 냄새와 소음 때문이었다. 그리고 밀러의 벌도 자신의 영지에서 쫓아냈다.

그러나 밀러는 자신이 아몬드 가루받이를 위해 캘리포니아로 이동해야 하는 많은 양봉가들보다 더 운이 좋다고 생각한다. 그들 대부분은 꽃이 한 송이도 없는 거대 양봉장에 벌들을 보관하고 시럽을 먹이며 아몬드 꽃이 피길 기다려야 한다. 반면 밀러에게는 아주 훌륭한 초지가 있다. 1월이 되면 갈색이었던 초원이 겨울 동안 내린 비로 신비한 초록 빛으로 변한다. 그래서 밀러의 양봉장 일부는 낙원으로 오인될 정도다. 옥색의 초지 경계에는 라이브 오크와 밸리 오크, 블랙베리, 그리고 배꼽까지 자란 노란색 겨자꽃이 펼쳐져 있고, 화강암 '공룡알'과 땅 위로 노출된 석영이 점처럼 곳곳에 산재해 있으며, 연못과 붉은색 어린 암소, 꽥꽥 소리를 내는 거위들이 흩어져 있다. 시에라 산맥 기슭, 폰데로사 소나무와 뒤틀린 디거 파인 소나무가 무성한 숲 속에는 소나무 잎이 흩어지고, 철쭉과 마드론, 시어노더스와 옻나무가 꽃을 피운다. 벌거벗은 협곡에는 햇볕에 탄 잔디와 햇빛에 바랜 진흙 산이 있다. 물론, 벌들은 전망에는 관심이 없다. 채석장이나 제재소, 쓰레기 매립지 근처라도 물과 꽃꿀, 꽃가루만 풍부하다면 행복하게 살림을 꾸릴 것이다.

1월 말과 2월 초가 되면, 밀러와 그의 일꾼들은 3주 내내 하루에 열 시간씩 일하며 일요일 하루만 쉰다. 이들은 벌통을 설치하고, 벌들에게 먹이를 주며, 겨울 동안 잘 지냈는지 확인하기 위해 벌통을 검사해보고, 겨울을 나지 못한 '못 쓰는 벌'들은 벌통에서 제거한다. 그런 다음

이들은 벌통을 센트럴밸리에 있는 농장으로 옮기기 위해 머데스토로 향하는 세미트럭 뒤에 다시 쌓는다. 아몬드를 키울 때 각각의 단계마다 정확성이 요구되듯이, 벌통을 설치할 때도 정확해야 한다. 밀러와 일꾼들은 벌들이 자는 밤에 벌통을 옮긴다. 농장의 크기가 40에이커든 2천 에이커든 상관없이, 벌통은 아몬드 나뭇가지 사이를 가장 잘 뚫고 들어갈 수 있는 곳에 설치되어야 한다.

벌통은 아몬드 나무가 늘어선 줄의 끝에 놓아, 지게차로 움직이기 쉬워야 하고 농장 바닥에 난 잡초를 깎는 풀 베는 기계를 방해해선 안 된다. 양봉가는 관개시설의 위치도 잘 알고 있어야 한다. 벌통이 관개시설에 지나치게 가까이 설치되면 벌들은 날지 않을 것이다. 농부가 관개시설을 이용할 때는, 벌통을 농장 바닥에서 들어올려 저수지 둔덕이나 나무가 늘어선 줄의 끝에 놓아야 한다. 농장 주변에 학교가 있으면, 벌통은 그곳에서 멀리 설치되어야 한다. 벌통을 설치할 장소가 진흙투성이 땅이라면 트럭은 예외 없이 그곳에 빠진다. 이때, 밀러가 할 수 있는 일은 별로 없다.

넓은 아몬드 농장에서, 아몬드 꽃이 피기 몇 달 전은 밀러에게 사실상 바자회나 다름없다. 전화와 이메일, 벌통 점검, 흥정, 운반, 그리고 거래가 끊임없이 이어지고, 벌통을 농장과 연결시키면 계약서를 받고 서명한 후, 계약 내용을 지키기 위해 건강하게 벌들이 도착하길 기다린다. 꿀벌을 빌려주는 것과 관련한 협상과 물류가 너무 복잡해서 많은 양봉가들과 농부들은 가루받이를 하는 자와 가루받이를 원하는 자, 양측을 연결시켜주는 '꿀벌 중개업자'에게 의지한다. 그들은 벌통을 검사한 후 봉군의 건강 상태에 따라 등급을 매기고 벌통 설치를 감독한 후 양봉가가 대여료를 받는지 확인해주고 그 돈을 지불한 아몬드 경작자가 건강한 벌들이 하나도 남아 있지 않은 벌통을 받지 않도록 보장해준다. 밀러는 농부들과 장기적으로 관계를 갖고 그들과 직접 작업한다. 그는 중개업자를 쓰는 것을 좋아하지 않지만, "그 농부가 나쁜 녀석이라는 사실을 알고 있거나, 그 녀석이 돈을 지불하지 않거나, 혹은 체리 농부인 경우에는 중개업자를 사용한다"고 한다.

아몬드가 항상 이런 수준의 개입을 요했던 것은 아니다. 우리가 먹는, 다른 여러 곤충 가루받이 작물들도 마찬가지다. 농장 규모가 작고 다양한 작물들을 재배했던 시기에 농부들은 야생의 가루받이 매개자와 지역 양봉장만으로도 충분히 가루받이를 할 수 있었다. 그러나 대규모 농장이 작은 농장들을 대체하게 되었고 농부들은 이제 거의 단일로 한 가지 작물을 대규모로 재배한다. 옥수수와 곡식들이 몇 줄이나 계속 늘어서 있어, 벌들이 생존하기 위한 영양분이 거의 없거나 전혀 없다. 아몬드의 경우에는 1년에 22일간만 꽃을 피우고, 꽃잎이 떨어지면, 사막이 되어버린다. 관목 한 그루, 잡초 한 포기 없는 사막이 되는 것이다. 게다가 땅에는 곤충들을 죽이는 살충제와 곤충들의 생존에 필요한 식물들을 죽이는 제초제가 쉴 새 없이 뿌려진다. 거대한 넓은 땅이, 원하는 작물 한 가지를 빼면 아무것도 살지 못하도록 설계되는 것이다.

그런 식으로, 예전에는 공짜로 자유롭게 이루어졌던 꽃과 벌의 만남이 이제는 양봉가와 중개업자, 그리고 농부라는 3단계를 거쳐야 관리된다. 아주 미국적인 이야기다. 한때는 벌레와 식물들 사이에 자유로운 방문이 있던 곳에 시장이 형성된 것이다. 그러나 양봉가와 농부들이 "세계에서 가장 큰 가루받이 이벤트"라고 부르는 이 일에는 그런 수준의 매개가 필요하다. 아몬드는 이제 한때는 참나무와 금영화, 야생초로 가득하던 센트럴밸리 땅의 광대한 면적을 차지하고 있다. 아몬드 나무들은 서로 아주 가까이 심어진데다 야생 곤충은 부족해, 노스다코타와 미네소타, 플로리다 등지에서 온 곤충들(2004년, 처음으로 미국 농무부는 아몬드 농장에서 호주산 꿀벌을 수입해도 된다고 허용했다)이 캘리포니아로 트럭이나 비행기에 실려와 지구 저 반대편이 원산지인 나무를 가루받이해야 한다. 이것이 바로 현대 농업이 치러야 할 대가다.

가루받이를 위한 최초의 벌 대여는 1909년 뉴저지의 사과 농장에서 일어난 것으로 기록되어 있으나, 조직적으로 농부들이 가루받이에 비용을 지불하기 시작한 것은 1960년대다. 그리고 양봉가들이 가루받이에 대한 비용으로 진짜 돈을 벌기 시작한 것은 1990년대의 일이었다. 그 전까지는 벌꿀 판매비용 외에 추가로 버는 보너스일 뿐이었다. 1960년대에 벌통은 최저 6달러 선에서 대여되었다. 1970년대가 되자, 양봉가들은 아몬드 경작자에게서 벌통 하나당 12달러를 받을 수 있었다. 2004년까지만 해도 벌통 대여 가격은 하나당 48달러에 불과했다. 2010년, 아몬드 꽃이 피기 직전까지 기다린 사람들은 벌통 하나당 최대 210달러를 받았다. "그런 게임을 할 만한 용기가 없다"는 밀러는 시즌 초기에 140~150달러로 가격을 확정하는 것에 만족한다.

하지만 아몬드가 촉발한 이런 대단한 수입은 사라질지도 모른다. 아몬드 경작지는 계속 커지고 있다. 수요도 커지고 있다. 아직까지는 말이다. 밀러 집안의 최초의 가루받이 고객이었던 아몬드 경작자, 존 토밍은 내게 이렇게 말했다. "언젠가 포화상태에 이를 겁니다. 우리는 수확량이 10억 파운드에 이르면 포화상태에 이를 거라고 생각했어요. 그런데 10억 파운드를 넘어 현재 수확량은 15억 파운드에 이르죠. 아직 포화상태에 이르지 않은 것이죠."

언젠가 확실히 포화상태는 다가올 것이다.

호주가 아몬드 재배량을 늘리고 있다. 그리고 아몬드의 원산지라고 알려진 중국 서부 지방 당국 역시 중국 북서부에 위치한 신장 지구에 거주하는 위구르족들을 징집하여 아몬드 나무를 심는 강제 노동을 시작했다. 한 가구당 사람 하나와 당나귀 하나를 징집하고 이것을 어길 경우 무거운 벌금을 매긴다. 결국 중국 정부가 주도하는 엄청난 확장으로 아몬드 경작자들의 높은 수익은 손상을 받게 될 것이다.

아몬드 경작자들이 치열한 경쟁에 시달리게 될 거라는 전망은 양봉업자들에게도 걱정거리다. 아몬드가 없으면 대부분의 전업 양봉가들이 생계를 꾸리지 못할 것이기 때문이다. 꿀벌과 꽃의 관계처럼, 양봉가들과 아몬드 경작자들은 공생의 관계에 있다. 서로가 없으면 모두 살아남지 못하고 훨씬 덜 번영할 것이다. 우리는 양봉가에게 나쁜 일이 아몬드 경작자들에게도 나쁜 일이라는 사실을 알고 있다. 꿀벌이 없으면, 아몬드도 없는 것이다. 그러나 그 반대의 경우도 성립한다.

1990년대 중반, 벌꿀 가격이 생산비 이하로 떨어지면서 아몬드 농부 덕분에 양봉가들은 파산에 처하지 않을 수 있었다. 여타의 많은 국내 기업들처럼, 양봉가들도 우한벌꿀 건강식품 주식회사(Wuhan Bee Healthy Co.)와 같은 저렴한 중국산 경쟁품의 희생자였다. 체리와 사과, 멜론과 같은 다른 작물들도 시즌 중간에 벌통을 설치하고 풍부한 꽃꿀과 꽃가루를 먹일 수 있는 장소를 제공했다. 그러나 이러한 작물들은 상품 시장에서 충분한 가격을 받지 못해 벌통 대여료를 많이 주지 못하므로 양봉가들은 큰 수익을 올릴 수 없다. 따라서 최소한 단기적으로 보았을 때, 아몬드 산업에 좋은 것은 양봉업계에도 좋은 것이다. 밀러는 이렇게 말한다. "아몬드가 있어 정말 다행입니다. 아몬드 경작자들이 모두 캐딜락 에스컬레이드 신차를 몰 수 있었으면 좋겠어요."

그러나 밀러와 그의 양봉가 친구들도 장기적으로 보면 아몬드 수요의 급증이 양봉가들에게 좋은 일이 아니라는 사실을 알고 있다. 실제로, 아몬드의 성공과 꿀벌의 생존은 역의 관계에 있다. 아몬드 가격이 오를수록, 벌들이 생존하기는 더욱 어려워진다.

이러한 곤란한 관계에 대해서는 많은 이유를 들 수 있다. 벌들은 한겨울에 그렇게 열심히 일하도록 진화하지 않았다. 아몬드 농장에 봄은 일찍 찾아온다. 차갑고 비가 많이 오는 시기라, 북반구에 사는 꿀벌은 제정신이라면 벌통 깊숙이 모두 모여 웅크린 채 조용히 겨울을 난다. 겨울이나 마찬가지인 환경에서 대규모로 가루받이를 하기 위해 벌 개체수를 여름만큼 늘리려면, 양봉가들은 벌들에게 봄이 이미 왔다는 확신을 주어야 한다. 그래서 그들은 벌들을 기후가 따뜻한 지역으로 옮겨놓고 옥수수나 비트, 혹은 설탕 시럽을 플라스틱 먹이통이나 드립 보틀에 붓고 꽃가루 패티를 준비해 벌통 프레임 위에 놓고 단백질 공급을 늘린다. 이것이 바로 상업 양봉가들이 아몬드 농장에서 벌들이 곡예를 펼칠 수 있도록 흥분시키는 방법이다. 밀러는 이렇게 말한다. "2월에 엄청나게 꽃가루를 모으는 벌통이 있다는 것은 자연스럽지 않습니다. 벌들은 추운 기후에 적응했는데, 우리가 여기로 데려와 돈을 벌게 하는 겁니다."

과학자들 또한 존 밀러의 증조할아버지가 개척한 빠른 이주 방식 같은 부자연스러운 생활주기가 봉군의 리듬을 방해할 수 있다고 우려하고 있다. 벌들은 여름 내내 일하고, 세미트럭에 실려 잠깐 잠을 잤다가 2월에 다시 여름을 시작해야 한다. 완전히 동면에 들었다가 아몬드 농장에서 치열한 경쟁을 하고, 그후에는 꽃이 떨어져 꽃꿀이 없는 사막을 만난 후 거대한 트럭 뒤에 잠시 실렸다가 사과 꽃을 가루받이한다. 그러고는 바람이 강하게 부는 북부 대초원 지역으로 가서 클로버 꽃이 피기를 기다린다. 이 과정은 아주 강한 흥분과 결핍을 초래하고, 어느 시점에는 그 모든 상충되는 신호들이 봉군의 개체에 지장을 주게 될 것이다.

봉군은 거칠게 다루어지고, 살충제와 기생충에 노출되며, 엄청난 만찬 후에는 기근을 만나고, 그 과정에서 약해진다. 농부들은 벌들이 진탕기와 청소기, 경운기, 콤바인 등과 같은 다른 농기계처럼 작동하기를 바란다. 그러나 꿀벌은 살아 있는 생명이다. 그것도 짧은 수명을 가지고 있어서, 유충에서 성충이 되었다가 늙기까지 6주 정도 걸린다. 트럭에 타고 가짜 꽃을 먹으며 지속적으로 자연적 혹은 인공적 꽃밭을 전전하며 사는 것은 벌들을 지치게 한다. 가루받이를 할 작물은 지나치게 많고, 그 작물들 사이의 거리는 아주 멀기만 하다.

야생에서는, 1제곱마일당 3~4개의 봉군을 발견하게 된다. 아몬드 꽃이 피기 시작할 때, 양봉가들은 수천 개의 벌통을 마치 다세대 주택처럼 쌓아야 한다. 노스다코타에서 밀러는 1야드당 40개의 벌통만 유지하지만, 캘리포니아에서는 240개의 벌통을 설치한다. 일부 양봉가의 경우에는 한 장소에 2천 개의 벌통을 놓아야 한다. 그곳에서 벌들은 야생 먹이가 없어, 시럽과 꽃가루 패티에 의존하며 수백만 벌들과 경쟁해야 하고, 동면 사이에 주기적인 죽음으로의 행진에 참가해야만 한다. 꽃이 늦게 피면, 상황은 훨씬 위태로워진다. 2007년의 경우, 개화 시기가 늦어지면서 동시에 CCD의 공격이 시작되기도 했다. 그리고 꽃이 피어도, 벌 개체수가 너무 많다. 건강한 봉군 하나가 일반적으로 1에이커 면적의 가루받이를 담당할 수 있는데, 아몬드 농장에는 2~3개의 봉군이 설치되어 야생 초지라기보다는 소나 돼지를 키우는 가축 사육장의 모습과 더 비슷하다.

그리고 물론 전염의 위험도 상주한다. 6주라는 기간 동안 전국의 거의 모든 상업적 양봉가들의 벌통이 캘리포니아로 몰려오기 때문에, 센트럴밸리는 사실 400마일 길이의 단일 양봉장이나 마찬가지다. 플로리다에서 온 벌들이 노스다코타와 아칸소, 펜실베이니아, 텍사스, 플로리다 주에서 온 다른 벌들과, 밀러의 표현에 의하면 "침을 교환"하는 것이다. 매해 겨울, 한 지역에서 온 해충과 병원균이 쉽게 다른 지역의 아직 감염되지 않은 벌들에게 옮겨진다. 밀러는 다른 양봉가에게 닥친 불행에 노출되는 것을 최소화하기 위해 아몬드 시즌 동안 자신의 벌통들끼리 가까이 있을 수 있게 대여하려고 노력한다. 그러나 수요와 공급의 법칙은 항상 그렇게 협조적이지 않다.

그는 현재 벌통들을 대규모 농장 세 군데에 설치했지만, 몇 년 전만 해도 그의 벌통들은 300마일의 거리를 두고 12곳의 농장에 흩어져 있어 훨씬 더 많은 위험에 노출되어 있었다. 밀러는 이렇게 썼다. "최고의 관리를 통해 바로아 응애나 노제마병, 벌집딱정벌레, 혹은 부저병 등을 피하고 있을지도 모른다. 그러나 만약 당신의 이웃이 그렇게 하지 않으면 응애는 그의 벌통에서 당신의 벌통으로 옮겨올 것이다." 아몬드 시즌이 끝나고 양봉가들이 집으로 돌아가면서, 고향에 머물러 있던 소규모 양봉가들도 감염이 되고 이전의 감염에서 살아남아 야생벌이 된 벌들도 감염의 위험에 처하게 된다.

아몬드 농장은 전국적으로 질병을 옮기는 엄청난 능력 덕분에 사창가에 비유되곤 한다. 또 다른 적절한 비유는 전시 군대 막사, 혹은 노예선일 것이다. 벌들은 그 근면성이라는 점에서 '자발적인 가루받이 매개자'와 비슷하므로, 상업적 꿀벌은 사실 징집된 거라고 보는 것이 논리적으로 더 맞을 것이다. 그리고 징집된 곳의 상태는 건강에 좋지 않다. 대량 생산은 벌들에게는 그다지 바람직하지 않은 것이다.

벌들은 언제나 이동을 했다. 그러나 아몬드 산업은 벌들을 거의 전 지구적으로 이동하게 만들었다. 전국을 돌아다니게 되거나 태평양을 건너 꽃가루를 받아 견과류 등의 상품을 생산하고는 다시 항구로 실려가 컨테이너에 실려 지구를 한 바퀴 돈다.

비록 벌보다 덜 이동하긴 했지만, 아몬드 나무도 비슷하게 멀리 여행을 했다. 아몬드 나무는 중국에서 시작된 것으로 추측되며, 에스파냐로 이동했다가 캘리포니아 해안가로 이동했다. 그리고 다시 그곳에서 센트럴밸리로 이동해 쾌적한 환경에 자리잡고 건강과 번영의 글로벌 아이콘이 되었다. 그리고 다시 이 열매를 생산하기 위해 노예를 징집하고 있는 중국으로 돌아갔다.

아몬드는 지구를 한 바퀴 돌았다. 그리고 아몬드가 뜨면서 수십억 마리의 벌들이 지고 있다. 하지만 아몬드가 꿀벌 군대를 소비하는 반면, 양봉가들은 이익을 누리고 있다. 그리고 양봉가들이 없다면, 유럽 꿀벌은 어디에서도 찾아볼 수 없었을 것이다. 밀러의 친구이자 꿀벌 중개업자인 팻 하잇컴에 따르면, 그것은 '파우스트의 거래'다. 아몬드는 돈을 벌게 해준다. "그러나 아몬드는 그 모든 문제를 일으킨 장본인이도 한 것이다."

옛날의 많은 작가들은 꿀벌에 대해 글을 썼다. 『실락원(Paradise Lost)』에서 존 밀턴(John Milton)은 열정적인 꿀벌들의 모습을 천사의 노동에 비유했다.

> 봄날, 태양이 황소자리와 함께 수레를 달릴 때,
> 벌들이 벌집 주변에 수많은 새끼 벌들을 낳아놓으면,
> 그것들은 떼를 지어 맑은 이슬과 꽃 사이를
> 이리저리 날아다니거나, 짚으로 지은 성곽 밖,
> 반질반질한 널빤지 위를 날아다닌다.

그가 묘사했던 그 천사들은 타락했다. 그들은 지옥을 짓고 있었다. 오늘날의 꿀벌들도 마찬가지다. 아몬드 농장에 방출된 벌들은 아낌없이, 부지런히, 인내하며 스스로의 종말을 준비하고 있는 것이다. 아몬드 산업은 존 밀러의 벌들을 죽이고 있다. 그러나 아몬드 덕분에 그는 좋아하는 일, 즉 벌을 키우는 일을 할 수 있다. 그래서 일반적으로 그것은 악마와의 꽤 만족스러운 거래다.

밸리 바닥이 아몬드 꽃으로 인해 연분홍색으로 바뀌는 밸런타인데이가 지난 어느 햇살이 비치는 아침, 밀러는 농장으로 트럭을 몰고 왔다. 그는 CD 플레이어에서 흘러나오는 핑크 플로이드 음악 소리를 줄이고 창문을 연다. 잠시 연분홍색 꽃 사이에 앉는다. 가만히 앉아서 생각하는 일은 밀러에게는 자연스러운 일이 아니다. 그러나 이번만은 그는 가만히 앉아 있을 수 있다. 그래서 그렇게 한다. 가만히 앉아 자신의 벌들이 아몬드 나무 사이를 돌아다니며 열매를 만들고 돈을 만들어내는 소리를 듣는다. 밀러는 "양봉가들은 이걸 좋아하죠"라고 말한다. 그리고 그 봄의 첫 번째 번영으로, 밀러는 돈을 받는다.

“훔친 꿀이 더 달콤하다”

벌이 하늘로 날아오르면,
더 이상 누군가의 소유가 아니다.
양봉업 관련법은 이에 대해
명확하게 제시하고 있다.
일단 벌이 벌통 밖으로 나가
주인의 시야에서 사라지면,
야생으로 간주한다.
존 밀러는 이렇게 말한다.
“꿀벌은 자유롭게 날아다니는 곤충입니다.
양봉가가 벌을 키우기 위해
서식지나 쉼터,
혹은 장비를 제공할 수는 있지만,
양봉가는 장비들을 소유할 뿐
벌은 소유하지 않습니다.
내가 제공한 장비에서
살기로 선택할 수 있지만,
문은 열려 있고
원하는 대로 오갈 수 있지요.”

5

존 밀러가 양봉을 막 시작했던 무렵, 그의 아버지는 골치 아픈 임무를 맡겼다. 1976년 즈음으로, 아몬드 가루받이 사업 초창기였다. 그때는 꽃이 막 피려고 하던 때였고, 밀러 일가의 벌들은 캘리포니아 주 트레이시의 132번 국도와 버드로드가 교차하는 지점에 위치한 에드 토밍의 농장에 골고루 설치되어 있었다. 그곳은 농가와 이주 노동자들의 숙소가 간간이 자리한, 문명을 찾아보기 힘든 곳이었다.

벌통이 놓인 지 며칠 후, 에드 토밍은 해충 전문 상담사에게 전화를 한 통 받은 후 닐에게 전화를 걸었다. 그 사람은 트레이시에서 45분 거리인 캘리포니아 뉴먼에 있는 한 아몬드 농장을 방문했다고 했다. 그런데 그곳에 이상하게도 흰색 페인트를 엷게 칠한 벌통이 136개 있었다는 것이다. 갓 칠한 듯 보이는 페인트 아래에 1인치 두께로 스텐실 처리한 검은색 글자는 여전히 알아볼 수 있었는데, 이렇게 씌어 있었다. '밀러 양봉원, 블랙풋, 아이다호.' 해충 상담사는 이상하다고 생각했다. 밀러 일가의 벌들은 이미 트레이시에 가기로 되어 있었고, 밀러 일가는 벌통 관리와 상표 표시에 아주 꼼꼼한 사람들이어서 그렇게 엉성한 페인트칠을 그냥 둘 리 없었기 때문이다.

벌통을 검사해본 밀러 가족은 사라진 벌통이 있음을 알아차리고 보안관에게 알렸다. 보안관은 사태를 조사하고는 그 벌통이 도둑맞은 밀러 일가의 것임을 확인했다. 그 악당은 알레드라는 이름의 양봉가였다. 그는 뉴먼에 있는 농부와 가루받이 계약을 맺었는데, 자신이 소유한 벌통 이상을 계약했다. 부족분을 채우기 위해, 알레드는 (훔친) 지게차를 이용해 트레이시에 있는 운반대에서 밀러의 벌통을 가져가고 자신의 (훔친) 트럭에 실었다. 그러고는 운반대는 근처에 있는 캘리포니아 송수로에 던져놓았다.

알레드는 그 나름대로 영리한 녀석이었다고 존 밀러는 말한다. 그는 자신의 생각을 범죄로 옮겼다. 알레드가 훔친 벌통들은 두 칸으로 겹쳐 쌓여 있었다. 아래에 있는 상자에는 여왕벌과 육아실, 양육벌들이 있었으며, 위에 있는 상자에는 일벌과 꿀이 들어 있었다. 알레드는 틀도 벌도 없는 그저 하얀 빈 상자인 벌통을 가져와 자기 소유의 운반대 위에 놓고는 밀러네 벌통을 둘로 나누어 꽉 찬 밀러네 벌통을 텅 빈 알레드의 벌통 위에 놓았다. 그 방법을 통해서 그는 자신의 벌통 개수를 두 배로 늘리고 자신이 사기 친 아몬드 경작자에게 받는 대여료도 두 배로 늘렸다. 이런 식으로 나누면, 새로 생긴 벌통 중 절반만 여왕벌 소유가 되어 일벌들을 진정시키고 조직할 수 있다. 나머지 절반의 벌통에는 당황하고 화가 난 여왕벌 없는 벌들만 있어, 아몬드 꽃가루를 받기보다는 운 나쁘게도 지나가는 사람들을 독침으로 쏘는 데에만 관심을 둔다. 이런 방식은 아몬드 경작자와 장기적인 관계를 맺기에 좋은 방법이 아니다. 아몬드 나무 대부분이 가루받이를 하지 못하기 때문이다. 그러나 이 방법은 쉽게 돈을 벌기에 좋다.

알레드의 범죄가 알려졌고, 모두들 그가 악행을 저질렀다는 것에 동의했다. 그의 방식은 비도덕적이었고 양봉 방법은 최악이었다. 그가 벌을 훔쳤다는 것은 자명한 사실이었다. 그러나 그는 아몬드 경작자와 계약을 맺었고, 계약은 계약이었다. 벌들이 누구 것이든 상관없이, 벌들이 임무를 다했다고 농부가 해제해주기 전까지는 벌을 옮길 수 없었다. 이것은 밀러에게는 공평하지 못했다. 45마일 떨어진 농장에 가루받이 계약을 해놓았기 때문이었다. 그래서 다음 날 밤, 보안관에게는 경악스러운 일이었지만, 닐은 자신의 벌을 직접 찾으러 갔다. 하얀색 수트와 베일을 쓴 꿀벌 특공대원 스타일로 차려입고 뉴먼으로 차를 몰고 가, 가장 어두운 시간에 벌통을 다시 훔쳐왔다. 그는 그 벌통들을 오피어와 루미스, 오번과 로즈빌 사이에 있는 캘리포니아 펜린 부근의 시에라 산맥 어느 외딴 곳에 끌고 갔다. 그곳은 알레드와 보안관, 그리고 사기 당한 아몬드 경작자가 찾아내지 못할 곳이었고, 보다 중요한 사실은 여전히 화가 나 있는 벌들이 알레드의 무단침입을 벌하기 위해 제물이 될 인간을 찾기 힘든 곳이기도 했다. 벌들은 몹시 화가 나 있었기 때문에 전혀 즐거운 일이 아니었다. 고통도 따랐다. "아직도 그날의 작업을 기억합니다. 아주 생생하게요." 존 밀러가 말했다.

밀러네 벌들과의 사건 이후로도 알레드는 꿀벌 도둑질을 멈추지 않았다. 그는 자신을 "양봉업계의 무법자 제시 제임스"라고 선언하고 센트럴밸리에 있는 양봉장에서 계속 벌을 훔쳐냈다. 그는 벌에 어떤 소질이 있었던 것 같다. 꽤 오랫동안 벌들을 훔쳐 달아날 수 있었기 때문이다. 밀러의 희미한 기억에 의하면, 알레드의 범행은 "양봉장에서 산탄총으로 무장하고 있던" 노플러라는 이름의 한 양봉업자에게 들킨 후에야 끝이 났다. 노플러는 경찰이 도착할 때까지 알레드를 붙잡고 있었다. 알레드는 "정부의 보호를 받으며" 감옥에서 복역했다. 밀러가 알레드에 대해 들은 것은 그게 마지막이다. 밀러는 왜 알레드가 벌을 훔치기로 했는지 도저히 이해할 수 없다. 왜 아몬드처럼 값나가는 것이 아니라 벌을 훔쳤을까? 벌을 훔치는 것은 마치 "두 살배기를 훔치는 것과 같다. 일만 더 늘어날 뿐이다"라고 밀러는 말한다. 그럼에도 불구하고, 항상 꿀벌은 도난의 대상이 되고 있다.

벌통 도둑은 양봉업이라는 직업 그 자체만큼이나 오래되었다. 로렌조 랭스트로스는 책에 이런 글을 남겼다. "모두가 인정하는 한 가지는 훔친 꿀이 인내심을 가지고 천천히 축적한 꿀보다 훨씬 더 달콤하다는 사실이다." 곰과 스컹크, 벌꿀 오소리는 꿀과 벌, 그리고 유충을 한 움큼 쥐고 입으로 쑤셔넣는다. 인간 '벌꿀 사냥꾼'은 오랜 기간 야생 '꿀벌 나무'를 찾아 추적한 후 달콤한 보상을 얻는다.

양봉가는 당연히 힘들게 얻은 식량을 봉군에게서 빼앗는 사람이다. 벌들도 또한 다른 벌통에서 꿀을 훔친다. 아무리 뭐라고 해도 꽃을 찾아다니며 주둥이를 넣고 꽃꿀을 모으는 것보다는 결국 그것이 훨씬 더 쉬운 일이기 때문이다. 일반적으로, 더 강한 봉군이 약한 봉군을 공격한다. 특히 꿀이 귀한 시기에 더 그런 일이 일어난다. 그러나 가끔 벌들은 그저 할 수 있기 때문에 다른 벌통에서 꿀을 훔쳐내기도 한다. 랭스트로스는 이렇게 썼다. "숙련된 경찰이 소매치기들의 행동에서 어떤 특징을 발견하듯, 전문가는 도둑벌들의 행동에서 특징을 발견한다. 살금살금 다가가는 모습과 긴장과 죄책감이 섞여 있는 모습은, 일단 한 번 보면 절대로 틀릴 리 없다." 다른 벌통의 꿀을 약탈하는 법을 배운 벌은 좀처럼 '정직한 방향'으로 돌아오지 않는다고 랭스트로스는 글을 이었다. 약탈벌들은 "도둑질에 미쳐 새끼들마저 방치한다." 이들은 빛이 "보이기 시작할 때" 힘차게 집을 떠나 아주 늦은 시간까지 약탈을 계속해, 가끔은 어둠 속에서 자신의 집으로 들어가는 출입구도 찾지 못한다고 한다.

정직한 벌들은 가벼운 몸으로 벌통을 떠나 돌아올 때는 꽃꿀과 꽃가루를 잔뜩 싣고 온다. 반면 약탈벌들은 반대다. 절제할 줄을 모른다. 이들은 마치 "파라오의 야윈 소(성경의 창세기에 실린 이야기로, 이집트의 파라오는 야윈 소 7마리가 살찐 소 7마리를 잡아먹는 꿈을 꾼다 - 옮긴이)처럼 굶주린 모습"을 하고 벌통에 들어와서 배가 터질 때까지 먹고 "시 공공 예산으로 식사를 하는" 시의원처럼 "통통하게 살찐 모습"으로 벌통을 나간다. 반면, 인간 벌 도둑들은 찾아내기가 힘들다. 양봉가들은 모두 흰색 작업복을 입고 베일을 쓰고 있으며, 벌통 대부분은 거의 똑같이 보이고, 아몬드 시즌 동안 150만 개의 벌통이 수천 대의 트럭에 실려 센트럴밸리를 오르내리며, 아몬드 농장은 광대하고 벌 관련 범죄를 단속할 경찰력은 부족하다. 이 모든 이유 때문에 치안 당국이나 아몬드 경작자들이 한밤중에 자기 소유의 벌통을 옮기는 사람들과 다른 사람들의 벌을 훔치는 사람들을 구분하는 데 어려움을 겪는다.

벌통은 훔치기 쉬운 물건이 아니다. 다치지 않으려면 벌통 도둑은 양봉에 대한 실무 지식이 있어야 한다. 또한 트럭과 작업복, 훈연기, 그리고 가끔은 지게차와 같은 장비도 갖춰야 한다. 그래서 대부분의 벌 도둑이 내부자인 경우가 많다. 이들은 변절한 양봉가로서 아몬드 농장에서 빨리 돈을 챙기거나 사업을 확장시키기 위해서, 혹은 벌과 장비를 새로 구입하지 않고 손실을 만회하려는 목적으로 벌통을 훔친다.

아몬드 가루받이가 시작되기 전 꿀벌은 엄청난 금액의 가치를 가지다가, 가루받이 시기가 지나면 가치가 떨어진다. 이때 양봉가들은 내년을 위해 봉군을 살아 있게 해야 한다. 아몬드 꽃이 피고 벌 수요가 절정에 치달을 때, 아몬드 경작자들은 무슨 수를 써서라도 나무를 가루받이시키려고 노력한다. 그렇지 않으면 수확량이 줄기 때문이다. 벌통을 충분히 공급하기 위해 대부분 농부들은 착취라고 느껴지는 금액을 지불한다. 그렇지 않은 경우, 자포자기한 심정일 때 이들은 뒤가 구린 아마추어에게서 할인된 가격으로 벌을 빌린다. 가루받이 가격이 오르면서, 밀러와 다른 캘리포니아 양봉가들은 꽃이 피기 전 꿀벌 절도 사건이 늘어나는 것을 목격하고 있다. 매년 아몬드 시즌마다 벌통 중 1퍼센트가 증발된다고 밀러는 말한다. 그리고 그 손실을 만회한 경우는 밀러와 아버지 닐이 악명 높은 알레드에게서 벌통 136개를 다시 훔쳐왔던 그때뿐이었다고 한다.

절도의 과정은 이러하다. 벌통이 쌓여 있는 것을 발견한다. 꿀벌을 돈과 연관시킬 만큼 미쳐 있다면 그 모습은 돈이 쌓여 있는 것처럼 보일 것이다. 그곳은 지방도로의 인적이 드문 구간이며 아몬드 나뭇가지가 드리워진 농장 내부에서 조금 떨어져 있다. 평상형 트럭이나 지게차를 가지고 있다면, 1만 달러 가치의 벌통을 모두 싣는 데 10분밖에 걸리지 않는다. 해야 할 일이라곤 세미트럭들이 지나는 모습을 바라보며 벌통이 설치될 때까지 기다리는 것이다. 양봉가는 다른 벌통을 돌보아야 하므로 며칠간 돌아오지 않을 것이다. 교통을 방해하지 않도록 트럭을 길에서 조금 벗어난 곳에 세워놓는 것도 잊지 않는다. 그러면 벌은 당신 것이다. 그 벌들을 농부에게 가져다준다. 아몬드 경작자들은 벌이 배달될 때 가루받이 비용의 반을 지불하고 벌을 가져갈 때 나머지 반을 지불한다. 많은 꿀벌 날치기들은 첫 번째 지불금만 받아가며(최근의 경우, 벌통 200개는 1만 5천 달러 정도의 가치를 갖는다.) 농장에 벌들을 버려둔다.

대형 양봉장의 경우 100여 개의 벌통을 잃는 것은 값비싼 골칫거리일 뿐이다. 소형 양봉가의 경우 그 정도 손실은 치명적이다.

도둑 문제를 해결하기 위해 양봉가들은 벌통과 운반대, 그리고 틀에 브랜드를 새겨넣는다. 밀러는 31번 카운티에 있는 42번 양봉가로 등록되었기 때문에 그가 소유한 모든 프레임에는 3142라는 표시가 새겨진다. 몇 년간, 밀러는 시럽 탱크와 여타의 양봉 장비들을 아몬드 가루받이를 위해 밀러에게 돈을 지불하는 머데스토 소방서장 개리 톰슨의 옥외 창고에 보관했다. 톰슨에게는 총이 많았고 그는 총 쏘는 것을 좋아했다. 그의 아들도 총이 많았고 총 쏘는 것을 좋아했다. 그러나 밀러의 동생인 제이가 최근 사업을 분할해 독립하면서 그 계약을 이어받았고, 이제 존 밀러는 총기에 열광적이지 않은 사람의 농장에 장비를 쌓아야 한다. 안타까운 일이었다. 몇 년 후, 도둑이 들어 밀러의 트럭에 있던 디젤 연료를 모두 훔쳐갔기 때문이다.

양봉가들은 지역 농장 수사대에 의뢰하여 주기적으로 함정 수사(sting operations, 아주 많은 의도가 담긴 말장난 - 옮긴이)를 펼쳐 도둑을 없애달라고도 부탁했다. 아몬드 시즌 동안, 농장 수사대는 양봉가들의 트럭을 길 한쪽으로 대게 하여 합법적으로 사업을 하는 사람들인지 확인한다. 그리고 가끔은 비행기와 단속차를 타고 야간 순찰을 돌기도 한다. 일부 양봉가들은 무선 주파수 장치와 GPS추적 장치를 벌통에 설치하기도 했다. 그러나 이런 첨단기술을 널리 사용하기에는 너무 비용이 많이 든다. 그래서 사실, 핵심은 원격장치 같은 것을 통해 잡힐지도 모른다는 것을 알려주어 절도를 방지하는 데 있다.

불행하게도, 잡힐 가능성은 아주 적다. 농업 관련 범죄를 고발하는 것은 절대로 간단하지 않다. 농산품에는 시리얼 넘버가 없고, 양봉에 대해 잘 모르는 사람들은 범인을 색출하는 데 별로 쓸모가 없으며, 아몬드는 누구 소유든 간에 모두 똑같이 보인다. 꿀벌 탐정들은 특히 생색 안 나는 일을 하고 있다. 적절한 장비와 훈련이 결여된 경찰들의 경우, 양봉장을 순찰하는 것은 위험할 수 있다. 그래서 대부분의 절도범들이 시끄럽게 윙윙거리는 약탈물을 가지고 쉽게 빠져나가고 양봉가들도 절도 신고를 잘 하지 않는다는 사실은 놀랄 일이 아니다.

"한밤중에 하얀색 작업복을 입고 벌통에서 작업을 하는 사람을 보면, 자기 벌들을 가지고 일한다고 생각하게 됩니다." 2009년에 경사로 진급하기 전까지 머데스토 카운티 농업 범죄 수사대의 보안관보였던 프랭크 스위가트의 말이다. 그는 15년간 경찰관으로 근무하면서 순찰을 돌고, 길거리의 마약중독자들을 퇴치했으며, 보안 전략과 정찰을 수행했고 지방 범죄 수사단의 보안관보가 되었다. 그러나 2003년에서야 대규모 꿀벌 도둑을 붙잡게 된다. 아마추어 양봉가이자 주 소방대원이었던 대니얼 수아레즈라는 사람이었다. 스위가트는 수아레즈의 솜씨가 꽤나 서툴렀던 덕분에 잡을 수 있었다고 솔직히 시인한다.

수아레즈는 캘리포니아 산림청에서 소방대원들을 감독하는 일을 하고 있었다. 매일 직장으로 향하면서 그는 센트럴밸리의 지방도로를 운전해서 갔고, 매해 겨울마다 마을로 몰려오는 수십만 개의 벌통을 지나쳤다. 매일 밤, 집으로 돌아오는 길에 그는 자신의 트럭에 벌통 몇 개를 싣고 머시드 카운티에 있는 양봉장에 숨겨두었다.

2002년 11월 말, 흰 머리에 넙대대한 얼굴을 한, 캘리포니아 휴슨에서 온 2세대 양봉가인 오린 존슨은 안개가 내려다보이는 작은 산에 위치한 소노라 근처 양봉장을 방문하게 되었다. 존슨은 700개의 벌통을 한데 보관하고 있었고 자물쇠가 잠긴 대문 뒤에 있는 한 외딴 목장에 64개를 남겨두었다. 그런데 양봉장에 도착했을 때, 그는 대문의 자물쇠가 잘려나갔고 벌들이 사라졌다는 것을 발견했다. 휴대전화가 없던 그는 신호를 보낼 수 있도록 아몬드 농장 안의 높은 지대로 운전해 갔다. 그는 경찰을 불렀고 보안관이 도착할 때까지 몇 시간을 기다렸다가 신고했다. 보안관은 성실하게 정보를 받아 적었다. "제가 감시하고 있겠습니다." 보안관은 존슨에게 장담했다. 그러나 존슨은 확신할 수 없었다. 10마일 반경 안에 겨울을 보내는 2만 개의 벌통이 있었고, 감시하는 것만으로 그 보안관이 도난당한 벌들을 다시 돌려놓을 수 있을 리 없었다.

존슨은 그렇게 많은 벌들을 잃은 것은 처음이어서 독침이라도 쏠 듯이 화가 난 상태였다. 그는 벌들이 가까이 있을 거라는 사실을 알았다. 아몬드 가루받이가 시작되기 직전에 벌통을 훔쳐 다른 지방으로 운반했을 리는 없었다. 그래서 그는 여러 가지 가능성을 검토해보았다. 비행기를 빌려 농장 위를 날며 벌통을 숨겨둔 의심스러운 곳을 찾아볼 수도 있었다. 그러나 그때는 겨울이었다. 계곡에는 안개가 짙게 드리워 있었고, 수상한 것을 찾기 힘들 정도로 많은 벌통 창고가 있었다. 혹은 그 지방의 뒷길을 돌아다니며 행운이 따르길 기대할 수도 있었다.

가루받이가 시작되기 전까지 그에게는 딱히 할 일도 없던 터라 자신이 인정하는 것보다 더 많은 시간을 픽업트럭을 타고 밸리 주변을 돌아다니고 있었다. 그러면서 그는 "소문난 변절자 혹은 비열한 양봉가"가 있을지 모른다는 소문을 들었고 다른 이들의 벌통을 망원경으로 바라보며 시간을 보내고 있었다. 그는 신문에 광고를 내고 보상금을 걸었다. 신문사 직원들은 처음에 그 광고를 내보내지 않으려고 했다. 그들은 이렇게 물었다. "그것이 훔친 것이라는 사실을 어떻게 알죠?" 그는 그들에게 도난 사실 확인서를 보여주었고, 결국 그들은 광고를 내기로 했다. 존슨은 지방 도로 어딘가에 놓여 있는 벌통을 보았다는 전화를 몇 통 받았지만, 그들은 10마일 반경 안에 얼마나 많은 벌통이 놓여 있는지 모르는 사람들이었다.

결국, 존슨은 머시드 카운티 농무부에 연락했다. 농무부에서는 봄이면 조사관을 보내 양봉가들이 빈 벌통이나 상태가 나쁜 벌들을 가지고 아몬드 경작자들을 속이지 못하도록 하고 있었다. 그는 잃어버린 벌통을 묘사한 "직사각형 나무로, 흰색 칠이 되어 있으며, 존슨 양봉원이라는 브랜드명이 옆에 쓰여 있다"는 글을 보냈고 농무부는 그것을 6~7개 카운티에 팩스로 보냈다. 그랬더니 어떻게 된 일인지 두어 달 후 존슨은 한 카운티 검사 담당관에게서 전화를 한 통 받았다. 그는 한 아몬드 농장에서 7~8개의 각기 다른 이름이 새겨진 벌통과 함께 존슨의 벌통을 발견했다고 했다. 거기에 있던 벌통은 머시드, 프레스노, 마데라, 스태니슬로스, 투올름 카운티와 오레곤, 워싱턴, 몬태나 주에서 온 것들이었다. 모두 그 농장에 벌통 300개를 설치해서 가루받이를 하기로 계약한 수아레즈가 훔친 것들이었다. 그 중에서 약 12개 정도가 존슨의 벌통이었다. 그때 스위가트는 요청을 받고 보안관보로서 잃어버렸다고 신고를 받은 벌통과 수아레즈가 훔친 벌통들을 비교하기 시작했고, 밸리 여기저기서 일어난 절도를 해결할 수 있었다.

수아레즈가 실수를 저지른 부분은 다음과 같다. 모든 양봉가들은 벌통을 만들고 색칠하는 나름의 방식이 있다. 영리한 꿀벌 절도범이라면 그 사실을 알고 브랜드명을 지우거나 혹은 더 나은 방법으로, 훔친 벌집을 다른 상자에 옮겨 담았을 것이다. 그러나 수아레즈는 별로 영리하지 않았다. 그는 알레드처럼 훔친 벌통을 재사용했다. 이전 소유주가 스텐실 처리하거나 낙인을 찍은 브랜드명 위에 알레드보다는 좀 더 철저하게 덧칠을 하긴 했지만, 트럭에 실은 채로 여러 상자에 페인트

롤러를 이용해 칠했다. 그러나 페인트 아래에 브랜드명은 남아 있었다. 경찰은 수아레즈를 체포했을 때 그의 차 안에서 죽은 벌들을 발견했다고 발표했다(그것이 벌을 절도했다는 증거였다면, 전국의 양봉가들은 모두 유죄일 것이다). 그렇지만 증거가 확실했다. 수아레즈는 9개월의 징역형을 받았지만, 교도소 과밀 문제와 사회 전반에 꿀벌 도둑이 미치는 위협이 비교적 적다는 사실 때문에 그는 하루도 복역한 적이 없다. 존슨은 판사에게 수아레즈가 평생 양봉을 하지 못하도록 금지해달라고 요청했지만, 판사는 그에 승낙하지 않았다. 존슨이 아는 한, 수아레즈는 아직도 양봉업을 하고 있다.

몇 년 전만 되었어도, 존슨의 벌통은 그리 매력적인 타깃이 되지 않았을 것이다. 모든 범죄가 그렇듯, 농업 범죄의 타깃은 상품 가치에 따라 변화하는 경향이 있다. 꿀벌 도둑은 가루받이 가격에 따라 증가했고, 가루받이 가격은 아몬드 가격과 꿀벌 폐사가 증가하면서 올랐다. 아몬드 도둑도 증가했다. 아몬드 도매가격이 파운드당 1달러에서 3달러로 치솟자, 도둑들은 수십만 달러 가치의 아몬드를 트럭에 싣고 도망갔다. 몇 년 전 디젤 연료 가격이 올랐을 때는, 센트럴밸리에 있는 트랙터에서 이상하게도 연료가 모두 사라지기도 했다. 금속 가격이 올랐을 때, 예를 들면 4인치짜리 황동 밸브가 고물상에서 25달러까지 올랐을 때는 이 지역 관개시설에서 거의 모든 황동 밸브가 사라졌다. 지금은 모두 플라스틱 밸브로 교체되었다. 어떤 사람은 10미터 높이에 무게 0.5톤인 풍차를 가지고 도망가기도 했는데, 짐작컨대 금속 부분을 팔기 위해서였을 것이다. 농약이나 산악 오토바이, 어린 암소 모두 같은 운명에 처했었다. 수요가 급증하면, 상품이 사라진다. 농업 분야에서 절도를 하는 사람들은 현찰을 지불하는 구매자가 있을 경우에만 도둑질을 한다. 농업의 모든 것이 그렇듯, 도둑질에서도 수요와 공급의 법칙은 완벽하게 적용된다.

수아레즈가 거의 감옥에 갈 뻔한 지 몇 년이 지나고, 센트럴밸리를 하얗게 눈처럼 뒤덮었던 꽃잎이 사그라진 지 몇 주가 지난 3월말의 어느 완벽한 날이었다. 머데스토 카운티 농업 범죄국의 수사관 로이 타이는 관급 픽업 트럭에 나를 태워주었다. 타이는 외모가 깔끔하고 체격이 큰 46세의 경찰로, 스위가트가 경사로 진급한 이후 농촌 범죄 처리 업무를 이어받았다. 그의 옷차림은 마치 농부 같았다. 청바지에 장화, 녹색 서지(serge, 짜임이 튼튼한 모직물) 셔츠를 입고, 짧게 자른 회색 머리와 깔끔하게 정리된 콧수염을 하고 있었다. 농촌 범죄를 담당하기 전, 타이는 마약중독자와 탈주범들을 검거하는 업무를 맡고 있었지만, 아몬드 경작자인 아버지 덕에 농촌에 익숙한 사람이었다. 그는 시골에서 일하는 것이 좋았다. 유니폼을 입고 도시의 범죄자들을 추격하는 대신 농부처럼 편안하게 입고 운전하며, 트랙터에서 빼낸 디젤 연료와 납치된 소들, 불법 투계꾼들, 필로폰 투약범들, 도난당한 트랙터, 도둑맞은 아몬드, 훔친 벌통 등을 수색할 수 있었기 때문이다.

내가 방문하기 몇 주 전, 타이는 처음으로 도난당한 벌통을 되찾았다. 한 농부가 아몬드 운반 단체를 통해 벌통 32개를 주문했다. 그런데 그 농부의 아들이 더 싼 값에 벌들을 구해주겠다고 하더니 농장에 벌통을 몇 개 가져다놓았다. 그러나 아버지인 농부는 꿀벌 중개업자와의 계약을 취소하지 않았다. 양봉업자가 벌통을 배달하러 왔을 때, 그는 농장에 벌들이 있다는 것을 알아차렸다. 게다가 그 벌통이 자신들의 벌이 그곳에 있는지조차 모르고 있는 사람들 것이라는 것도 알아차렸다.

타이는 이 마을의 사람들이 나쁜 짓을 했다는 소식을 듣고도 놀라지 않았다. 그들은 타이의 아버지 집에서 농장 몇 개만 지나면 있는 곳에 살고 있었다. 이들은 메노파 교도였지만(아버지 농부는 긴 턱수염을 기르고 있었고 그의 아내는 보닛 모자를 쓰고 있었다), 벌을 훔친 그 아들은 필로폰 중독자에다가 마을의 오랜 골칫거리로 유명했다. "항상 그 녀석을 잡으려고 노력했어요." 타이는 이렇게 말했지만, '그 녀석'은 사실 나이가 50세 정도 된다. 아들은 아버지의 노란색 벽돌 농가주택 근처에 있는 트레일러에서 살고 있었으며, 꿀벌 도둑 용의자로 알려지기 전 근처 밭의 옥수수대 사이에서 마리화나를 키우며 이웃의 관개용수를 훔쳐 작물을 키우는 범죄에 가담하고 있었다.

그러나 결국 그 녀석을 검거하게 된 건 꿀벌 도둑질이 아니었다. 카운티의 마약 수사대는 그를 뒤쫓고 있었고, 타이의 말에 의하면 "이런 저런 범죄를 종합하여 더 중대한 혐의를 씌워" 그를 체포했다고 한다. 놀랄 일이 아니다. 벌과 관련된 범죄만큼 사건을 파악하고 체포하기 힘든 것은 거의 없기 때문이다. "거기 있는 것이 내 벌이라고 어떻게 증명하겠습니까?" 타이가 묻더니 이렇게 덧붙였다. "저쪽에 있는, 작은 검정색 줄무늬가 있는 저 노란 곤충, 저것이 내 벌이라고밖에 더 하겠습니까?"

벌은 제가 좋은 곳으로 갈 수 있다. 벌을 우리 안에 가둬둘 수 없다. 밖으로 나가지 못하게 할 수도 없다. 매일 밤 벌통으로 돌아올 거라고 보장할 수도 없다. 어디쯤 있는지 추적할 수도 없다. 벌들이 사는 장비를 옮길 수는 있다. 그물을 친 트럭에 실어 이동시킬 수도 있다. 볼펜이나 소형 우리에 넣어 여왕벌을 밀수할 수도 있다. 그러나 일단 벌이 하늘로 날아오르면, 더 이상 누군가의 소유가 아니다. 양봉업 관련법은 이에 대해 명확하게 제시하고 있다. 일단 벌이 벌통 밖으로 나가 주인의 시야에서 사라지면, 야생으로 간주한다. 존 밀러는 이렇게 말한다. "꿀벌은 자유롭게 날아다니는 곤충입니다. 양봉가가 벌을 키우기 위해 서식지나 쉼터, 혹은 장비를 제공할 수는 있지만, 양봉가는 장비들을 소유할 뿐 벌은 소유하지 않습니다. 벌들은 내가 제공한 장비에서 살기로 선택할 수 있지만, 문은 열려 있고 원하는 대로 오갈 수 있지요."

인간의 해로운 관여가 없더라도, 벌들은 허가서 하나 없이 주인을 바꾼다. 다수의 연구에 따르면, 두 양봉장이 수 마일 떨어져 있더라도 단 몇 주 만에 3퍼센트의 벌들이 뒤바뀐다고 한다. 길을 잃은 일벌이 다른 벌통에 도착하게 된다. 꽃꿀과 꽃가루를 품고 있는 일벌들은 입구를 지키는 문지기 벌에게서 통과 허락을 받는다. 단, 개체수를 줄이는 늦가을이 되면 낯선 벌은 습격을 당해 몸이 찢기고, 날개와 다리는 조각나며, 잘린 몸은 벌통 밖에 버려지는 운명에 처한다. 붕괴된 봉군의 벌들은 벌통을 집단으로 탈출해 더 나은 집을 찾아간다. 특히 수벌은 여러 벌통을 전전하는 경향이 있다. "마치 사내들하고 같아요"라고 밀러는 말한다.

여왕벌 사육자인 데이비드 믹사는 1961년 코넬 대학의 한 연구에 참여했다. 과학자들은 1마일씩 떨어진 7군데의 양봉장에서 채취한 수벌에 각기 다른 색을 칠했다. 여름이 끝나자, 각각의 양봉장에는 정말 다양한 색깔의 수벌들이 무지개처럼 모여 있었다. 꿀벌은 후각이 뛰어나, 대형 양봉장에서 꿀과 페로몬을 감지하면 그 유혹을 좀처럼 뿌리치지 못한다. 믹사는 한때 플로리다 최대 양봉가였던 호레이스 벨을 기억한다. 그는 주변 양봉가들 사이에서 엄청나게 평판이 나빴다. 그의 양봉장이 너무 커서 주변의 벌들이 벨의 봉군들이 내뿜는 강한 페로몬의 유혹을 물리치지 못하고 자신의 벌통을 버리곤 했기 때문이다. 벨은 최대 규모의 양봉장을 운영하는 것만으로도 봉군을 늘릴 수 있었다. 불공평하지만, 절도는 아니었다.

벌들은 그런 식으로 상처를 준다. 누가 주인이건 상관하지 않는다. 사랑을 주는 사람이 누구든 관심이 없다. 그저 자기가 할 일만 할 뿐이다. 먹이를 찾아다니고, 집을 짓고, 봉군을 떠나기도 하고, 도둑질을 하기도 하며, 다른 벌을 죽이기도 하고, 죽기도 하며, 독침을 쏘기도 한다. 그렇다. 독침을 쏜다. 내가 존 밀러를 만나기 전에는 한 번도 벌에 쏘인 적이 없다는 사실을 고백해야겠다. 언젠가 옐로재킷 벌에 눈꺼풀을 쏘인 적이 있었는데, 아주 많이 아팠다. 또 한번은 자전거를 타다가 벌레 몇 마리가 셔츠 안으로 날아 들어와 화끈거리는 통증을 느낀 적도 있다. 그러나 내가 알고 있는 바로는 진짜로 벌에 쏘인 적은 없었고, 쏘이고 싶지도 않았다.

그러나 밀러는 설득력 있는 꿀벌 대변인이고 벌에 대한 지식이 없는 사람들의 마음을 편안하게 해주는 데 익숙하다. 그는 작업복을 입으면 보호가 될 것이니 나에게 한 벌 빌려주겠다고 장담했다. 두꺼운 가죽 장갑과 얼굴과 머리를 보호할 베일도 함께 말이다. 나의 첫 방문일이 다가올 무렵 밀러는 이메일에 이렇게 썼다. "작업복을 제공하지요. 옷 사이즈를 정확히 알아야 해요. 그래야 적당한 장비를 준비해놓을 수 있어요."

나는 소문과 연구결과를 통해 혼자 남은 벌은 절대로 쏘지 않는다는 것을 알고 있었다. 독침을 쏘면 벌이 죽고, 이것은 봉군에 아무런 이득도 없기 때문이다. 독침을 쏘라는 자극을 받으면 두 개의 가시가 달린 꿀벌의 독침이 피부를 뚫고 들어가 그 구멍을 통해 독을 쏟아붓는다. 그런데 벌의 복부 중앙을 찢지 않고는 박힌 독침을 다시 빼낼 수 없다. 꿀벌은 동료들을 위해 죽는다. 그리고 죽으면서 뿜어내는 바나나 같은 냄새가 다른 벌들을 불러들여 적을 마저 해치우도록 한다.

랭스트로스는 꿀벌의 독침을 보면 신이 벌을 사육하도록 의도했다는 사실을 알 수 있다고 믿었고 이렇게 썼다. "여러 번 쏠 수 있었다면, 이처럼 철저한 사육은 거의 불가능했을 것이다." 그는 또한 독침의 고통을 치유할 수 있는 여러 대중적인 치료법도 적어놓았다. 담배를 피워 갈색으로 변한 침을 사용하는 방법이 있었고, "지천에 널린 산호색 인동의 잘 익은 열매"를 사용하는 방법도 있었다. 어떤 이들은 흰색 양귀

비의 유백색 꽃꿀이나 질경이 잎, "녹용을 끓인 증류수", 혹은 다른 벌을 가져다 쏘인 곳을 다시 쏘게 하는 방법도 사용한다고 했다. 랭스트로스는 단순한 치료법을 선호했다. 그는 글에서 이렇게 말했다. "나의 경우, 차가운 물이 최고의 치료법이었다."

독침을 쏘는 데 있어서 벌들은 아주 지혜롭다. 이들은 얼굴을 가장 선호하지만, 그렇지 못할 때는 장갑에 있는 구멍 하나, 작업복 지퍼의 아주 작은 틈을 찾아내 덤벼든다. 초보 양봉가의 경우, 첫 번째 독침에 쏘이는 것은 상당한 시련이다. 이것으로 양봉에 적합한지 혹은 보험 판매업이나 소프트웨어 제작과 같은 다른 일을 찾아야 할지 알 수 있다. 밀러는 세상에는 두 종류의 사람들이 있다고 설명해주었다. 벌통이 처음 열렸을 때 도망가는 사람이 있는 반면, 벌통 쪽으로 몸을 기울이는 사람이 있다. 밀러는 처음 벌통을 열었을 때 너무 신이 나서 거의 뛰어들 정도였다고 한다. 벌들이 어떻게 사는지 무척 보고 싶었다는 것이다. 그는 새로운 사람이 양봉장을 방문하면, 벌들을 돌보며 그 사람을 관찰한다. 밀러는 나도 처음 벌통을 열었을 때 몸을 기울였다고 말해주었다. 나를 치켜세워준 것이리라.

그러던 어느 날, 밀러의 친구가 운영하는 양봉장을 방문하고 있을 때였다. 나는 너무 깊숙이 몸을 숙였고 벌 한 마리가 날아올랐다. 그리고 그렇게 나는 얼굴에 독침을 쏘였다. 애초에 벌들을 방해할 계획이 없었기 때문에 나는 베일을 쓰고 있지 않았다. 대부분의 벌들은 제멋대로 벌통을 떠나 쏘지 않는다고 한다. 그러나 가끔은 성미가 고약한 녀석이 당신이 성가시다고 판단하고 영광의 불꽃을 태우며 뛰쳐나온다.

나를 쏜 녀석이 그런 녀석이었다. 고대 로마의 학자 콜로멜라는 벌을 보러 가는 사람들은 벌들을 "화나게 하는 행동을 피해야 한다"고 경고했다. 예컨대, "정숙하지 못하거나 지저분한 사람들, 그리고 불결하고 더러운 사람들을 극도로 싫어한다"고 한다. 그와 함께 "땀 냄새를 풍기는 사람, 혹은 파나 양파, 마늘 등을 먹어 지독한 입 냄새를 풍기는 사람"도 싫어한다고 한다. 그러니 벌을 쫓으려면 맥주 한 잔을 쭉 들이키라고 제안했다. 또는 "과음을 했거나 술에 취한" 사람들도 싫어한다. 또, 너무 시끄럽거나 갑자기 움직이는 것도 싫어한다.

콜로멜라는 이렇게 썼다. "한 마디로, 그대는 정숙하고, 깨끗하며, 향기로워야 하고, 술에 취하지 않아야 하며, 조용하고, 친근해야 한다. 그렇게 하면 이들은 그대를 좋아하고 다른 사람들과 구별할 수 있을 것이다." 아마도 나는 그렇지 않았나 보다. 벌들은 눈과 귀, 콧구멍처럼 어두운 부분을 공격하는 경향이 있다. 이 녀석은 내 눈을 공략했고 내 이마를 무차별적으로 쏘았다. 아팠다. 정말로 아팠다. 나는 꿀벌의 독침은 옐로재킷 벌이나 말벌처럼 좀 더 공격적인 곤충들보다 덜 아플 거라고 생각해왔지만, 잘못된 생각이었다. 나를 처음으로 쏜 이 벌의 독침은 셔츠 아래로 날아 들어왔던 벌레의 천천히 퍼지는 화끈거리는 느낌과는 전혀 달랐다. 마치 강펀치를 날리는 것 같았다. 작지만 강력한 망치로 맞은 것 같았고, 깊고 심오한 고통을 주었다. 나는 길길이 뛰면서 소리를 질렀다. 눈은 부어올라 감겼고, 그 주변으로 얼굴도 부었다. 그리고 그 상태로 이틀을 보내야 했다.

1984년, 애리조나의 곤충학자인 저스틴 슈미트는 다양한 곤충들의 독침으로 유발되는 고통을 상대 평가한 '독침 고통 지수'를 고안해냈다. 아무런 감각도 느껴지지 않는 독침은 0점, '엄청난 고통'을 수반하는 독침은 4점이다. 슈미트는 독침을 쏘는 곤충에 대해 가장 지적인 글을 쓴 작가다. 『곤충의 방어술: 적응 기제 그리고 포식자와 도망자의 전략(Insect Defenses: Adaptive Mechanisms and Strategies of Prey and Predators)』은 '방어 집단'과 '포식자의 전략'에 대한 482페이지짜리 두툼한 책이다. 그러나 그는 곤충학자라기보다는 와인 소믈리에를 떠올리게 하는 언어를 사용해 독침에 쏘였을 때의 감각을 분류한 간단한 지수로 더 이름을 알렸다. 그 지수는 개인적인 관찰에서 도출되었다.

슈미트는 사회적 곤충에 관심을 갖게 되었고 이들이 어떻게 스스로를 방어하고 공동체를 지켜내는지 궁금했다. 독침을 쏘는 곤충과 절지동물을 연구하는 속성 때문에 그는 참 많이도 쏘였다. 지금까지 150종 이상 되는 곤충의 독침을 조사했다. 일부러 쏘이는 경우는 거의 없다. 그렇게 부자연스럽게 접촉하면 정상적인 양의 독을 방출하지 않기 때문이다. 그러나 그의 말에 따르면, 독침을 쏘는 곤충들 주변에서 지내다 보면, "곧 어리석은 실수를 저지르고 쏘이게 된다." 침에 쏘였을 때, 슈미트는 고통의 유형과 강도, 지속 시간에 꼼꼼하게 주의를 기울이고 아주 생생하고 상세하게 묘사한다.

슈미트는 곤충이 자신을 방어하는 방법은 두 가지가 있다고 설명한다. 하나는 간단하게 공격자를 죽이거나 해치는 방법이다. 예컨대, 벌의 독침에 4~5번 쏘이면 생쥐 한 마리를 죽이기에 충분한 독이 나온다. 알레르기가 있는 경우만 아니라면, 건강한 성인 인간을 죽이려면

천 번 이상을 쏘여야 한다. 그러나 알레르기가 있는 사람은 단 한 번만 쏘여도 몇 분 만에 순환기나 호흡기에 타격을 입고 죽을 수 있다. 알레르기가 없는 사람을 한 번만 쏘아서 죽일 수 있는 곤충은 없다. 그러나 슈미트는 드러누워 고통이 가라앉을 때까지 몇 분간 비명을 지르게 만들었던 독침도 있었고, 하루 종일 연속적으로 고통이 밀려와 온몸을 부들부들 떨게 만들었던 독침도 있었다고 묘사했다.

두 번째 방법은 틀림없이 가장 흔한 방법으로, 방어를 위해서만 쏘는 것이다. 그래서 위해를 가하는 침입자에게 겁을 줘서 다시 공격하려고 할 때 두 번 생각하게 만드는 방법이다. 위협적인 침입자들은 특히 벌들을 괴롭히는 것을 좋아한다. 벌들의 주식이 너무 유혹적이고, 유충과 성충도 아주 맛있기 때문이다. 그래서 벌들은 그 의도가 해롭든 순수하든 모든 경우에 침입자에게 고통을 가해 공동체를 지키는 방법을 발전시킨 것이다. 밀러의 말처럼 말이다. "아프게 하는 데는 이유가 있다니까요."

그런데 꿀벌은 슈미트의 지수 가운데 중간에서 한 단계만 더 높을 뿐이다. 그 지수는 다음과 같다.

1.0 땀벌(Sweat bee): 가볍고 짧으며 강력하다. 작은 불꽃이 팔에 난 털 한 가닥을 태우는 듯하다.
1.2 애집개미(Fire ant): 날카롭고 갑작스러우며 약간 놀라운 정도.
1.8 불혼 아카시아 개미(Bullhorn acacia ant): 경험하기 힘든 날카롭고 높은 고통. 누군가 볼에 스테이플러침을 쏜 것 같다.

2.0 북아메리카 말벌(Bald-faced hornet): 풍부하고 강하며 약간 아삭아삭한 느낌. 회전문에 머리가 끼어 으깨어진 기분과 같다.

2.0 옐로재킷 벌(Yellowjacket): 뜨겁고 그을린 느낌으로 불쾌하다. 미국의 코미디언 W.C. 필즈(Fields)가 당신 혀에 담배를 끈다고 상상해보라.

2.x 꿀벌과 유럽 호박벌(Honey bee and European hornet): 선명하고 사그라질 줄 모르는 고통. 살을 파고든 발톱을 빼내기 위해 누군가 드릴을 사용한다고 상상해보라.

3.0 종이말벌(Paper wasp): 통렬하고 타는 듯한 느낌. 확실하게 매서운 여운. 종이로 벤 상처에 염산이 든 비커를 쏟은 것과 같다.

4.0 타란튤라 호크(Tarantula Hawk): 눈을 뜰 수 없을 정도로 강렬하고 충격적으로 감전된 느낌. 거품 목욕을 하는 와중에 작동 중인 헤어드라이어가 목욕 물에 빠진 것과 같다.

4.0+ 총알 개미(Bullet ant): 순수하고 강렬하며 찬란한 고통. 마치 발뒤꿈치에 3인치짜리 녹슨 못이 박힌 채 불꽃이 타오르는 숯을 넘어 불 속을 걷는 것과 같다.

밀러에게 자신만의 지수를 생각해낼 시간이 있었다면, 꿀벌에 한정해 '카우보이 표현 지수'를 만들어 침에 쏘인 부위에 따른 다양한 저주의 말들에 등급을 매겼을 것이다. 그는 자기만의 공식도 가지고 있다. 눈에 쏘이면 엄청나게 많은 카우보이 표현을 쏟아낸다. 그러나 집게손가락에 침을 쏘이면 어떤 나쁜 말도 하지 않는다. 나는 슈미트에게 전화를 걸어 밀러의 아이디어에 대해 말해주었다. 슈미트는 무척 흥미로워했다. 밀러는 벌에 쏘일 때 사용하는 카우보이 말투를 아주 좋아한다. "꿀벌에 쏘이면 아주 원색적인 말을 내뱉는 것을 좋아합니다. 그렇게 하면 아주 만족스럽지요." 그러나 그는 꿀벌처럼 흔해빠진 곤충인 경우에만 욕하길 좋아한다. 타란튤라 호크처럼 신기하고 흥미로운 곤충인 경우, 그는 아주 강하게 집중하며 독침이 어떤 느낌을 가져다주는지 관찰한다. '구강 활동', 예컨대 욕을 너무 많이 하면 독침으로 유발되는 신체 반응을 관찰하기 어려워지기 때문이다. 밀러는 벌에 쏘인 적은 아주 많아, 그 증상에 대해 더 이상 새롭게 알아낼 것이 없다고 생각한다. 그래서 벌에게 쏘인 경우에는 욕을 하는 것이 훌륭한 대처 기제다.

슈미트는 신체 어느 부위가 가장 아픈지 자기만의 의견을 가지고 있다. 그의 글에 따르면, 눈 밑과 코의 연골 부위를 쏘이면 "바닥에 눕게 된다"고 한다. 윗입술도 "엄청나게 과도한 고통"을 유발한다. 슈미트에 따르면 두피는 "이상한 부위다. 그곳의 근육 조직은 팽창하지 않기 때문에 한동안 아주 짜증나게 단단하게 죄어오는 느낌을 준다." 밀러는 두피를 쏘이면 발바닥이 아픈 것 같은 환상통을 느끼게 될 거라고 했다.

그 가설을 실험해볼 기회가 나에게 찾아왔다. 벌에게 처음 쏘인 지 이틀이 지나고도 눈이 여전히 부어 거의 앞이 보이지 않았을 때, 다시 한 번 쏘인 것이다. 벌들은 벌통이 분리되자 아주 화가 나 있었다. 나는 밀러의 일꾼들이 벌통 몇 개를 분리해 다가올 여름을 대비해 새로운 핵을 만들어내는 모습을 지켜보고 있다가 밀러의 사무실로 가기 위해

200야드 정도를 운전해서 언덕으로 올라간 후 베일을 벗었다. 쫓겨난 벌들로 가득한 혼란에서 안전하게 빠져나왔다고 생각했다. 그런데 차에서 내리자마자, 한 마리 벌이 내 머리로 곧장 날아 들어왔다. 벌은 몇 초 동안 몸부림치더니, 내 두피를 뚫고 들어왔다. 쿵! 나는 베일을 다시 뒤집어썼지만 또 다른 벌이 그 안에 있었다. 내 머리에 걸린 그 놈도 마찬가지였다. 나는 베일과 장갑, 노트, 펜, 그리고 디지털 보이스레코더를 바닥에 집어던지고 팔을 퍼덕거리며 빙빙 돌았다.

사실, 이런 반응은 정상적이다. "우리는 거의 극복이 불가능한 내재된 반응을 가지고 있습니다." 슈미트는 특히 자주 일어나는 일이 아닐 때 그렇다고 말했다. 벌도 그 사실을 아는 것 같다. 랭스트로스는 이렇게 썼다. "벌들은 자신들의 독이 가장 강렬한 반응을 이끌어낼 수 있는 사람을 쏘면서 악의적으로 즐거움을 얻는 것 같다." 독침을 쏘는 곤충 전문가와 양봉가들과 같은 전문가들은 오랜 경험과 함께 "독침에 쏘여도 그것을 보이지 말라"는 동료 집단의 사회적 압력으로 인해 그렇게 미친 듯한 반응을 보이지 않는다고 슈미트는 말한다. "엄청난 훈련을 거쳐야 그런 반응을 보일 수 있습니다. 자신이 무엇을 해야 하는지 알고 그렇게 하게 되는 것이지요."

"아무런 효과도 없이 팔을 퍼덕거리고" 빙빙 도는 행동은 물론, 보여야 할 반응이 아니다. 더 많은 벌들을 불러모을 뿐이다. 공격을 가하는 곤충에게서 멀리 똑바로 뛰어가는 편이 더 낫다. 슈미트는 이렇게 말한다. "대부분의 사람들은 팔을 퍼덕거리고 소리를 지르며 머리를 홱 숙이고 달아납니다. 그러나 그런다고 머릿속에 들어 있는 벌을 내쫓을 수는 없어요." 가장 바보 같은 행동은 물에 뛰어드는 것이다. 벌은 당신이 다시 나타나길 기다린 후 코와 입을 쏘아, 물속에서 숨을 참고 있기 더 힘들게 만들 테니 말이다. 가장 현명한 방법은 벌을 피해 실내로 들어가는 것이다.

그런데 나는 그렇게 하지 않았다. 나는 밀러의 직원 한 사람이 나를 사무실로 데리고 들어가 머리에서 벌을 제거할 때까지 빙글빙글 돌고 있었다. 두피에 붙어 있던 독침과 3인치 길이의 벌 내장도 제거했다. 어쩌면 발바닥이 아프다고 생각했는지도 모른다. 그러나 너무 땀을 많이 흘리고 흥분해서 알아차리지는 못했다. 확실한 건 두피가 조여오고 강한 고통으로 인해 이마와 코가 욱신거렸다는 점이다.

슈미트에게 전화로 이 경험을 설명하자, 그는 내 머리카락이 어두운 색일 거라고 정확하게 추측해냈다. 벌들은 주로 곰이나 스컹크, 오소리처럼 어두운 색 동물의 습격을 받기 때문에 어두운 색에 달려든다. 북유럽 출신의 멜라닌이 부족한 금발 머리 사람들은 어두운 색의 머리를 가진 사람들보다 유리하다. 그는 또한 내 머리가 곱슬머리일 거라고 추정했다. 벌들이 쉽게 갇혀 처음에는 독침을 쏘려는 것이 아니었을지라도 결국은 그렇게 된다는 것이다. 머리에 벌이 들어오면 겪게 되는 가장 큰 문제는 그 벌이 무슨 짓을 할지 예상하게 된다는 데 있다고 말했다. 나 역시 독침에 쏘이는 것은 아주 굴욕적이고 불쾌하다고 생각했다. 마치 아기처럼 소리를 지르지 않았던가. 아마도 나는 양봉업에 적합하지 않은 것 같다.

벌은 꿀을 만들어낸다. 벌은 우리가 먹는 과일과 채소 중 3분의 1을 가루받이한다. 그리고 당신에게 고통을 주기 위해 기꺼이 목숨을 내놓는다. 언젠가 나는 벌통이 제거된 후 남아 있던 벌에게 쏘인 프랑스의 말 두 마리에 대한 인상 깊은 이야기를 신문에서 읽은 적이 있다. 세 살 된 거세한 말과 18개월 된 암망아지는 두꺼운 벌떼에 뒤덮여 있었다. 목장 안에 6만 마리의 벌떼가 있었다고 추산된다고 했다. 말들의 몸에는 수천 개의 독침이 꽂혀 있었다. 말을 구하기 위해 투입된 수의사는 양봉가들의 작업복을 입고는 파리약을 흠뻑 뿌려 계속 공격해오는 벌들을 죽이고 퇴치하려고 했다. 두 마리의 말에게 엄청난 양의 코르티손과 함께 15가지 종류의 항히스타민제, 진정제와 모르핀을 투약했다. 그럼에도 불구하고, 18시간 후 암망아지가 질식사했고, 거세된 말은 그로부터 10시간 후 장괴사증으로 죽고 말았다. 물론, 말들을 쏜 벌들도 죽었다. 꿀벌 숭배자들은 꿀벌이 항상 은혜를 베풀지만은 않는다는 것을 알고 있다.

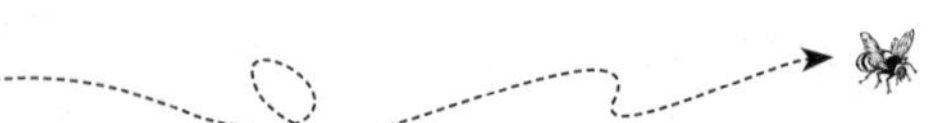

가끔 벌들은 당신이 원하지 않는 곳으로 가기도 한다. 인류와 농업의 생존에 있어 가루받이가 얼마나 중요한지 얘기해왔지만, 벌이 가루받이 하지 않기를 바라는 식물종도 있다. 예컨대, 블랙베리와 수레국화는 정말 맛있는 꿀을 만들어내지만 공격적으로 덩굴을 뻗치거나 바람에 포자를 날린다. 그래서 농장을 침입하고 목초지를 파괴하며 마치 잡초처럼 곳곳에 퍼져나간다.

농부들은 특정 감귤류 나무의 경우 벌들이 찾아오지 않기를 바라기도 한다. 이것은 사실 최근 개발된 품종이다. 한때 오렌지와 벌은 공생관계에 있는 드림팀이었다. 벌은 오렌지의 맛과 모양을 더 좋게 해주었다. 달콤하고 즙이 풍부하며 더 크고 동그랗게 만들어주었다. 초봄, 오렌지 꽃꿀은 벌들의 먹이가 되었고 업계가 인정하는 최고의 꿀을 생산할 수 있도록 도와주었다. 그러나 2006년 4월, 샌와킨밸리 남부 지방의 양봉가들은 파라마운트 시트러스라는 거대 농업 기업을 대리하는 한 변호사에게서 충격적인 편지를 받았다.

파라마운트는 캘리포니아 최대의 감귤류 생산 기업으로, 로스앤젤리스에 본사를 둔 롤 인터내셔널 코퍼레이션의 자회사다. 이 회사 경영주는 스튜어트와 린다 레스닉 부부다. 이 부부는 텔레플로라 꽃배달 서비스와 프랭클린 민트 기념품 제작사를 통해 15억 달러의 재산을 축적했다. 이들은 영리한 마케팅으로 성공한 피지워터(Fiji Water)와 폼 원더풀(POM Wonderful) 브랜드, 미국 최대의 지하 저수조 기업인 컨워터 뱅크(Kern Water Bank)사를 지배하고 있다. 게다가 부부는 베벌리힐스와 아스펜에 대저택을 소유하고 있으며 전국 유명 박물관들이 모인 위원회에서 활동하고 있다. 막대한 금액을 기부하는 이들은 민주당 후원자로 유명할 뿐 아니라 할리우드의 사랑을 받고 있는데, 아마도 캘리포니아에서 가장 큰 권력을 행사하고 있을 것이다.

1980년대와 1990년대, 텔레플로라와 프랭클린 민트를 통해 현금을 축적한 이들은 센트럴밸리에서 아몬드와 피스타치오, 석류, 감귤류 농장을 소유하고 있는 지주회사를 아주 적기에 인수했다. 1980년대 불황의 직격탄을 맞은 석유와 보험회사를 팔아 12만 에이커에 달하는 양질의 농장을 헐값에 구입한 것이다. 이들이 구입한 농장에는 파라마운트 시트러스라는 회사도 포함되어 있었고, 이들은 이 이름을 이후에 구입한 감귤류 농장에도 사용했다. 2000년, 파라마운트는 네이블 오렌지와 발렌시아 오렌지 다수를 클레멘타인 만다린이라고 알려진 씨 없는 감귤로 교체했다.

파라마운트만이 아니었다. 소비자들의 입맛이 씨 없는 과일로 옮겨가면서, 캘리포니아 만다린 농장은 1998년 1만 에이커에서 2008년에는 3만 1천 에이커로 그 규모가 확대되었다. 씨 없는 감귤은 강렬한 맛과 껍질을 까기 쉽다는 점 때문에 다른 감귤류보다 시장에서 3~4배의 가격을 받았다. 그러나 씨가 없을 때만 그 가격이 보장되었다.

최근까지도 클레멘타인은 다른 나무와 타가수분이 되었을 때만 열렸으며, 타가수분의 과정을 거치면 씨가 생겨났다. 그러나 1980년대와 1990년대에 에스파냐의 농장에서는 씨앗에서 분비되는 성장 호르몬을 인공으로 만들어내는 기술을 개발했다. 이 호르몬을 이용한 농부들은 가루받이를 하지 않고도 엄청난 수확을 거둘 수 있었다. 빠르게 열매를 맺는 이 씨 없는 감귤은 엄청난 프리미엄을 받고 입이 떡 벌어지는 수익을 거두며, 고급 감귤 시장에서 높은 점유율을 가지게 되었다. 미국인들은 과일에서 씨를 뱉어내는 귀찮은 일을 피하기 위해 더 많은 돈을 낼 의향이 있는 것 같았다.

이런 씨 없는 감귤을 판매하는 사람들은 엄청난 수익을 내고 있었고, 캘리포니아 감귤 농장들은 그와 유사한 종들을 앞다투어 심었다.

가장 인기가 많았던 두 종류가 바로 클레멘타인 눌스(Clementine nules)와 W. 머르콧 아푸르(A. Murcott Afourer)다. 클레멘타인 눌스는 껍질이 얇은 전형적인 클레멘타인이고, 머르콧은 씨가 없는 또 다른 종류로서 향이 풍부하고 껍질을 벗기기 쉬운 만다린으로 클레멘타인보다 익는 시기가 더 늦어서 캘리포니아 농장들의 재배 기간을 연장시켜주었다. 하지만 이 나무들에는 벌과 관련된 문제가 있었다. 벌들이 다른 종류의 감귤류에서 꽃가루를 묻힌 채 클레멘타인이나 머르콧 꽃에 앉으면, 엄청난 양의 씨앗이 생겼으며 농부의 수확에 악영향을 미쳤다. 타가수분을 피하기 위해 농부들은 남아프리카의 감귤 전문가에게 상담했고, 다른 종류의 감귤과 최소한 10줄, 혹은 약 3분의 1마일의 간격을 두고 심어야 한다는 권고를 받았다. 그 충고에 따라, 농부들은 수백만 달러를 들여 센트럴밸리 남부에 수천 그루의 나무를 심으며 클레멘타인과 머르콧을 다른 종류의 감귤류 나무와 10줄의 간격을 두고 심기 위해 심혈을 기울였다.

불행하게도, 그것으로는 충분하지 않았다. 2003년, 센트럴밸리에 만다린을 최초로 심은 농장 중 하나이자 파라마운트와 조인트벤처를 결성해 캘리포니아 '큐티스(Cuties)' 브랜드 하에 클레멘타인과 머르콧을 판매하는 파트너 관계였던 선패시픽은 작물 상당량에서 씨를 발견했다. 그리고 아주 헐값에 주스용으로 팔아넘겨야만 했다. 완충지대는 6배 정도 이상 더 넓어야 했던 것으로 밝혀졌다.

벌들은 집을 떠나 먹이를 구하러 갈 때마다 똑같이 작은 영역으로만 돌아가려는 경향이 있었기 때문에 남아프리카의 전문가들은 10줄 간격의 완충지대면 충분하다고 생각했다. 벌들이 특정 지역의 한 작물만 일관성 있게 방문한다는 것은 맞다. 그러나 벌들은 벌통 안에서 다른 일벌들과 만나며 꽃가루를 옮겨오게 된다. 그래서 클레멘타인에 방문했던 벌이 다른 종류의 감귤류 꽃을 방문했던 벌과 접촉한 후 먹이를 한 번 더 실어오기 위해 다시 클레멘타인 꽃에 돌아가면, 사실상 그 꽃에 나쁜 영향을 미치게 되어 프리미엄 감귤 시장에서는 아무런 가치도 없는, 씨가 들어 있는 과일을 만들어내게 하는 것이다. 이것이 씨 없는 과일에 큰돈을 투자한 농부들에게 큰 골칫거리였다. 나무든 벌이든 하나는 다른 곳으로 이동해야 했다.

나무보다는 벌을 이동하기가 더 쉬웠기 때문에, 선패시픽은 자사의 씨 없는 만다린 대부분이 심어진 마리코파의 양봉가들에게 농장 2마일 이내에서 벌들을 모두 치워달라고 요청했다. 그에 대한 보상으로 선패시픽은 감귤류 재배 지역에서 북쪽으로 떨어진 자사 소유의 땅에 새로운 구역을 찾아주었다. 양봉가들은 사실상 그 지역을 비워주었다. 베이커스필드에 기반을 둔 꿀벌 중개업자로, 선패시픽과의 협상에서 양봉가들의 대리인 역할을 했던 조 트레이너는 이것을 꿀벌 '대청소'라고 불렀다.

2006년, 파라마운트 시트러스도 같은 문제를 겪은 후 비슷하게 벌들을 쓸어내려고 했다. 파라마운트의 만다린 농장 주변의 양봉가들에게 편지를 보내 벌들이 파라마운트의 클레멘타인을 '불법 침입'하고 있으니 최소한 2마일 멀리 벌통을 옮기라고 했다. 양봉가들이 저항한다면 "징벌적 손해 배상과 함께 작물에 가한 모든 피해"에 대해 보상금을 청구할 것이라고 위협했다. 선패시픽처럼 파라마운트도 대체 양봉장을 제공했지만 추방된 벌들 모두를 흡수할 만큼 좋은 장소가 충분하지 않았다. 파라마운트가 보호하려는 8군데 농장 주변 2마일에서 비프리존(bee-free zone)을 만든다는 것은 고급 감귤 지대가 있는 약 7만 에이커 지역에서 벌들을 모두 몰아내야 한다는 의미였다. 가루받이는 범죄가 되었다. 센트럴밸리라는 광대한 지역에 벌들이 존재한다는 것 자체가 범죄가 된 것이다.

아몬드와 달리, 대부분 오렌지 나무에는 벌이 필요 없다. 이들은 스스로 수분이 가능하다. 그래서 감귤 농장에 벌통을 설치한 양봉가들은 그 특권에 대한 대가로 통상 봉군 하나당 2달러 정도의 돈이나 아주 인기가 높은 오렌지 꽃꿀 몇 상자를 농부에게 지불한다. 이제 수십 년간 인근 지역에서 벌을 키우던 양봉가들은 오랜 양봉장에서 쫓겨나게 되었다. 그렇지 않으면 땅 주인은 엄청난, 혹은 위압적인 권력을 가진 파라마운트의 분노를 살 터였다.

캘리포니아 감귤 벨트는 N. E. 밀러가 최초로 벌들에게 겨울을 나게 한 바로 그 지역이었지만, 더 이상 양봉가들에게 우호적인 지역이 아니었다. 파라마운트는 주 입법기관에서 '씨 없는 감귤 보호법'을 밀어붙이고 있었으며 지정 농장 주변 2마일 이내를 비행금지구역으로 지정하려 하고 있었다. 난폭했던 공청회가 뒤이어 열렸다. 양봉업 변호인단은 21세기판 땅 싸움을 선언했다. 결국, 파라마운트의 입법화 시도가 논쟁거리가 되고 이들의 법적인 시도가 모두 논쟁거리가 되면서, 회사는 한 발 뒤로 물러섰다. 그래서 이들은 벌들이 꽃의 가루받이를 하지 못하게 하기 위해 나무에 그물을 씌웠다. 그러나 트레이너의 말에 따르면 '고향'에서 떠나 다른 곳에 이미 둥지를 튼 양봉가들은 고급 감귤 농장 주변의 양봉장으로 다시 돌아가겠다고 요구할 수 있을 것 같지 않았다. 감귤 수요가 계속 커지면서 "그 자리에 감귤 나무를 심었기" 때문이었다. 넓은 캘리포니아 감귤 농장에서, 한때 벌들이 방문하던 감귤류는 이제 금단의 열매가 되었다. 불안정한 평화 상태가 찾아왔다.

사실 존 밀러는 자신의 땅에서 감귤을 키우고 있다. 벌과 트럭과 손자들을 빼면, 이 나무는 그의 자랑거리이자 기쁨의 원천이었다. 이 감귤종의 명칭은 오와리 사츠마(Owari Satsuma)로 맛이 아주 뛰어나다.

> 홀 푸즈 마켓에서 사는 물건은 아마추어 등급이다.
>
> 썩고, 지구를 반 바퀴나 돌아온 쓰레기다.
>
> 풀로 뒤덮이고, 왁스칠하고. 이것은 감귤의 슬픈 변명에 불과하다!
>
> 나는 알고 있다!

감귤 수확기는 1년 중 밀러가 쉬는 시기와 딱 맞아떨어진다. 벌들이 창고로 들어가기 직전, 감귤 수확기가 시작된다. 이로 인해 밀러는 수확을 "도와줄" 시간을 가질 수 있다.

> 대머리 뚱보 사내가 농장을 가로지르며 먹어치운다.
>
> 멋진 오후를 보낼 수 있다. 무릎을
>
> 꿇고 커다란 엉덩이는 태양을 향한 채, 잊는다. 완전히

모든 것을 잊는다.

평범한 사람이 인생에서 기대할 수 있는 것 이상을 얻을 수 있다.

밀러가 벌을 필요로 하지 않은 과일을 캘리포니아 양봉장 한가운데에서 키우기로 했다는 것은 아이러니다. 그러나 그는 자신을 현명한 사업가라고 생각하고 있고 가루받이가 필요 없는 감귤은 현명한 투자다. 다른 감귤 농부들도 같은 결론에 다다랐다. 최근, 이들은 머르콧 염기를 다시 배치하여 탱고(Tango)라 불리는 새로운 무 수분 잡종을 만들어냈다. 기존 머르콧과 동일하지만 아무리 많은 벌이 날아다녀도 과일 5개 중 평균 1개에만 씨가 생긴다. 수백만 그루의 새 감귤나무가 심겼다. 그러나 초기에 감귤나무에 투자했다가 벌의 존재를 참을 수 없던 사람들에게 새로운 잡종은 너무 늦은 소식이었다. 나무를 바꾸는 것보다는 벌을 금지하는 것이 훨씬 더 쉬웠다.

물론, 양봉가가 아닌 경우에 그렇다. 실제로 소유할 수도, 통제할 수도 없고, '무단출입 금지' 팻말을 읽을 수도 없으며, 비행금지구역이나 이종교배, 변화하는 소비자들의 선호를 이해할 수도 없는 곤충 수십억 마리를 먹일 꽃이 필요하지 않은 경우에 그렇다는 것이다. 당신의 사랑을 되돌려주지 않을뿐더러 당신을 기꺼이 해치고, 자신을 돌봐주는 사람이나 그의 이익, 자존심에는 관심도 없으며, 갑자기 마음에 상처를 주며 죽고, 그저 자신의 운명대로 행동하는 무언가를 사랑하지 않는다면 말이다.

벌의 떼죽음,
그 원인을 찾아서

죽어가는 벌들은
우리가 환경에 저지른 죄악에 대한,
그리고 화학 산업의 죄악에 대한
징벌의 징조다.
사람들은 벌에게 많은 의무를 지어주고,
벌들은 그 의무를 받아들인다.
마치 다른 모든 임무들을
받아들여왔던 것처럼 말이다.
벌들에게는 어떻게 살지
혹은 짧은 생에 무엇을 할지
혹은 어떻게 죽을지
결정할 권한이 별로 없다.
꿀벌은 작은 생명체이지만
예언이라는 엄청난 짐을 지고
있는 것이 분명하다.

아몬드 개화시기가 다가오던 2006년 연말, 양봉가들은 산업 전반을 피폐화시킨 바로아 응애가 나타났던 그 전년보다 더 나은 한 해가 되길 바라고 있었다. 그런데 군집 붕괴 현상(Colony Collapse Disorder)이 뒤따라 일어났고, 벌들은 사라졌다. 밀러는 말 많은 양봉가들을 섭외하려는 저널리스트들의 전화를 수없이 받았다. CCD가 일어나기 전, 밀러는 열성적인 양봉 신참자들에게서 1, 2년에 한두 통의 전화를 받았을 뿐이다. 모두 나 같은 사람이거나,《뉴욕타임스》의 음식 칼럼니스트, 혹은 노스다코타《호라이즌스 매거진》의 리포터 등이었다. 그는 우리를 이주 양봉업 투어에 초대해 티셔츠를 만들어주고 벌들의 도움을 받는 현대 농업의 경이로움에 대한 끝없는 열정과 기지로 우리를 놀래주었다.

2007년 봄이 되자 CCD의 희생자는 늘어만 갔지만, 밀러는 일간신문과 독일 잡지사, 영국 영화제작자, 캘리포니아 음식 기고가 등, 이 새로운 당대의 문제에 대한 설명을 찾던 이들에게서 더욱 더 자주 많은 전화를 받기 시작했다. 벌이든 인간이든, 집단 떼죽음은 늘 대중에게 정보를 전해주는 일에 관련된 사람들의 흥미를 이끌어낸다. 특히 종말을 예언하는 것 같거나 혹은 블루베리와 크랜베리, 멜론, 아몬드처럼 정말 맛있는 음식의 최소 3분의 1이 사라질 것 같을 때 더욱 그렇다. 이 특정 떼죽음은 그 불가해함으로 인해 훨씬 더 흥미를 자극했고, 그래서 전화는 더욱 빠르고 맹렬하게 걸려오기 시작했다. CCD로 초래된 소란스러운 상황이 시작된 지 몇 주가 지나, 밀러는 나에게 이메일을 보냈다. 그는 "이보쇼!"라며 글을 시작했다.

> 내일, NBC가 촬영을 하고 인터뷰를 할 거요.
>
> 진 브랜디가 빌어먹을 주인공이고 말이오.
>
> 내가 하기로 되어 있었는데…….
>
> 그런데 이런!!!!!!
>
> 나는 지금 비즈마크로 가는 비행기 안이오.
>
> 미국인들에게는 참 안된 일이오.
>
> 나의 15분 인터뷰가 다음 기회로 미뤄졌다는 소식에
>
> 주식시장이 붕괴했소.
>
> 진은 아주 잘해낼 것이오.
>
> 그에게 주어진 15분이니, 그렇게 해야겠지요.

오랫동안 캘리포니아 양봉업계의 고정 출연자였던 브랜디는 꽤 잘 해냈다. 그러나 브랜디의 15분, 그리고 밀러의 15분, 또한 전국의 슬기로운 양봉가들의 15분은 데이비드 하켄버그의 15분에 비교할 것이 못 되었다. 그는 펜실베이니아에 기반을 둔 양봉가로, 2006년 11월, 이전

까지는 건강했던 플로리다의 양봉장을 방문했다가 봉군이 사실상 사라졌음을 발견했다. 그런데 벌통에는 꿀과 새끼들이 가득했다. 하켄버그는 2년 여간 기묘한 일들을 많이 겪었지만, 무엇이 잘못된 건지 정확히 짚어낼 수 없었다.

2005년, 그는 뉴욕 주 북부에 위치한 사과 농장에 놓아둔 벌들의 40퍼센트를 잃었다. 그는 "그것들이 통에서 떼를 지어 나와, 그냥 날아가 버렸다"며, 꿀은 그대로 놔둔 상태였다고 했다. 그는 벌통에 벌들을 새로 사서 다시 채워넣었지만, 역시 또 사라지고 말았다. 두어 곳에서 벌통 옆에 매달려 있는 벌들을 발견했지만 안에는 아무것도 없었다. 2006년 1월, 하켄버그는 다시 시작하려고 사라진 봉군이 들었던 벌통을 아무런 해도 입지 않은 벌통 위에 올려 쌓았다. 그런데 그 봉군들 역시 사라지고 말았다.

2006년 11월, 3시 30분 혹은 4시경인 늦은 오후 그는 양봉장에 도착했다. 그리고 날아다니는 벌이 많지 않음을 알아차렸다. 처음에는 그리 크게 신경 쓰지 않고 자기 할 일만 했다. 벌들을 진정시키기 위해 훈연기에 불을 붙이고 벌통을 옮기기 위해 지게차를 준비하고 있었다. 그런데 갑자기 이상한 느낌이 들었다. "갑자기 저는 벌통에 아무것도 없다는 사실을 깨달았어요." 하켄버그가 나에게 말했다. "뚜껑을 열어 젖혀 봤는데 아무것도 없었어요. 마치 누군가가 빗자루를 가지고 나타나 벌통을 쓸어버린 것 같았어요." 바닥에는 반드시 있어야 할 죽은 벌도 없었다. 땅 바닥은 자갈로 되어 있어, 아무것도 없다는 사실을 확인하기가 쉬웠다. "죽은 벌들로 5갤런짜리 양동이 바닥도 채우지 못할 정도였지요." 농장에는 더 많은 벌통이 있었다. 하켄버그는 직원 중 하나를 보내 확인하라고 시켰고, 그 일꾼은 그곳에 있는 벌통에는 벌들이 많이 있다고 보고했다. 하켄버그는 이렇게 말했다. "여기에는 350개에서 400개의 벌통이 있었지만, 벌들은 여기에서 무얼 훔쳐가려는 시도도 하지 않고 있었어요. 벌통 안을 들여다보려고도 하지 않았습니다." 정상적인 상황에서는 라이벌 벌통의 벌들은 죽은 봉군이 저장해놓은 꿀을 약탈하지만, 그런 징후조차 없었다. 그는 다양한 방식으로 죽은 벌들을 여럿 보아왔지만 이런 경우는 처음이었다.

하켄버그는 목장 일꾼처럼 가죽조끼와 겨드랑이까지 끌어올린 청바지를 입는다. 존 밀러처럼 하켄버그도 수다쟁이다. 내가 처음 그와 이야기했을 때, 그는 동시에 2~3통의 통화를 하고 있었고, 그럼에도 통화대기 램프는 몇 분에 한 번씩 계속 깜박였다. 그는 목소리가 아주 크고, 경마장 아나운서 같이 흥분해서 속사포처럼 말을 쏟아내며, 목소리는 점점 커진다. 그래서 벌들이 사라졌을 때, 하켄버그는 자연스럽게 자기 성격대로 행동했다. 여기저기 전화를 걸기 시작한 것이다. 플로리다의 벌 검역소 부소장인 제리 헤이스에게 전화를 걸어 양봉장의 상황을 설명해주었다. 헤이스는 하켄버그에게 조지아 주의 한 양봉가도 900개 벌통 중 600개를 비슷하게 당황스러운 방식으로 잃었다고 전해주었다.

하켄버그는 계속 여러 곳에 전화를 걸었고 전국에 걸쳐 비슷하게 봉군이 붕괴하고 있다는 소식을 들었다. 플로리다와 조지아, 텍사스, 뉴욕, 캘리포니아, 펜실베이니아, 그리고 다코타 등 36개 주에서 발생한 것이다. 모두 놀라울 정도로 흡사한 증상을 보이고 있었다. 성체 벌들이 벌통에서 갑자기 사라지고, 벌통 안이나 주변에는 죽은 사체가 거의 남아 있지 않았으며, 여왕벌과 건강한 새끼 벌들, 그리고 몇 마리의 성체 벌들만 남아 있었다. 그리고 붕괴한 봉군이 저장해놓은 꿀과 꽃가루가 있을 때 흔히 예상되는 약탈의 흔적은 전혀 없었다.

하켄버그는 이 기묘한 사건을 과학자들에게도 제공했다. 펜실베이니아 주에서 양봉가로 활동하는 데니스 반엔젤스도르프도 그 중 한 사람이었다. 그와 반엔젤스도르프는 펜실베이니아 주 양봉협회 회의에서 한 달 전인 11월 초 겨우 한 번 만났을 뿐이었다. 하켄버그는 블루베리와 사과, 캔털루프(겉에 그물눈이 없고 과육이 오렌지색인 멜론의 하나), 호박, 크랜베리, 아몬드 등의 가루받이를 하며, 도로에 머물지 않을 때는 여름을 펜실베이니아 중부 지방에서 보낸다. 그는 플로리다에 있는 그의 겨울 기지에 벌통을 막 옮겨놓은 상태였고 회의에서 자신의 벌들에게 만족한다고 말했다. 심지어 그는 반엔젤스도르프에게 자신의 벌들이 "환상적"이라고까지 말했다. 아마도 그것이 첫 번째 징후였을지도 모르겠다. 존 밀러는 그 해가 시작과 끝이 같았던 드문 해였다고 증언했으니 말이다.

아니나 다를까, 겨우 한 달이나 지났을 무렵, 하켄버그는 반엔젤스도르프에게 전화를 걸어 자신의 양봉장에 일어난 비참한 상황을 설명해야 했다. 반엔젤스도르프는 즉시 그 문제의 원인이 바로아 응애라고 추정했다. 그는 이렇게 말했다. "우리는 모든 문제를 바로아 응애의 탓으로 돌립니다." 그는 하켄버그에게 죽은 봉군 몇 개를 보내달라고 요청했다. 여기저기 남아 있는 죽은 벌들을 검사했을 때, "그 벌들에는 바로아 응애가 없다는 사실을 알아냈다. 그러나 다른 모든 질환들은 가지고 있었다"고 반엔젤스도르프는 말했다.

당시 30대 후반이던 반엔젤스도르프는 간부급 농업연구원이자 펜실베이니아 주립대학에서 곤충학 박사 과정을 공부하고 있었다. 다부진 체격에 약간 노르웨이 사람처럼 생긴 캐나다인으로, 뱃머리 같은 이마와 숱이 많지 않은 금발머리를 한 그는 코넬 대학에서 곤충학 석사학위를 받았고, 설사 자신이 영구적인 양봉업계의 위기에서 벗어나게 되더라도 박사학위를 마치려 노력하고 있었다. 그의 연구는 원래 꿀벌 역학 연구와 함께 질병 확산을 최소화하기 위한 지역 양봉가 지원을 결합한 것이었다.

그러나 하켄버그의 벌들을 해부한 이후, 그의 직무가 바뀌었다. 보통 벌의 몸을 가르면, 흰색 내장이 나타난다. 그런데 이번 경우는 달랐다. 내부 장기는 검게 변해 있었고, 독침샘과 장관(intestinal tract)은 부푼 채 변색되어 있었으며, 반흔 조직은 모두 흑화되어 있었다. 마치 몸속에 폭탄을 맞아 불에 타버린 것 같았다.

하켄버그는 반엔젤스도르프의 동료인 다이애나 콕스-포스터에게도 연락을 취했다. 그녀 역시 꿀벌 바이러스와 여타의 병원균을 전문으로 하는 펜실베이니아 주립대학 곤충학자였다. 콕스-포스터는 피해를 입은 벌들을 대상으로 분자 분석을 수행했다. 결과는 혼란스러웠다. 벌들은 다양한 바이러스와 박테리아, 기생충, 그리고 진균에 감염되어 있었지만, 모두 제각기 다른 병원균에 감염되어 있었다. 일부 벌들은 날개 기형 바이러스를 가지고 있었고, 또 다른 벌들은 낭충봉아 부패병 바이러스를 가지고 있었으며, 일부는 검은 여왕벌 방 바이러스를, 또 일부는 부저병을 앓고 있었으며, 일부는 노제마병에 걸려 있었다. 또 일부는 아직 확인되지 않은 바이러스에 걸려 있었다. 모든 벌들의 병원균 조합은 제각기 달랐다. 모두가 예상한 것처럼 응애를 많이 가진 벌도 없었다. 응애의 탓이었다면, 살아남은 봉군이나 아직 부화하지 않은 알이 들어 있는 봉인된 방에서 엄청난 양의 응애를 발견했어야 했다. 그런데 그렇지 않았다.

이 모든 혼란스러운 증거를 통해서는 그 어떤 명확한 결론도 나올 수 없었다. 죽은 벌들의 면역체계(특정 상황 하에서는 약해지기 쉽다)는 제대로 작동하지 않았다. 에이즈에 걸린 환자들이 여러 기묘하고 드문 병에 감염되어 고통 받는 것처럼, 하켄버그의 벌들도 그랬다. 펜실베이니아 주립대학 곤충학자들은 그 병에 군집 붕괴 현상(Colony Collapse Disorder)이라는, 적절하게 종말론적이지만 모호한 이름을 지어주었고, 그것이 무엇인지 알아내기 위한 여정을 시작했다.

이들의 첫 여정은 공동 조사위원회를 구성해, 미국 농무부 리서치 서비스 소속의 과학자들과 대학 곤충학자들, 농촌진흥청 교육 전문가, 그리고 유전학자 등 여러 분야의 전문가들을 포함하는 일이었다. 이 현상이 얼마나 분포되어 있는지 알아보기 위해 이들은 겨울 손실 조사를 수행하고, 그 해 어디서 얼마나 많은 벌들이 죽었는지 알기 위해 전체 50개 주에서 양봉가들과 접촉하고 있는 꿀벌 조사관들과 연락을 취했다.

이 팀은 또한 플로리다와 조지아, 캘리포니아, 펜실베이니아의 건강한 봉군과 감염된 봉군 모두에서 샘플을 채취했다. 이들은 채취한 샘플을 드라이아이스 상자에 넣어 여러 연구실로 보내 분석을 의뢰했다. 밀랍 샘플과 벌의 사체는 펜실베이니아 주립대학 살충제 그룹으로 보내졌다. 이곳의 과학자들은 CCD에 걸린 벌통과 건강한 벌통에서 화학물질을 검사했다. 꿀과 꽃가루 샘플은 노스캐롤라이나 주립대학 곤충학자들에게 보내져 버려진 벌통에 남아 있는 식량의 영양학적 분석을 실시했다.

이 팀은 냉동된 벌을 컬럼비아 대학 그린전염병연구실(Greene Infectious Disease Laboratory)로 보냈다. 이곳의 과학자들은 보통 인간 신체조직을 연구하지만, 최신 기술을 이용해 CCD 봉군에서 살아남은 벌들의 바이러스와 진균, 기생충들의 유전자 특성을 재빨리 알아내기 위해 짧은 DNA 염기 순서를 읽어내기로 했다. 팀은 일리노이 대학 곤충학자들에게 샘플을 보내 몇 년 전 유전자 배열순서가 알려진 건강한 봉군의 게놈과 CCD에 걸린 봉군의 게놈을 비교했다. 이들은 하켄버그의 빈 벌통을 과일의 박테리아를 박멸하는 감마선과 의학 장비를 사용하는 기업으로 보내 방사능 처리를 했다. 그런 후 그 벌통에 새 벌을 채워 넣어 위생 처리가 된 장비에서는 상황이 더 나아지는지 알아보았다.

그렇게 함으로써 팀은 세 가지 근본적인 질문에 대한 해답을 얻으려고 했다. 첫째, 이 질병과 관련된 병원균이 있는가? 바이러스나 박테리아, 진균, 기생충, 아메바 등의 변종이 새로 생겨났거나 다시 나타난 것인가? 둘째, 형편없는 먹이 혹은 새로운 유전자 결합 등과 같은 특정 영양학적 혹은 유전적 스트레스가 있었는가? 이것은 CCD에 의해 붕괴된 봉군에는 있지만 건강한 봉군에는 없을 것이었다. 그리고 마지막으로, 벌들의 면역을 위태롭게 하거나 벌의 행동에 영향을 준 살충제 혹은 다른 화학적 환경 요인이 있었는가? 조사위원회는 이 세 가지 가정이 미스터리를 일으킨 가장 유력한 범인일 거라고 믿었다.

그러나 사람들 사이에는 수많은 다른 이론들이 떠돌아다녔다. 가장 기이한 것들 몇 가지는 이런 것이었다. 하나는 벌들이 사라진다는 것은 다가오는 심판의 날을 예언하고 있다는 이론이다. 또 하나는 휴대폰에서 나오는 전자파가 벌들을 사라지게 한다는, 상투적인 추정이었다. "절대로 벌에게 그것을 주지 마세요. 대화를 방해해서 아무것도 할 수 없게 만드니까요." 양봉가 채팅룸을 방문한 한 사람이 농담처럼 말했다. 그러나 양봉장에서는 휴대전화 신호가 약해진다고 양봉가들이 자주 불평했었기 때문에, 이 주장은 절대로 큰 호응을 받지 못했다.

양봉가들도 나름의, 그리고 좀 더 그럴듯한 생각을 가지고 있었다. 나는 가끔 밀러에게서 이메일을 받았다. 그는 이주 양봉가들 사이에 떠도는 최신 이론을 말해주었다. "의심이 가는 병원균은 노제마의 새로운 변종입니다." 밀러는 편지에 이렇게 썼다.

> 노제마는 곤충에 자주 생기지요. 노제마 포자를
>
> 메뚜기에 주사하면,
>
> 죽는 것을 볼 수 있어요.

며칠 후, 나는 또 이메일을 받았다.

잠깐만요.

벌들을 죽이는 건 BT 옥수수(미국의 바이오 기업들이 개발한 내충성 유전자재조합 옥수수 - 옮긴이)였어요.

당신이 얘기했었지요,

가장 먼저.

하켄버그는 네오니코티노이드라는 계통의 살충제에 이 유혈사태, 아니 체액사태의 책임이 있다고 비난했다. 네오니코티노이드는 갖가지 다양한 작물들을 치료하기 위해 사용되는 니코틴의 화학적 형태다. 이것은 세상에서 가장 잘 팔리는 살충제 중 하나로서, 140개의 다양한 작물들에 사용되고 있으며, 집 정원과 애완동물용 벼룩 박멸 목걸이에도 사용되고, 1년에 수십억 달러의 판매량을 기록하고 있다. 바이엘크롭사이언스(Bayer Crop Science)에 의해 개발된 이것은 1990년대 미국에서 가장 먼저 사용이 승인되었다. 그 이후 50개 회사가 이 시장에 뛰어들어 여러 이름으로 판매되었다.

네오니코티노이드계 살충제는 작물의 잎에 살포되지만, 심기 전 씨앗을 담가두기도 했다. 식물의 모든 부분에 흡수되는 '침투성' 살충제이기 때문에 살충제로 코팅된 씨앗에 흡수되어 있는 성분은 식물의 순환기를 통해 꽃에까지 영향을 주어 식물, 그리고 꽃가루와 꽃꿀에도 다른 여러 살충제보다 더 오래 남아 있다. 네오니코티노이드 이론은 설득력이 있었기 때문에 환경학계에 있는 많은 사람들이 하켄버그와 같은 결론을 내렸다. 그러나 당시 이것은 그저 이론에 불과했다. CCD 조사위원회는 문제가 해결되었다고 결론을 짓기 전에 체계적으로 많은 조사를 수행했다.

이들의 연구에는 몇 가지 곤란한 문제가 있었다. 첫 번째 가장 중요한 문제로 벌들이 정말로 감쪽같이 사라져 검사하기가 힘들었다는 점이다. 과학자들은 몇몇 미성숙한 성체 벌들과 유충, 그리고 피해를 입은 벌통에 남아 있던 벌 몇 마리를 가지고 실험해야 했다. 그리고 이 문제는 최소한 36개 주에서, 양봉되는 벌 중 3분의 1 이상이 죽었을 정도로 아주 광범위해서 어떤 죽음이 새로운 질병에 의한 것인지, 그리고 어떤 질병이 봉군을 공격하는 일련의 병원균과 환경 문제로 인한 것인지 확인하기가 어려웠다. 곤충학자들은 동일한 환경에 노출된 적이 없는 통제군이 필요했다. 그러나 벌은 통제가 불가능하다. CCD 질병에 걸린 봉군과 같은 환경에 노출된 적이 없었다고 과학자들이 확신을 가질 수 있는 봉군을 찾기란 거의 불가능에 가까웠던 것이다.

그래서 반엔겔스도르프와 전국 각지의 곤충학자들은 셜록 홈스 스타일의 소거법을 적용하여 단서들을 걸러내기 시작했다. 이들은 CCD의 피해를 입은 양봉가들의 봉군 20개와 피해를 입지 않은 양봉가들의 봉군 20개를 연구했다. 이들은 소규모 유기농 양봉가에서부터 대규모 산업 양봉가들에 이르기까지, 벌들을 이동시키는 양봉가와 그렇지 않은 양봉가들 모두와 대화를 했다. 분명한 패턴은 발견되지 않았다. CCD는 모든 집단에서 발견되었다.

이들은 특정 질병을 대상으로 찾아보기도 했다. CCD에 걸린 일부 벌들에게서는 응애가 많이 발견되었지만, 또 다른 벌들에게서는 그렇지 않았다. 많은 벌들의 내장에서 진균류를 발견했지만, 모든 벌들에서 발견된 건 아니었다. 합법이었든 불법이었든, 과거 살비제 사용으로 인한 오염이 많은 CCD 봉군에서 발견되었지만, CCD에 걸리지 않은 봉군에서도 발견되었다. 작물에 뿌려지는 살충제로 인한 오염을 발견했지만, 분명한 패턴은 발견할 수 없었다. 이들은 기상과 관련된 문제를 찾기 위해 기후와 위성 데이터를 샅샅이 뒤져보았지만 전국적으로 발생한 이 질병을 설명할 수 있는 증거를 발견할 수 없었다. 양봉가들이 벌들에게 먹였을 불량 옥수수 시럽과 과당, 꽃가루 패티도 조사해보았지만 직접적으로 눈에 띄는 것은 없었다. 양봉가들의 무지에 대한 문제도 고려해보았다. 최악으로 타격을 받은 집단에서는 형편없는 양봉의 기색이 분명히 나타났지만, 미국에서 가장 부지런한 양봉가 역시 CCD의 피해를 입었다.

과학자들은 들여다보고 또 들여다보았지만 쉬운 답을 찾을 수 없었다. 자신들이 이용할 수 있는 모든 최신 과학을 동원했음에도, 마치 랭스트로스가 벌통을 발명하기 이전 시대로 돌아간 것만 같았다. 벌통 내부에서 무슨 일이 일어나고 있는지 알 수 없었던 그 시대 말이다. 과학자들은 자신들이 양봉가만큼이나 혼란을 느끼고 있으며, 문제의 원인이 네오니코티노이드계 살충제라거나 유전자 변형 옥수수, 혹은 휴대전화 전자파라고 결론을 내린 인터넷 상의 탁상공론 양봉가들보다 분명히 훨씬 더 많이 혼란스럽다는 사실을 시인했다. "수많은 추측이 난무하고, 저도 나름대로 추측을 하고 있습니다. 그러나 수많은 지역에서 수많은 케이스를 접한 뒤로는 저도 생각을 바꾸었습니다." CCD 조사위원회에 속한 과학자 중 한 사람으로 몬태나 주립대학의 곤충학자인 제리 브로멘셰크가 인터넷 채팅룸에 이렇게 썼다. "재밌네요. TV에서 CSI팀은 이것을 한 시간 만에 해내는군요." 이 미스터리에 대한 해답을 알아내려면 한 시간, 한 달, 심지어는 1년 이상이 걸릴지도 모르는 일이었다.

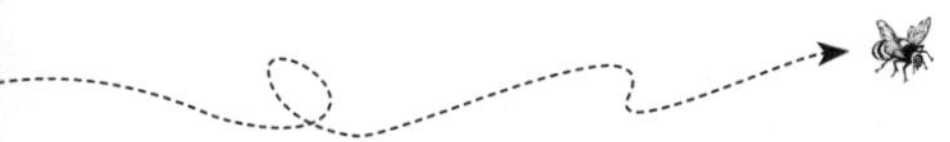

사실, 벌이 왜 죽는지 항상 알 수 있는 것은 아니다. 가끔, 벌들은 그냥 죽는다. 희미하게 겨울의 추위가 사라지고 봄에 가장 먼저 피는 노란색 머스터드 꽃이 잎을 펼치기 시작하던 어느 1월의 완벽한 날, 존 밀러와 나는 노스다코타에서 온 두 친구를 위해 그가 관리하던 양봉장을 방문했다. 그 두 친구는 형제로, 한 사람은 퇴직한 농업 전문가였고 또 한 사람은 작물 병리학자였다. 이들은 1980년대 초반 노스다코타 양봉협회 관리로 일하고 있을 때 밀러를 알게 되었다. 두 사람은 여름에는 노스다코타에서 벌을 쳤고, 밀러는 겨울 가루받이를 위해 자신의 벌과 함께 두 형제의 벌을 남쪽으로 옮겼다.

이 형제의 양봉장이 밀러가 자신의 벌을 키우는 곳만큼 쾌적하다고 말할 수는 없겠지만 잘못된 점은 전혀 없었다. 벌통은 빛바랜 진흙길을 따라 해가 비치는 평편한 곳에 놓여 있었으며, 가까운 채석장에 테라코타를 제공하기 위해 깎여나간 산에 둘러싸여 있었다. 목가적이지는 않았지만, 풍부한 먹이와 물, 햇살이 있었고 벌들에게는 그것이면 충분하다.

그런데 형제의 벌들은 제대로 해나가지 못하고 있었다. 응애에 시달리고 있었다. 일부 벌통은 쥐똥 크기의 작은 벌집 딱정벌레에 감염되어 있었다. 이것은 비교적 최신의 꿀벌 기생충으로, 벌꿀과 꽃가루를 먹어치우고 빌집에 똥오줌을 싸며 봉군 전체에 재앙을 가져온다. 나는 그때까지 밀러와 함께 수많은 양봉장을 방문했지만 벌집 딱정벌레를 본 것은 처음이었다. 이 벌레에 감염된 벌집은 중량이 미달되었고 힘도 없었다.

그곳에는 진짜 쥐똥도 있었다. 벌통에 들어가 모두 먹어치운 진짜 쥐들이 싼 것이었다. 봉군이 약해지면, 쥐들은 평상시처럼 치명적인 공격을 받지 않고 벌통에 들어가 둥지를 틀 수 있다. 밀러는 죽은 벌의 모습을 보는 걸 좋아하지 않지만 그의 동정심이 모든 동물에게 해당하지는 않는다. 그는 가차 없이 쥐들을 하이브툴로 내려친다. 단 한 번의 타격으로 작은 괴물 한 마리가 작은 발을 위로 벌린 채, 얻어맞은 머리 아래로 피를 흘리며 피바다를 만들어놓았다. 밀러의 벌통 대부분은 6~8개의 틀에 벌과 꿀, 꽃가루, 애벌레가 가득한 채 봄을 맞는다. 그러나 이 양봉장의 벌통에는 쥐와 딱정벌레가 없는 벌통에도 겨우 3~4개의 틀만 건강할 뿐이었다. 밀러의 말을 들어보자. "이 녀석들 모두 먹이를 먹고 약도 투여 받았어요. 응애도 많지 않고 말이죠. 그런데 왜 이렇게 형편없는지 모르겠어요."

벌들은 태곳적부터 이해할 수 없는 집단사를 경험해왔다. CCD가 생기기 훨씬 이전에도, 벌들은 아무런 흔적도 남기지 않고 사라지곤 했다. 예컨대 랭스트로스도 이렇게 썼다. "벌통을 발견했다. 어느 날 아침 확인해보니 완전히 텅 비어 있었다. 벌집은 비어 있었고, 유일한 생명은 가여운 여왕벌 한 마리뿐이었다. '의지할 곳 없이 구슬프게 느릿느릿' 꿀 한 방울 없는 방을 기어다니고 있었다." CCD의 경우, 꿀은 그대로 남아 있다. 그러나 랭스트로스는 이 현상에 대해서도 이렇게 묘사한 바 있다. "가끔 벌들이 죽은 후에도 벌통에는 엄청난 양의 꿀이 발견되기도 한다."

랭스트로스 시대 이래로 이런 현상은 주기적으로 기록되어왔다. 1869년, 《비컬처(Bee Culture)》지에서는 비축된 꿀은 그대로 남겨둔 채 벌통에서 벌들이 사라진 기묘한 사건을 다루었다. 1891년과 1896년 콜로라도에서는, '오월병(May Disease)'이라는 질병으로 많은 봉군이 여왕벌만 버려둔 채 사라졌다. 1905년과 1919년 사이에는 영국의 아일오브와이트에서 봉군의 90퍼센트가 죽는 전염병이 발생했다. 수년간, '아일오브와이트 질병'이라는 말은 양봉가들이 확실한 설명이 불가능한 손실을 설명하기 위해 흔하게 사용하는 명칭이었다.

1915년에는 플로리다에서 캘리포니아, 오레곤에 이르는 미국 전역에서 죽은 봉군을 일컫는, 일명 대규모 집단사에 대한 모호한 이야기가 있었다. 더 많은 사례가 1917년 뉴저지와 뉴욕, 오하이오, 캐나다에서 보고되었다. 1960년대에는 텍사스와 루이지애나, 캘리포니아에서 벌들이 수수께끼처럼 사라졌다. 버려진 봉군에 남아 있던 벌들은 건강했고 꿀도 많이 있었다.

1975년 호주는 '실종 증후군(disappearing syndrome)'이라는 질병으로 한 차례 홍역을 앓은 바 있다. 그 해 멕시코에서도 실종 증후군과 비슷한 전염병이 나타났고, 미국의 27개 주에도 확산되었다. 둘 중 그 어느 것도 확실하게 설명할 수 있는 증거를 가진 것이 없다. 1998년에서 2000년에 이르는 기간, 프랑스 역시 심각한 손실을 경험했다. 그리고 이제 CCD가 찾아온 것이다.

CCD의 증상은 뚜렷이 구분된다. 성체 벌들은 사라지고, 건강한 여왕벌은 남아 있다. 비축된 꿀은 충분히 남아 있고 과도하게 응애나 곰팡이균이 발견되지도 않는다. 그러나 전례가 없는 사건은 아니다. 벌들은 종종 벌통을 떠나 죽는다. 바이러스 수치가 높으면, 이들은 자기가 왜 아픈지 아는 듯 고의로 벌통을 떠나 다른 벌들에게 옮기지 않으려 우리의 선조들이 그랬던 것처럼 스스로를 희생한다. 밀러는 벌들의 이런 면을 좋아한다. 벌들이 무자비하고 무차별적으로 죽는 것을 다소나마 의미 있게 만들어주기 때문이다.

생각해보라…….
때가 왔음을 안 할아버지는 이글루를 떠나,
북극곰에게 자신을 먹이로 바친다.
이것은 비밀의 방에 들어 있는,
벌들의 머릿속 90만 개의 뉴런이,
이타적인 지식을 발휘하는 것이 아닐까?

벌들은 죽는다. 사라진다. 가끔은 떼 지어 사라진다. 자주는 아니지만, 과거에도 똑같은 행동을 보였다. 반엔젤스도르프는 이렇게 말한다. "이 현상에서 특이한 점은 이렇게 광범위하게 일어난 적은 없었다는 것입니다." 이렇게 심각하게 설명할 수 없는 손실이 이 정도로 광범위하게 일어났다고 보고된 적은 없었다.

2007년 9월, CCD가 최초로 확인된 지 몇 달이 지나, 하켄버그의 벌을 최초로 유전적으로 분석한 펜실베이니아 주립대학의 콕스-포스터가 이끄는 CCD 연구팀은 최신 '메타게놈(Metagenomic)' 분석을 수행하고 CCD에 타격을 입은 벌통의 96퍼센트에서 이스라엘 급성마비 바이러스(IAPV)라는 잘 알려지지 않은 병원균을 발견했다. 게다가 감염된 샘플은 모두 2005년 바로아 응애에 의한 집단사 이후 호주에서 벌을 수입한 양봉장에서 채취한 것들이었다. 이 사실로 미루어 IAPV 바이러스가 호주에서 벌과 함께 수입된 것이라고 추정할 수 있었다.

2004년 이스라엘에서 최초로 확인된 이 질병은 그 이후 세계 여러 지역에서 발견되고 있으며 벌의 마비 발작을 초래한다. 이 병에 걸린 벌들은 일반적으로 벌통 바깥에서 발견되며, 몸을 떨고 경련을 일으키며 팔다리를 급격하게 흔들어댄다. "고통스러워하고 있는 거예요." 양봉가 회의에서 IAPV로 죽어가는 벌들의 모습을 담은 비디오를 보며 밀러는 나에게 이렇게 속삭였다. CCD의 증상은 IAPV와 전혀 공통점이 없었지만, 보고서는 IAPV는 "CCD와 강한 연관성을 가지고 있다"고 결론 내렸다.

IAPV가 CCD의 원인은 아니라고 과학자들이 조심스레 말했지만(그리고 사실 그런 증상도 보이지 않고 우연히 발견된 것일지도 모르며 따라서 더 많은 연구가 필요하다고 밝혔지만) 언론은 이 사건의 최초의 분석 결과를 보도하는 데 큰 주의를 기울이지 않았다. 수많은 기사에서 CCD 미스터리가 해결되었으며 그것이 호주에서 수입된 벌들과 관련이 있다고 떠들어댔다. 한 펜실베이니아 주 상원의원은 미국 농무부에 호주에서 수입되는 모든 벌을 금지하라고 촉구했고, 호주 양봉업계는 항의를 제기했다.

바로아 응애와의 전쟁 중심에 있던 호주 과학자 데니스 앤더슨이 이끄는 한 팀은 즉각 반박문을 발표하며 CCD와 IAPV와의 연관성은 '빈약'하다고 주장했다. 앤더슨과 그의 동료들은 호주에서는 CCD가 단 한 건도 발생하지 않았다는 점을 언급했다. 그리고 CCD로 인해 피해를 입지 않은 봉군에서도 IAPV가 발생하지 않았다는 사실을 강조하며, 에스파냐와 그리스, 폴란드와 같이 CCD가 보고된 다른 국가들은 호주에서 벌을 수입하지 않았다고 했다. 그들은 또한 호주 벌이 미국 땅에 도착하기 3년 전인 2002년부터 미국에서는 IAPV가 벌의 죽음과 연관을 가지고 있었다는 점을 지적했다. "미스터리가 풀렸다"는 헤드라인은 차츰 사라지게 되었고 불확실한 상황의 피해자들만 남았다.

다른 과학자들도 CCD 미스터리를 연구하기 시작했다. 그리고 다음 결론은 노제마병이었다. 이 병은 동양종 꿀벌에서 유럽 꿀벌로 최근 옮아간, 오랫동안 알려져 있던 진균 전염병의 새로운 변종이었다. 노제마 아피스(유럽 벌에서 발견되는 전염병)는 수년간 미국과 유럽에 존재하고 있었다. 이 병에 걸린 벌들은 종종 극심한 설사를 동반하지만 벌들이 겨울을 나기 위해 한 곳에 모이기 직전 항생제를 투입하면 쉽게 처치되었다. 감금의 질병이라 불리는 노제마 아피스는 보통 추운 계절에만 문제를 일으킨다. 그러나 새로운 아시아 변종은 양봉가들이 처치에 익숙하지 않은 이상한 시기에 나타났고, 어떤 경우에는 CCD와 비슷한 것으로 의심되는 증상을 보였다. 벌들이 갑자기 벌통을 떠나 죽곤 했던 것이다.

이 새로운 변종이 여름에 유행한다는 사실을 몰랐던 밀러는 2008년 봉군의 25퍼센트를 잃었다. 에스파냐에서 죽은 벌들에 특히 이 전염병이 극심했던 터라, 에스파냐 연구팀은 노제마가 CCD의 주요 원인이라고 선언했다. 이 팀을 이끌던 과학자는《로이터통신》기자에게 이렇게 말했다. "우리는 그것이 노제마병이라는 사실을 확신합니다." 그러나 문제가 되는 모순이 있었다. 많은 CCD 봉군에서 붕괴를 초래할 만큼 높은 수준의 노제마 균이 발견되지 않았고, 유전자 검사 결과 1995년 미국에서 발견된 이후, CCD에 피해를 입은 지역과 그렇지 않은 지역 모두에 '새로운' 노제마가 확산되어 있었다는 사실이 밝혀졌다.

아마도 벌들이 사라진 것에 대해 가장 공통적이며 지속적으로 언급되는 비난의 대상은 살충제일 것이다. 특히 하켄버그가 자신의 손실에 대한 책임을 물었던 네오니코티노이드계 살충제가 표적이었다. 프랑스는 해바라기 들판에 있던 봉군이 대규모로 죽고 지역 양봉가들이 '미친 벌 질병'이라고 부른 질병의 발생에 관련이 있다는 사실을 알게 된 후 1999년 이 계통의 살충제 생산을 금지했다. 독일과 이탈리아, 슬로베니아에서도 판매가 금지되었다. 이에 대한 이론은 아주 설득력이 있었다. 살충제가 남아 있는 한, 대규모 꿀벌 손실에 책임이 있다는 것이다. 이 화학약품은 벌레를 죽이기 위해 고안된 것이고, 솜털이 보송보송해서 만화책에서 인기를 끌고 인간과 관련이 깊다고는 해도, 벌들도 결국 벌레이기 때문이다. 따라서 외골격을 가진 동포들을 죽이기 위해 고안된 화학약품에 극도로 취약할 수밖에 없다.

하켄버그는 원래 살충제에 반대하지 않았다. 그의 아버지는 농부였고, 가루받이를 통해 생계를 유지하는 그의 사업 특성상 농업에 의존하고 있었기 때문이다. 그가 처음으로 왜 벌들이 사라졌는지 그 원인을 캐고 다니기 시작했을 때, 그는 자신에게 네오니코티노이드 계통의 살충제인 가우초와 그 밖의 것들에 대한 그 모든 광고들을 보낸 프랑스 친구들에게 이메일을 보내 문제의 원인은 침투성 살충제에 있다고 주장했다. 하켄버그는 침투성 살충제는 드러내놓고 죽이는 것이 아니라 목표가 되는 곤충의 면역체계를 붕괴시키며 죽인다는 사실을 알아냈다.

처음에는 납득하지 못했으나, 그의 말에 따르면 "시간이 흐르면서 나는 원인을 캐내기 시작했고, 아무리 해도 계속 살충제로 돌아가게 되었다." 자신의 벌 중 일부가 뉴욕 주에서 사과 가루받이를 한 후 사라졌다는 사실을 기억해낸 하켄버그는 농부, 그리고 농약 살포사에게 전화를 걸어 2005년 그들이 어떤 살충제를 뿌렸는지 알아냈다. 그것은 많은 사람들이 사용하는 또 다른 네오니코티노이드계 살충제인 칼립소였다. 그는 아내를 시켜 인터넷을 뒤지게 했고, 침투성 살충제가 흰개미의 면역체계를 어떻게 망가뜨리는지 설명한 플로리다 대학의 연구 결과를 찾아냈다. 하켄버그의 말이다. "먹이를 구하러 나가서는 돌아오지 않는 것이지요."

화약약품이 치사량에 가까운 방식으로 작용하기도 한다는 연구 결과가 발표되었다. 예를 들어, 전 세계적으로 발생하고 있는 개구리 급감 현상은 대중적으로 사용되는 제초제인 아트라진과 연관이 있다. 한 가지 이론은 제초제가 물 위를 매트처럼 떠다니는 조류는 파괴하고 연못 바닥에 있는 조류는 햇살을 더 받을 수 있게 만들어, 개구리를 간접적으로 서서히 죽이고 있다는 것이다. 조류의 변화로 인해 먹이가 증가한 물달팽이가 폭발적으로 번식하게 되며, 달팽이를 매개로 하는 기생충 같은 편형동물도 급증한다. 이 편형동물은 개구리에 기생하며 결국 개구리를 죽인다. 과학자들은 아트라진이 개구리의 면역체계에도 손상을 가해, 아트라진에 오염된 환경에서 번성하는 다양한 기생충에 훨씬 더 취약하게 만든다고 믿고 있다. 민물 연못이나 벌통과 같은 복잡한 생태계에서, 균형은 예상치 못한 요인에 의해 무너지고, 생태계 사슬의 반작용이 발생하게 된다.

아마도 네오니코티노이드계 살충제가 뿌려진 농장에서 채취한 꽃가루에 의해 수주 혹은 수년간 지속적으로 살충제에 노출되어 결국 전국 봉군의 균형을 무너뜨린 것인지도 모른다. 하켄버그의 결론에 의하면, 어쩌면 살충제 살포 이후 몇 주간 낮은 수치로 작물에 남아 있던 잔여물 때문에 독성분이 여름 동안 꿀과 꽃가루에 축적된 것일지도 모른다. 가을과 겨울, 벌들이 생존을 위해 비축물을 먹으면서, 네오니코티노이드가 신경계를 퇴화시켜 방향감각 상실을 초래하고 질병에 대한 면역력을 떨어뜨렸을 것이다. 그리고 아마도 CCD의 경우에서 보이는 것처럼 집단 떼죽음에 이르게 만들었을 것이다.

이런 이론을 뒷받침하는 정황적 증거는 아주 많이 존재한다. 그리고 하켄버그와 같이, 많은 훌륭한 양봉가들은 그들의 손실이 살충제에 대한 노출과 관련이 있다고 믿고 있다. 밀러 대신 NBC 텔레비전에 출연해 CCD에 대한 인터뷰를 했던 진 브랜디는 2007~2008년 사이의 겨울 동안 봉군의 절반을 잃었다. 샌와킨밸리에 있는 수박 농부에게 벌들을 대여한 후였다. 나중에야 그는 그 농부가 작물에 네오니코티노이드계 살충제를 살포했다는 사실을 알았다. 다른 곳으로 보낸 브랜디의 봉군들은 살아남았다. 초기 연구들도 살충제가 확실한 원인이라는 사실을 보여주는 것 같았다. CCD가 발생한 벌통에서 추출한 밀랍과 꽃가루, 벌의 샘플에서 과학자들은 다양한 살충제가 유별나게 높은 수치로 남아 있음을 발견했다. 또 다른 펜실베이니아 주립대학 곤충학자인 머라이언 프레이저가 실시한 연구에서는 분석 대상이었던 108개 꽃가루 샘플에서 46가지의 여러 살충제가 발견되었고 한 봉군에서만 17가지의 살충제가 발견되었다. 일부는 바로아 응애를 죽이기 위해 벌통에 적용이 허용된 것들이었다. 일부는 일반적인 살충제였고, 일부는 네오니코티노이드계와 같은 침투성 화학약품이었다. 심지어 이들은 DDT와 같이 최소 25년 이상 사용이 금지되어 더 이상 사용되지 않는 살충제도 발견하였다.

농업용 화학물질은 이전에 알려진 것보다 더 많이, 더 오랫동안 벌통에 남아 있었다. 네오니코티노이드 역시 마찬가지였다. 또한 네오니코티노이드가 이전에 믿어왔던 것보다 훨씬 더 강력하다는 새로운 증거가 발견되었다. 2007년 12월, 바이엘 크롭사이언스는 감귤류와 아몬드 나무에 주기적으로 사용되는 것과 같은 네오니코티노이드를 살포한 나무를 실험한 결과, 벌을 죽일 수 있을 만큼 높은 수치의 잔류물이 검출되었고 1년 이상 나뭇잎에 남아 있었다는 연구 결과를 발표했다. 브랜디와 하켄버그와 같은 양봉계 리더들의 촉구로 인해 전미꿀벌자문위원회(National Honey Bee Advisory Board)는 미국 환경보호청에 네오니코티노이드계 살충제의 생산을 금지해달라고 요청했다. 그러나 환경보호청은 더 많은 연구를 요청했고, 연구 결과가 나오는 2014년까지 그 살충제가 시장에서 판매될 수 있도록 허용했다.

네오니코티노이드계가 이전에 알려진 것보다 적은 양으로도 벌에 위해를 가할 수 있음을 알려주는 증거가 계속 발견됨에도 불구하고, CCD의 원인이 살충제 하나뿐이라는 가정에는 중요한 오류가 존재한다. 우선, 최근의 벌 실종사건은 2006년 가을에 시작되었지만, 네오니코티노이드계 살충제는 1994년 이래 미국에서 사용되어왔다는 점이다. 하지만 그 사용량이 최근 10년간 극적으로 증가했다.

하켄버그의 말에 의하면, 이 살충제는 이제 "모든 곳, 즉 개와 고양이에서부터 옥수수, 콩, 목화, 채소, 잔디, 골프장에 이르기까지 정말 모든 곳에" 사용되고 있다. 그러나 벌들은 거의 영향을 받지 않은 듯 해바라기와 카놀라, 옥수수, 멜론 등 수년간 화약약품이 처리된 농장에 적응했다. 바이엘의 대변인은 수년간 네오니코티노이드계 살충제를 사용해온 호주에서는 CCD로 인한 손실 보고가 전혀 없었다는 사실을 재빨리 지적했다. 게다가 프랑스에서는 이 화학약품의 사용을 금지했음에도 불구하고 건강한 꿀벌 개체수를 거의 되찾지 못했다. 프랑스는 1990년대 말의 꿀벌 집단 폐사 이후 회복된 적이 없었으며, 이 사실로 미루어보아 벌들에게 끊이지 않고 일어나는 문제에는 다른 요인도 영향을 미쳤을 거라는 사실을 알 수 있다.

대부분의 과학자들은 이제 살충제 하나만 CCD 손실의 원인이 아니라는 사실에 동의한다. 2009년 프랑스 국립농업연구원(French National Institute for Agricultural Research)은 연구를 통해 CCD 감염 여부에 관계없이 조사한 모든 벌통에서 문제를 일으킬 만큼 많은 살충제를 발견했다. 그리고 통제군에서보다 CCD 봉군에서 특정 살충제가 더 자주 발견된다는 증거를 찾을 수 없었다. 사실, 건강한 봉군에서 특정 살충제의 수치가 훨씬 더 높게 나타났다. 특히 바로아 응애를 죽이는 쿠마포스가 이에 해당했다. 아마도 적은 양의 독에 만성적으로 노출되면 벌들이 약해져 다른 병원균, 즉 정상적인 상황에서라면 낮은 사망률을 보였을 병원균에 감염되는 순간 바로 죽는 것이 아닐까. 이 연구에서는 살충제 혹은 노제마 병원균에 각각 노출되었을 때는 살아남았던 벌들이 치명적이지 않은 양의 살충제와 함께 노제마 병원균에 동시에 노출되면 종종 죽어버린다는 사실을 증명했다.

다른 이론들은 흥망성쇠를 거듭했다. 2009년 가을 수많은 신문들이 한 영국 연구팀이 제기한, 여왕벌의 교미 대상이 다양하지 못하다는 추측에 대해 떠들어댔다. 사실상 여왕벌이 충분히 난잡하지 못하다는 것이었다. 여왕벌은 적은 수의 수벌들과 교미를 했고, 유전적으로 다양하지 못한 벌들을 낳음으로써 질병과 다른 생물학적 공격에 더욱 취약해질 수밖에 없었다. 이것은 최근 꿀벌들이 겪는 어려움 중 한 가지 요인일지는 모르지만 영국 연구팀은 언론이 이 추측을 떠들어대는 동안에도 아직 연구를 시작도 하지 못하고 있었다. 모든 과학자들은 자신의 개별 전공이나 환경이라는 프리즘을 통해 사태를 들여다보고 있는 것 같았다. 각자 자기가 밝혀낸 원인이나 세계관만 옹호하고 있었다. CCD가 무엇인지 정확한 정의가 없어 자기만의 결론에 이르기 쉬웠던 것이다. 반엔젤스도르프는 나에게 이렇게 말했다. "많은 사람들이 죽은 벌만 보면 CCD라고 말합니다. 마치 죽은 사람만 보면 암 때문에 죽었다고 하는 것과 같아요."

CCD가 확인된 이후 수많은 벌들이 죽었지만, 모두 CCD 때문만은 아니었다. 반엔젤스도르프가 실시한 사망률 조사에 의하면 2007년 이후 전국의 양봉가들은 매년 봉군의 약 3분의 1을 잃고 있었으며, 이는 "용인할 수 있다"고 여겨지는 15퍼센트 수준을 훨씬 뛰어넘는 수치였다.

그러나 항상 CCD가 주된 요인은 아니었다. 2008년, 양봉가들은 죽은 봉군 중 60퍼센트에서 CCD 증상을 발견했다고 보고했다. 그러나 2010년에는 죽은 봉군 중 약 3분의 1에서 같은 증상을 보고했으며 CCD가 손실의 주요인이라고 생각하는 양봉가는 겨우 5퍼센트에 불과했다. 그 해 손실의 주된 원인은 굶주림이었다. 반엔젤스도르프의 말이다. "오히려, 벌들이 아주 다양하게 많은 방법으로 죽어가고 있다는 사실을 보여준 셈입니다."

한편 피해를 입지 않은 많은 양봉가들은 전부터 언급되어오던

PPB(형편없는 벌 사육방식)에 잘못이 있다고 믿었다. CCD라는 사태의 정의가 다소 느슨하고 해석의 여지가 열려 있었기 때문에 덜 눈에 띄는 방식으로 죽은 사례도 CCD라는 커다란 범주에 도매금으로 넘어가는 것 같았고 많은 양봉가들은 특히 겨울이면 벌통을 자주 확인할 수 없었기 때문에 CCD에서처럼 벌들이 갑자기 떼로 사라진 건지 혹은 다른 이유로 그냥 죽어버린 건지 알 수 없었던 것 같다. 그러나 CCD가 일어난 첫 해, 손실을 입은 양봉가들의 형편없는 벌 사육방식을 탓하던 그 양봉가들은 다음 해에 그 말을 취소하게 되었다. 이들 역시 봉군의 상당수를 잃은 것이다.

미국 최대의 양봉가인 리처드 아디는 2007년 노골적인 PPB 이론 지지자였다. 2008년, 그는 CCD로 인해 봉군의 40퍼센트를 잃었다. 심지어 밀러도 완전히 텅 빈 양봉장을 발견하는 놀라운 경험을 한 적은 없지만 가끔 벌통을 열었을 때 꿀은 가득한데 벌은 한 줌밖에 남아 있지 않은 경험을 한 적이 있었다고 자백할 정도였다. 비록 그 원인이 바로아 응애나 노제마 병원균에 있다고 거듭 비난했지만, 밀러는 이렇게 시인했다. "우리가 경험한 것 중 절반이 아마도 CCD라고 묘사되는 증상과 관련이 있는 것이 확실합니다."

자존심 있는 양봉가라면 자신의 이야기에 대한 지배권을 양도하기 어렵다. 그러나 CCD로 피해를 입은 양봉가들 모두에게 무능하다는 오명을 씌우는 것은 마치 손을 충분히 깨끗이 씻지 않아서 감기에 걸렸다고 비난하는 것과 같다고 반엔겔스도르프는 말한다. 아마도 손을 깨끗이 씻지 않았을지도 모른다. 그러나 꼼꼼한 사람들도 감기에 걸리긴 마찬가지다. 가끔 나쁜 일이 훌륭한 양봉가에게 일어나기도 한다. "지난 20년간 바로아 응애를 이기고 살아남은 양봉가 중 훌륭하지 않은 양봉가는 없었다고 생각합니다." 반엔겔스도로프는 이어서 이렇게 말했다. "우리는 이미 그들을 잃었습니다."

비록 아주 만족스럽지는 않지만, 과학자들은 CCD로 인한 죽음에 대해 막연하게나마 합의에 도달하기 시작했다. CCD 연구팀은 2009년 연구를 통해 CCD에 감염된 봉군의 분포 상태로 미루어보아 전염병이나 동일한 위험 요소에 노출(이웃한 봉군은 함께 죽는 경향이 있었다)되었으며 CCD 봉군은 통제군보다 일반적으로 바이러스 수치가 훨씬 더 높고 더 많은 병원균에 동시에 감염되어 있었다는 결론을 내렸다.

추후에 실시된 연구에서는 CCD 벌들에게서 특히 피코르나 바이러스와 비슷한 레트로바이러스의 수치가 높았음을 확인했다. 이 바이러스는 주요 단백질 세포의 형성을 방해하며, 건강한 면역체계를 가진 사람이라면 쉽게 피해갔을 질병에 취약하게 만드는 또 다른 레트로바이러스인 HIV와 아주 비슷하게 작용한다. 2010년의 연구에서는 노제마 병원균에 감염된 봉군에 레스토바이러스 수치가 건강한 봉군보다 2~3배 더 높았다는 사실을 밝혀냈다. 노제마 병원균과 바이러스가 동시에 존재하면 봉군의 붕괴에 대한 강한 예측변수가 되는 것이다.

그 뒤 몬태나 팀이 그 해에 실시한 또 다른 연구에서는 바이오테러리

즘 공격을 실험하기 위해 개발된 군사기술을 이용해, 이전에는 꿀벌에서 발견되지 않았던 '곤충 무지개 바이러스(insect iridescent virus)'라는 병원균이 발견되었으며 이 바이러스는 노제마 병원균과 함께 CCD 손실에 아주 강한 연관성이 있음을 알아냈다. 이 연구는 많은 관심을 받았다. 또다시 사태가 해결되었다고 선언하는 신문기사들이 범람했지만, 사실 이 연구는 전국의 봉군에 영향을 준 병원균은 하나 이상이며 우리는 왜 그런 작용을 보이는지 모른다는 개념을 재확인한 것뿐이었다.

CCD 미스터리를 해결하기 위해 애쓰는 많은 과학자들은 이 병에 대한 책임이 한 가지 요인에만 있는 것이 아니라고 결론을 내렸다. 대신, 여러 요인들이 결합하여 CCD가 생긴 것이다. 병원균과 여러 변수들, 예컨대 영양, 날씨, 바로아 응애, 살충제, 그리고 장거리 양봉이라는 현대적인 곤욕들 사이에 어떤 상호작용이 일어난 것이다. 밀러의 말이다. "나는 여전히 능지처참 이론으로 돌아가게 됩니다. 스트레스와 병원균의 축적, 화학물질, 극도의 자극, 기아에 가까운 상태 등 우리의 행동으로 인해 누적된 요인들이 어떤 결합작용을 일으켰다는 것입니다." 봉군은 스트레스로 고통받고 있고, 스트레스를 받은 봉군은 모든 종류의 질병에 취약한 것으로 나타난다. 물론 이것은 고도의 지능이 요구되는 일이 아니다.

로렌조 랭스트로스가 양봉에 대한 10번째 금언을 말한 것은 1850년대의 일이다. "수익성 있는 양봉의 핵심은 19세기 양봉업계의 현인인 요한 네포무크 웨틀의 황금법칙에 담겨 있다. 가축을 건강하게 유지하라. 이것에 성공하지 못한다면 벌에 더 많은 돈을 투자할수록 손실은 더욱 커져만 갈 것이다." 그러나 양봉가들은 가장 간단한 법칙조차도 어떻게 지켜야 할지 더 이상 확신하지 못하고 있다. CCD라는 명칭이 생긴 지 5년이 지난 지금, 확실한 단 한 가지는 "CCD로 인해 죽는 벌들이 그렇지 않은 벌보다 더 많이 아프다"는 사실뿐이라고 반엔젤스도르프는 말한다.

아픈 벌들은 몇 가지 혜택을 제공하기도 한다. 아픈 벌들로 인해 건강한 벌들에 대한 가루받이 비용이 상승하는 것이다. 아픈 벌들, 특히 이해할 수 없는 방식으로 집단사하는 벌들은 언론의 호기심을 자극하고 도시인들과 환경운동가들, 식도락가 등 전에는 벌에 별 관심도 없던 새로운 사람들이 꿀벌에 대해 관심을 갖도록 만들었다. 이제 이들은 관심을 갖게 되었다. 벌들에 대한 글을 읽고 걱정해주며 정원에 꽃을 심고 현지에서 벌을 사서 지붕에 벌통을 설치한다. 수년간 도시의 스프롤 현상으로 인해 양봉장을 잃은 양봉가들은 이제 갑자기 벌들을 도와줄 수 있는 최적의 장소를 제공한다는 낯선 사람들에게서 전화를 받고 있다.

아픈 벌들로 인해 존 밀러와 같은 사람들이 방송에 많이 출연하게 되었다. 밀러는 언젠가 내게 이렇게 말했다. "관심을 가지는 것은 쉽고 인식은 어렵습니다. 나는 강한 관심을 이끌어내고 있는 셈이지요." 최근의 대학살로 인해 밀러와 동료들은 관심을 많이 받게 되었다. 2007

년 2월, CCD 이야기가 처음 알려졌을 때, 어느 날 아침 데이브 하켄버그는 아들에게서 전화를 받았다. 아들은 하켄버그가《필라델피아 인콰이어러(Philadelphia Inquirer)》 표지에 실렸다고 말했다. 하켄버그의 말을 들어보자. "다음 이틀 동안, 친구 녀석 하나가 말하길 제가 세계 480여 개의 신문에 실렸다고 하더군요." 첫 달에 그는 방송사와 5천 분을 넘게 휴대전화로 통화했다. 그리고 3개월 후 전화기가 고장났다. 엄청난 금액이 적힌 고지서를 받은 후, 하켄버그는 휴대전화 회사에 전화를 걸었다. "저는 그들에게 제 이야기를 들려주었어요. 그랬더니 그 사람이 '아, 네. 저도 읽었어요'라고 말하더군요." 그리고 그들은 하켄버그에게 무제한으로 휴대전화를 사용할 수 있게 해주었다. 가끔은 언론의 사랑을 받는다는 것이 힘들 때도 있다.

하켄버그는 20~25퍼센트의 시간을 CCD에 타격을 입은 양봉가라는 역할을 해내야 했고 그 시간만큼 그는 양봉업을 어떻게 유지해나갈지 생각할 수 없었다. 그래서 그는 4년 연속 극심한 손실을 입어야 했고, 겨우 파산만 면하는 정도였다. "무언가를 발견한 사람이 되길 원한 적은 없었어요." 하켄버그가 말했다.

그러나 CCD로 인해 양봉가들에 대한 관심 역시 생겨났다. 오늘날 벌들을 키우기 위해 요구되는 노고와 어려운 길을 추구하는 양봉가들이 느끼는 돈키호테와 같은 기쁨들을 고려할 때, 이미 한참 전에 인지되었어야 하는 것이었지만 말이다. 아마도 그래서 내가 밀러에게 이끌렸던 것 같다. 비록 나는 아주 오랫동안 꿀을 끔찍하게 좋아했지만 벌에 대해 어떤 특별한 애착을 가졌던 것은 아니다. 그러나 양봉가들은 다르다. 이들은 영웅과도 같고 비극의 주인공과도 같으며 모순 덩어리다. 양봉가들은 힘든 일을 한다. 나는 그 사실을 인정한다. 나는 작가보다 훨씬 상식에서 벗어나며, 훨씬 더 경제적으로 둔감하고, 더 외로운 직업을 우연히 발견한 셈이다. 그래서 양봉가들은 어느 정도 인정을 받을 만한 자격이 있다.

CCD의 시작은 우연히도 타이밍이 아주 좋았다. 겨우 몇 달 전, 꿀벌의 게놈이 해독되어 그 구조와 강점, 약점에 대한 새로운 정보를 얻을 수 있게 되었던 것이다. 일단의 과학자들이 워싱턴 D.C.에서 만나 꿀벌과 호박벌, 토종벌, 새 등 가루받이 매개자가 모두 감소하고 있다는 보고서를 발표했다. 예를 들어, 펜실베이니아 주는 지난 150년간의 꿀벌 개체수에 대해 조사를 벌였고, 반엔젤스도르프에 따르면 400개 이상의 꿀벌 종을 확인했다고 한다. 1950년 이후 그 중 32종이 모습을 감췄다. 박쥐 역시 '박쥐괴질(white nose syndrome)'이라는 희귀한 질병 탓에 대거 사라졌다. 박쥐도 다른 동물들처럼 좋아하는 사람들이 있을지 모르지만, 아직까지 대중들은 이들의 곤경에 훨씬 적은 관심을 보이고 있다. "박쥐를 키우지 않고 꿀벌을 키워서 다행이지요." 2008년의 연설에서 반엔젤스도르프는 이렇게 고백했다. 박쥐에 대해서는 대중들이 동정심을 적게 보이고 있다. 즉, 박쥐에 대한 연구에 쓸 돈 역시 적다는 의미다.

최근에는 꿀벌 연구에 좀 더 많은 돈이 투자되고 있다. 대중들이 이제 벌에 관심을 보이기 때문이다. CCD가 기승을 부리던 해에 가루받이 비용이 전례 없이 치솟자, 가루받이에 필요한 수준만큼만 관심을 보이던 아몬드 업계는 이제 벌에 대해서 훨씬 더 많은 관심을 보이고 꿀벌 연구에 그 어느 때보다 더 많은 돈을 쏟아붓고 있다. 그리고 새로운 연구비와 CCD라는 강력한 미스터리는 새로운 과학자들을 끌어들이고 있다. 이들은 원래 인간의 유전자와 전염병을 연구하기 위해 개발된 새로운 기술을 도입해 꿀벌 연구에 적용하고 있다. 얄궂게도, CCD는 가루받이 중개업자인 조 트레이너의 말에 의하면, 미국 양봉업계에 '수백억 달러짜리 선물'이 되었다. 그는 이렇게 썼다. "양봉업계가 아몬드 경작자들과 양봉가들이 직면한 문제에 시달리는 사람들을 설득하기 위해 홍보회사를 고용한다면, 수백만 달러는 필요할 것이다."

CCD는 벌에게 악영향을 미쳤지만, 벌의 이미지에는 좋은 영향을 미쳤다. 꿀벌은 다른 곤충에 비해 늘 장점을 가지고 있었다. 솜털이 보송보송하고, 줄무늬가 있으며 아기에게 꿀벌 모양 옷을 입히면 매우 귀엽다. 게다가 벌꿀도 만들어낸다. 이제, CCD 이후 벌들은 비극적인 카리스마를 가졌다는 멋도 지니게 되었다. 꿀벌은 판다와 북극곰, 그리고 여타의 위기에 처한 야생동물들처럼 우리의 심금을 울리고 있다. 우리가 꿀벌에 대해 갖는 동정심은 그것이 곤충에 불과하다는 것을 고려할 때 더욱 더 놀라운 일이다. 독침을 쏘고 윙윙 소리를 내며 예측이 불가능하고 발로 밟으면 으스러진다. 그리고 미국에서는 한 번도 실제 야생으로 있어본 적도 없다. 토착종이 아니기 때문이다. 그러나 그럼에도 불구하고, 지금은 꿀벌을 위한 15분이기도 하다.

마를라 스피박(Marla Spivak)은 "사람들이 벌에 대한 과대광고에 홀리는 시간입니다"라고 말한다. 그녀는 이 분야에서 가장 활동적인 과학자로, 최근 꿀벌 유전자에 대한 연구 업적을 인정받아 맥아더 천재상을 받았다. "처음 저는 불편했어요. 벌에게 닥친 문제를 기회로 삼고 싶지 않았어요. 그러다 깨달았죠. '잠깐만, 사람들이 알기 시작했잖아'. 사람들은 벌들이 얼마나 소중한지 알게 되었어요. 벌들의 질병에 대해서는 절대로 이해하지 못하겠지만, 벌에게는 꽃이 필요한데 이제 꽃이 별로 없다는 사실, 그리고 남은 꽃 중 다수가 살충제에 오염되어 있다는 사실을 알게 될 거예요. 우리가 사람들에게 정원을 가꾸고 꽃을 심으면서 살충제를 멀리하라고 권장할 수 있다면, 그건 정말 멋진 문화적 변혁인 셈이지요. 이런 사실을 알리는 것은 과대광고가 될 수 없어요."

그래서 벌들은 또 다른 직무를 맡게 되었다. 꽃을 가루받이하고 여왕벌과 새끼들에게 먹이를 주며 벌집을 짓고 지키는 일이 충분하지 않은 것처럼, 사람들은 벌들에게 산업과 이타심, 공동체, 가정, 그리고 최근에는 외골격을 가진 '탄광 속 카나리아'의 상징과 같은 은유적 임무를 부여하고 있다. 이 말은 예전에 탄광 내부의 유독가스를 점검하기 위해 카나리아를 갱도에 들여보낸 데서 유래된 말로 어떤 '징조'를 미리 알아보는 방법을 가리킨다. 대중들이 군집 붕괴 현상에 열광하는 것은 벌들이 『침묵의 봄』에 당착했다고 믿고 있기 때문이다. 이것은 미국의 생태학자 레이첼 카슨이 쓴 책으로, 살충제, 살균제 등 농약의 남용이 생태학적 위기를 초래하며 작은 새가 지저귀는 봄을 침묵케 한다는 것을 경고했다. 마치 우리가 자연에 대해 저지른 죄에 대한 징벌의 징조와 같다는 것이다.

죽어가는 벌들은 우리가 환경에 저지른 죄악에 대한, 그리고 화학

산업의 죄악에 대한 징벌의 징조다. 사람들은 벌에게 많은 의무를 지어 주고, 벌들은 그 의무를 받아들인다. 마치 다른 모든 임무들을 받아들여왔던 것처럼 말이다. 벌들에게는 어떻게 살지 혹은 짧은 생에 무엇을 할지 혹은 어떻게 죽을지 결정할 권한이 별로 없다. 꿀벌은 작은 생명체이지만 예언이라는 엄청난 짐을 지고 있는 것이 분명하다.

"스스로의 힘으로 살아남은 종들만 사육하라"

곤충학자들이 정밀한 메커니즘의
저항력을 갖추고,
지금의 벌들이 하는 모든 일은
다 하면서도 새로운 해충에
맞서 싸울 수 있는 마법의 꿀벌을
만들어내기 전까지
더 나은 벌을 만들어내는
확실한 방법은 오직 하나뿐이다.
살아남은 것들을 골라
그 놈들만 사육하는 것이다.
나머지는 죽게 내버려두어야 한다.
존 밀러는 스스로의 힘으로 살아남은
벌들에게 많은 존경심을 품고 있다.
그 벌들은 인내하고 재건할 수 있는
무한한 능력을 갖춘 단련된 벌들이고,
곤충학자와 사육자, 여왕벌 사육자들,
그리고 특히 성실한 양봉가들에게 잡히지
않는 신비로운 생존 능력을 가진 벌들이다.

7

4월 초 매일 아침 5시가 조금 못 된 시간이면, 피곤에 지친 양봉가 한 사람이 트럭을 캘리포니아 주 치코에 있는 주차장에 세우고 하얀 밴 앞좌석에 중간 크기의 스티로폼 아이스박스를 놓는다. 이 노스밸리 셔틀버스가 승객들을 태우고 고속도로로 나가 새크라멘토 공항으로 이동하는 동안 아이스박스는 운전기사 옆에 놓여 있다. 셔틀버스에는 최대 15명의 승객이 탈 수 있지만 아몬드 꽃잎이 떨어진 초봄에 치코에서 출발하는 새벽 5시 버스에는 허가된 승객 수의 15배 이상이 타고 있을 거라고 예상할 수 있다. 운전기사와 요금을 낸 인간 승객들, 그리고 빽빽하게 앞좌석을 차지한 250마리의 작은 여행객들.

6시 10분이면, 존 밀러의 직원 중 한 사람이 뉴캐슬을 떠나 새크라멘토 공항 권역 내에 있는 아르코 정거장으로 와 셔틀버스를 맞이한다. 정확히 7시에 셔틀버스가 도착하면, "창문을 세 번 긁어 운전기사에게 사전에 합의된 비밀 액션 코드를 알려준다"고 밀러는 말하지만 정말 그렇게 하리라고는 아무도 믿지 않는다.

직원은 벌 그림이 그려진 밀러의 픽업트럭 조수석으로 아이스박스를 가지고 온 후, 빈 아이스박스와 꿀 한 병을 운전기사에게 건네주고,

"방향 지시등도 켜지 않은 채 출발한다." 15일째 되는 날이라 시간을 낭비할 수 없기 때문이다. 16일째 되는 날이거나 15.5일째 되는 날이라면 이미 너무 늦은 것이다. 시간이 지체되면 엄청난 대학살이 뒤따른다. 지금은 잠깐 쉬며 커피 한 잔 마실 여유도 없다. 트럭은 잠깐 비품을 살 시간만큼만 멈추고 최근 조성된 양봉장으로 아이스박스를 실어 나른다. 그곳에는 벌들이 겨자꽃 사이에서 불만과 불안에 가득 차 날아다니고 있다.

직원들은 스티로폼 뚜껑을 열어 달걀껍질 같은 발포 고무 내벽과 더운 물이 들어 있는 500밀리리터 병, 그리고 축축하게 젖은 티셔츠 몇 벌을 제거한 후 밀랍으로 둘러싸인 총알 모양 플라스틱 플러그를 끄집어낸다. 직원들은 각각의 벌통 뚜껑을 열어 2번과 3번 틀 사이에 4분의 1 크기의 공간을 만들어, 살살, 아주 살살 두 틀의 상단 막대 사이에 플러그를 놓고, 조심스럽게 뚜껑을 다시 올려놓은 후, 작은 주둥이가 밀랍 뚜껑을 갉아먹어 작은 더듬이 한 쌍과 작은 머리, 그리고 우아한 럭비공 모양의 몸통이 나타날 때까지 몇 분 혹은 몇 시간 동안 인내심을 가지고 기다린다. 그러고 나면 더 이상 기다릴 것도, 더 이상 혼란스러워할 것도 없다. 젊고 건강할 거라고 예상되는 처녀 여왕벌이 작은 방에서 기어나오면, 새로 만들어진 벌통에서 리더를 잃고 혼란스러워하던 벌들은 꽃꿀과 꽃가루를 모으고 명령을 받들 이유를 찾게 된다. 봄은 영광을 맞이하고 미래는 어서 오라고 손짓한다.

양봉에서 타이밍은 모든 것이다. 하지만 대부분의 경우, 즉 꿀이 흐르는 때를 기다리고, 벌통에 월동 장비를 해줄 때 며칠 차이는 큰 의미가 없다. 그러나 양봉가가 봉군을 분리하고 벌통에 새로운 여왕벌을 집어넣을 때에는 시간을 어길 수 없다. 그날, 양봉가는 봉군 하나를 두 개 혹은 세 개로 나누어 새로운 '핵'을 만든다. 기본 뼈대와 핵만 남은 벌통에는 새로운 여왕벌 한 마리와 새끼 벌들이 들어 있는 틀 두어 개, 꽃꿀과 꽃가루가 들어 있는 틀 두어 개를 넣어주고 남은 빈 틀에는 벌들이 새끼와 꿀, 꽃가루를 새로 채울 수 있게 만들어준다.

3월 말 벌들이 아몬드 노역에서 해방되면, 밀러는 벌통 중 절반은 사과 가루받이를 하러 워싱턴 주로 보낸다. 그리고 나머지 절반은 뉴캐슬에 있는 집으로 데려와 나누고 '핵'을 만든 후 새로운 여왕벌을 넣어준다. 이 작업에는 엄청난 정밀함이 필요하다. 완벽해서 나눌 수 없을 것 같던 벌통 한 단위를 인간이 불안정한 몇 단위로 나눠야 하기 때문이다. 섬세한 손길이 필요한 작업이다. 3월 17일에 태어난 알이라면, 처녀 여왕벌은 4월 2일에 부화한다. 더 늦지도 더 이르지도 않게 정확하게 그날 부화한다. 그리고 이보다 3일 먼저 핵을 만들어야 벌들은 새로운 여왕벌을 받아들인다. 오차 범위는 있을 수 없다. 여왕벌은 4월 6일에서 13일 사이에 짝짓기 비행을 하고 18일까지 비행을 끝마친다. 그리고 5일간 난소가 성숙되길 기다린 후 알을 낳기 시작한다. 4월 22일이 되면 양봉가는 육아실 안에 알을 낳는 패턴을 관찰해 여왕벌이 살아남았고 생식에 성공했는지 확인해야만 한다.

대부분의 양봉가들은 봉군을 나누기 위해 양봉장을 옮겨다닌다. 빈 벌통과 틀, 그리고 운반대를 각각의 양봉장으로 끌고 다니며 벌통을 열어 여왕벌을 찾아낸다. 생식활동이 아주 활발한 여왕벌이라면, 일부 양봉가들은 그 여왕벌이 1년 더 남아 있을 수 있도록 놔둔다. 그러나 대부분의 양봉가들은 기존의 여왕벌들을 죽여버린다. 사람과 마찬가지로, 벌들도 어릴수록 생식능력이 활발하다. 게다가 하루에 2천 개의 알을 낳는 여왕벌 대신 200개의 알을 낳는 여왕벌을 가지고 한 해를 모험해보고 싶은 사람은 없다.

양봉가는 기존의 벌통에서 틀 절반을 꺼내 새로운 벌통 두 개, 가끔은 세 개에 설치하고 각각의 벌통 속에 빈 공간은 빈 틀로 채운다. 그러고 나서 이들은 새로 만든 벌통을 3일간 내버려두어 예전의 여왕벌이 다시 돌아오지 않는다는 것에 일벌들이 익숙해지도록 한다. 새로운 여왕벌이 내뿜는 낯선 페로몬을 너무 일찍 감지하게 되면, 벌통 속의 벌들은 여왕벌을 독침으로 쏘거나 찢어버리거나 혹은 '공 만들기'라는, 단체로 달려들어 감싸 질식시키거나 고열로 죽게 만드는 방법을 사용해 죽인다. 그러나 일단 예전 여왕벌의 화학물질에 대한 기억이 사라지게 되면, 통신 판매로 구입한 여왕벌을 핵에 넣기가 용이해진다. 그리고 이러한 분리를 통한 증식으로 벌통 하나는 여러 개로 나뉠 수 있고, 겨울 동안의 손실은 만회되며, 지난 한 해, 혹은 지난 5년, 혹은 지난 20년 동안과는 달리 이번 해는 풍년을 맞이할 거라는 희망이 생겨난다.

이것이 바로 대부분 양봉가들이 사용하는 분봉 방식이다. 존 밀러 역시 선호했을 방식이다. 만약 그가 소유한 양봉장이 소규모라면, 혹은 시에라 산맥의 넓은 지역에 걸쳐 많은 양봉장이 흩어져 있지 않다면, 혹은 이 양봉장에서 저 양봉장으로 전 직원과 필요한 모든 도구들을 가지고 다니지 않아도 된다면, 혹은 다른 사람이 되어서 양봉을 좀 더 효율적으로 만드는 데 강박적이지 않다면 말이다. 그러나 3월과 4월, 2주반이라는 기간에 걸쳐 직원들을 여기저기 끌고 다니는 대신, 밀러는 벌통 3,500개를 싣고 뉴캐슬로 온다. 그리고 본부가 되는 양봉장 아래 공터에 설치한 텐트 안에서, 그는 자신이 고안해내고, 상표 등록한 '핵 만들기 기계'를 작동한다.

이 기계에는 Y자 모양의 컨베이어 벨트가 있어 노동 집약적인 벌통 나누기를 기계적으로 수행한다. 우선, 직원 한 사람이 벌통 뚜껑을 열어 움직이는 벨트 위에 올려놓는다. 이 벨트는 돌출된 부분으로 벌통을 이송해, 벌통 안의 틀 위에 붙은 밀랍과 프로폴리스를 제거하도록 해준다. 그런 후 벌통은 페달로 움직이는 프로펠러로 이송되어 벌통 본체 아래에서 틀을 밀어 제거한다. 또 다른 직원은 그 틀을 들어올려 구분해서 쌓아놓는다. 하나는 꿀이 저장되어 있는 틀이고, 또 하나는 꽃가루가 저장된 곳이다. 또 다른 하나는 육아실이 들어 있는 틀이다. 일반적으로 이 틀에서 여왕벌이 발견된다. 그리고 이를 발견한 직원들은 가끔은 새로운 여왕벌에게 경쟁자가 없도록 짓눌러 죽인다. 그러나 보통은 그냥 둔다. 밀러는 이렇게 말한다. "핵 만들기라는 드라마에서 살아남는다면 그 여왕벌은 아주 훌륭한 녀석입니다."

조립 라인은 거기서 나뉘어, 직원 하나가 Y자 모양으로 생긴 각각의 갈래에 두 개의 빈 벌통을 올려놓고 라인을 따라 흘러가게 하면, 다른 직원들이 벌통에 육아실과 꿀 저장고, 꽃가루 저장고, 그리고 빈 틀을 채워넣은 후 운반대 위에 쌓는다. 운반대 하나에 벌통 4개가 쌓여 채워지면 공터 끝으로 지게차에 실려 간다. 새로운 벌통으로 옮겨진 벌들은 그날 밤을 혼란과 이별의 슬픔으로 새우고 다음 날 아침이 되면 새로운 여왕벌을 기다리러 양봉장으로 옮겨진다.

존 밀러가 발명한 대부분의 양봉 방식처럼 그의 핵 만들기 기계는 선견지명을 가지고 만들어졌다. 빛기둥(모르몬교의 교조인 J. 스미스는 숲에서 기도 중 빛기둥 가운데에 서 있는 하느님과 예수를 보았고, 이 사건을 모르몬교의 시발점으로 본다 - 옮긴이)과 같은 것을 통해 자신들의 미래상을 받아들였던 모르몬교도 선조들과 달리, 밀러는 자신의 미래상을 운동하면서, 특히 레그 리프트를 하면서 발견했다. 어쨌든 핵 만들기 기계는 그렇게 하다가 만들어졌다. 체육관에서 밀러는 7킬로그램짜리 덤벨을 들고 10회 실시하는 레그 리프트 동작을 5세트 하던 중 바로 눈앞에서 핵 만들기 기계를 떠올렸다.

그 아이디어는 밀러 혼자만의 것은 아니었다. 밀러는 이렇게 말하는 것을 좋아한다. "좋은 아이디어는 훔쳐내죠." 이 기계는 유타 주 파로완에 사는 코웬스에게서 훔친 것이다. 틀 위에 있는 밀랍을 제거하는 프로펠러가 바로 그에게서 훔친 아이디어다. 그러나 밀러에게서 핵 만들기 기계 아이디어를 훔치려는 양봉가는 없는 것 같다. 떼를 지어 이동하다 죽는 벌의 수가 더 적기 때문에 밀러도 양봉장을 돌아다니며 분봉하는 것을 선호하지만, 죽는 벌로 인한 비용보다 인건비를 더 크게 아낄 수 있다. 자신의 기계를 이용해 밀러는 한 시간에 200개의 벌통을 나눈다. 일반적인 방법을 사용하면 아무리 능률이 좋은 직원들이라 해도 하루에 단 80개의 분봉만 가능하다. 그러나 밀러의 동료 대부분은 핵 만들기 기계가 위험하다고 생각한다. 밀러의 발명은 거의 아무런 변화도 만들어내지 못했다.

공정하게 말하면, 밀러의 핵 만들기 기계는 정말로 지독한 것이다. 이것을 가장 먼저 인정한 사람도 밀러 자신이다. 현명한 사람이라면, 완벽하게 양봉용 복장과 베일을 갖추고 장갑을 이중으로 끼지 않은 경우 텐트에 접근조차 하지 않는다. 화가 나고 혼란에 빠진 벌들은 마치 시커먼 폭풍우처럼 하늘을 뒤덮다가 텐트 꼭대기나 직원들의 정수리, 엉덩이 골 등 따뜻한 온기가 느껴지는 곳에 내려앉는다. 벌들은 소용돌이치며 날다가 급강하하며 마치 팝콘이 튀는 것처럼 베일에 달려든다. 근처 나뭇가지는 탈출한 벌떼로 인해 아래로 처지고, 밀러는 저녁 무렵 벌들의 분노가 가라앉았을 때 빈 벌통을 들고 다가가 벌들을 구슬려 들여보낸다. 심지어 언덕 위에 있는 밀러의 사무실에도 하늘은 온통 집에서 쫓겨나 화가 난 벌들로 가득하다(이곳이 바로 내 두피를 명중당한 장소다). 벌들은 하늘을 가르고 날아와 커피 캔과 꿀통, 그리고 관목 위에 무리를 지어 앉는다. 밀러의 사무실 안에 있는 카펫을 망쳐놓기도 한다.

분봉은 벌들에게는 전혀 즐겁지 않은 일이고 양봉가들에게도 재미있는 일이 아니다. 분봉 시기 동안, 밀러의 손과 장갑은 독침의 흔적으로 얼룩덜룩해진다. 그는 꿈에서도 벌들을 본다. 하지만 더 나은 선택의 여지가 없다는 사실을 알고 있다. 자신의 벌들과 사업, 그리고 실제로 미국 꿀벌의 생존이 이 격렬한 봄날의 의식에 달려 있기 때문이다.

여기에 놀라운 사실이 존재한다. 최근의 대학살에도 불구하고, 양봉업의 벌통 수는 변하지 않았다는 점이다. 개개의 꿀벌은 상상도 못할 만큼 연약하지만 집단으로서, 종으로서의 꿀벌은 엄청난 회생 능력을 가지고 있다. 일도 열심히 한다. 기억하는가? 여왕벌 한 마리가 하루에 낳는 알의 개수는 수천 개에 달해 벌통 하나를 다시 만들어낼 수 있다는 것을 말이다. 이것은 꿀벌들이 매일 닥치는 불행에서 회복하기 위해 사용하는 전략이자, 존 밀러와 같은 양봉가들이 잃어버린 벌통을 벌충하기 위해 쓰는 전략이기도 하다.

매년 봄, 훌륭하고 강인한 새 여왕벌을 넣어주면 겨울의 대학살로 잃은 많은 부분은 잊힐 수 있다. 새로운 여왕벌이 없으면 양봉가의 벌 중 20퍼센트는 풍년이 든 해에 꿀이 흐르는 동안 아무런 성과도 내지 못할 것이다. 새로운 여왕벌이 없으면 최근 나쁜 일이 벌어졌던 해 동안 전국 봉군의 숫자는 형편없이 곤두박질쳤을 것이다. 여왕벌을 새로 넣어주는 것은 또한 임박한 꿀벌의 종말에 대한 예언이 틀렸다는 증거이기도 하다. 계속 살아갈 수 있게 해주는 양봉가들이 있어 꿀벌들은 운이 좋다. 90만 개의 작은 뉴런이 들어 있는 뇌를 가진 꿀벌들이 유기체로서 생존을 위한 걸림돌을 넘어서는 그 정도로 요령을 가지고 있을 거라고 생각했던 사람은 없었다. 벌들이 앞날을 생각하지 않는 이 인간들의 협조를 통해 매년 온갖 종류의 고통스러운 수모를 각오하면서 얼마나 번영을 누리고 있는지 보라. 얼마나 현명한가?

여왕벌은 봉군의 핵심이다. 벌들을 관찰해본 적이 있거나 은유를 좋아하는 사람이라면 모두 아는 사실이다. 여왕벌의 몸은 길고 호리호리하며, 일벌보다 날개가 짧고 수벌보다 늘씬한 몸매를 가지고 있다. 로렌조 랭스트로스의 표현에 의하면 여왕벌은 봉군 속 유일한 "완벽한 여성"이다. 수컷 알과 암컷 알 모두를 낳을 수 있는 단 하나의 생명체다. 유사시에는 일부 일벌들도 수벌을 낳을 수는 있으나, 오직 여왕벌만이 완벽하게 성숙한 난소를 이용해 봉군의 근간을 이룰 암컷 일벌과 수벌을 낳을 수 있다.

여왕벌은 알을 낳는다. 번식의 절정기에, 여왕벌 한 마리는 하루에 최대 3천 개의 알을 낳을 수 있다. 방마다 돌아다니며 끝이 뾰족한 엉덩이를 밀어넣은 후, 똑바로 세워진 거의 쌀알 크기만 한 알을 낳고 간다. 시간과 관심, 보살핌과 먹이주기를 통해 어린 벌로 자라날 알들이다. 여왕벌은 혼자 힘으로 벌통을 일벌로 채운다. 갓 부화한 양육벌들은 벌통을 청소하고 새끼들을 돌보며 여왕벌에게 먹이를 공급하고 방을 만든다. 두어 주가 지나면 문지기벌이 되어 침입자에게서 벌통을 보호하고, 그후에는 먹이구하기 벌이 되어 꿀과 꽃가루, 프로폴리스를 찾아 떠돌며 짧은 생을 마감한다.

여왕벌은 수벌도 낳는다. 찰스 버틀러의 표현을 빌리면, "수벌들은 교미 비행에서 정자가 필요하게 될 경우에 대비해, 빈둥거리고 과식과 무위를 일삼으며 다른 벌들의 땀으로 살아간다." 여왕벌의 유례없는 생식 능력과 강력한 페로몬의 영향력이 없으면, 그 영향권 내에 있는 수천 마리의 벌들은 엄청난 상실감에 빠진다. 랭스트로스는 이렇게 썼다.

> 여왕벌을 벌통에서 제거하면
>
> 상실을 확인하자마자 전체 봉군은 가장 극심한 동요 상태에 빠진다.

아무도 일을 하지 않고 버려둔다. 벌들은 벌집을 거칠게 뒤지고,
빈번하게 벌통 밖으로 뛰쳐나가 사랑하는 어머니를 걱정스러운 듯 찾아다닌다.
여왕벌을 찾을 수 없으면, 벌들은 적막한 집으로 돌아와
슬픔이 담긴 음색으로 통탄스러운 재앙에 대한 깊은 감정을 드러낸다.
그럴 때 벌들의 음색은, 특히 처음으로 상실을 알았을 때는,
유별나게 애절한 특징을 갖는다.
마치 단조 선율로 쉼 없이 울부짖는 것처럼 들린다.

여왕벌은 벌들과 양봉가 모두에게 똑같이 강력한 영향력을 행사한다. 양봉가들은 여왕벌이 지배하는 북적거리는 벌통을 보는 것을 가장 좋아한다. 그리고 그 누구보다 먼저 여왕벌을 찾아낼 수 있다는 사실에 자랑스러워한다. 여왕벌은 항상 벌통 바닥에 있는 이중 깊이의 육아실에서 찾을 수 있다. 보통 내부 틀 중 하나에 있으며 몸단장을 해주고 먹이를 주며 여왕벌의 페로몬을 봉군 곳곳으로 퍼뜨리는 일벌들이 소용돌이 모양으로 둘러싼 한가운데에 있다.

여왕벌의 영향력은 마치 연못의 파문처럼 사방으로 퍼져나간다. 여왕벌은 쇼의 스타다. 무리를 지배한다. 여왕벌은 1년에서 5년까지 살 수 있으나 일벌은 평균 1개월에서 4개월까지 살 수 있다. 여왕벌의 생명을 보존하는 것은 봉군의 생존에 필수적이다. 어떤 치명적인 사고가 있어도 가장 마지막에 죽는 것은 여왕벌이다. 여왕벌이 없으면 다른 벌들도 죽기 때문이다. 랭스트로스의 글에 의하면, 봉군에 "여왕이 없어

절망에 빠지면, 파멸은 확실하다. 평범한 벌들이 벌통을 힘차게 나서 사소한 도발에도 목숨을 내놓을 준비를 하는 반면, 여왕벌만은 수천 마리의 무리 속에 더욱 깊이 자신을 묻는다." 여왕벌은 봉군의 지배자이자 가장 중요한 수감자이기도 하다. 넓은 세상으로 나가 사랑 없는 비행을 짧게 끝마친 뒤에는 알 낳는 기계가 되어 육아실이 있는 벌통의 맨 밑에서 여생을 갇혀 살게 된다. 그러다 생식능력이 약해지면 더 젊은 여왕벌에게 밀려 인정사정없이 내던져진다.

자연 속에서 여왕벌은 극심한 공황이나 번영 상태에서 출현한다. 여왕벌이 죽거나 봉군을 유지하기에 충분한 알을 낳지 못할 때, 벌들은 로열 젤리(양육벌이 분비하는 걸쭉한 크림 같은 물질)를 갓 부화한 유충 여러 마리에게 먹인다. 로열 젤리를 먹지 않으면 일벌로 자라날 유충들이다. 물론 모든 유충들은 부화 후 2~3일간 꿀과 로열 젤리 혼합물을 먹지만, 여왕벌로 키워내려면 오직 로열 젤리만, 그것도 유충기 전 기간 동안 엄청난 양을 먹여야 한다. 여왕벌이 수정란을 낳을 수 있을 만큼 성숙된 난소의 형성을 자극하기 때문이다. 약해진 봉군에서는, 벌들이 일벌방을 확장시켜 그 안에 있는 유충들에게 로열 젤리를 먹여 봉군이 무너지기 전에 새로운 여왕벌을 키워내려는 희망을 갖는다. 이것이 공황 상태일 때 여왕벌이 출현하는 방식이다.

번영 상태에서 출현하는 방식은 다음과 같다. 봉군이 너무 번성해서 벌집의 모든 방이 알들과 꿀, 꽃가루로 가득 차, 알을 낳거나 먹이를 저장할 곳이 더 이상 없으면 양육벌들은 고 영양 물질인 로열 젤리를 엄청나게 생산해 땅콩 모양으로 특별하게 만들어진 '분봉 방' 안에 들어 있는 일벌 유충에게 먹인다. 그렇게 새로운 여왕벌을 키우면, 늙은 여왕벌은 젊은 일벌 떼를 대동하고 공간이 넉넉한 곳을 찾아 떠날 수 있다.

두 경우 모두에서, 일벌들은 방을 봉인하고 여왕벌이 부화하길 기다린다. 가장 먼저 부화한 여왕벌은 자기 몸을 덮었던 밀랍을 먹어치우고 나와 즉각 다른 여왕벌 방을 먹어치우며 라이벌들을 독침으로 찔러 죽인다. 여왕벌의 독침에는 일벌처럼 가시가 없어 목숨을 희생하지 않고 여러 번 찌를 수 있다. 자매들을 모두 처치한 후, 필요하면 어머니를 뒤쫓기도 한다. 밀러는 "단 하나의 어머니만이 존재할 수 있다"고 말한다. 새로 태어난 여왕벌은 4~5일간 먹이를 먹다가 교미를 위해 벌통을 떠나 날아간다.

랭스트로스의 시대에는 여왕벌의 교미 비행을 '결혼 비행'이라고 불렀다. 전통주의자들에게는 그 결혼이 전혀 매력적이지 않다. 이 결혼을 좀 더 적절하게 비유하자면 아마도 매음굴로의 데뷔가 맞을 것이다. 벌통 밖, 더 넓은 세상으로 향하는 여왕벌의 여행은 전혀 로맨틱하지 않으며 성욕과 실리주의만 가득할 뿐이다. 미래의 남편들을 찾기 위해 여왕벌은 벌통에서 날아올라 매일 수백 혹은 수천 마리의 수벌들이 모여 새로운 여왕벌이 가까이서 날기를 기다리는 곳으로 향한다. 일부는 여왕벌이 소속된 봉군에서 온 것들이지만, 대부분은 멀리 떨어진 여러 봉군에서 날아온 것들이다. 따라서 어느 정도의 유전적 다양성이 보장돼, 랭스트로스의 표현에 의하면 봉군이 "'근친 교배'로 인해 약해지지" 않는다. 여왕벌은 가능한 많은 수벌들과 공중에서 성교를 한다. 일반적으로 8마리~20마리의 욕정에 가득 찬 수벌들과 교배하며, 운이 좋아 생식 목적을 완수한 수벌들은 그 자리에서 즉사한다. 그런 후에 여왕벌은 절망적으로 길을 잃거나, 돌풍으로 나무에 부딪치거나 물에 빠지지 않고, 비에 젖어 땅바닥에 떨어지거나, 새나 잠자리에게 먹히지 않고 집으로 돌아가는 길을 찾아야만 한다. 몸집이 크고 나는 속도가 느려 여왕벌은 포식동물들이 잡기 쉬운 먹이이기 때문에 일부 포식동물은 으레 수벌들이 모여 있는 장소에 숨어 있곤 한다.

또한 여왕벌은 엉뚱한 벌통으로 돌아가지 않도록 조심해야 한다. 다른 벌통으로 돌아가면 금세 독침에 쏘이고 조각조각 찢겨 버려지기 때문이다. 교미 비행 후 엉뚱한 벌통으로 들어가려고 해 잃어버린 여왕벌의 수가 가장 많다. 랭스트로스는 이것이 "무지한 양봉가들의 처참하고 부서질 듯한 모습의 벌통은 모두 모양이 달라, 최고의 방법으로 지어진 벌통들을 가진 부지런한 양봉가들보다 훨씬 더 성공적이라는 악명 높은 사실을 설명해준다"고 하며, 꼼꼼한 양봉가들은 "모든 벌통을 균일한 크기와 모양, 색으로 만들려는 자신들의 감각과 기술력에 정비례한 수의 여왕벌들을 잃어버린다"고 한다.

물론 대량 생산된 획일적인 벌통은 오늘날 표준이다. 그래서 양봉가들은 최대한 많은 표식을 동원해 분봉된 벌통을 양봉장에 흩뜨려놓고, 여왕벌들이 참고하기 쉽게 벌통을 일직선이 아니라 양봉장 곳곳에 뱀처럼 구불구불하게 배열하며, 여왕벌이 헷갈리지 않도록 벌통 입구를 제각각 다른 방향으로 배치한다. 성공적으로 돌아온 여왕벌의 난관에 있는 주머니인 수정낭에는 여러 파트너에게서 받은 약 700만 개의 정자들이 가득하고, 5일이 지나면 여왕벌은 밀랍 방바닥에 처음으로 타원형의 크림색 알을 낳는다. 그런 후 여왕벌은 계속 알을 낳는다. 교미 비행은 여왕벌이 평생 알을 낳을 수 있도록 사용될 정자를 축적할 수 있는 유일한 기회다. 정자가 모두 동이 나면, 여왕벌의 번식 생명도 끝이 난 것이다.

이것이 바로 자연에서 여왕벌이 출현하는 방식이다. 캘리포니아에서는 팻 하잇컴이라는 남자가 이 일을 돕는다. 하잇컴은 싹싹한 성격에 세 번 결혼한 경력이 있는 양봉가로, 4월 전반기 매일 아침 노스밸리 셔틀버스로 비틀거리며 나가 예컨대 존 밀러가 매년 봄 벌통에 사용할 여왕벌 방의 절반을 배송한다. 한때는 산타크루스에서 오토바이 가게를 운영했지만 벌통 하나와 새 오토바이 한 대를 맞교환하자는 친구의 설득으로 "장사는 끝을 맞이했다"고 하잇컴은 말한다. 벌들을 점점 더 축적하다 결국 오토바이 가게를 포기했다. 오토바이 가게는 하잇컴이 편안하게 느끼는 수준보다 조금 더 많은 사람들과의 접촉을 필요로 했다. 하잇컴은 "혼자서 훌쩍 떠날" 수 있는 사업을 선호했다.

나중에 여왕벌에 관심을 갖게 된 하잇컴은 북쪽으로 가서 여왕벌 사육자가 되기 위한 견습을 마치고 치코 외곽에서 몇 마일 떨어진 올랜드 농촌 지역에 땅을 샀다. 그곳에서 그는 박스 더미와 운반대, 픽업트럭, 그리고 낡은 포르쉐에 둘러싸인, 금방이라도 무너질 것 같은 알루미늄 벽을 가진 빌딩들이 늘어선 곳에 갇혀 지냈다. 하잇컴은 백발에 숱이 많고 코가 크며, 넓적하고 볼품없는 손을 가졌다. 상냥하고 낭만적이라 결혼도 세 번이나 하고 꿀벌들을 짝짓기 해주는 직업을 생업으로 삼고 있다. 지나치게 커다란 손에도 불구하고 그는 벌들을 잘 다뤄 베일은 거의 쓰지 않고 작업복이나 장갑은 절대로 끼지 않는다.

어떤 이는 그를 벌들에게 속삭이는 남자라고 일컫는다. 나도 이 말에 전적으로 동감하고 밀러도 동감한다. 밀러는 하잇컴을 최고의 양봉가라고 생각한다. 봄철에 하잇컴은 하루에 1천 마리의 여왕벌을 생산해낸다. 물론 이보다 더 많이 여왕벌을 생산해내는 이들도 있다. 45번 고속도로 바로 아래에 위치한 올드벤드에 사는 하잇컴의 이웃인 C. F. 쾨넨 앤드 손스는 하루에 3천 개의 핵을 생산해내며, 아몬드 경작자의 출자를 받은 또 다른 이웃인 레이 올리바레스는 3월 말에서 4월 초에 하루 5천 마리의 여왕벌을 생산한다.

자연 속에서 여왕벌은 쇠약해지거나 죽은 여왕벌을 대체하는 교체와 봉군을 나누기 위해 또 다른 봉군을 만들어내는 분봉이라는 예측이 불가능한 과정을 통해서 만들어진다. 그러나 하잇컴의 농장에서 여왕벌들은 집 뒤에 있는 헛간에 앉아 작업하는 두 명의 히스패닉 여성인 에스메랄다와 조지나의 빠른 손놀림을 통해 만들어진다. 헛간은 따뜻하고 모든 것을 아주 축축하게 유지하기 위해 젖은 수건이 늘어져 있다. 생명을 배양하기에는 최적이지만, 인간에게는 그리 쾌적하지 않다.

헛간 안에서 두 여성은 나무와 플라스틱으로 만들어진 핀셋 비슷한 도구를 이용해 사육용 벌통에서 꺼내온 갓 부화한 유충을 빼낸다. 사육용 벌통에는 일반적으로 대학 연구실에 돈을 주고 구입한 인공 수정된 여왕벌이 들어 있다. 이들은 플라스틱으로 된 여왕벌 방에 각각의 유충을 이식하고 44개의 또 다른 여왕벌 방들이 늘어선 특수한 틀에 거꾸로 뒤집어놓는다. 이때 유충과 함께 이식된 로열 젤리가 거꾸로 뒤집힌 방을 고정시켜주는 역할을 한다. 각각의 틀에는 날짜와 알을 낳은 사육벌의 종류가 표시되고, 두 개의 다른 이식된 틀과 함께 꿀과 꽃가루, 그리고 4킬로그램이나 되는 젊은 일벌들로 채워진 '봉방 건축소'라는 벌통 안에 설치된다. 여왕벌이 없는 일벌들은 로열 젤리를 만들어 자라나는 유충에게 연신 먹이고 플라스틱 방을 덮어 작은 밀랍 도토리 모양으로 만든다. 근본적으로 하잇컴은 비상상황을 만들어내는 것이다. 여왕벌이 없는 일벌들은 광적으로 일하며 새 여왕벌을 키워낸다. 이 방법은 봉군이 새 여왕벌을 만들어내는 공황 상태를 모방한 것이다. 그러나 하잇컴은 이들을 돕기 위해 엄청난 식량을 제공해주어 벌들이 분봉을 준비하는 번영의 상태 또한 모방하고 있는 셈이다.

여왕벌 방은 봉방 건축소에 11일하고도 반나절 동안 유지된다. 즉 알을 낳은 지 14일 지난 시점까지다. 그 이상은 안 된다. 여왕벌이 봉방 건축소에서 부화하게 되면 경쟁자들을 독침으로 쏴 죽여, 에스메랄다와 조지나의 고된 노동을 모두 엉망으로 만들 것이다. 그래서 하잇컴은 유충이 적당하게 성숙할 때까지만 방을 내버려두었다가 여왕벌이 태어나기 전에 빼낸다. 봉방 건축소에서 빼내어진 일부 부화하지 않은 여왕벌 방의 번데기들은 밀러와 같은 사람들에게 한 마리당 4달러에 팔린다. 밀러는 자신의 벌들이 유전적 연속성을 가지게 하기 위해 여왕벌들이 자기 소유의 수벌들과 교미하는 것을 선호하기 때문에 매년 하잇컴에게서 3천 개의 여왕벌 방을 구입한다. 팔리지 않은 나머지 여왕벌 방들은 아직 부화하지 않았을 때, 수벌들이 모인 곳에서 가깝고 보호 장치와 경계표지가 되는 지형이 있어 교미 비행을 마친 여왕벌들이 살아 돌아올 가능성을 높이기 위해 하잇컴이 선택한 12개 핵 양봉장 중 한 곳으로 옮겨진다.

강둑을 따라 있는 이 양봉장들은 매우 아름답다. 울퉁불퉁한 참나무와 검은 딸기나무에 둘러싸여 있으며 야생 칠면조와 살쾡이들로 북적인다. 이곳은 매우 기분 좋은 방법으로 돈을 버는 일을 택했다는 것을 상기시켜주기 때문에 하잇컴이 사랑하는 장소다. 비록 직원 20명을 부리고 벌통 6천 개를 관리해야 하며, 무솔리니의 기차 정도는 느림보처럼 보이게 만드는 철저한 일정표로 인해 쉽게 돈을 버는 것은 아니지만 말이다.

약 2주간, 하잇컴의 어린 여왕벌들도 핵 양봉장을 10여 마리의 다른 여왕벌들과 공유하며 진원의 화려함을 즐긴다. 한쪽 끝에는 이탈리아산 여왕벌들이 있고, 다른 쪽 끝에는 카르니올라산 여왕벌들이 있다. 여왕벌들이 교미를 마치고 며칠이 지나면 하잇컴의 직원 중 한 사람이 돌아와 각 벌통을 검사하며 교미 비행에서 살아 돌아와 수정란을 낳기 시작한 여왕벌들을 잡아낸다. 하잇컴은 커다란 손을 이용해 여왕벌의 가슴을 잡는다. 좀 더 솜씨가 좋은 그의 직원들은 끈질기고도 슬프게 팔락이며 떨어대는 날개를 잡는다. 하잇컴은 핵 양봉장에 놓아둔 여왕벌 중 70퍼센트를 잡아 팔 수 있을 거라고 예상한다. 작은 정사각형의 통풍이 되는 우리에 여왕벌들을 집어넣고 한 마리에 15.5달러를 받고 캘리포니아와 오레곤, 워싱턴, 그리고 심지어는 프랑스와 멕시코, 요르단처럼 멀리 떨어져 있는 곳까지 보낸다. 그런 다음 1~3일간 기다린 후, 하잇컴은 리더를 잃은 핵 벌통에 새로운, 곧 부화할 여왕벌 방을 넣어주며 모든 과정을 다시 시작한다. 그리고 그런 식으로, 꿀벌을 유지한다.

사람들이 여왕벌을 팔기 시작한 건 겨울 동안의 손실을 회복하기 위해서였다. 봄에 처음으로 꽃꿀이 흐르는 시기에 빈 벌통을 다시 채우기 위해 북쪽 지방에 사는 양봉가들은 1.3킬로그램이나 되는 벌들과 여왕벌을 우편으로 주문한다. 꿀벌 '소포'라 부르는 이것은 개체가 많은 벌통에서 칸막이가 쳐진 상자로 털어 넣어진다.

최초로 꿀벌을 우편으로 보내려 시도한 양봉가는 유명한 혁신가인 A. I. 루트다. 그는 1880년대 꿀 대용품인 설탕 시럽과 부드러운 사탕처럼 가볍고 운송이 가능한 먹이만으로도 꿀벌과 여왕벌이 몇 주간 생존할 수 있다는 사실을 보여주기 위해 실험을 수행했다. 그는 우체국에 살아 있는 벌들을 처리하도록 설득했고, 벌들을 배송하기 위해 가볍고 환기가 되는 우리를 개발했다. 오늘날에도, 미국 체신부에서는 벌들을 우편으로 보낼 때에는 특수 우편번호를 쓰라고 요구한다. 그러나 제대로 먹이 공급을 해주지 못해 루트의 벌들은 목적지에 도착하기 전에 굶어죽곤 했다. 다음 세기가 되어서야 양봉가들은 벌들이 구멍이 잔뜩 뚫린 채 거꾸로 매달린 작은 설탕 시럽통이 있으면 생존할 수 있다는 사실을 발견해냈다. 시럽은 몇 분간 뚝뚝 떨어지다가 진공 상태를 형성해 벌이 주둥이를 구멍에 찔러 넣을 때에만 흐르게 된다.

생계를 위해 모두가 여왕벌을 키울 수 있는 것은 아니다. 여왕벌 사육자는 플로리다와 조지아, 텍사스, 캘리포니아 같은 따뜻한 남부 지역에 살아야 한다. 그러면 꽃가루가 일찍 흘러 북쪽에 사는 고객의 벌들이 이제 막 깨어나기 시작할 때 남부의 벌들은 힘이 넘칠 수 있다. 많은 북부의 양봉가들은 최대한 북쪽 지역에서 벌들을 공수받길 원한다. 그래야 벌들의 여행 기간도 짧고 좀 더 추위에 잘 적응하기 때문이다. 그래서 센트럴밸리 맨 위쪽 치코 주변은 북미지역의 여왕벌 사육 중심지다. 그곳은 여왕벌 사육장이 들어설 수 있는 최북단이며, 성공적인 교미 비행을 위해 초봄에 충분히 따뜻하고 건조한 날씨가 보장되기 때문에 최소한 60개의 사육장이 위치해 있다. 밀러도 이곳에서 새로운 여왕벌을 얻는다. 절반은 하잇컴에게서 구입하고, 나머지 절반은 C. F. 쾨넨 앤드 손스에게서 공급받고 있다.

쾨넨은 8월에 여왕벌을 공급한다. C. F. 쾨넨은 상업적인 메기잡이였으며 지난 세기 초기에 새크라멘토 강둑을 따라 20에이커의 땅을 사면서 양봉으로 직업을 바꿨다. 양봉을 하며 벌들이 먹이를 구할 수 있도록 점점 더 땅을 넓혀가던 그는 결국 오렌지 농장과 호두 농장, 그리고 아몬드 농장까지 사게 되었다. 지금은 그의 아들들과 손자들이 사업을 운영하고 있다. 쾨넨 앤드 손스는 1970년대 초반 여왕벌과 견과류를 재배하면 더 많은 돈을 벌 수 있다는 사실을 발견하고 벌꿀을 팔아 돈 버는 일을 그만두었다. 이제 이들은 여왕벌과 견과를 통해 돈을 번다. 그리고 아주 성공적이다. 초봄 100일간, 쾨넨 사람들과 조립 라인에 앉은 일꾼들은 일주일에 7일간 여왕벌을 이식하고 우리에 담아

포장해서 전국으로 보낸다. 이들은 매년 25만 마리의 여왕벌을 판매한다. 쾨넨 일가의 땅은 하잇컴과 밀러의 땅과는 달리 매우 정돈되어 있다. 아름다운 목재 사무실과 함께 매년 봄 여왕벌을 이식하고 잡아내며 핵을 만들어내는 히스패닉 노동자들 10여 명을 위해 펀치카드식 출퇴근 기록기가 설치된 말끔한 방이 있다.

2007년, 쾨넨이 처음으로 20에이커의 땅을 산 지 100년이 지난 시점에 이 일가는 회사의 장수를 축하하는 파티를 열었다. 존 밀러는 쾨넨 일가의 친한 친구 1,300명과 함께 그곳에 있었다. 밀러는 이렇게 썼다.

> 우리는 이름을 확인하고 이름표를 나누어주는 체크인 테이블로 걸어갔다.
>
> 우리 앞에는 흰색 테이블보가 가득한 거대한 텐트가 세 개 있었다.
>
> 몇 분간 사람들과 어울린 후,
>
> 식탁으로 안내되었다.
>
> 식탁은 8줄로 늘어서 있었는데, 1,300명의 사람들에게 음식을 내놓는 데에는 한 시간도 채 걸리지 않았다.
>
> 최상품 소갈비와 닭 요리, 그리고 갖가지 곁들이는 음식들은 모두
>
> 일류였다.

식기는 도자기였다. 반면 밀러가 여는 파티에서는 보통 종이접시를 사용한다. 쾨넨의 파티에는 술을 마실 수 있는 바가 두 개나 있었으며 엘비스를 흉내 낸 밴드도 있었다. 그 다음은 헌사를 읽는 시간이었는

데, '다행히도 짧은 연설'로 끝났다.

밥과 빌, 그리고 집주인은 나란히 서 엽총을 선물로 받았다.

"가서 많이 쏘라"는 충고가 새겨진 것이었다.

어두워지자 서쪽 하늘에 불꽃이 터지기 시작했다. 밀러는 매년 봄 자신의 새로운 여왕벌의 절반을 생산하는 이식 작업용 헛간으로 잰을 데려갔다.

우리는 2007년 작업 계획표를 살펴보았다.

총 24만 건의 방이 만들어졌다. 이식 건수가 아니라, 실제로 방이 만들어진 개수였다.

우리는 이 가족의 성공에 경탄을 금할 수 없었다.

얼마나 대단한 사업인가.

그곳에 가게 되어 기뻤다.

로열 젤리를 만들어내는 것은 일벌이기 때문에, 오늘날의 여왕벌 사육자들은 여왕벌을 번영 혹은 공황 상태에서 키워낸다. 지금은 놀라운 속도로 벌들을 잃고 있는 대부분의 양봉가들에게는 공황 상태이고, 손실된 벌들을 채워넣는 여왕벌 사육자들에게는 번영의 상태다. 미국의 벌통 절반은 이전보다 여왕벌 교체주기가 두 배 빨라졌다. 그리고 바로아 응애와 CCD 덕분에 수요가 더욱 늘어나고 있다. 그러나 여왕벌 사육자들 역시 결국은 양봉가들이다. 그리고 돈 때문에 여왕벌을 사육하는 것도 아니다. 돈 때문이었다면, 이들은 아몬드 사육으로 업종을 전환했을 것이다. 그래서 이들은 늘어나는 수요에도 가격을 올리지 않았다. 그렇게 했다면 그것은 비열한 짓이었을 것이다. 업계를 떠나는 양봉가들은 이미 충분히 많으니 말이다.

단 수천 년 만에 인간은 벌들이 정확히 어떻게 번식을 하는지 알아냈다. 고대인들은 벌들이 썩은 고기에서 태어난다고 믿었다. 베르길리우스에 의하면, 특히 좁은 헛간에서 "내장이 파열될 때까지" 죽도록 맞다가 타임과 신선한 로즈마리를 깔은 바닥에 드러누운 "도살된 수소의 썩은 피에서" 생겨난다고 생각했다고 한다.

> 발효되면, 경이로운 새로운 생명체가
> 눈에 들어온다. 처음에는 발이 없지만, 곧
> 윙윙 소리를 내는 날개를 단다. 떼를 지어 점점 더 많은 벌들이
> 텅 빈 하늘에서 날개를 시험해보고, 그런 후에는
> 갑자기 밖으로 쏟아져 나온다. 마치 여름 하늘의 구름에서 여름 소나기가 쏟아지듯,
> 혹은 마치 파르티아의 전사들이 전쟁할 때
> 활에서 화살을 쏟아내듯.

17세기까지 사람들은 벌통의 지배자가 (당연히) 왕이라고 생각했다. 벌통을 지배하는 커다란 벌이 사실은 암벌이라는 사실을 알아낸 사람은 영국 양봉의 권위자인 찰스 버틀러다. 비록 당시 그는 알을 낳는 것이 일벌들이라고 믿고 있었지만 말이다. 17세기 후반, 네덜란드의 생물학자인 얀 스바메르담은 여왕벌이 벌통의 모든 알들을 낳는다는 사실을 밝혀냈다. 그러나 그는 여왕벌을 임신시키는 것은 수벌이 아니라 그가 '전기풍 수정낭'이라고 이름붙인 '향기를 풍기는 전기소', 즉 공중에 떠다니는 정자라고 추정했다.

결국 1788년, 프랑스의 맹인 과학자인 프랑수아 위베르가 앞을 볼 수 있는 하인 프랑수아 뷔흐넝의 도움을 받아, 벌통을 떠난 여왕벌이 떼를 지어 모인 건장한 수벌들의 추적을 받다가 정액을 가득 채워 돌아온다는 사실을 발견했다. 그는 여왕벌은 벌통 안에서 수정을 하는 것이 아니라 짧은 '처녀비행'을 하며 날면서 수정한다고 결론을 내렸다. 슬로베니아의 양봉가인 안톤 얀샤(Anton Janscha)는 이보다 15년 전에 동일한 발견을 출판했으나 그의 주장은 거의 주목을 받지 못했다. 1760년 독일의 성직자인 아담 고틀로프 쉬라크(Adam Gottlob Schirach)는 여왕벌이 없는 벌통은 어린 일벌 유충이 들어 있는 방을 넓혀 다른 음식을 먹여 새 여왕벌을 만들어낸다는 사실을 알았다. 그리고 1888년 미국의 양봉가인 G. M. 두리틀(G. M. Doolittle)이 인공 여왕벌 방을 상업화해 양봉가들이 대량으로 여왕벌을 이식하고 팔 수 있도록 해주었다.

벌을 사육하는 것은 과학이자 예술이기도 하다. 예를 들어 혈통과 교배 대상을 면밀히 감시할 수 있는 소와 달리, 가장 체계적인 퀴넨 일가의 양봉장 같은 곳에서도 일단 날아오른 발정난 여왕벌을 통제할 수 없다. 여왕벌은 까다롭지 않다. 자신을 잡을 수 있을 만큼 재빠른 수벌이면 누구든 가리지 않고 교미한다. 벌들의 유전자 형성에 영향을 미치기 위해 사육자가 할 수 있는 최선의 일은 자신이 선택한 핵에 여왕벌 방을 집어넣고 주변 지역을 자신이 선택한 수벌들로 가득 채운 후 여왕벌이 적격한 녀석과 교미하길 희망하는 것뿐이다(그러고 보니 10대 아이를 기르는 것과 별반 다를 바가 없는 과정이다). 좀 더 의도적으로 유전자를 형성하려면 여왕벌을 실험실에서 교미시켜야 한다.

오래전 18세기, 위베르는 여왕벌의 번식을 조장하기 위해 수벌의 정액에 색을 칠하려 했지만 효과가 없었다. 19세기 후반, 독일인 시계공이자 양봉가인 윌리엄 웽클러(William Wankler)는 자신의 기계 만드는 기술을 이용해 꿀벌 크기의 은색 '인공 음경'을 만들어 정액을 주입하려 했지만, 이 역시 실패로 돌아갔다. 미국 농무부 과학자인 넬슨 매클레인(Nelson McLain)은 여왕벌의 독침 주머니를 잡아 나무 죔쇠로 열어 피하 주사기로 여왕벌의 자궁에 정액을 주입하려 했지만 이 역시 효과가 없었다. 1926년, 로이드 왓슨(Lloyd Watson)이라는 이름의 양봉가가 모세혈관 주사기와 겸자, 입체 현미경, 그리고 램프를 이용해 여왕벌을 수정시키려 했다. 일부 성공을 거두긴 했지만, 그 방법론은 지속적으로 신뢰가 가는 것이 아니었다. 미국 농무부의 과학자 W. J. 놀런(W. J. Nolan)이 개발한 이와 비슷한 과정 역시 마찬가지였다.

결국, 1944년 미국 농무부 과학자인 해리 레이드로(Harry Laidlaw)가 여왕벌의 난관을 가로막고 있는 혀처럼 생긴 판막 주름을 발견하고는 이

주름을 우회할 수 있는 기구를 고안해 마취시킨 여왕벌에 정액을 주사했다. 이 사람이 바로 현대 여왕벌 사육의 아버지다. 하잇컴은 "그는 여왕벌을 사육하는 사람 모두에게는 교황과 같은 사람입니다. 그와 악수하는 영광을 누리고 싶습니다"라고 말한다.

성공적인 인공 수정으로 꿀벌학자들과 여왕벌 사육자들, 그리고 궁극적으로 양봉가들은 자신들이 생산하는 벌의 종류에 좀 더 통제를 가할 수 있게 되었다. 양봉가들은 특정 벌들의 행동이 더 낫다는 사실을 오랫동안 알고 있었다. 다른 벌들보다 더 온순하고 새끼를 더 많이 낳으며 꿀을 더 많이 생산해낸다. 예컨대 19세기까지 미국과 북유럽의 벌들 대부분은 미국이 건설되던 시기에 가져온 사나운 흑색종 벌이었다. 그러나 나폴레옹 전쟁 당시, 북이탈리아 지역에 주둔하던 스위스군의 대장 한 사람이 그곳에서 발견한 노란 줄이 있는 꿀벌은 자신이 기르던 벌들과 색깔만 다른 것이 아니라 훨씬 더 온순하며 번식력도 좋고 추위에도 예민하지 않다는 사실을 발견했다. 그는 몇 마리를 잡아 스위스에 있는 집으로 가지고 왔고, 벌들은 그곳을 시작으로 유럽 전역으로 빠르게 퍼져나갔다.

이탈리아 벌들의 우수한 행태와 기질에 대한 소문이 미국까지 퍼졌고, 로렌조 랭스트로스는 일찍이 벌의 품종을 바꾸기로 했다. 그는 이렇게 썼다. "그 벌들이 이 나라로 소개되어 양봉업의 새로운 시대가 시작될 것임을 확신하고 있다." 1859년 9월, 대서양을 건너 이탈리아 꿀벌들을 운송하려는 노력이 수차례 실패로 돌아간 후 랭스트로스는 이탈리아 여왕벌 한 마리를 수입하는 데 성공했다. 그것도 살아남은 벌통의 벌집을 잘라낸 후 수천 마리의 벌 사체 속에서 찾아낸 것이었다. "그렇게 조심해서 다룬 것은 생애 처음이었다."

이탈리아 꿀벌은 미국 전역에 빠르게 적응했고, 지금은 친숙한 노랑과 검정 줄무늬 벌들이 미국 양봉업계를 지배하고 있다. 그 다음으로 인기 있는 종은 발칸 반도와 동유럽이 원산지인 또 다른 유럽 꿀벌인 카르니올라 꿀벌로, 탁한 갈색과 회색 줄무늬를 갖고 있다. 밀러의 벌들은 대부분 카르니올라 꿀벌이다. 극도로 온순한 성질과 일부 살충제에 뛰어난 저항력을 가지고 있으며(비록 불행하게도 바로아 응애에는 저항력이 없다), 추운 기후에도 당당하게 겨울을 나는 능력 때문에 밀러는 이 벌을 선호하고 있다.

이 벌의 봉군은 꽃꿀이 흐르는 봄에는 개체수를 재빨리 확대하고 가을철에는 그만큼 빠르게 번식을 제한한다. 그래서 이탈리아 꿀벌보다 여름에 더 많은 꽃꿀을 생산해낼 수 있고 겨울 동안 꿀을 덜 소비할 수 있다. 사육자들은 맞춤 설계된 벌로도 실험해보았다. 예컨대 영국 데번에 있는 벅파스트 애비에서 벌을 키우던 아담이라는 이름의 베네딕트 수도사는 이종 교배를 통해 벅파스트 벌을 만들어내고 특허를 냈다. 이탈리아 꿀벌과 같은 특정 꿀벌종이, 악명 높았던 1915~1916년 사이의 꿀벌 떼죽음 사건에서 토종 흑색종 벌보다 더 많이 살아남았다는 결론을 내린 후, 아담 수도사는 뛰어난 여왕벌을 찾아 세계를 여행하며 프랑스와 그리스, 이집트, 모로코, 그리고 터키의 꿀벌들을 이종 교배하여 자신이 찾던 특성을 갖추게 하였다. 훌륭한 품질의 벌꿀 생산능력과 번식력, 온순한 성질, 그리고 질병에 대한 저항력이 그 특성이다. 아담 수도사는 세심한 사육으로 질병과 해충에 더 저항력이 강한 벌들을 만들어낼 수 있다는 아이디어 도입에 성공하였다. 그리고 지금도 여왕벌 사육자들은 벅파스트 벌을 팔고 있다.

일반적으로, 꿀벌 육종가들은 여왕벌을 대량 수정시키거나 다른 종과 고립된 상태에서 날아올라 수정하도록 한 후, 여왕벌 사육자들에게 판다. 여왕벌 사육자들은 여왕벌들을 자신들이 소유한 수벌들과 자유롭게 수정하도록 한다. 사육자들은 늘 다루기 쉬운 특성을 갖춘 벌들의 유전자가 담긴 풀을 맞춤 설계하려고 노력해왔고, 이제는 바로아 응애에 저항력이 있는 벌들을 만들어내기 위해 고군분투하고 있다. 근본적으로, 이들은 자연 진화의 과정을 서둘러 흉내 내려 하고 있다.

브라질과 남아프리카에서 일부 봉군이 응애의 도륙에서 살아남았고, 프랑스와 스웨덴, 뉴욕 주, 그리고 미국 남서부 지역의 고립된 지역에서도 일부 벌들이 살아남았다. 그런데 이 저항력을 갖춘 봉군 역시 응애가 좀 더 활발한 활동을 펼치는 지역으로 옮겨지면 붕괴하고 만다. 양봉가들은 세심한 사육을 통해 유럽종 벌들이 응애에 저항력이 있는 기제를 성공적으로 발달시킬 수 있기를 바라고 있다. 1997년, 루이지애나 배턴루지에 있는 '꿀벌사육연구소'에서는 블라디보스토크 지역이 원산지인 러시아 벌들을 수입해 사육자들에게 공급했다. 그 지역에서 최초로 바로아 응애가 동양종 꿀벌에서 유럽종으로 옮겨졌기 때문에, 150년 이상을 바로아 응애에 노출된 채 살아온 그곳의 벌들은 좀 더 저항력을 키웠을 것으로 기대되었다. 일부 양봉가들은 러시아 벌에 대해 강한 믿음을 가지고 있다. 이 벌들은 당연히 추운 날씨에도 잘 살아남는다. 강한 저항력은 근처 다른 품종의 벌들과 이종 교배되면 유전자 풀에 재빨리 희석되지만 말이다.

2001년 이래로, 배턴루지 연구소는 '바로아 민감성 위생' 혹은 VSH라는 특성을 위해 특별히 사육된 여왕벌들을 유통시켰다. VSH 일벌들은 응애에 감염된 새끼를 감지하고 제거할 수 있는 능력을 가지고 있다. 일부 희생자가 생기더라도 그렇게 한다. 벌들은 바로아 응애에 저항력이 있는 특성을 갖도록 특별하게 개량되었다. 이 벌들은 철저한 근친 교배를 통한 것이어서 새끼를 많이 낳고 꿀을 많이 모으는 것과 같은 벌들이 해야 할 다른 일들에는 전혀 솜씨가 없다.

미네소타 대학의 곤충학자 마를라 스피박이 개발한 미네소타 위생벌은 저항력을 갖춘 또 다른 종이다. 스피박은 액화 질소를 이용해 새끼 벌들을 냉동시켜 죽인 후, 일벌들이 24시간 이내에 비정상적인 새끼를 감지하고 치우는 번식력이 뛰어난 봉군에서만 여왕벌을 길러내 바로아 응애에 저항력이 있는 벌을 개발했다. 그후 스피박은 전국에서 여왕벌 사육자들과 함께 연구하며, 자유롭게 교미를 하는 벌들 사이에서 위생적인 행동을 실험할 수 있도록 가르치고 있다. 더 많은 사육자들이 바로아 응애에 저항력이 있는 여왕벌을 선택하면(예컨대 하잇컴은 이 일을 수년간 해오고 있다), 수벌의 유전자 풀도 개선되고 자유로운 교미를 통해 저항력 있는 특성이 희석되는 데에도 더 오랜 시간이 걸릴 거라는 희망을 갖고 있다.

꿀벌 연구자들과 존 밀러처럼 필사적인 양봉가들은 최근의 꿀벌 유전자 이해에 대한 진전으로 이러한 노력에 활력이 불어넣어지길 바라고 있다. 2006년 메릴랜드 주 벨츠빌에 있는 미국 농무부 꿀벌 실험실 소속 일단의 과학자들은 꿀벌 게놈을 해독하는 공동 작업을 감독했다. 꿀벌의 유전자 '정수'를 만들어내기 위해 과학자들은 단일 봉군에서 추출한 수벌 무리를 가루로 만들었다. 여왕벌의 무정란에서 생겨난 수벌들은 아버지의 유전자가 없기 때문에 모두 같은 DNA를 가지고 있다. 수벌들은 동결된 후 으깨져 액화되고 일련의 원심분리기 속에서 회전하며 단백질과 지방, 다리, 날개, 그리고 다른 잡다한 기관이 빠져나온다. 그리고 남은 것은 꿀벌 소금이라 불리는 단단한 결정체다. 이 결정체가 절구에서 갈리고, 작은 플라스틱 튜브 안에서 으깨진 후, 또다시 원심분리기를 통과하고서, 다양한 용액으로 씻겨지면, DNA라는 작은 알갱이만 남는다. 이것을 물속에 넣어놓았다가 열 순환기(thermal cycler)에 넣는다. 상상은 안 되지만, 이 방법을 통하면 각각의 유전자 그래프와 DNA 알갱이에서 발견된 병원균의 그래프를 얻을 수 있다. 이런 것들을 이해할 수 있는 누군가가(아마도 십중팔구 양봉가나 양봉가에 대해 글을 쓰는 누군가는 아닐 것이다) 그 그래프를 읽으면, 그 벌이 어떤 특성을 가졌는지 모든 종류의 정보를 얻을 수 있다. 무엇을 할 수 있고 무엇을 할 수 없으며, 무엇에 뛰어나고 무엇에 젬병인지 말이다.

이 연구실의 게놈 그룹은 제이 에반스라는 비쩍 마르고 목소리가 부드러운 사회적 곤충 전문가가 이끌고 있다. 그의 학사학위는 알프스 고산지대에 사는 개미에 관한 것이었다. 에반스와 동료들은 게놈 정보를 이용해 다양한 벌들을 비교한다. 예를 들면, 유럽 꿀벌과 아프리카벌, 그리고 건강한 벌과 노제마 등 최근 미국의 봉군을 괴롭히는 여러 질병에 걸린 아픈 벌들 사이의 차이점을 찾아본다. 워싱턴 D.C. 외곽에 미로와 같은 단지 안의 벽돌 건물에 있는 이 실험실은 최신 유전자 시설을 갖추었다기보다는 오래된 정신병원처럼 보인다. 뒷마당에 실험용 벌통 몇 개를 가지고 있긴 하지만, 이 건물 안에 변질된 사체 외에 곤충의 흔적은 많지 않다. 그럼에도 불구하고 이곳에서 행해지는 실험은 결코 시대에 뒤떨어진 것이 아니다.

에반스와 동료들은 바로아 응애의 뇌를 해부하고 DNA 샘플을 추출하며 바로아 응애의 게놈 역시 해독하고 있다. 이 과정을 통해 이들은 응애의 번식을 명령하는 유전자를 이해하고 붕괴시키거나 응애가 취약한 병원균을 찾으려 하고 있다. 그런데 최근 이들은 대부분의 시간을 CCD에 대한 유전적 설명을 얻어내는 데 쓰고 있다. 에반스는 이렇게 말한다. "우리가 알아낸 중요한 점은 바이러스나 해충, 영양 등 여러 요소들이 꿀벌을 죽일 수 있다는 사실입니다. 이렇게 살아남은 것이 놀라울 정도입니다."

언젠가 꿀벌 유전체학(비노믹스)이 여왕벌 사육 공동체에 확산되기를 모두가 간절히 희망하고 있다. 머지않아 쉬워진 실험 방법으로 어느 양봉가든 해충과 역병에 저항력을 갖춘 자신만의 지역 종을 만들어낼 수 있을 것이다. 그러나 지금 당장은 새로운 종의 벌들이 현장이 아닌 대학과 연구소에서 만들어진다. 그래서 그러한 실험실에서 개발된 저항력은 난잡하고 자유로운 교미가 이루어지는 현실에 투입되면 재빨리 희석되고 만다. 하지만 실험실에서 만들어진 특성이 우성 형질이 된다고 해도 그것이 과연 좋은 일인지 의문을 갖는 사람들도 있다.

결국, '더 나은' 벌들은 19세기의 이탈리아 꿀벌처럼, 자신만의 단일문화를 만들어내려는 경향이 있기 때문이다. 여왕벌 사육업계는 캘리포니아나 플로리다, 조지아와 같은 동일 지역에서 동일한 특성을 가진 여왕벌들을 매년 다시 만들어내며 그러한 단일문화를 강화한다. 번식력이 좋고 온순하며 아마도 응애에 저항력까지 갖추겠지만, 표준화되어 있어 바로아 응애나 CCD와 같은 새로운 파괴적인 재앙에 특히 취약해질 것이다.

인간의 선택은 종종 의도하지 않은 결과를 가져온다. 랭스트로스의 벌통이 나타나기 전 양봉가들은 꿀을 얻어내기 위해, 가장 무거울 때 벌통을 파괴했고 이 과정을 통해 자기도 모르게 번식력이 뛰어나지 못한 벌들을 선택, 제거했다. 하지만 여왕벌 사육업 덕분에 지역 미기후(지면에 접한 대기층의 기후. 보통 지면에서 1.5미터 높이 정도까지를 그 대상으로 하며, 농작물의 생장과 밀접한 관계가 있다 - 옮긴이)에 적응한 벌들은 매년 다른 곳에서 온 벌들로 교체되고 말았다. 미국 봉군의 유전적 다양성에 가장 큰 해를 미치는 것은 팻 하잇컴과 쾨넨과 같은 사육자들이 아니라 전국의 거의 모든 야생 봉군을 휩쓴 바로아 응애였다. 야생벌들은 사육되는 여왕벌과의 교미를 통해 유전자 풀을 증진시킨다. 이제 미국 양봉가 대다수는 새로운 혈통을 공급받기 위해 우편으로 주문해서 구입해야 하는 여왕벌에 거의 전적으로 의존하고 있다.

거의 전적일 뿐 완전히는 아니다. 미국의 봉군은 또 다른 곳에서 공급된 새로운 유전자 역시 주입받았기 때문이다. 바로 아프리카 '킬러' 벌이다. 1970년대와 1980년대 언론에서 이 벌들의 약탈을 처음 소개하면서 전국이 떼 지어 습격하는 이 벌들 때문에 공황 상태에 빠졌었다. 아프리카 벌은 유럽종인 아피스 멜리페라의 몇몇 변종들이 이종 교배한 것이다.

이것은 1956년 브라질 생물학자인 워윅 커(Warwick Kerr)가 탄자니아에서 브라질로 47마리의 여왕벌들을 수입해, 북쪽 기후에 적응한 꿀벌보다 따뜻한 기후에서 더 많은 꿀을 생산해내는, 툭하면 싸우는 아프리카 벌(Apis mellifera adansonii)에 유럽 꿀벌 최고의 특성인 온순함과 번식력을 결합하려다가 우연히 만들어낸 것이다. 워윅 커가 훌륭한 새로운 꿀벌 종을 만들어내기 전, 탄자니아 여왕벌 26마리가 탈출해 지역 유럽 종 수벌과 교미해, 비가 오고 어두워져도 열심히 일하며 엄청난 꿀을 생산해내는 야생 잡종이 생겨났다. 그런데 이 아프리카 벌의 후손들은 방어적인 태도와 함께 쉽게 화를 내, 관리하기가 매우 어려웠다. 이 새로운 벌들은 열대우림의 삶에 아주 극도로 적합했던 것이다. 이들은 교미도 빨랐고 다른 벌들의 벌집을 강탈했다. 유럽 꿀벌들과 이종 교배했으며, 후손들에게 그 모든 나쁜 습성을 물려주었다. 이 벌들은 장거리에서도 양봉가와 애완동물, 그리고 운 나쁜 행인들을 떼 지어 공격했다. 다른 벌집의 꿀을 약탈하기도 했다. 그리고 아주 사소한 자극에도 벌집을 버리고 떠나버렸다.

확산 속도도 빨라, 남아메리카를 통과해 북쪽으로 이동하는 데 하루에 거의 1마일의 속도로 움직였다. 중앙아메리카와 멕시코를 뚫고 1990년 10월에는 멕시코의 이달고 주와 미국의 텍사스 주에 도착했다. 벌들은 텍사스 주 경계에서 떼를 이루어 뉴멕시코 주와 애리조나 주를 지나 캘리포니아 주 남부까지 몰려왔다. 이 벌들은 루이지애나와 아칸소, 유타 남부, 플로리다, 조지아 등지에서 발견되었으며 어디를 가든 사육되는 벌들보다 더 쉽게 번성하고 번식 능력도 뛰어났다.

이들을 유럽종 사촌들과 구별하기는 거의 불가능하다. 날개가 약간 더 짧지만 맨눈으로 혹은 현미경의 도움을 받아도 확인하기 어렵다. 변종은 미토콘드리아 DNA 분석을 통해서만 정확하게 확인할 수 있기 때문이다. 그래서 양봉가들은 아프리카 벌이 온순한 자신들의 벌에 침투했다는 사실을 모르고 있다가, 벌들이 자기 자신이나 개, 아이들, 아내, 혹은 신문배달 소년을 공격한 이후에야 알아차렸다.

성질이 더러운 벌들은 항상 존재해왔다. 랭스트로스의 글에 의하면 "감히 자신들을 방해하려 하는 이를 향한 격렬한 증오로" 가득한 "충동적이거나 불쾌한" 곤충들이 있다고 썼다. "집을 나서는 전체 봉군이 그렇게 흉포하다면, 쇠사슬 갑옷이나 벌이 뚫을 수 없는 옷을 입고, 집의 모든 창을 닫고 가축들을 안전한 장소에 몰아넣은 후, 사람을 적당한 장소로 보내 모든 사람들에게 안전거리를 유지하라고 경고를 하기 전까지는 꿀벌을 벌통에 모을 수 없을 것이다." 랭스트로스가 가정한 종은 오늘날의 아프리카 벌들보다 훨씬 더 흉포했을 것이다. 심지어 그 시대 그가 키웠던 독일산 흑색종 벌들은 오늘날 우리가 마주치는 그 어느 벌들보다 훨씬 더 성질이 고약했다. 아프리카 벌의 경우 우리가 기르는 일반 유럽 벌과 독성은 비슷하다. 사실 침의 독성이 조금 더 약하다. 지금까지 아프리카 벌에 쏘인 사람들은 벌독 때문에 죽은 것이 아니라 심장 질환이나 알레르기 반응과 같은 근본적인 원인 때문에 죽었다. 그러나 아프리카 벌들은 훨씬 더 방어적이며, 잔디깎기나 전동공구, 혹은 갑작스러운 양봉가의 출현으로 방해를 받으면 떼로 벌통에서 솟아올라 방해한 자를 쫓는다. 이 벌들은 눈, 입, 귀 어디든 가리지 않고, 유럽종 벌들보다 훨씬 더 많은 수가 더 멀리 떨어진 곳에서도 더 끈질기게 공격한다.

이것이 바로 존 밀러가 2005년에 학습한 것이다. 그의 동생 레인이 트럭 사고를 내고 바로아 응애가 양봉장을 산산조각 낸 시기와 운명적으로 겹친다. 그 해 밀러 가족은 양봉 제국을 텍사스 주의 로크빌까지 확장하기로 결심했다. 밀러의 동생인 제이는 동면을 하기에 좋은 땅이 텍사스 로크빌에 많다는 벌꿀 기획자의 조언을 들었던 것이다. 존은 양봉장을 옮기는 것에 반대했다. 미국 내 주요 양봉장은 이미 30년 전에 모두 소문이 났다고 주장했다. "제가 말했죠. '그렇게 좋으면, 왜 아무도 없는 거지?'" 하지만 그들은 옮겼다. 두 사람은 봄에 벌통을 내려놓고 분봉을 한 후 여왕벌이 날아올라 지역 토착 수벌과 교미비행을 하도록 했다.

여름이 되자, 벌들은 "너무 성질이 나빠서 거의 작업을 할 수가 없었다." 지게차가 벌통을 올려놓은 운반대를 건드리면 벌통 4개 모두에서 수백 마리의 문지기 벌들이 폭발하듯 쏟아져나와 공격했다. 옆에 있는 운반대에서도 벌들이 쏟아져나왔고, 그 옆의 운반대에서도 마찬가지였다. 마치 경기장에서 파도 응원을 하듯 서로를 자극하는 것처럼 화가 나 공격적으로 변한 벌들이 계속 밀려나왔다. 시간도 개의치 않아, 아침에 가장 추운 시간대에도 상황은 마찬가지였다. 몇 주가 지나지 않아, 밀러의 온순하고 부지런했던 벌들은 성미가 고약한 폭력적인 벌떼로 변해 조금의 자극에도 공격을 해댔다. 밀러는 재빨리 그곳을 빠져나왔지만, 흉포한 벌들은 소용이 없었다. 그는 이 벌들을 '아프리카' 벌이라고 부르는 대신 차별화된 언어로 부르는 것을 선호한다. 그는 이 벌들을 '행동 장애 꿀벌(behavior challenged honey bees)' 혹은 BCH라고 줄여서 부른다.

400년간, 지구의 골칫거리였던 유럽 백인들은
온순하고 몸집이 크며 얌전한 꿀벌을 선택했다.
이탈리아 꿀벌, 카르니올라 꿀벌.
지난 400년간, 우리가 통통하고
리듬을 잘 타며, 몸집이 크고 활기가 넘치는 벌들과
거기에 더해 이들과 똑같이 튼튼한 수벌들을 선택하는 동안,
행동 장애 꿀벌들이 나타났다.
정글을 뚫고, 모든 적들을 무찌르며,
교활한 처녀 여왕벌과 교미하고, 언제든 떠날 수 있도록 채비를 가볍게 한다.

나는 이렇게 생각한다.

BCH 수벌들이 유럽종 수벌보다 조금 더 민첩하다고.

[그러나 나는 유럽 담배가 더 좋다고 들었다.]

아몬드 꽃이 지고 벌들이 캘리포니아를 떠났을 때, 이들은 훌륭하고 정상적인 행동을 보였다.

3개월 후,

동일한 벌통을 노스다코타에 있는 벌꿀 생산 양봉장으로 옮겨놓았을 때 벌들은 변했다.

늘 화가 나 있다.

벌꿀 생산에 그리 좋지 않다.

그렇다면 문제는 무엇이었을까?

유럽종 여왕벌들이 아프리카 수벌들과 어울렸던 것이다.

아프리카 수벌은 성미 급한 악마들이고,

여왕의 자손들은 제 어미보다는

제 아비를 더 닮았다.

밀러 벌들의 혈통을 원래의 온순한 상태로 회복하는 데에는 7~8세대를 거쳐야 했다. 즉, 수없이 독침에 쏘이고 팻 하잇컴과 쾨넨에게서 엄청난 포장 벌을 사들이면서 2~3년을 보내야 했다. 밀러에게 아프리카 벌들은 매우 귀찮은 존재였다. 하지만 더 나은 벌들을 만들어내려는 사람들에게 이 성질 못된 침입자는 용감하게 새로운 응애와 질병이 들끓는 양봉업계를 헤쳐나갈 일종의 안내 역할을 했다. 아프리카 벌들의 원산지인 브라질에서는, 벌꿀 생산량이 하늘 높은 줄 모르고 치솟아 아프리카 벌이 나타나기 전에는 연간 생산량 6,500톤을 기록하다 2008년에는 3만 6천 톤으로 증가했다. 아프리카 벌들과 공존하며 산 반세기 동안 브라질 양봉가들은 이 벌들을 어떻게 다루어야 할지 터득했다. 서반구에서 바로아 응애가 나타나고 30년 동안 꿀벌들 역시 응애를 어떻게 다루어야 할지 터득한 것 같았다.

이들은 순종 유럽종 꿀벌 혈통보다 응애의 침입에서 훨씬 더 빨리 회복했다. 미국에서도 마찬가지였다. 텍사스 웨슬라코에 있는 미국 농무부의 농업연구부 곤충학자 프랭크 에이셴(Frank Eischen)은 아프리카 꿀벌을 광범위하게 연구한다. 그는 몇 년 전, 그의 연구실에 있는 몇몇 봉군이 바로아 응애 처치 없이도 7~8년을 살아남았다고 내게 말했다. 아마도 워윅 커의 정신 나간 실험이 그리 형편없는 것은 아니었던 모양이다. 아프리카 벌들은 조금 더 빠르게 무리를 이루고, 붕괴에 직면했을 때 감염된 벌통을 더 빠르게 버리기 때문이 아닐까 싶다. 이들의 이동성과 무시무시한 모든 행동 특성이 바로아 응애에 맞서 싸우는 데 유용한 도구가 된 것으로 보였다. 유럽 꿀벌 봉군은 붕괴하고, 아프리카 꿀벌 봉군은 탈출한다.

요약하자면, 이들은 '살아남은 종'이고 오늘날 그런 종을 찾아보기란 어렵다. 양봉가들은 이 생존 본능 때문에 귀찮게 약을 치고 저항력을 키운 후 대학살을 경험하고 다시 새로운 여왕벌을 집어넣는 일에 매어 있다. 그리고 꿀벌들은 그러한 양봉가들에게 매어 있다. 하지만 곤충학자들이 정확한 이유를 집어내고, 정밀한 메커니즘의 저항력을 갖춘, 현대의 벌들이 하는 모든 일은 다 하면서도 새로운 해충에 맞서 싸울 수 있는 마법의 꿀벌을 만들어내기 전까지 더 나은 벌을 만들어 내는 확실한 방법은 오직 하나뿐이다. 에이센의 표현에 의하면 "살아남은 것들을 골라 그 놈들만 사육하는 것이다." 나머지는 죽게 내버려 두어야 한다.

바로아 응애에 화학약품 처리를 금지하는 법안이 통과한다면 그것이 최선의 방법일 것이라고 벨츠빌 연구소의 제이 에반스는 말한다. 미국의 꿀벌들을 그냥 내버려두면 오직 일부만이 진화해 바로아 응애에 방어력을 키울 것이다. 아시아에서 동양종 꿀벌인 아피스 세라나가 몸을 단장하는 행동을 통해 바로아 응애에 저항하고, 아프리카 꿀벌들이 탈출하는 방법을 통해 살아남듯 말이다. 그렇게 놔두면 꿀벌 개체수는 한동안 80~90퍼센트 감소할 것이다. 그것은 존 밀러와 같은 사람들, 그리고 존 밀러와 같은 사람들에게 의존해 작물 가루받이를 하는 모든 농부들에게 경제적 재앙이 될 것이다. 또한 아몬드와 체리, 사과, 양상추 등을 먹는 것을 즐기는 우리 모두에게도 마찬가지일 것이다. 그러나 결국 저항력을 키운 벌들이 나타나고, 그 벌들로 인해 더욱 강력한 봉군이 나타날 것이다. 그러나 에반스는 이렇게 덧붙였다. "벌들을 죽게 내버려두라고 아무에게도 말할 수 없었습니다."

존 밀러는 벌들이 죽기를 원하지 않는다. 하지만 밀러는 스스로의 힘으로 살아남은 벌들에게 많은 존경심을 품고 있다. 사실, 경외심에 가깝다. 뉴캐슬에 있는 그의 집 근처에는 마치 수많은 행동 장애 꿀벌들처럼 그곳을 침략한 거대한 사유지 사이에 숨어 있는 시골길이 있다.

그곳은 양이 띄엄띄엄 흩어져 있고 캘리포니아 양귀비가 피어 있으며, 기분 나쁠 정도로 전혀 손질이 안 된 버려진 초지다. 거기에, 외장재가 분해되고 있는 낡은 파란색 지붕의 집 한 채가 있다. 밀러의 말에 의하면 그 집 지붕에는 부저병과 노제마, 기문 응애와 바로아 응애, 그리고 심지어는 CCD까지 무찌르고 반세기를 살아남은 벌떼가 하나 있다고 한다.

밀러의 땅에는 항생제와 살비제, 살진균제가 들어 있는 상자와 통이 여러 개 있지만, 마음이 모질지 못한 그는 자연의 치유력을 감탄하며 바라볼 수밖에 없다. "나는 그것들을 살아남은 종이라고 생각하고 싶습니다." 그 벌들은 인내하고 재건할 수 있는 무한한 능력을 갖춘 단련된 벌들이고, 곤충학자와 사육자, 여왕벌 사육자들, 그리고 특히 성실한 양봉가들에게 잡히지 않는 신비로운 생존 능력을 가진 벌들이다.

그런데 가만 생각해보니, 밀러는 그 벌떼를 한동안 보지 못한 것 같다.

땅을 경작하며 사는 것은 늘 도박이다

우리는 혼란스러운 미래를 늦추기 위해서
혹은 그것이 우리가 아는 전부라서
현재에 집착한다.
밀러의 양봉장이 있는 객클은
순수한 고집의 가치를 보여주는 증거다.
사랑하는 사람에게 돌아가는 것은
가치가 있고, 가족농업을 지속하는 것에도
가치가 있으며, 자라난 곳에서 사는 것에도
가치가 있고, 아무리 많은 상식이나
경제적 자급으로도 정당화되지 않는
양봉업을 계속하는 것에도
가치가 있다. 노스다코타의 마을은
붕괴하고 있을지 모르지만
모두 날아가버린 것은 아니다.
그곳에는 가치가 있고,
고집 속에 끈질긴 로맨스가 남아 있다.
그리고 존 밀러는
대단히 로맨틱한 사람이다.

새 여왕벌들이 통치를 시작하자마자 밀러는 벌들을 트럭에 싣고 노스다코타로 향한다. 벌들이 혼잡한 세미트레일러에 실려 사람 많고 북적거리는 서부의 시든 양봉장을 출발해 전국에서 가장 텅 빈 내륙지방에 도착한다. 밀러는 그곳에서 여름을 보내기 위해 5월 초부터 이동을 시작해 모두 도착하는 데는 한 달 이상 걸리며, 모든 벌들을 옮기고 나면 6월 중순이 된다. 콜벳을 운전하곤 했지만 좀 더 여유있는 속도로 움직일 때는 도요타를 이용한다. 와이오밍에 들러 래리 크라우스와 저녁을 먹고 객클 광역도시로 이동한다. 그곳은 밀러가 벌통을 설치해놓고 여름 수확이 어떨지 지켜보는 곳이다. 6월은 스위트 클로버 꽃이 피는 시기이며, 그 다음엔 알팔파 꽃이 핀다. 7월은 좀 더 변화가 심하다.

내가 처음 객클에 있는 밀러를 방문한 때는 CCD가 도래하기 전 여름이었다. 그 해 7월은 특히나 잔인했다. 기온은 그 전 주 대부분 섭씨 38도 이상에 머물렀다. 7월 중순, 주 남부 경계에 있는 기상관측소에서는 최고 섭씨 49도를 기록했다. 옥수수는 시들어 무릎 높이까지 축 늘어져 있었고, 밭에는 이삭을 찾아볼 수 없었으며, 식물의 줄기 가장자리는 누렇게 변해 있었다. 알팔파 꽃은 초지에서 말라 죽어갔고, 지역민들은 절제된 분노가 담긴 표정을 짓고 있었다. 하지만 8월 초 내가 그곳에 도착하기 하루 전날, 드디어 비가 내렸고 오랫동안 기다리던 비가 세상을 가슴 벅찰 만큼 짙은 에메랄드 색으로 바꾸어놓았다. 길고 무더웠던 한 달이 지난 후, 말라붙었던 습지에는 빗물이 가득 차 물새들이 노닐고, 갑자기 무한한 희망으로 가득 찼다.

나는 비즈마크 공항에서 밀러를 우연히 만나 함께 객클로 향했다. 이 신비하고 강한 바람이 휘몰아치는 길 위에서 본 풍경은 기가 막혔다. 언덕은 수평선을 향해 펼쳐져 있고, 하늘은 오팔 색으로 빛나고 있었으며, 거대하게 부푼 구름은 마치 지구 이온층에 세워진 사원 같았다. 대초원을 가로질러 솟아오른 언덕의 사면은 풀 더미가 쌓인 것 같았다. 지질학적인 관점에서 보면 그곳은 수천 년간 바람과 물과 얼음이 탁 트인 초원으로 전진했다 후퇴하며 만들어진, 빙하의 성쇠의 산물이다.

최근 노스다코타는 끊임없이 후퇴하는 곳이 되었다. 우선 빙하가 날씨 때문에 후퇴했다. 그후에는 평원 인디언(Plains indian)들이 내쫓기고 들소들이 사라졌다. 그러더니 채석장을 피해 사냥꾼들이 이곳을 떠났다. 그리고 홈스테드법(Homestead Act, 서부 개척 시대에 개척 이주민들에게 공유지를 부여한 자작농 조성 촉진법 - 옮긴이)에 따라 살고 있었던 정착민들과 농부들이 운이 다해 이곳을 떠났으며 먹이가 부족한 소들도 이곳을 떠났고 은행은 돈이 없어 이곳을 떠났다. 수 세대에 걸친 후퇴 끝에, 이 상처 입은 땅은 밀러의 표현에 의하면 "큰 기대를 걸지 않는 곳"이 되어 나이 든 농부들의 가장 큰 희망은 농장 융자금을 다 갚고 도시로 이주해 GM 뷰익 자동차를 사는 것이다. 다시 말해서, 그곳은 존 밀러가 선호하는 장소, 즉 꽃은 많고, 사람은 거의 찾아보기 힘든 곳이 되었다.

그의 가족조차도 그와 함께 이곳에 오지 않는다. 아이들이 어렸을 때, 그는 아이들과 함께 여행했다. 이제 아이들은 독립했고 잰은 캘리포니아에 머물고 싶어한다. 그래서 밀러는 여름 동안 이곳에서 혼자 지낸다. 겨울이 꿀벌과 현대 가정에 너무 혹독하지만 않다면, 밀러는 이곳에서 1년 내내 머물렀을 것이다.

캘리포니아에서의 삶은 세계 시장과 8차선 고속도로, 그리고 수요와 공급에 의한 봄철의 가루받이 무도회에 좌우된다. 노스다코타에서 그와 그의 꿀벌들은 한 자리에 머무를 수 있다. 여름에 벌들은 농장 작물의 꽃과, 밭의 경계와 가장자리에서 쑥쑥 자라나는 야생 꽃 뷔페를 즐긴다. 여름에 밀러는 벌과 채소밭을 돌보며 지낸다. "공항에서 캘리포니아 집까지 이동하는 잠깐 동안 보는 교통량이 노스다코타에서 여름 내내 보는 것보다 더 많습니다." 밀러는 내가 도착하기 전 이렇게 말했다. "여기서는 방향등을 사용할 필요가 없어요. 모두 내가 어디로 가는지 알거든요."

고속도로를 타고 가면서 보니, 방향등은 중요하지 않았다. 비즈마크에서 동쪽 객클로 향하는 100마일 길이의 고속도로는 직선이었고, 길을 따라 집들은 드문드문 떨어져 있었다. 길가에 있는 거의 모든 밭에는 아무렇게나 쌓아놓은 듯 보이는 하얀 벌통들이 모여 있었다. 매년 노스다코타 주는 캘리포니아와 미국 내 최고 벌꿀 생산지를 차지하기 위해 경쟁하고 있었고, 연 100만 파운드 이상의 꿀을 수확하는 밀러의 양봉장은 노스다코타에서 가장 큰 양봉장 중 하나였다. 그러나 우리가 본 모든 벌통이 밀러의 것은 아니었다. 객클 주변에서는 대부분이 그의 것이다. 제임스타운 근교에서 본 벌통은 잭 브라우닝의 브랜드를 단 것들이 대부분이었다. 메디나의 벌통은 밀러의 지역 내 경쟁자의 소유였다. 그는 여름에 플로리다에서 봉군을 대여하는 비상근 소작 양봉가로, 밀러에 의하면, 벌꿀을 희석하고 봉군을 "벌집 딱정벌레에 의해 썩게" 놔둔다고 한다. 격분하는 데 걸린 시간만큼 빠르게 잊어버리는 벌들과 달리, 양봉가는 원한을 쌓아두는 방법을 알고 있다.

양봉장과 농장을 지나가며 밀러는 많은 이야기를 해주었다. 저쪽에 있는 벌들은 잭 브라우닝 것이라고 한다. "나는 항상 그의 벌통과 내 벌통을 뒤섞어 놓습니다." 저 너머에 농가는 아이가 열 명인 젊은 부부가 사는데 혼자 힘으로 그 많은 벌들을 키더 카운티 남쪽으로 가져가더니 잠깐 양봉을 멈추었단다. "저 사람들은 꿀을 수 갤런 먹어치운답니다." 저 멀리에 자동차로 가득한 곳은 어떨까? "저기는 케빈 클레빈의 밭입니다. 한동안 그를 보지 못했군요." 케빈 클레빈은 짐 클레빈의 조카다. 케빈은 밀러의 벌통을 자신의 농장에 설치하게 해주곤 했으나 사실 밀러의 전(前)직원이었던 또 다른 양봉가가 빼앗아가버렸다. 저기 길에서 지평선만큼 떨어진 작은 언덕 뒤에 숨겨진 조그마한 빨간 집에는 총각 농부인 두에인 트로트만이 산다고 한다. "몇 년 전, 캐나다에서 날아온 기러기 한 마리가 뒷문에 나타났답니다. 고양이와 가까이 지내면서 추위가 찾아왔는데도 겨울을 나기 위해 남쪽으로 날아갈 생각을 안했답니다." 밀러가 추측하기를, "아마도 그 녀석이 고양이 밥을 좋아했던 것 같아요"라고 했다. 그 기러기는 몇 년간 그곳에서 머물렀다. 그러던 어느 날 하늘 위를 바라보더니, 아마도 예전 동료들이 지저귀는 목소리를 멀리서 들은 듯, 날개를 퍼덕거리며 작별 인사 한 마디 없이 날아가 버렸다. 이제 두에인 트로트만과 고양이는 다시 둘만 남겨졌다.

고독은 북부 대초원 지역의 유행병이다. 우리는 텅 빈 4차선 고속도로를 벗어나 좁고 더 텅 빈 2차선 도로에 접어들었다. 정확히 1마일 지날 때마다 이 도로는 작은 마을로 이어지는 포장길이나 주택까지 뻗어나간 자갈길 등의 간선 도로와 교차했다. 하지만 대부분의 간선 도로는 바퀴 자국이 깊이 팬 풀로 덮인 양 갈래 길로서 앞으로 나갈수록 점점 길의 형태가 사라졌다. 이 체계적으로 얽혀 있는 도로들은 북부 대초원을 관통해서 뻗어 있다. 이곳의 도로는 20세기로 접어들면서 철도를 놓기 위해 조사하며 다닌 길의 흔적이며, 한때는 그렇게 정밀하고 낙관적인 분석을 해야 할 만큼 노스다코타의 인구가 많았던 시대가 있었다는 것을 상기시켜주는 것이기도 하다.

종종 우리는 벽의 페인트칠이 벗겨진 교회와 녹이 슨 기차선로, 오래되어 낡은 집들이 있는 작은 마을을 스쳐지나갔다. 집들 중 일부에는 아직 사람이 살고 있었지만, 어떤 집들은 미적거리며 방치해서 혹은 마치 봉군이 떠난 후 빈 벌통처럼 서둘러 떠나서 낡아 쓰러져 가는 집도 있었다. 마지막으로 우리는 오리와 왜가리, 그리고 붉은 날개가 달린 찌르레기가 가득한 희미하게 빛나는 거대한 늪지를 지나, 붉은색과 흰색, 푸른색 타이어로 장식된 거대한 언덕 위에 세워진 급수탑에

다가갔다. 타이어는 객클이라는 글자 모양대로 나열되어 있었다.

형태와 내용 면에서 객클에는 밀러가 겨울을 나는 센트럴밸리에는 없는, 농업의 모든 진부한 모습이 남아 있다. 마을 가장자리에는 외로운 유제품 저장고가 있고, 대형 곡물 창고와 나무판자를 이어붙인 미늘벽으로 된 일실형 도서관, 펄럭이는 깃발, 그리고 객클에는 교회가 5곳 있다는 것을 알리는 표지가 바로 그런 것들이다. 비록 하나님의 성회 교회의 건물은 무너져내리고, 세인트 앤즈 가톨릭 교회의 사제가 떠난 뒤 교구가 교회 건물을 사냥꾼에게 1천 달러에 팔아넘겨, 이제는 그리스도의 교회와 루터교, 침례교만 남아, 엄밀히 따져 더 이상 그 표지는 맞지 않지만 말이다.

우리는 먼지 쌓인 식료품 가게를 지나친 후, 객클 커뮤니티 카페와 객클 시니어센터, 그리고 객클에 있는 유일한 술집인 대니스플레이스를 연달아 지나갔다. 그리고 새로 개봉한 영화를 주말에 방문한 한 자릿수 관객들에게 보여주는 크리거 영화관과 후줄근한 포드 자동차 전시장과 농기구 대리점, 패스트푸드 체인점인 테이스티프리즈, 소방서로 변한 낙농장, 그리고 폴이라는 사내가 아름답게 다듬으며 관리한 관목 숲을 지나쳤다. 마치 빛이 바랜, 초점을 흐리게 해 촬영한 광고 같았다. 대부분의 미국인들은 절대로 알지 못하는 미국의 아침이다.

우리는 중심가를 벗어났다. 이번에도 방향등은 필요 없었다. 나지막한 언덕을 올라 눈에 띄게 페인트칠을 한 트럭이 늘어서 있는 행렬을 지났다. 넉넉한 습지 덕분에 객클 사람들은 자기네 동네를 '세계 오리 사냥의 중심지' 혹은 좀 더 겸손하게 표현하자면, 노스다코타의 오리 사냥 중심지라고 불렸다. 객클 시장은 부업으로 페인트칠 사업을 운영하고 있었다.

밀러는 우리가 가는 길에 보이는 집들을 하나하나 손으로 가리켰다. 왼쪽에 아주 잘 관리된 집을 지나쳤다. "저 녀석은 내게서 곡물 저장통 두 개를 빌려가서 망가뜨렸어요. 청구서를 보냈는데 아직도 갚지 않고 있어요." 몇 집을 지나 밀러는 또 다른 불행한 이야기를 들려주었다. "2년 전에 저 녀석 위로 말이 쓰러졌어요. 그래서 발목이 부러졌지요." 오른쪽에는 커다란 집이 하나 있었다. 벽돌로 만든 집 같았다. "저 집에는 워싱턴에서 온 가족이 살아요. 여기 사람들이 아니죠. 아이들이 많은데, 우리는 저 사람들을 믿지 않아요." 그후 약간 지저분해 보이는 집이 나타났다. "저 녀석은 술주정꾼이에요." 우리는 회색 픽업트럭을 지나쳤다. "저 트럭은 내가 갖다버린 건데 아직도 후회가 됩니다. 아주 좋은 트럭이었는데 말이죠." 그리고 우리는 밀러의 집에 가까워졌다. 언젠가 밀러는 이메일에서 자기 집 주소를 모른다고 말했다.

거리 주소가 분명히 있긴 있을 거예요.

하지만 아무나 붙잡고 물어보세요.

나는 멜빈 멀러네 집 길 건너편, 동쪽에 살아요.

그것만 알면 됩니다. 좀 더 자세히 알고 싶을까봐 말해두는데,

멀러는 데닝네 집 북쪽에 살아요.

그러니 더 이상 묻지 마세요.

밀러의 집은 누구의 집 못지않게 수수했다. 다른 사람들이라면 플라스틱 사슴이나 기수 모양 장식품을 놓았을 앞마당에는 양봉 용품이 띄엄띄엄 흩어져 있었다. 집 안에는 아주 멋지지는 않지만 편안해 보이는 가죽 의자가 있었고, 바닥에는 책들이 쌓여 있었으며, 더러운 러그가 몇 개 깔려 있었다. 그리고 찬장에는 양념보다 벌꿀의 종류가 더 많았다. 예의바른 젠틀맨 양봉가인 밀러는 낯선 여인이 그의 '남자 동굴'에 묵지 않는 것이 최선이라고 생각했다. 그래서 그는 나를 길 건너에 있는 해리와 브렌다 크라우스의 커다랗고 편안한 집에 내려주었고, 크라우스 부부는 흔쾌히 내가 그곳을 방문하는 동안 묵게 해주었다.

크라우스 부부는 친절하고 소탈했다. 해리는 은발에 우락부락한 독일인의 얼굴을 하고 있었으며 다부진 체구의 브렌다는 얼굴 옆까지 오는 길이의 부드러운 갈색 곱슬머리를 가지고 있었다. 부부는 나를 반갑게 맞이하고는 손자들이 묵는 곳이라며 지하 방으로 안내해주었다. 그들은 4년 전 석유 값과 비료 값, 장비 대여비가 고공행진하면서 의욕이 꺾인 자식들이 모두 미니애폴리스로 돈을 벌기 위해 떠나면서, 농장은 거대 농업 기업에게 빌려주고 은퇴한 후 이 집을 지어 살고 있다고 설명했다. 내가 짐을 풀자, 부부는 내게 갓 구운 빵과 꿀을 권했다. 찬장에는 꿀이 아주 많이 들어 있었고, 모두 존 밀러의 벌에서 나온 것이었다.

매년 클로버가 꽃을 피우기 전, 밀러는 벌통을 이웃의 목초지에 설치한다. 그의 양봉장은 20마일 동쪽으로 뻗어 있다. 그 방향의 토지는 상태가 좋지만 농부들은 먹이구하기 벌들이 꽃꿀을 구하기 힘든 옥수수나 콩과 같은 고부가가치 작물을 심기 원한다. 서쪽으로는 45마일을 뻗어 있는데, 이 방향의 토지는 바위가 많아 경작이 쉽지 않고 목초지와 방목, 건초용으로 클로버와 알팔파를 키우기에 적합하다. 따라서 벌들에게도 더 적합하다.

첫 번째 기러기가 남쪽으로 날아가기 시작할 때면(보통 10월의 셋째 주 동안), 밀러는 지난여름 수확한 벌꿀을 로건과 라모르, 스터츠먼, 그리고 키더 카운티 주변에 멀리 떨어져 있는 집으로 가져간다. 그는 목초지 대여비를 벌꿀과 밭에서 키운 호박으로 지불한다. "아주 좋은 호박이에요. 풍성하게 열리고 말이죠. 나이든 여성분들이 좋아한답니다." 일반적으로 그는 한 시간에 네 집에 꿀을 가져다줄 수 있지만, 외롭고 대화가 필요한 농부와 만나면 시간은 지체되기 마련이다. 그들은 소 가격과 옥수수 가격, 해바라기 가격, 농기구 가격, 그리고 손자나 남편 혹은 개를 잃은 것에 대해서 이야기하며 "세상에, 얼마나 세상이 변했는지"라고 말한다. 많은 이들이 전문 요양원에 살고 있으며, 매년 그 수는 증가하고 있다. 노인들은 더 나이가 들고 있는 것이다.

나는 벌꿀 쿠키를 양봉장에 가져다주곤 하던 틸리 디월드를 찾아갈 것이다.

그리고 웃으며 그녀의 방을 나선 나는 울고 말 것이다.

가끔 밀러는 서서히 생명이 사그라져가는 것을 바라볼 수 없어 일부러 사람이 집에 없는 날 꿀을 배달한다. 위스헥에 독일식 김치인 사우

어크라우트의 날이 찾아와, 독일 음식과 무료 혈압 검사를 제공받는 날에 배달하면 틀림없다. 매년 10월 셋째 수요일에 열리며, 1925년 이래로 계속된 이 기념일 날, 로건 카운티 농장은 텅 빈다. 아무도 집에 없으면, 밀러는 여섯 시간 만에 30곳을 폭풍과 같은 속도로 방문할 수 있다.

30년 전, 밀러는 이웃에게 20리터들이 들통에 꿀을 담아 돌릴 수 있었지만, 요즘에는 2리터 병, 혹은 더 작은 곰 모양 꿀통이면 사람들이 만족한다. 객클에 사는 가족들의 구성원이 예전 같지 않기 때문이다. 농장 규모는 커진 반면 농부는 줄었으며, 아이들의 숫자도 감소했다. 그리고 그 아이들은 대학에 가기 위해 객클을 떠난 후 다시 돌아오지 않는다. 북태평양철도의 지맥 건설을 위해 1902년 처음 인구를 조사한 이곳은 20세기 중반 이후, 주민의 반 이상을 잃었다. 오늘날 이곳에는 275명의 노인 농부들이 살고 있다.

빈 공터에는 야생식물이 자라나고, 집에는 아무도 살지 않는다. 만일 객클로 이사하고 싶다면, 집 한 채를 최소 1만 달러에 살 수 있다. 반경 40마일 이내에는 1학년부터 12학년까지 다닐 수 있는 공립학교가 하나 있다. 몇 년 전 이곳은 근처 스트리터 시에 있는 학교와 통합되었는데, 밀러는 쇠망한 스트리터 학교에서 새눈무늬 단풍목 마루판을 뜯어내, 스트리터 시 100주년을 기념하는 5킬로미터 단축 마라톤 '스트럿 앤 스키데들' 대회의 마지막 주자에게 상으로 주었다. 아무도 학교 마루판을 뜯어내는 것에 반대하지 않았다. 내가 방문했을 때, 두 도시의 학교를 통합한 곳에는 총 110명의 학생이 있었다. 봄에 12명이 고등학교를 졸업했고, 그해 가을에 유치원에 입학하는 아이는 겨우 4명이었다. 이런 추세가 계속되면, 결국 이 학교는 객클-스트리터 학교와 축구팀을 공동 운영하는, 38마일 떨어진 카운티에 위치한 나폴레온에 있는 학교와 통합되게 될 터였다. 그렇게 되면, 80마일 반경에 학교가 오직 하나만 남게 된다.

이처럼 마을을 버리고 떠나는 이야기는 노스다코타 사람들에게는 아주 익숙하다. 이 주의 위치는 몰락하기에 적합하기 때문이다. 노스다코타는 북미 한가운데 위치해 있어, 바다의 부드러운 기운과 멀리 떨어져 있다. 그리고 이곳의 '대륙성 기후'는 혹독하게 추운 겨울과 잔인하도록 더운 여름, 고통스러운 바람, 그리고 종종 매우 적은 강수량을 야기한다.

객클의 인구를 조사했을 때, 이전에는 '미국의 대사막'으로 불렸던 대초원 지역으로의 이주를 지지했던 사람들은 땅을 경작하면 이 지역 습도가 높아질 것이라고 믿었다. 이들은 비가 경작지를 따라올 것이라고 말했다. 그리고 수만 명에 이르는 유럽 이민자들이 주인 없는 풍부한 땅의 매력에 이끌려 이곳으로 이주했다. 이민자들은 정착해서 살면서 토지에 어느 정도의 개선을 가져오면 공유지를 에이커당 1.25달러에 불하받을 수 있다는 1841년의 선매권법(Preemption Act)과 토지를 차지하고 5년간 경작하면 160에이커를 농부들에게 주겠다고 약속한

1862년의 홈스테드법과 같은 연방정부 정책의 유혹을 받았다. 다른 이들은 객클과 같은 대초원 간이역으로 고객들을 유인하기 위해 철도 회사들이 제공한 아주 저렴한 토지 때문에 이곳으로 이주했다.

한동안, 이주 지지자들의 말이 맞는 것처럼 보였다. 1890년과 1928년 사이에는 평년과 달리 강수량이 풍부했으며, 밀에 대한 국내 수요가 증가하면서 도시와 농민들이 번성해 주의 인구 또한 급증했다. 겨우 인구 400명 정도의 도시들도 종종 내도시 못지않은 편의시설을 자랑했다. 식료품점 하나, 철물점 하나, 포목에서 등유 램프, 도끼 손잡이까지 모든 것을 파는 만물상 하나, 곡물 창고 한두 개, 마차 대여소 하나, 그리고 병원과 정육점, 마구상, 대장간까지 모두 찾아볼 수 있었다. 또한, 신문사, 호텔, 당구장, 목재소, 약국, 식당, 크림 제조소, 트랙터와 자동차 대리점, 치과, 영화관, 댄스홀도 있었으며 당연히 교회도 많았다.

하지만 호황기에도, 노스다코타의 기후와 인구는 그렇게 공들여 만든 낙관적인 사회 기반시설을 유지하는 데 애를 먹였다. 노스다코타 주는 19세기 후반과 20세기 초반 일련의 호황과 불황을 겪었다. 1878년과 1890년 사이, 인구는 1만 6천 명에서 19만 1천 명으로 급속히 증가했다. 1920년 인구는 64만 7천 명으로 늘어났으며, 1930년에는 68만 명으로 정점에 달했다.

1928년, 노스다코타의 운명이 뒤집혔다. 그 해 여름은 유별나게 비가 많이 내렸다. 객클 북동쪽에 있는 켄살이라는 도시 근처에 살았던 한 농부의 딸인 앤 매리 로우는 당시를 생생하고 애정 어리게 기록한 일기를 남겼는데, 그 해 여름을 거의 열대지방에 가까운 날씨였다고 묘사했다. "작물과 목초는 무성했다. 모기가 엄청나게 많아 사람들과 가축에게 계속 고문을 가했다." 그 해 여름이 끝날 무렵, 파괴력이 엄청난 우박을 동반한 폭풍이 불어와 주의 중심부를 강타해 농부들의 작물 대부분을 짓밟았다. "남은 여름은 비와 모기떼를 극복하고 땅에서 얻을 수 있는 것들을 지켜야 하는 고투가 계속된 지루한 악몽의 시간이었다."

다음 해 여름은 정반대의 극심한 상황이 닥쳤다. 비가 완전히 그치더니 10년간 다시는 내리지 않은 것이다. 1930년대 초반까지 이어지는 여름 동안, 더위는 그치질 않았다. 기온은 보통 43도를 웃돌았고, 가끔은 그늘에서도 최대 48도까지 올랐다. 너무 더워서 말들이 풀밭에서 쓰러져 죽고 벌들은 꽃꿀을 모으지 않았다. 다음 해, 노스다코타의 농부들은 성서 속에 나오는 듯한 재앙을 겪어야 했다. 가뭄과 폭풍, 메뚜기 떼, 그리고 몇 달간 가장 따뜻한 날도 영하 18도 미만인 추운 겨울을 참아내야 했다. 그리고 폭풍우가 끊이지 않고 불어와, 마치 눈처럼 먼지가 쌓였다. 먼지로 가득한 폭풍 때문에 옷장 속의 옷과 찬장의 그릇도 먼지로 뒤덮였고, 심지어는 집 안에서도 앞을 볼 수가 없었다. 그리고 끊임없이 불어오는 폭풍우로 울타리를 친 사육장 안의 하얀색 암탉은, 로우의 일기에 따르면 "흰색 깃털로 보이지 않았다."

작물이 바람으로 날아가지 않은 경우에는 뜨거운 밭에서 타들어갔다. 그리고 흉년이 이어지면서 농부들은 파산하지 않기 위해 집과 밭, 트랙터, 그리고 심지어는 늙고 병든 소마저 저당 잡혀야 했다. 대부분은 성공하지 못했고 노스다코타의 4만 3천 명의 농부들이 1920년과

1934년 사이에 압류로 땅을 잃었으며, 수만 명의 농부들은 집과 농장, 사업을 버리고 떠났다. 가뭄으로 인한 건조화는 토지만 붕괴시킨 것이 아니었다. 노스다코타에 정착하러 오면서부터 품어온 정착민들의 끈질긴 기대 역시 붕괴되었다.

역사학자 엘윈 로빈슨(Elwin Robinson)은 이 지나친 낙관주의를 '과도한 실수'라고 불렀다. 그는 1960년 이렇게 썼다. "노스다코타는 매우 빨리 매우 많은 것들을 매우 많이 가졌다. 개척민들은 아주 많은 농장을 만들었고, 아주 많은 도시가 생겨났으며, 학교도 교회도 대학도 아주 많고, 카운티도 아주 많으며 정부도 지나치게 많다. 기찻길도 많고 은행도 많으며 빚도 매우 많다."

20세기를 지나며 인구는 계속 빠져나갔다. 수익성 있는 농장은 더욱 더 정교한 기계와 더 큰 땅을 필요로 했다. 오늘날 노스다코타 농장의 평균 규모는 3천 에이커에 달해, 160에이커의 땅을 불하한 홈스테드법 당시 토지 규모의 거의 20배에 달한다. 소규모 농사의 비효율성에 꺾이거나 손익분기점을 내기 힘든 데 낙담한 농부들은 대규모 농업 회사에 땅을 팔고 도시를 떠나 파고나 비즈마크, 혹은 다른 주로 향했다. 가장 먼저, 몇몇 농부들이 가족들과 떠났고, 그후에 좀 더 많은 농부들이 떠났다. 1년에 6명이 떠났고, 다음 해엔 3명이 떠났으며, 그 다음 해엔 7명이 떠났다. 그렇게 세월이 흘러, 객클과 같은 곳에 있는 학교는 통폐합되었고 교사들이 떠났으며, 하나씩 그리고 한꺼번에 무리를 지어 카운티는 역사적으로 중요한 개척 이전 상태(인구학자들의 정의에 따르면 1마일당 6명 미만의 사람인 상태)로 돌아가기 시작했다. 오늘날 드넓은 노스다코타에는 1제곱마일당 2명 미만의 인구가 거주한다.

노스다코타보다 인구가 더 적은 주는 와이오밍과 버몬트 단 두 곳이다. 그리고 알래스카와 와이오밍, 몬태나 주만이 노스다코타보다 인구 밀도가 더 낮다. 1930년에서 2008년 사이, 미국의 인구는 2배 반이나 증가했다. 같은 기간, 노스다코타는 주민 4만 5천 명이 줄어, 1930년이 인구 68만 명으로 정점이었고, 2009년에는 63만 7천 명이 조금 안 된다. 주 서부 지방에서 인 오일붐 덕분에 인구가 안정되고 최근에는 증가하기까지 했지만, 농업 인구는 계속 빠져나가고 있다. 1950년, 객클에는 주민 600명이 살고 있었다. 20세기 말, 그 수는 300명 미만으로 줄어들었다.

이 도시에서 발견할 수 있는 눈에 띄는 전원의 매력에도 불구하고, 인구가 계속 줄어드는 이유는 명백하다. 2000년 객클의 1인당 평균 소득은 1만 6천 달러 미만이었으며, 평균 연령은 61세였다. 2000년에 객클에 살고 있던 인구의 45퍼센트 이상이 65세 이상이었으며, 단 9퍼센트만이 18세 미만 인구였다. 밀러는 이렇게 말했다. "한때는 아이들이 폴짝거리며 뛰놀던 곳이었어요. 하지만 이제는 아이들이 없어요. 대학을 간다고 떠난 아이들을 다시는 볼 수 없는 것이죠."

대부분의 사람들이 도시를 향해 몰려가는 동안, 밀러는 그들이 버리고 간 곳에 진을 쳤다. 이곳은 벌들에게는 이상적인 환경이다. 하지만 양봉가들에게는 어려운 환경이다. 아무리 벌들이 대부분의 일을 한다고 하지만, 벌통을 옮기고, 수확하고, 꿀을 처리할 때 양봉가들은 다른 사람들의 일손이 필요하기 때문이다. 그런데 그곳에는 일손이 충분치 않다는 것이 문제다. 북부의 평원 지방에는 사람, 특히 20킬로그램 이상 나가는 벌통을 들어올릴 수 있는 사람이 부족하다. 밀러는 "문을 열고 걸어 들어오는 학생이 있으면 누구든 고용하겠어요. 문제는 학생이 없다는 것이죠"라고 말한다. 밀러는 친구인 리로이 브랜트에게 나를 소개시켜주었다. 그는 여름 동안 노스다코타의 타우너에서 벌을 치는 사람이다. 브랜트는 몇 년 전, 자신이 노스다코타에서 일손을 구한다는 광고를 냈었다고 말해주었다. 임금은 시간당 12달러에서 15달러 사이로 제안했다. "6개월간 전화 한 통 받지 못했어요." 오늘날 도시 지역에서는 논란이 되기도 하는 풍부한 히스패닉 노동자들 역시 고용이 어렵다. 이들이 서로에게 도움을 주는 네트워크를 떠나 노스다코타에서 고립되는 것을 힘들어하기 때문이다.

그래서 브랜트와 밀러, 그리고 다른 많은 북부 평원 지방의 양봉장들은 남아프리카 노동자들에게 임시 비자를 마련해주는 노동 브로커에게 의지한다. 대부분은 네덜란드계 백인인 아프리카너(Afrikaaner) 농부들로서 자기네 나라의 불규칙한 경제 상황에서 빠져나와 모험을 해보려 하는 20대 청년들이다. 양봉가들은 이들을 고용하는 것을 좋아한다. 영어를 사용하고 운전면허가 있으며 노스다코타 농촌에 거주하는 성실한 독일인, 러시아인 농부들과 잘 어울리기 때문이다.

대부분의 해에, 밀러는 15명의 남아프리카인들을 고용해 벌들을 돌보고 꿀을 처리하게 한다. 일부는 다음 해 여름에 다시 돌아오기 때문에 밀러가 일일이 지시할 필요가 거의 없다. 초보자는, 밀러의 말에 의하면 "손가락과 벌통을 함께 스테이플러로 찍는" 꿀 채취소에서 일을 시작한다. 조금 지나면 꿀을 처리하는 곳에서 졸업하고 벌들을 다루게 된다. 밀러는 원주민들이 좀 더 나은 환경을 찾아 떠나면서 버린 집 6채를 사들여 이들을 두세 명씩 함께 머무르게 한다.

금요일 밤이면, 밀러의 남아프리카 노동자 대부분은 술집으로 간다. 8월의 어느 날 저녁, 내가 크라우스 부부 집에 여장을 푼 이후에 밀러와 나는 시내로 그들을 만나러 갔다. 시내에 있는 유일한 술집인 대니스플레이스는 겉으로 보기에 바로 옆에 있는 시니어센터보다도 활기가 없었다.

늦은 오후의 빛줄기가 문틈과 작은 창을 통해 새어들어와 공기 중의 먼지와 맥주자국으로 얼룩진 나무 바닥을 비추고 있었다. 안에는 5명이 있었다. 한 사람은 바텐더인 대니로 대머리에 키가 크고 튼튼한 체격, 그리고 바다코끼리처럼 부푼 콧수염을 기르고 있었다. 다른 네 사람은 밀러가 고용한 아프리카너 인부들로서, 윌리와 웨슬, 콘로이, 자코버스(줄여서 '자코'라고 부른다)였다. 50대인 윌리는 무리의 아버지 같은 존재였다. 건장한 체격에 둥그스름한 볼을 가진 그는 자신의 땅을 지키기 위해 고군분투하던 남부 케이프 지역에서 온 농부로 1년 중 10달을 미국의 벌을 끌고 다니며 겨우 먹고 살 만큼만 벌고 있었다. 20대 중반의 자코는 젊고 금발머리에 붙임성이 좋고 목소리가 부드러운 사내였다. 콘로이는 아직 10대였다. 키가 크고 모래 빛 머리색을 한 그는 말수가 적었다. 그의 배다른 형제인 웨슬은 21살이었다. 도시 출신인 그의 검은 머리칼은 삐죽삐죽한 스타일이었고 사람들과 어울리고 싶어 안달이었다. 이미 마시기 시작한 지 한참 지난 이들이 한 잔씩 더 주문할 때, 밀러는 (늘 그렇듯) 나만 남겨두고 사라져버렸다.

빙 돌아가며 어색하게 인사를 나눈 후, 웨슬은 나에게 자기와 함께 바 근처에 시트가 벗겨진 테이블에 앉자고 청했다. 그는 시럽과 같은 독일 술로 엘크의 피를 함유한 것으로 알려져 있으며(사실은 아니다) 바보 같은 행동을 하게 만드는 것으로도 유명한(실제로 그렇다) 예거마이스터 4잔을 이제 막 연달아 들이킨 후였다. 큰 소리로 건배를 외친 웨슬은 밀러가 또 다른 남아프리카 이주 노동자 배리와 이야기하기 위해 나간 것이라고 말하며 쌓인 빈 유리잔 위에 한 잔을 더 올려놓았다. 배리는 몇 년 전 여자친구인 린다와 객클로 왔으며 밀러의 꿀 채취소 바로 아래에 자리 잡은 곳에서 농사를 짓는 토미 와그너를 위해 일하고 린다는 꿀 채취소에서 일한다. 두 사람은 밀러가 대여한 집에서 같이 살고 있었다.

웨슬은 목소리를 낮추더니 몸을 기대며 "이번 주 린다가 배리를 내쫓을 것"이라고 말했다. 그러더니 웨슬은 목소리를 높이며 몸을 펴더니 뜬금없이 내게 자신은 흑인을 싫어한다고 말했다. 나는 다른 사람들의 날카로운 시선을 예상하며 살짝 주위를 둘러보았다. 하지만 이곳은 노스다코타다. 주변에 다른 사람이 없을뿐더러 흑인은 더더욱 찾아보기 힘들다. 2000년, 객클 인구의 99.4퍼센트가 백인이었다. 게다가 75퍼센트가 독일계 백인 동일집단이었다. 이렇게 쇠락하는 대평원 벽지의 소도시가 웨슬과 같은 남자(혹은 소년)들에게는 남아프리카공화국의 아파르트헤이트의 창시자들이 바랐던 것과 같이 남아프리카 재건의 이상이었다. 강인한 북유럽민들로 구성된 농업 사회로, 수마일 반경 내에 흑인 한 사람 찾아볼 수 없는 곳 말이다. "나는 흑인이 싫어요." 그가 내게 다시 말하더니 술을 4잔 더 주문했다. 그 자리를 떠나는 것이 현명한 일일 것 같았다. 그래서 나는 자리를 떴고 웨슬과 윌리에게서 다음 날 양봉장 구경을 시켜주겠다는 약속을 받아냈다.

나는 다음 날 양봉을 위한 옷차림을 하고 밀러의 꿀 채취소에 도착했지만 아무도 없었다. 꿀을 따다 죽음을 맞이할 때가 되어 바닥과 벽을 불안정하게 뒤뚱거리며 기어다니고 현기증이 나는 듯 내 발목을 오르는 낙오된 벌들을 빼면 말이다. 나는 밀러와 윌리가 자코와 함께 견인차를 타고 도착할 때까지 흙으로 된 주차장을 서성이며 벌들을 지켜보았다. 그들이 말하길, 웨슬은 지난 밤 과음으로 아직도 자고 있다고 했다. 우리는 양봉용 복장을 차려입고 훈연기를 준비하고 장갑을 꼈다. 그런데 우리가 양봉장으로 가기 위해 트럭에 올라탈 때 거들먹거리게 생긴 보안관이 차를 몰고 왔다.

보안관의 말에 따르면, 전날 밤, 내가 떠난 뒤 웨슬과 배리는 독한 술과 맥주를 더 마셨다. 그리고 바텐더 대니가 그들을 술집에서 쫓아낸 후 두 사람은 린다의 집으로 운전해서 갔다. 린다는 경찰에 전화를 했지만 배리가 전화기를 부서뜨렸다. 배리와 웨슬은 시내로 다시 돌아와 미국 농업교육진흥회(Future Farmers of America, FFA)가 객클 시에 기증한 벤치를 부숴다. 그리고 두 사람은 감옥에서 그날 밤을 보냈다.

이것은 객클에서는 흔한 일이 아니었고, 보안관은 화가 나 있었다. 그래서 밀러는 웨슬과 관련된 문제를 잘 해결하겠다고 그를 안심시켜야 했다. 그후 밀러와 나는 그의 커다란 빨간색 픽업트럭에 올라탔고, 윌리와 자코는 거대한 평상형 트럭에 지게차와 운반대 더미를 실은 채 우리를 따라왔다. 우리는 아침부터 정오까지 양봉장 몇 곳을 돌았고, 밀러와 나는 점심을 먹으러 시내로 향했다.

단골손님 한 무리가 객클 커뮤니티 카페에 모여 있었고, 이들은 밀러가 문을 열고 들어오는 모습을 마음 졸이며 바라보았다. 계산대 근처 둥근 테이블에 7~8명쯤 되는 나이든 여성들이 모여 수다를 떨고 있었다. 밀러는 인사를 하고 카페를 돌며 모두와 악수를 나누더니 뒤에 있는 테이블로 직행했다.

그는 다른 사람들과 멀리 떨어져 앉았다. "저기는 독사가 들끓는 곳이에요." 밀러가 무리에게 고개를 끄덕이며 내게 친근한 말투로 말했다. 나이든 병약한 노인 농부들과 그들의 아내들로, 플란넬 셔츠를 입고 작업용 장화를 신었으며 푸른색으로 염색한 곱슬머리에 시원한 커피를 마시고 있는 그들은 그렇게 위험해 보이지 않았다. 하지만 이들은 여가시간이 엄청나게 많은 듯 보였다. 그래서 밀러가 고용한 아이들이 일으킨 사건 때문에 카페가 사람들로 북적거렸던 것이다. 보안관이 꿀 채취소에 들른 지 두어 시간밖에 지나지 않았지만, 이미 마을의 모든 사람들은 웨슬과 배리가 문제를 일으켰다는 사실을 알고 있었다.

객클과 같이 작은 도시는 마치 벌통과 같다. 아주 취약한 미세하게 조정되는 사회적 균형에 의존해, 일단 고정되면 거의 변하지 않는다.

웨슬이 떠나야 할지도 모른다는 사실이 명백해졌다. FFA의 벤치를 부수고 불행한 일을 일으킨 말썽꾼이 있을 곳은 없었다. 그래서 마치 양육벌이 병들거나 부상당한 일벌을 벌통 입구로 안내해 부적응자를 내쫓듯이, 밀러 역시 웨슬을 위한 출구 전략을 세워야 했다. 점심으로 시킨 그릴드 치즈와 아이스티를 앞에 두고, 밀러는 마음을 굳혔다. 아이오와에 있는 소 키우는 사내에게로 웨슬을 보내 (소를 키우는 사람들은 더 심한 일에도 잘 대응한다) 모든 FFA 벤치가 온전한 도시에서 새로운 시작을 할 수 있을지 지켜보기로 했다.

아무 짓도 하지 않은 조용하고 쾌활하며 성실한 콘로이는 웨슬의 형제이므로 함께 보내질 것이다. 올 때 같이 왔으므로, 갈 때도 같이 떠나는 것이다. 밀러는 형제들과 따로 떨어졌을 때의 기분을 잘 안다. 그는 종종 야곱과 에서, 에브라임과 므낫세의 이야기를 떠올린다. 그의 동생인 제이는 네 살이 어리다. 성인이 된 후, 대부분의 시간을 두 사람은 가족이 경영하는 양봉사업에서 파트너로서 함께 일했다. 제이는 아이다호에 양봉장을 운영하고 있고, 존은 캘리포니아와 노스다코타에서 벌을 치고 있다. 이렇게 지리적으로 멀리 떨어진 것은 우연이 아니었다. 두 사람은 대부분의 일, 특히 양봉업에 있어서 의견 일치를 보지 못했다.

2008년, 두 사람의 논쟁은 특히 희생이 컸다. 매년 가을 벌통을 분해하고 나면, 밀러는 벌들에게 푸마길린이라는 노제마병 예방약 성분이 함유된 시럽을 먹인다. 꿀을 수확한 이후 날씨가 변하기 전에 약을 투약해야 인간이 소비할 제품이 오염되지 않기 때문이다. 날씨가 너무 추우면 벌들이 식욕을 잃어 시럽을 먹지 않는다. 그해 초가을 치명적인 새로운 노제마 계통인 노제마 아피스가 미국 내 봉군에 재빨리 확산될 것이 확실해지면서, 형제는 언제 꿀 수확을 중단하고 벌에게 약을 투여할지에 대해 의견을 달리했다. 존은 수확을 일찍 중단하고 다가오는 겨울 동안 봉군을 "살찌우고 개체수를 늘리며 튼튼하게" 만들어 그 해 꿀 수확보다는 다음 해 가루받이 시즌에 집중하고 싶었다. 제이는 꿀 수확을 원했다. 밀러가 씁쓸해하며 말했다. "아이다호 양봉장은 거의 잘해냈어요. 벌들은 거의 시럽을 잘 집어먹었고, 노제마 예방 접종을 거의 한 셈이지요. 그래서 겨울을 상태가 좋은 채로 날 수가 있었어요."

하지만 당연히 그렇지 못했다. 봄에 닥친 노제마 유행병으로 밀러네는 벌통 3천 개를 잃었고, 2008년 초 밀러와 제이는 서로 갈라서기로 결정했다. 그것은 밀러의 말에 의하면 도착하는 데 오래 걸린 "느려터진 고장 난 기차" 같았다. 제이는 벌통 몇 개와 부동산, 그리고 존은 인정하지 않았지만 자신이 부업으로 시작한 소 사업을 가져갔다. 존은 봉군 대부분을 가졌다. 밀러는 자신이 불리한 협상을 했음을 확신한다. 벌이 많으면 두통만 늘기 때문이다. 그래서 휴가를 떠나 바다나 산으로 향하는 대신, 밀러는 8월의 대부분을 꿀을 수확하고 여러 살비제를 실험하는 프랑켄슈타인 양봉장에서 빨간 점을 세어보면서 보낸다. 또 8월에는 예외 없이 매일 길가에 반원 모양으로 늘어놓은 벌통을 찾아 바로아 응애의 습격 여부를 감시한다.

점심식사 후, 우리는 밀러의 트럭에 다시 올라타고 프랑켄슈타인 양봉장을 찾았다. 우리는 벌통에서 적당히 떨어진 곳에 위치한 오래된 포플러나무 아래 그늘에 차를 세우고 작업복과 베일을 썼다. 우리가 트럭의 안전한 곳에 앉아 있는 동안 검은색 구름, 즉 한 무리의 벌떼가 소용돌이치며 우리를 지나쳐 갔다. 그 벌떼는 밀러의 벌통 중 하나에서 출발한 것으로, 안전한 직사각형 쉼터를 떠나 새로운 집을 찾기 위해 낯선 곳으로 향하고 있었다. 수만 마리의 벌들이 만들어낸 엄청난 갈색 회오리가 양봉장 하늘을 맴돌더니 정찰을 위해 옥수수대에 앉았다. 옥수수대는 곤충들의 무게를 이기지 못하고 아래로 휘었다.

밀러는 화가 났고, 당황했다. 어떤 분봉은 예상이 가능하다. 벌통이 붐비고 벌집 사이에서 땅콩 모양의 여왕벌 방을 발견한다면, 봉군의 절반이 떠날 것임을 알 수 있는 좋은 기회다. 하지만 1만 개의 벌통을 가지고 있다면 그것은 몹시 어려운 일이다. 모든 벌통을 일일이 열어 분봉을 준비하고 있다는 사실을 잡아내야 하기 때문이다. 소규모 양봉가들도 벌떼가 떠나는 것에 종종 당황한다. 랭스트로스는 이렇게 썼다. "수년간, 나는 분봉의 확실한 조짐을 발견하려는 쓸데없는 노력으로 많은 시간을 보냈다. 그러다 결국 그런 조짐 같은 것은 없다는 사실을 납득해야 했다."

여름의 정점에 벌통의 공간이 부족할 때 분봉이 가장 많이 일어난다. 이때, 여왕벌이 알을 많이 낳고 일벌들이 부지런해서 벌통 속의 생산물이 감당할 수 없는 수준으로 늘어나면, 번영의 상태에서 봉군은 새로운 여왕벌을 키우기 시작한다. 그리고 새로운 여왕벌 방이 밀봉된 후, 부화하기 이전에 기존의 여왕벌은 새로운 벌집을 만들 장소를 찾아 튼튼한 개척자 한 무리와 함께 떠난다.

대부분의 벌들은 한낮에 이동해, 밤의 추위가 내려앉기 이전에 쉼터를 찾을 시간을 갖고자 한다. 랭스트로스의 글에 의하면, "떠나기로 결정된" 날에는 여왕벌이 알을 낳지 않고, 잠시도 가만있지 못하고 벌집을 돌아다니며 의사소통을 통해 여행을 준비하기 위해 꿀을 잔뜩 먹은 벌들을 선동한다. 랭스트로스는 이렇게 썼다. "드디어, 격렬한 선동이 벌통에서 시작된다. 벌들은 거의 제정신이 아닌 듯 보이며 점점 크기가 커지는 원을 그리며 뱅글뱅글 돈다. 마치 잠잠한 물에 돌을 던졌을 때 만들어지는 물결처럼 말이다. 그리고 결국 모든 봉군이 최대의 동요 상태에 휩싸이며 벌들이 격렬하게 입구로 모여들고 한 줄로 연이어 벌통을 나선다. 벌 한 마리도 뒤를 돌아보지 않고 각자 앞으로 곧장 가도록 북돋운다."

벌떼는 여행을 시작하면서 정찰벌이 집으로 삼을 속이 빈 나무나 돌 틈, 혹은 건물 벽에 갈라진 틈을 찾는 동안 근처 나무나 덤불, 벽에 앉아 쉰다. 이 벌떼는 겁이 나는 광경이지만, 사실 놀라울 정도로 유순하다. 보호해야 할 벌통도 없고 새로운 집을 찾아 떠날 긴 여행을 위해 배를 꿀로 가득 채워, 이 벌들은 독침을 잘 쏘지 않는다. 많은 양봉가들은 이 벌들을 장갑이나 베일 없이도 잘 다룬다.

그러나 벌들이 봄에 너무 일찍, 혹은 여름에 너무 늦게 분봉을 한다면, 그것은 이들의 분봉이 번영에서 온 것이 아니라 결핍에서 온 것일 가능성이 높다. 랭스트로스의 말에 의하면 "절박함에서 온" 것이다. 나는 밀러의 트럭 안 안전한 곳에 앉아 벌떼가 우리에게서 멀어지는 것을 바라보며 고향에서 밀려나 새로운 집을 지을 곳을 찾아 헤매야 하는 이 벌들이 웨슬의 나라 사람들과 그리 다르지 않다고 생각했다. 웨슬은 예거마이스터 네 잔을 들이키며 아파르트헤이트가 폐지된 이후 흑인들이 남아프리카 고향의 길 이름을 아프리카식 이름으로 바꿨다는 이야기를 해주었다. 물론 웨슬의 조상들 역시 유사한 이동 정책을 펼쳤다. 나는 아프리카 꿀벌을 떠올리지 않을 수 없었다. 아프리카-유럽의 혼혈인인 웨슬처럼 아프리카 벌들도 이동해 다니고, 무리를 잘 지으며, 다른 이의 벌집을 빼앗는 것을 부끄럽게 여기지 않기 때문이다. 웨슬은 아프리카 꿀벌처럼 공격적이고 사교성이 몹시 부족하다. 물론 벌들의 행동은 술이 아닌 유전자 때문이지만 말이다. 그리고 이제 둘 다 신세계로 이주해 적지 않은 실망감을 주고 있다.

떼를 지어 다니는 것, 즉 이주는 인간 역사에서 거래의 한 부분이다. 이것은 일종의 자연적인 쇄신의 역할을 수행했지만, 강력한 불안을 초래하기도 했다. 유럽 정착민들은 노스다코타로 떼를 지어 이동했다. 몇 년이 지난 후 이들이 뿔뿔이 흩어지며 폐가와 사람이 떠난 마을만 남겨졌다. 그곳에 웨슬이 왔다. 그는 그곳을 집으로 삼았지만 따뜻한 환영을 받지 못했고, 노스다코타에 있는 FFA 벤치 하나를 없애 짧은 몇 달 안에 다시 떠나야 했다. 왜 그가 그런 불화를 일으키며 쾌락을 추구했는지는 확실하지 않지만, 그는 여름 내내 조금씩 더 많은 문제를 일으켜왔다. 밀러는 웨슬을 곁에 오래 둔 것이 실수였다고 확신한다. 밀러는 절대로 인간을 이해하는 척하지 않으므로, 그러한 실수를 저지른 자신을 용서할 것이다. 하지만 벌들을 다루며 저지르는 실수는 쉽게 용서하지 않는다.

프랑켄슈타인 양봉장은 밀러가 살비제와 산, 그리고 진드기 살충제를 실험해보며 자신의 실수를 예견하고 미연에 방지하고자 하는 곳이다. 이곳은 2004년 밀러가 이전에 사용하던 화학물질들이 더 이상 효과가 없다는 사실을 발견한 곳이며, 다음 해 여름에 응애를 없애기 위해 새로운 물질을 실험한 곳이기도 하다. 늦여름에서 초가을, 벌의 개체수가 줄어들고 응애의 개체수는 증가할 때가 양봉가가 겨울 벌에 기생하는 응애를 죽일 수 있는 유일한 기회다. 여왕벌이 마지막 알들을 낳을 때 적절한 시기에 약품을 처리함으로써 양봉가는 바로아 응애가 육아실 안에서 번식하고 겨울 벌의 개체수를 압도하는 것을 막을 수 있다.

그래서 8월 1일, 밀러는 프랑켄슈타인 양봉장을 부지런히 감시하기 시작한다. 벌통에 서로 다른 응애 방지 물질을 실험하고 거의 24시간을 기준으로 하는 스프레드시트에 실험 결과를 입력한다. 각각의 실험 벌통에는 번호가 매겨지고 반원형으로 배치된다. 내가 밀러를 만난 날, 그는 양봉장을 돌며 모든 벌통의 뚜껑을 열어보았다. 대부분의 벌통은 건강했다. 틀에는 벌들이 가득하고 꿀이 뚝뚝 떨어졌다. 몇 개는 문제가 있었다. 그 벌통들은 암울했다. 지저분하고 텅 비어 있었으며, 벌도 꿀도 거의 없었다. 마치 유리창이 깨어지고 벽에 낙서가 된 폐가 같았다. 411번 벌통은 부저병에 걸려 바싹 마른 흰색 유충이 바닥에 흩어져 있었다. 402번 벌통은 바로아 응애에 걸렸다는 숨길 수 없는 징후를 보여주었다. 벌통 입구에는 수많은 '개미들'(날개를 잃은 아픈 벌들)이 알 수 없는 원을 그리며 꼼지락거리고 있었다. 뚜껑을 열어보니 응애가 벌 등을 자유롭게 기어다니고 있었고, 육아실을 칼로 뚫어보니 모든 방에서 흰색 번데기 위에 붙은 붉은 점들이 버젓이 보였다.

바로아 응애의 습격을 감시하기 위해, 밀러는 모든 벌통 아래에 끈끈이(식물성 쇼트닝인 크리스코를 바른 흰색 직사각형 카드보드지)를 설치했다. 매일 그는 끈끈이에 떨어진 응애의 수를 세고 스프레드시트에 입력한다. 카드보드지에 붉은 점이 많을수록 응애의 수도 많아진 것이다. 그는 아무런 약품도 처리하지 않은 통제군 벌통에 있는 응애 수와 승인된 살충제를 투입한 벌통 속 응애의 수, 그리고 FDA의 인가를 받지 않은 약품을 처리한 벌통의 응애 수도 세어본다. 이 벌통들에 있는 꿀은 판매용이 아니다. 프랑켄슈타인 양봉장은 순전히 정신나간 과학자가 꿀벌 약품을 실험하고 관찰하는 곳이다.

나는 밀러의 일에 동참해 불길한 빨간색 점을 5개씩 세어보았다. 베일의 그물과 끈끈이에 반사되는 빛, 그리고 내 귀에서 고집스레 윙윙대고 팔을 기어오르며 가끔은 베일에 내려앉기도 하는 벌들의 방해를 무릅쓰고 수를 도중에 잊지 않기 위해 애써야 했다. 얼굴에서는 땀이 흘러내리고 벌들이 윙윙대며 혼란을 일으키는 이 과정에는 무언가 이상하게 명상적인 요소가 있었다. 가려운 곳을 긁지 않기 위해 애쓰면서 동시에 수를 세야 하는 와중에 존재의 이유를 생각하게 되었다. 대부분의 끈끈이에는 점이 몇 개 없었다. 40개 있는 것도 있었고, 60개, 150개 있는 것도 있었다. 그러나 402번 벌통 아래에 있던 끈끈이는 응애로 뒤덮여 있었다. 나는 그 수를 세어보는 임무를 맡았지만 500개가 넘어갔는데도 여전히 끈끈이 한 구석에 머물러 있자, 결국 포기하고 말았다.

양봉에서는 손실의 규모를 측정하는 데 스프레드시트조차 불필요한 시점이 온다. 밀러의 말이다. "사전에서 붕괴라는 단어를 찾아보면, 응애 2천 개가 붙어 있는 끈끈이라는 정의가 나오지요." 노스다코타 농촌 지역에서 이들은 붕괴라는 개념을 이해하기 위해 사전이 필요 없다. 땅을 경작하며 살아가는 것 자체가 늘 도박이다. 작물이 죽고, 봉군은 붕괴하며, 집은 저절로 무너져 내린다. 하지만 어떻게든 살아가며 여전히 살아남은 주민들은 희망과 체념 사이에 적절한 균형을 맞추며 견뎌낸다.

일요일, 나는 내가 묵는 집의 주인인 해리와 브렌다 크라우스 부부를 따라 제일 그리스도연합 교회 예배에 참석했다. 그곳은 소박하고 아무런 장식이 없으며 흰색 벽과 나무판지를 이어붙인 흰색 외장재, 그리고 넓은 목조 기둥 신도석이 있는 견고해 보이는 교회였다. 보통은 40마일 떨어진 제임스타운에서 모르몬 예배에 참가하는 밀러도 나에게 동참했고, 우리는 크라우스 부부와 또 다른 지역 농민 옆에 자리를 잡았다. 해리 크라우스가 밀러를 쿡 찌르며 말했다. "경찰이 자네 양봉장으로 오는 것을 보았네." 밀러는 눈알을 굴렸다. 브렌다는 여자 우체국장이 스티브 클라인가트너에게 무슨 일이 있는지 물었다고 말했다. 생일도 아닌데 엄청난 양의 카드가 그 앞으로 도착했기 때문이다. 아무도 답을 알 수 없었다. 예배가 끝나면 분명히 밝혀질 것이다.

예배 전에 초청 연사의 강연이 있었다. 지속 가능한 농업을 오랫동안 지지해온 프레드 커셴먼이라는 지역 유기농 농부가 농업의 미래에 대해서 연설할 예정이었다. 그는 다들 아는 얘기부터 시작했다. 미국의 심장부에서 가족농업이 쇠퇴하고 있다고 말하며 이렇게 말을 이었다. "전국 작물의 60퍼센트를 7만 명의 농부들이 생산하고 있습니다." 그 중 단 6퍼센트만이 35세 미만이고, 거의 80퍼센트가 55세 이상이다. 그는 이렇게 지적했다. "한 세기 전, 상황은 반대였지요." 주위를 둘러보니 그의 말이 사실이었다. 교회에 온 사람은 100명 정도 되었지만 단 한두 명만이 50세 미만으로 보였다. 10대가 한 명 있었지만 더 어린 아이는 찾아볼 수 없었다. 이 교회에서는 전년도의 견진성사(교회의 안수의식으로 일반적으로 7세에서 12세 사이의 나이에 받는다 - 옮긴이) 클래스가 마지막이었다. 더 이상 견진성사를 받을 사람이 없었다.

커셴먼은 사람들이 농업 이외의 수입, 즉 본업, 혹은 배우자의 월급의 도움을 받아, 혹은 규모의 경제와 함께 살충제와 비료로 땅을 뒤범벅으로 만들어 궁극적으로는 지속 불가능한 전략을 쓰면서도 미국의 심장부에서 그럭저럭 살아나가고 있다고 설명했다. 더 이상 농업 수입만으로 살아가는 미국인은 거의 없다. 비싼 장비값과 높은 연료비 때문에 사람들은 거대 영농 기업에 땅을 빌려준다. 중부 지방의 도시와 같은 지역 공동체들은 전국 소유권자 모임(ownership society)에서 회원 자격을 포기했다. 주변의 농부들은 동의의 의미로 고개를 끄덕였다. 미국에서 가장 최초로 가장 거대하며 가장 성공적인 유기농 농장을 소유하고 있는 커센먼은 자기의 농장처럼 규모가 더 작고 작물은 더 다양하며 노동 집약적인 농업으로 돌아가야 사람들이 돌아와 객클이나 노스다코타에 있는 여러 도시와 같은 지역 공동체에 새로운 활력을 줄 수 있다고 주장했다. 하지만 추세는 전혀 반대로 향하고 있었다.

커센먼이 연설을 끝내자, 밀러와 그의 이웃들이 수다를 떨기 시작했다. "내 아이들 중 몇 명이 양봉업을 하고 있을까요?" 밀러가 해리 크라우스와 주변 사람들에게 질문을 던졌다. "정확히 0명입니다. 여러분 아이들 중 몇 명이 농사를 짓고 있지요?" 농부들은 대답할 필요를 못 느꼈다. "아이들이 농사를 지었으면 좋겠습니까?" 사람들은 고개를 저었다. 밀러는 양봉업을 살리고 싶었다. 또한 그는 은퇴도 하고 싶었다. 밀러가 말했다. "나는 60살이 되면 다른 일을 하고 싶습니다. 5년 후에는 출구를 찾아 다음 세대에게 물려주고 싶어요." 하지만 물려줄 누군가가 필요하다. 그의 아이들은 관심이 없는 것 같다. 남아프리카인들은 시기 적절한 도움을 주지만, 불행하게도 장기적인 해결책이 될 수 없다. 그래서 그는 자기가 신뢰하는 관리자인 라이언 엘리슨에게 희망을 걸고 있다.

엘리슨은 10년 전 아이다호에서 밀러를 도와 일하다 벌과 사랑에 빠졌다. 가여운 인간 같으니! 엘리슨은 지금 밀러를 위해 매일 양봉장을 관리하고 있다. 그런데 밀러는 얼른 엘리슨에게 사업을 팔아넘기고 두 번째 직업을 찾고 싶어한다. 밀러는 농담 반, 진담 반으로 이렇게 말했다. "머리를 사용하고 싶어요. 법률 보조원이 되고 싶습니다."

대규모 농업은 날씨만큼이나 고된 농촌 경제에서 아이들을 잃고 미래를 잃은 객클에 도움이 되지 않는다. 커센먼의 메시지는 암울했고, 좀 더 전통적인 형식의 설교와 찬송가 몇 곡이 이어진 후, 우리는 침착하게 교회를 줄지어 걸어 나왔다. 집으로 오는 길에, 우리는 주말의 드라마 같은 일이 벌어진 이후 필요한 것이 있는지 살펴보기 위해 린다의 집으로 향했다. 하지만 목적지에 가까워지자 밀러는 혀를 쯧쯧 찼다. 배리의 차가 밖에 주차되어 있었다. 그는 린다에게 돌아왔고 린다는 돌아온 그를 받아주었다. 웨슬은 곧 아이오와로 가 또 다른 낯선 쇠망하는 농업의 보루에 둥지를 틀어야 할 것이다. 그곳은 더 이상 환영하며 받아줄 곳 없는 사람들이 인내를 구하는 곳이다.

배리는 오래 머물지 않을 것이고, 린다는 붙잡지 않을 것이다. 하지만 그 빛나는 달콤 쌉쌀한 8월의 주말, 아마도 두 사람은 아직은 서로를 보내기 힘들었을 것이다. 우리는 혼란스러운 미래를 늦추기 위해서 혹은 그것이 우리가 아는 전부라서 현재에 집착한다. 객클은 순수한 고집의 가치를 보여주는 증거다. 사랑하는 사람에게 돌아가는 것은 가치가 있고, 가족농업을 지속하는 것에도 가치가 있으며, 자라난 곳에서 사는 것에도 가치가 있고, 아무리 많은 상식이나 경제적 자급으로도 정당화되지 않는 양봉업을 계속하는 것에도 가치가 있다. 노스다코타의 군집은 붕괴하고 있을지 모르지만 모두가 날아가버린 것은 아니다. 그곳에는 가치가 있고, 고집 속에 끈질긴 로맨스가 남아 있다. 그리고 존 밀러는 대단히 로맨틱한 사람이다.

나는 예배가 끝난 오후 위협적인 짙푸른 폭풍우 구름이 서쪽 지평선에서 솟아오를 때 객클을 떠났다. 일주일 후, 밀러는 나에게 이메일을 한 통 보냈다.

당신이 떠나자,

하늘이 폭발했습니다.

하늘이 얼마나 기묘했는지 기억하십니까?

당신이 안전하게 떠난 후,

비가 71밀리미터 내렸어요.

이야!

이틀 후, 33밀리미터가 더 내렸지요.

이야!

이틀 후, 오늘 저녁에는,

격렬하게 화를 내며 16밀리미터가 내렸지요.

그래서 합계는.

1월 1일에서 8월 1일 사이에 183밀리미터의 강수량을 보였고,

8월 2일에서 8월 25일 사이에는 210밀리미터의 강수량을 보였지요.

북부 평원의 반 건조 지대는 요란하고 거친 곳입니다.

예측이 불가능할 것을 예측할 수 있지요.

곧, 서리가 내릴 것입니다.

아무도 모르는 일이지만, 9월 21일에 내기를 걸어도 좋아요.

12월 21일이 되면, 평균 낮 최고 기온이 영하 6도가 되겠지요.

평균 밤 최저 기온은 영하 17도가 될 겁니다.

오늘 밤 우리는 맹렬한 폭격이 일어날 것을 예상하고 건물 안에 트럭을 숨겨놓았어요.

예상이 맞았지만, 우박은 없었어요.

다른 지역은 그리 운이 좋지 않아, 야구공만 한 크기의 우박이 내렸답니다.

볼링공 크기의 우박이나 수박 크기의 우박은 아니었어요.

하지만 바람이 불면, 야구공 크기의 우박으로도 소가 죽을 수 있습니다.

그리고 그런 날씨에 밖에 나간 지독히 멍청한 인간들도 마찬가지고요.

달콤 쌉싸름한 풍요

좋은 꿀은 양봉가에게 전부다.
죽어가는 양봉장의 슬픈 적막감이
그들을 괴롭힐지라도
이들에게는 혀에 놀라울 정도의
달콤한 쾌락을 안겨주는 꿀이 있다.
우리는 가끔 현대 양봉의
문제점에 대해 이야기할 때
양봉가들이 꽃의 수만큼 다양한,
지구상에서 가장 달콤한
경이로운 물질을 생산한다는 것을
잊어버리곤 한다.
밀러는 꿀을 사랑한다.
그는 종종 꿀을 생산할 때마다
손실을 보기는 한다.
하지만 궁극적으로 그는
의문의 여지가 없는 훌륭한 것을
만들어내는 일에 참여하고 있다.
그는 꿀을 만들어낸다.

하지만 결국에는, 꿀이 있다.

폭풍우가 휘몰아치기 전, 그리고 설교를 듣기 이전, 또 예거마이스터로 인한 극적인 상황이 일어나기 전에, 밀러는 지도를 찾아보며 빨간색 압정으로 표시를 했다. 각각의 압정은 그가 수십 개의 벌통을 설치해 놓은 꽃이 피는 초지를 나타내고, 우리는 그 초지 중 한 곳에서 꿀을 채취하기로 했다. 그는 가까운 위치에 있으면서도 자연 그대로 잡초가 무성한 좋은 초지에 데려가주겠다고 약속했다.

밀러의 이상적인 세계에서, 노스다코타 대초원 지역 전체는 사람의 손이 닿지 않은 풀이 무성한 곳이어야 하며, 강인하고 꽃이 피는 잡초로 가득해야 한다. 그곳은 제 때에 풀을 잘라주는 법이 없는 알코올 중독자 농부의 소유여야만 한다. 꼼꼼하거나 기업식으로 경영하는 농부들은 깐깐해서 알팔파 꽃이 피기 전에 잘라버려 밀러에게는 아무 도움이 되지 않는다. 또 클로버와 알팔파를 갈아엎고 옥수수를 심는 농부들도 도움이 되지 않는다. 옥수수는 잡초를 용납하지 않고 꽃꿀이 없으며 바람을 이용해 수분을 하고 벌들이 먹을 먹이가 거의 없다. 밀러는 엉성한 농부를 좋아한다. 잡초를 늦게 잘라 들판이 꽃으로 가득하게 만드는 그런 사람들 말이다.

하지만 그 해 객클에서는, 가장 방치된 초지마저 사라지고 있었다. 시의 동쪽으로 향하던 중 밀러는 차를 한쪽으로 대더니 보라색 알팔파 꽃 한 송이를 꺾었다. 꽃은 진한 보라색으로, 아주 정상적으로 보였다. 밀러는 꽃을 입으로 가져갔다. 나도 그를 따라했다. 혀에 닿은 꽃은 달콤한 맛을 내야 했지만, 그 꽃은 아무 맛도 나지 않고 마치 먼지 같은 맛을 냈다. 밀러는 줄기를 쥐어짰다. 식물에 수분이 풍부하다면, 물 한 방울이 흘러나와야 했다. 하지만 물은 새어나오지 않았다. 우리는 다시 트럭에 올라타 1마일을 더 이동했다. 윌리와 자코가 평상형 트럭을 타고 우리 뒤를 쫓아오고 있었다. 밀러는 먼지가 자욱한 길에서 오른쪽으로 틀더니 가까운 농장에서도 꽤 멀리 떨어진, 풀이 무성한 습지대로 향했다.

꿀을 채취하기 좋은 완벽한 날이었다. 조용하고 햇살이 눈부셨으며 따뜻했다. 우리는 벌통들이 여럿 모여 있는 곳 근처에 아무렇게나 트럭을 세웠다. 메밀은 이제 막 싹이 트기 시작하고 있었고 알팔파 꽃은 지고 있었다. 우리는 얼굴에 베일을 쓰고 벌들을 조용히 만들기 위해 훈연기에 불을 피웠다. 그 시기의 여름에 벌통은 4층 높이로 쌓여 있었다. 맨 아래에 있는 상자에는 여왕벌과 이중 깊이의 육아실이 들어 있고, 그 위에 자리 잡은 좀 더 얇은 세 개의 계상에는 사람이 먹을 수 있는 꿀이 들어 있었다. 격왕판은 여왕벌이 위로 올라가 계상에 알을 낳지 못하도록 막으며 위에 있는 상자에는 여왕벌이나 애벌레가 하나도 없이 꿀만 존재하도록 해준다. 하지만 몸집이 작은 일벌은 벌통 사이를 쉽게 옮겨다닐 수 있어 벌집을 짓고 꽃꿀과 꽃가루를 저장할 수 있다. 꽃이 피어 있는 한 일벌들은 그런 일을 한다. 그러나 여름의 이 시기가 다가오면 빛과 꽃이 모두 서서히 줄어들면서, 벌들은 생존 모드로 바꿔어 모아놓은 꿀로 긴 겨울을 버틸 준비를 하기 시작한다.

밀러는 수확이 실망스러울 거라고 마음을 단단히 먹었다. 8월은 비옥한 적이 없었던데다, 올해는 가뭄으로 인해 수확기까지 앞당겨졌다. 7월 초, 기온이 40도를 넘어서자 스위트클로버가 갑자기 사라졌다. 알팔파도 재빨리 사라지고 말았다.

우리는 마지막 풍요를 수확하고 있었다. 밀러는 벌통의 뚜껑을 열어 가장 위에 있는 꿀 계상 위에 훈연기를 갖다댔다. 훈연기는 비고(Bee-Go)라는 매캐한 물질이 첨가되어 있었으며, 그 배터리 산의 악취는 도저히 말로는 표현할 수 없었다. 하지만 밀러는 친절하게도 나를 위해 그 악취를 이렇게 묘사하면 어떨지 제안했다. "유독하고 역겨우며 구역질이 나고 눈알이 빠질 것 같다. 감각은 예리해지고 토할 것 같다." 요컨대 고약한 냄새를 풍기며 벌들을 상부의 꿀이 들어 있는 계상에서 바닥의 육아실로 몰아 여왕벌과 웅크린 채 모여 그 악취의 순간이 지나가길 기다리게 만든다. 비고를 설치하면 벌통의 일벌 수를 너무 많이 감소시키지 않으면서 꿀을 채취할 수 있다. 계상에서는 꿀이 줄줄 흐르고 밀랍이 가득하다. 다시 뚜껑을 덮은 후 밀러는 벌통을 운반대 위에 올려놓는다. 밀러가 말했다. "아름답지 않습니까? 제 말 뜻은 꿀이 가득하다는 겁니다." 양봉업계에서 가득하다는 건 좋은 것이다. 무게는 풍요를 의미한다. 가벼운 벌통은 들어올리기에는 편하지만 무언가 잘못되었다는 것을 뜻한다. 양봉가에게 가장 큰 보상을 가져다주는 것은 가장 고된 노동이다.

밀러의 신사적인 저주에도 불구하고, 나는 계상 하나를 들어올렸다. 무게가 대략 50파운드쯤 나가는 것으로, 열량이 응축되어 있다. 나는 운반대로 뒤뚱거리며 천천히 걸어가 내려놓았다. 밀러는 이미 나보다 벌통 하나를 앞서고 있었다. 나도 할 수 있다는 것을 증명하기 위해 계상 하나를 더 들어올린 후 나는 기꺼이 옆에 서서 밀러와 남아프리카인들이 벌통을 약탈하는 모습을 바라보았다. 그들은 각각의 벌통에서 가장 위에 있는 계상 두 개씩을 약탈하고 상자를 운반대에 올려놓은 후 지게차로 운반대를 들어올려 윌리의 거대한 트럭 위에 실었다. 그러고는 그 짐들을 벌꿀 채취소로 가져가 자신들이 수확한 것을 확인했다.

벌꿀 채취소는 꿀을 추출하고 판매를 위해 통이나 병에 담는 소규모 처리 공장이다. 보통 바닥은 콘크리트로 되어 있으며 지붕은 철로 되어 있다. 그리고 머리를 지끈지끈하게 만드는 달콤한 냄새를 풍긴다. 바닥에는 죽은 벌들이 어질러져 있고 대기에는 꿀과 절망감이 짙게 드리워 있다.

양봉장에서 돌아온 후, 밀러의 직원들은 평상형 트럭에서 계상을 들어올려 꿀을 액화시키기 위해 3일간 32도에서 35도 정도의 온도로 열을 가하는 '핫 룸'에 들여놓는다. 그런 후 계상에서 틀을 빼내 각각의 칸에서 밀랍 뚜껑을 제거하는 기계에 들여보내고, 8분에서 12분 동안 회전하며 꿀과 밀랍 조각을 틀에서 제거하는 원심력 추출기에 집어넣는다. 꿀과 밀랍 혼합물은 수집 탱크로 쏟아 부어지고, 또 한 번의 원심력 추출을 거치며 밀랍이 제거된 후, 파이프를 이동해 또 다른 거대한 고정식 탱크로 향하고, 50갤런짜리 식품용 스틸 통에 담기게 된다.

대기에는 기계들의 윙윙 소리와 통이 확장할 때 금이 가며 생기는 산탄총 소리가 울려퍼진다. 밀러는 하루에 최대 80통을 생산할 수 있으며 각각의 통에는 꿀 660파운드가 들어 있다. 밀러는 흉년이 들면 1천 통을 생산하고, 풍년이 들면 2천 통 이상을 생산한다. 거의 140만 파운드나 되는 양이다. 바로아 응애가 나타나기 전, 밀러는 벌통당 평균 120파운드의 꿀을 생산했다. 지금은 100파운드다. 미국 기준으로 볼 때 이 수치는 나쁘지 않다. 그러나 호주의 양봉가들은 유칼립투스 꽃꿀이 넘치는 동안 벌통 한 개당 629파운드의 꿀을 생산해내는 것으로 유명하다.

일단 꿀이 포장되면 밀러의 직원이 각각의 통을 분류하고 수분 함량을 측정해 꿀의 진하기에 따라 숫자를 매긴다. 내가 방문했을 때에는 모나라는 여자가 그 일을 하고 있었다. 가장 낮은 숫자는 가장 옅은 벌꿀을 의미하며 클로버와 알팔파에서 생산된 꿀이 이에 해당한다. 이 꿀은 좀 더 순한 향으로 인해 가장 가치가 있으며, 벌꿀 포장업자들은 이 꿀과 진한 꿀을 섞어 슈퍼마켓에서 익숙한 일정한 색을 만들어낸다. 통에 숫자와 색, 수분을 표시한 후, 밀러는 이 분류된 통들을 저장해놓았다가 매년 가을 포장업자들이 보내는 트럭에 싣는다. 이 순간이 바로 벌들의 일생의 노동이 돈으로 환산되는 시점이다. 비록 충분한 금액은 아니지만 말이다.

벌꿀 가격은 수년간 엄청나게 변동을 거듭했다. 밀러는 저점에서 고점에로 가는 데에는 일반적으로 5년이 걸린다고 말한다. 1970년 파운드 당 0.1달러였던 꿀은 1975년 0.5달러가 되었다. 2005년과 2010년 사이 5년간, 1파운드당 최고 가격은 1.45달러였고 최저 가격은 0.95달러였다. 가격이 저점일 때 밀러는 손해를 보며 벌꿀을 생산하는 셈이다. 하지만 밀러에게는 아무 상관없다. 그에게 꿀을 만들어내는 것은 연간 수익 그 이상의 일이다. 매년 일어나는 기적인 것이다.

그 이유는 무엇일까? 꿀은 꽃꿀이 증류한 것으로, 엄청난 수의 벌들이 모은 것이다. 꿀 1파운드를 만들려면 여름의 절정에 벌통 하나에 모여 사는 5만 마리에서 8만 마리의 벌들이 총 5만 5천 마일을 여행하고 200만 송이 이상의 꽃을 방문해야 한다. 하늘의 별들이 나란하고 꽃꿀이 쏟아져나오는 시기에는 봉군 하나가 하루 만에 30파운드 이상의 꽃꿀을 모을 수 있다. 일벌 한 마리는 매번 여행 시마다 50~100송이의 꽃을 방문하며 꽃꿀을 모으는 과정에서 꽃가루를 확산시키고 자신이 다녀가는 식물의 번식을 돕는다. 그런 점에서 벌들은 나무에서 나무로 미래를 옮기는 셈이며, 열정과 의무로 수분을 증발시켜 더 낫게 만든 꽃꿀인 꿀은 그들의 노역에 대한 보상이다.

꽃의 영속성은 거래다. 벌들은 중간자다. 벌들을 돌보는 이들 또한 수혜자다. 극단적 채식주의자들은 벌꿀을 먹어도 될지에 대한 의문을 해결하지 못했다. 이것은 동물성 식품인가? 시간을 거슬러 올라가, 유대인들 또한 같은 의문에 봉착했었다. 랍비들은 이 달콤한 음식을 지지하며 문제를 해결했다. 랭스트로스는 이렇게 썼다. "고대 유대인들은 벌꿀이 식물성 식품이라는 사실을 알고 있었다. 랍비 한 사람이 물었다. '우리는 불결한 벌을 먹지 않는데, 왜 벌꿀은 먹어도 되는 걸까요?' 그리고 이렇게 대답했다. '벌들은 꿀을 만들지 않기 때문입니다. 식물과 꽃에서 모을 뿐이지요.'" 이보다 더 훌륭한 논리가 있을까?

꿀은 포도당과 과당, 물로 이루어져 있다. 그뿐 아니라, 말토오스와 수크로오스, 코지비오스, 튜라노스, 이소말토오스, 그리고 말투로오스와 같은 22종류의 다당류가 함유되어 있다. 당의 그러한 혼합이 꽃꿀을 꿀로 만들어주는 것이다. 소량의 산과 색소, 단백질, 그리고 미네랄 성분 덕분에 클로버 꿀은 예컨대 양파 꿀과 매우 다른 맛을 낼 수 있다.

일반적인 꿀벌 한 마리는 일생 동안 12분의 1티스푼만큼의 꿀을 생산한다. 매번 비행 시마다 자기 몸무게의 반에 해당하는 꽃꿀과 꽃가루를 들고 집으로 돌아와 수차례 삼켰다 뱉어내는 독특한 소화 기제를 이용해 자연의 꽃꿀을 벌꿀로 탈바꿈시킨다. 그 과정을 통해 꿀벌은 꽃꿀 속 다당류를 단당으로 분해시키는 효소를 첨가하게 된다. 그후 가공 처리된 꽃꿀을 아직 뚜껑이 덮이지 않은 벌집 칸에 넣으면, 다른 일벌이 와 수분 대부분이 증발할 때까지 날개를 이용해 부채질을 한다. 신선한 꽃꿀의 수분 함유량은 최대 55퍼센트에 이르기도 하지만, 한 시간 이내에 40퍼센트까지 줄어든다. 숙성된 꿀이 들어 있는 칸이 봉해지면, 수분 함유량은 18.6퍼센트 밑으로 떨어진다.

숙성된 꿀은 발효하지 않으며, 제대로 봉해졌다면 수년, 수십 년, 심지어는 수백 년을 썩지 않고 보관할 수 있다. 물보다 36퍼센트 더 밀도가 높은 불순물이 섞이지 않은 꿀의 일반적인 수분 함유량은 15퍼센트에서 18퍼센트 사이다. 밀러가 노스다코타에서 생산하는 벌꿀은 보통 16.4퍼센트에서 17.4퍼센트의 수분 함유량을 보인다. 수분이 18퍼센트보다 훨씬 더 높게 함유되어 있으면, 다른 물질과 희석되었거나 숙성되기 이전에 벌통에서 추출되었을 가능성이 높다. 품질 좋은 벌꿀은, 질 좋은 와인처럼, 시간이 흐를수록 좋아진다. 로렌조 랭스트로스는 이렇게 설명했다. "오래된 벌꿀은 갓 만들어진 벌꿀보다 건강에 더 좋다."

좋은 벌꿀과 나쁜 벌꿀을 구별하는 법은 간단하다. 좋은 벌꿀은 나이프에서 곧게 흘러내리며 바닥에 닿을 때 구슬 같은 방울을 형성한다. 꿀 줄기는 각각의 방울로 나뉘어야 하며, 두 번째 흐르는 줄기는 이미 떨어진 꿀방울 위에 잠시 머무르며 층을 형성한다. 벌꿀에 수분이 너무 많으면 바닥으로 떨어지면서 작은 방울로 부서지며, 바닥에 닿으면 층을 형성하는 것이 아니라 웅덩이를 만들 것이다. 좋은 벌꿀은 병 안에서 절대로 분리되지 않는다. 비록 다양한 품종의 벌꿀들이 숙성되며 크림색 알갱이 모양의 고체로 결정체를 이루긴 하지만 말이다.

니사나무 벌꿀은 절대로 결정체를 이루지 않는다. 아카시아와 세이지, 수레국화 벌꿀에는 드물게 생기는 경우가 있다. 미국에는 최소한 300개의 다양한 종류의 벌꿀이 있다. 특정 종류 벌꿀의 맛과 색은 꽃에 따라 다르다. 야생화 꿀로도 알려진 폴리플로럴 꿀은 여러 종류의 꽃에서 온 것이며 너무 종류가 많아 확인이 불가능하다. 일반적으로 대량 생산 벌꿀은 두 개 이상의 꽃 혼합물을 섞은 것이다. 모노플로럴 꿀은 단일 품종 꽃의 꽃꿀에서 비롯된 것이다. 예를 들어 알팔파 꿀이라면, 꽃이 피는 시기의 알팔파 밭 근처에 벌이 있었다는 의미다. 비록 특정 벌통의 모든 벌들이 꿀이 생산되는 시기에 알팔파에만 방문하고, 반항적인 먹이구하기 벌 한 마리도 살짝, 예컨대 메밀꽃 한 입을 맛보지 못하도록 보장하는 것은 기술적으로 불가능하지만 말이다.

양봉업계에 있는 사람들은 와인 전문가들이 와인을 평가하듯 다양한 벌꿀 품종을 평가한다. 눈을 감고 혀를 입천장에 댄 채 성분과 향을 평가한다. 밀러에 의하면, 오렌지 꽃 꿀은 어금니에 꽃향기를 남기며 '감귤류 끝맛'으로 음식과 잘 어우러진다. 하지만 벌들은 오렌지 꽃이 피는 시기에 짜증을 낸다. 꽃꿀이 소방 호스에서 흘러나오듯 넘쳐 나오다가 갑자기 멈추기 때문이다.

뉴욕이나 중동에 사는 정통파 유대인과 무슬림들이 설명할 수 없는 이유로 선호하는 꿀인 메밀 꿀은 역겨울 정도로 농장 냄새를 풍긴다. 밀러에 의하면 두드러진 양 냄새가 난다고 한다. 밀러의 직원 중 한 사람은 그 향을 쥐 오줌에 비유했는데, 나도 동감한다. 커피에 첨가하기에는 좋지만, 토스트에 발라먹기에는 너무 강하다.

클로버 꿀은 또 다른 향을 풍긴다. 가볍고 섬세하며 깨끗하고 늦은 오후의 공기 같은 맛을 낸다. 어떤 이들은 아이다호와 와이오밍의 관개 계곡에서 수확한 크림 같은 클로버 꿀을 벌꿀계의 벨루가 캐비아로 여긴다. 영리한 양봉가에게는 정중한 관계를 유지하기 위해 주머니에 넣어둔 에이스 패와 같다.

꽃의 수만큼 벌꿀의 종류도 많다. 물론 모든 꿀을 사람이나 벌들이 좋아하는 것은 아니지만 말이다. 아몬드 가루받이와 관련된 모든 경제적인 가치에도 불구하고, 아몬드 꽃에서 생산된 꿀은 사람이나 벌 모두에게 쓰고 불쾌한 맛이다. 캘리포니아에서 아몬드 꽃은 살구꽃과 동시에 피고, 벌들은 살구꽃을 선호한다. 아몬드 경작자들은 벌들이 환금작물을 버리고 더 달콤한 꽃을 선택하지 않게 하기 위해 아몬드 나무를 이웃한 살구나무와 멀리 떨어뜨려 놓는다.

양파 꿀은 "쓰고 진하고 형편없다." 벌들은 가루받이하는 일을 몹시 싫어하지만 양봉가들은 벌들이 충분한 수의 꽃에 방문하도록 하기 위해 양파 밭 1에이커당 10개의 봉군을 설치해야 한다. 몇 주가 지나도 벌통에서는 고약한 냄새가 난다. 해바라기 꿀은 불쾌한 뒷맛을 지닌다. 카놀라 꽃꿀을 섭취한 벌은 성질이 괴팍해지며, 그 이유는 아무도 모른다. 이 꿀은 부드러운 향기가 풍기는 맛이 나지만 12시간 안에 결정체가 생긴다.

최고의 꿀을 내는 식물이 반드시 인간의 목적에 최고로 부합하는 것은 아니다. 밀러가 제일 좋아하는 꿀은 노란색 수레국화꽃의 꿀이다. 수레국화는 "끔찍하고 유독하며 건강에 해롭고 형편없는 잡초"라고 밀러는 말한다. 도로를 따라 빠르게 퍼지며 말에게 유독하다. 농부들은 이 꽃을 무척 싫어해서, 캘리포니아에서는 주 농업부 관계자들이 말벌을 풀어 알을 낳아 꽃을 죽이도록 해 수레국화 꿀 양봉가들은 예전처럼 꿀을 얻어내지 못하게 되었다. 식물학자들은 이 잡초가 에스파냐에서부터 알팔파 씨와 함께 신세계로 넘어왔다고 의심하고 있다. 이제 이 꽃은 서부 전역에서 발견되며, 밀러가 좋아하는 꽃꿀은 5번 주간 고속도로를 따라 북부 캘리포니아의 특정 미기후 지역에서 생산된다. 이 꿀은 아주 훌륭하다. 내가 증명할 수 있다. 이 꿀은 제비꽃이나 인동, 그리고 밀러에 따르면 "햇살이 비치는 벽"에 핀 꽃들의 향기 같은 맛을 낸다. 좋은 품질의 수레국화 꿀은 절대로 결정체를 만들어내지 않는다. "2001년도 산 벌꿀이 한 병 있는데, 진짜 품질이 좋은 벌꿀이 많이 생산된 해였지요. 병 안에 결정체는 12개 정도 들었어요. 5년이나 되었는데요! 대단하지요."

남쪽 지방에서는 오렌지와 니사나무 벌꿀을 좋아한다. 알래스카와 워싱턴 주에서는 북서부 특유의 불에 탄 자리에서 나는 잡초에서 생산된 꿀을 선호한다. 캐스케이드 산맥, 올림픽 산맥, 코스트 산맥과 같은 곳에서 산불이 난 이후 생긴 공터에 번성하는 긴 창처럼 생긴 식물의 자홍색 꽃에서 추출한 꿀이다. 이 꿀은 순하고 투명하며 빛이 춤을 추며 병을 관통한다. 랭스트로스는 뉴잉글랜드의 힐 카운티에서 나는 붉은 야생 라즈베리 꿀을 좋아했다. "라즈베리 꽃이 피면 벌들은 화이트 클로버조차도 가볍게 여긴다."

벌들이 모으는 모든 꿀이 그렇게 기분 좋은 경험을 주기만 하는 것은 아니다. 진달래나 칼미아속 식물, 철쭉은 인간에게 '벌꿀 중독'이라는 증상을 초래한다. 이 꿀을 섭취하면 과도한 발한 증상과 어지러움, 무기력증과, 구토를 유발하며, 드물지만 부정맥이나 경련, 그리고 죽음에까지 이를 수 있다. 하지만 대부분의 벌꿀은 좀 더 이로운 효과가 있다. 벌꿀은 천연 항균제로서 수세기 동안 화상과 상처를 치료하는 데 쓰였다. 꿀의 장점을 분석한 수백 건의 연구에 따르면 당뇨병과 알츠하이머, 골다공증, 스트레스, 피부병, 성병, 그리고 여러 다른 질병을 억제하는 효과가 있다고 한다. 1707년, 영국의 작가인 J. 모어(J. More)는 벌꿀이 제공한다고 알려진 여러 혜택들을 아래와 같이 나열했다.

> 폐색증을 없애주고, 심장을 맑게 해주며, 머리에서 유머를 떠올리게 해준다. 체내의 불결한 것들을 제거해주고, 가래를 치유해주며, 위장을 민감하게 해준다. 눈이 침침해지는 것들을 없애주고, 피를 잘 통하게 해주며, 체온을 올려주고, 수명을 연장시켜준다. 안에 넣어진 모든 것들이 부패하지 않도록 지켜주고, 먹든 바르든 독립적인 약제로 쓰인다. 턱의 고통과 입병, 편도선염에 효과가 있다. 뱀이나 미친개에게 물렸을 때 마셔도 좋으며 독버섯을 먹었을 때에도 좋다. 간질과 과음, 과식에도 효과가 있다.

벌꿀 옹호론자들이 기막히게 뛰어난 주장을 한 것은 사실이지만, 사실 벌꿀 자체가 기가 막히게 훌륭한 식품이다. 물론 가끔은 슬프게도 꿀이라 주장하는 것들이 꿀이 아닌 경우가 있긴 하지만 말이다. 현재로서는 벌꿀의 정체성에 대한 아무런 법이나 연방정부의 규제가 없다. 그래서 꿀로 판매되고 있지만 물이나 옥수수시럽, 수크로오스, 글루코오스, 혹은 더 심한 것들과 혼합된 '바보 같은 꿀'이 미국 전역에서 널리 판매되고 있다.

한때는 동량의 벌꿀보다 3분의 1도 안 되는 가격에 판매되었던 옥수수시럽은 꿀과 구조적으로 비슷하기 때문에 감지하기가 더욱 힘들다. 순수한 꿀이라는 상표를 단 일부 벌꿀 제품에는 최대 80퍼센트까지 옥수수시럽이 포함되어 있다. 그래서 "100퍼센트 순수하다"는 상표가 붙은 벌꿀은 그저 상표일 뿐이다. 정부는 벌꿀의 등급을 매기고 기준을 정하고 집행하는 데 최소한의 역할만을 하겠다고 주장하고 있기 때문이다. 양봉가와 벌꿀 포장업자들이 구성한 연합체가 수년간 미국 식품의약국(FDA)에 벌꿀에 대한 정의에 더 엄격해야 한다고 요청하고 있지만 지금까지 정부는 그 요청에 저항하며 벌꿀의 순도를 식품 안전 우선 사항 수준으로 낮게 분류하고 있다. 2009년, 플로리다 주는 벌꿀이라는 표시가 붙은 제품에 화약약품이나 옥수수시럽과 같은 첨가제 사용을 금지하는 법안을 통과시켰다. 미국의 벌꿀 생산자들, 혹은 그들 중 대다수는 유사한 연방법이 제정되길 갈망하고 있다.

어느 날, 밀러는 머데스토에 있을 때 자신이 이용하는 체육관에 나를 데리고 갔다. 그는 아이팟에 옛날 록 음악을 틀어놓고 한참 동안 러닝머신에서 달리더니 내가 일립티컬 트레이너에서 놀고 있는 동안 역기를 들어올렸다. 체육관 옆에는 1달러 숍이 있었다. 밀러는 운동 후 벌꿀이 놓인 선반을 찾아다니며 진열대 사이를 걸어다녔다. 꿀은 너무 위쪽에 놓여 있었다. 벌꿀은 상하는 법이 없기 때문에 진열장에서 내려질 이유도 없었다. 그곳에는 벌꿀도 충분하지 않았을뿐더러 그곳에 있는 벌꿀은 모두 수상쩍은 곳에서 온 것들이었다. 상표에는 그것이 벌꿀이라고 표시되어 있었고 보기에도 벌꿀 같았다. 사람을 헛갈리게 하는 진한 황색 액체가 가득한 플라스틱 곰 모양 병이었다. 하지만 병을 거꾸로 하면 방울이 빠르게 위로 솟구친다. 방울의 속도가 빠를수록 수분 함량이 높다는 의미다. 수분 함량이 높을수록 불순물이 섞였을 가능성이 높아진다. 좋은 벌꿀, 즉 수분이 적은 벌꿀의 방울은 더디다. 진 브랜디의 세이지 벌꿀 속의 방울이 위로 솟구치는 데에는 며칠을 어쨌든 상당히 오랜 시간을 기다려야 한다.

케빈 워드의 수레국화 꿀이나 존 해펠리의 고지대 클로버 꿀도 마찬가지다. 하지만 바보 같은 꿀은 그렇지 않다. 1달러 숍에 있는 꿀 속의 방울은 정말 빠른 속도로 위로 솟구쳤다. 밀러는 미국의 상점 진열대에서 그런 저질 제품을 찾아내게 되어 화가 났다. 마음이 아팠다는 것이 더 정확한 표현일 것이다. 하지만 놀라지는 않았다. 법이 지금 이대로 남아 있는 한, "플로리다에 있는 개집 바닥에서 긁어낸 물질 대신" 순수한 꿀을 팔아야 할 동기가 전혀 없기 때문이다. 그럼에도 밀러는 순수한 꿀을 판매한다. 그래서 아몬드가 필요한 것이다.

미국은 연간 1억 6,500만 파운드의 벌꿀을 생산한다. 미국인들은 연간 4억 파운드의 꿀을 소비하며, 수요와 공급의 간극은 아르헨티나와 중국과 같이 저임금 노동력과 자본비 덕분에 미국의 벌꿀 가격보다 저가로 공급할 수 있는 곳에서 채운다. 수년간 미국 최대의 벌꿀 공급자는 국내산 꿀의 3분의 1 가격인 중국산 꿀이었다. 적자를 면하기 위해 미국의 양봉가들은 꿀 1파운드당 1달러 이상을 벌어야 하지만, 중국산 꿀은 지난 10년간 1파운드당 최저 35센트에 판매되었다.

하지만 1997년, 부저병이라는 끔찍한 전염병이 중국의 양봉장을 타격했고 벌꿀 생산량은 절반 이상 급감했다. 이에 대응하기 위해 중국의 양봉가들은 벌통을 세척할 때 클로람페니콜이라는 가장 싸고 가장 효과적인 약품을 쓰기 시작했다. 클로람페니콜은 중독성이 강한 약품으로 인간의 생명을 위협하는 전염병에 최후의 치료제로 쓰이지만, 미국 식품의약국에서는 꿀벌을 포함한 가축에의 사용을 금지하고 있다. 아주 소량에만 노출되어도 일부에게 재생 불량성 빈혈이라는 치명적인 혈액 질환을 유발하는 중독성과 사용 후 몇 년이 지나도 벌통에 남아 있을 수 있는 잔여물 때문이다.

중국의 양봉장에 전염병이 돈 지 10년이 더 지난 후에도, 이 약품에 노출되었던 벌통에서 생산된 벌꿀에서는 클로람페니콜 잔여물이 발견된다. 또 다른 두 종류의 강력한 항생제인 시프로플록사신과 엔로플록사신 또한 중국에서 부저병을 치료하는 데 쓰였는데 소량에만 노출되어도 인간에게 치명적인 반응을 일으킬 수 있다. 이 항생제 또한 중국산 수입 꿀에서 발견되고 있다.

2002년, 유럽과 캐나다의 식품안전청에서 클로람페니콜이 포함된 벌꿀을 발견하고 압수한 이후, 미국 식품의약국은 모든 중국산 벌꿀의 수입을 금지했다. 하지만 그때 이상한 일이 생겼다. 수입 금지가 제정된 직후, 잉여 벌꿀을 수출한 기록이 없는 국가로부터 수백만 파운드의 벌꿀이 미국으로 들어오기 시작했다. 예를 들어, 2000년 호주는 꿀을 거의 수입하지 않고 미국으로의 수출량도 미미했다. 하지만 금지 조치 이후 호주의 벌꿀 수입량이 20배 이상 증가하더니 2002년에는 450만 파운드에 육박했다. 이 벌꿀은 거의 모두 중국에서 생산된 것으로 추정되며, 이 벌꿀 중 대부분이 호주산 벌꿀이라는 상표를 달고 미국으로 수출되었다.

갑자기 많은 양의 벌꿀을 수출한 수상쩍은 국가가 호주만은 아니었다. 금지 조치 이전에는 벌꿀 생산도, 벌꿀 수출도 없던 나라인 베트남이 캐나다 다음인 2위로 미국으로 벌꿀을 가장 많이 수출하는 국가가 되었다. 완벽한 도시 섬나라이자 양봉업이 존재하지 않는 싱가포르가 금지 조치 이후 290만 파운드의 벌꿀을 수출하며 몇 달 만에 세계 제 4위의 벌꿀 수출국가가 되었다. 최근 벌꿀을 가장 많이 수출하는 12개 국가 중 베트남과 인도, 말레이시아, 태국, 러시아, 인도네시아, 그리고 대만 등 7개국이 자국 내 벌꿀 생산량보다 많은 벌꿀을 수출하고 있다. 중국산 벌꿀 수입 금지 조치가 해제된 이후에도 2008년 중국산 꿀에 높은 반덤핑 관세가 부과되면서 이러한 수상한 관례는 계속되고 있다.

한동안은 벌꿀 세탁에 위험이 그리 많이 따르지 않았다. 그러나 지난 몇 년간, 미국 관세 및 국경보호청은 법의 집행을 강화하며, 수입 꿀에서 항생제 잔여물을 검사하고 벌꿀의 원산지를 파악하기 위해 꽃가루와 토양 잔여물까지도 분석하기 시작했다. 벌꿀의 꽃가루를 연구하는 학문의 이름도 있다. 멜리소팰리놀러지라 불리는데 이 학문의 전문가는 매우 드물다. 하지만 벌꿀 세탁을 추적할 만한 인력이 부족하고 더 중대한 일들이 있어, 불순물이 섞이거나 오염된 벌꿀의 많은 양이 여전히 세관을 뚫고 흘러들어오고 있다. 공급업자들은 전체 수입 꿀 중 50퍼센트 이상이 중국산에서 다른 국가로 바꿔치기되었다고 의심하고 있다.

그래서 또 다른 벌과 관련된 비유가 나왔다. 벌처럼 꿀 판매업자들도 국경이 없다는 것이다. 벌들은 봉군에 꽃꿀을 공급하기 위해 초지 위를 날아다니고 부정직한 수입업자들은 관세와 벌금을 피하기 위해 꿀을 세계로 보낸다. 정교한 실험실 도구가 없이는 태국산 꿀이 중국산 꿀임을 판단하기 어렵다. 또한 늦게 수확되는 알팔파 꿀에 메밀이 혼합되지 않았음을 확인하기도 똑같이 어렵다.

같은 이유로, 꿀이 진정으로 유기농인지 보증하기란 거의 불가능하다. 부저병을 막기 위한 테라마이신 사용을 자제할 수 있고, 노제마 병을 통제하기 위한 푸마길린 사용을 억제할 수 있으며, 바로아 응애를 죽이는 아피스탄이나 쿠마포스, 아미트라즈 사용을 피할 수 있다. 그러나 양봉장이 농업용 화학제품 사용이 전무한 섬에 고립되어 있지 않는 한, 벌들이 트리플루랄린이 뿌려진 초지나 라운드업이 처리된 이웃의 장미 정원, 그리고 (그런 일은 없을 것이지만) 길가에 버려진 콜라 캔을 방문하지 않도록 보장하기는 불가능하다. 플로리다 양봉 조사관인 제리 헤이스의 말에 의하면 꿀벌은 '날아다니는 대걸레'라고 한다. 벌들은 원하는 곳에서 먹이를 구하며 자신들이 구한 것을 집으로 가져온다.

벌들은 기회주의자다. 편한 곳에만 가려 한다. 양봉가는 벌들이 먹이를 구할 수 있는 곳에 벌을 데려다놓아야 한다. 로렌조 랭스트로스는 이를 간파하고 있었다. 그는 일부 지역에서, 벌들이 엄청난 양의 꿀을 축적함을 알아냈다. 겨우 1, 2마일 떨어진 곳에서는 약간의 수익만을 수확할 뿐이었다. 그는 이렇게 말했다. "모든 양봉가들은 이웃들의 밀원식물에 대해 아주 잘 파악하고 있어야만 한다." N. E. 밀러 또한 이 사실을 알고 있었다. 그의 며느리인 리타의 글에 의하면, "그의 재능 중 하나는 꽃이 피는 식물과 꽃이 피는 기간, 그리고 지형을 아우르는 벌들의 영역을 본능적으로 이해하는" 능력이었다고 한다. 장소가 전부다. 장소에 따라 봉군은 굶주릴 수도 있고, 생존에 필요한 정도만 꿀을 생산할 수도 있으며, 양봉가가 판매할 수 있도록 잉여분을 생산해낼 수도 있다. 양봉장은 물과 도로에 가까워야 하며 바람을 막아주고 이른 아침 태양을 받을 수 있어야 한다. 하지만 꽃꿀을 생산하는 식물이 충분하고 다양하지 않으면 아무것도 소용이 없다.

얼 밀러와 닐 밀러, 그리고 존 밀러 모두 벌꿀 생산과 벌들의 번영, 그리고 사업에 있어서 장소의 중요성을 알고 있었다. 1976년 이래, 닐과 존은 꿀벌 장부에 각각의 양봉장의 성과를 기록하고 있다. 이 장부는 경첩이 달린 판에 묶인 거대한 마분지 책으로, 마치 카펫 상점에 걸려 있는 다양한 카펫 컬렉션처럼 책장을 넘겨야 한다.

각각의 페이지는 개별 양봉장을 나타내며, 양봉장의 이름과 워싱턴의 사과농장, 스톡턴의 체리농장, 뉴캐슬의 핵 양봉장 등 어디에 있었는지를 나타내는 출처, 그리고 양봉장에 설치되거나 옮겨진 날짜와 같은 일련의 데이터들이 표시되어 있다. 수확 시즌이 끝나면, 닐과 존 밀러는 각각의 그래프를 자세히 조사하고 벌들이 잘해냈는지 확인하고 직원들이 아이다호에서 짐을 쌀 때 아무 벌통도 남겨놓지 않았음을 확인한다. 그런 후 두 사람은 그래프를 둘둘 말아 사무실 위 다락에 던져 넣는다. 퀴퀴한 냄새가 나고 쥐똥이 가득하며 존 밀러가 '사해문서'라고 부르는 이 보관소는 밀러네 벌들과 관련된 지역에 대한 자세한 기록을 제공한다.

2008년, 밀러는 미네소타 위생벌을 개발한 곤충학자인 마를라 스피박과 객클에서 약 40마일 떨어진 제임스타운에서 취미로 벌을 재배하는 미국 지질조사소(USGS)의 생물학자인 칩 율리스의 요청을 받고 두루마리 장부를 꺼냈다. 과학에 대한 기여와 대청소라는 미명 하에, 밀러는 율리스의 쉐보레 서버번 뒤에 두루마리를 실었다.

율리스의 전문 분야는 통합 지형 모니터링으로, 토지 사용의 변화가 더 넓게는 생태계에 어떤 영향을 미치는지 조사한다. 예를 들어, 대규모 작물 재배 혹은 홍수로 인해 불어난 물 저장 프로젝트 등이 야생동물의 서식지에 어떤 영향을 미치는지 살펴보는 일이다. 39년간의 기후와 토지 사용을 가장 사소한 세부 사항까지 파악해, 어떤 형태의 지형이 건강한 벌들을 만들어내는지 알아낼 수 있기를 바랐다. 반드시 세상을 크게 놀라게 할 정보일 필요는 없다. 랭스트로스와 N. E. 밀러가 자신만의 성공적인 양봉장에 대한 공식이 있었듯, 대부분의 진지한 양봉가들도 그러한 공식을 가지고 있기 때문이다. 하지만 놀랍게도 실제로 이 주제에 대해 통제된 장기 연구를 수행한 사람은 없었다.

율리스와 스피박은, 제임스타운에 사는 율리스와 가까우며 존 밀러와 가끔 협력도 하는 잭 브라우닝에게 상담을 하고 100개의 벌통을 키울 수 있는 '이상적인 양봉 환경'을 위한 법칙을 만들었다. 봄에서 늦여름에 이르기까지 꽃이 피는 식물들이 있어야 하고, 물과 쉴 곳이 있어야 하며, 도로와 가까워야 했다. 노스다코타에서는 양봉장이 농지보전 프로그램(Conservation Reserve Program, CRP)의 토지와 가까운 것 또한 이점이 있다. 정부에서 과잉공급과 농산품 가격의 폭락을 방지하고자 농부들에게 농지 휴경 보조금을 주기 때문이다. CRP 토지는 토양을 회복하기 위해 자생 식물의 씨앗을 뿌린 휴경지이거나 야생동물 보호구역, 혹은 대초원 복원지로서, 꽃이 피는 식물이 풍부하고 벌들이 쉽게 먹이를 구할 수 있는 곳이다.

이상적인 양봉장은 또한 옥수수와 콩, 단기작물과 같은 대규모 경작지에서 떨어져 있어야 한다. 이들 경작지는 울타리나 작물 경계선에 심어진 식물 외에는, 벌들에게 먹이를 거의 공급하지 못하고 엄청난 살충제 때문에 위험하기 때문이다. 단기경작용 옥수수와 콩 종류의 발명으로 한때는 너무 추워서 경작이 불가능했던 노스다코타와 같은 장소에서 작물을 기를 수 있게 되었고, 동물 사료와 바이오연료에 대한 세계의 갈망이 이 작물들을 더욱 가치 있게 만들어주었다. 농부들에게는 좋은 일이지만, 양봉가들에게는 좋지 않은 일이다.

양봉가가 벌통을 설치할 때 고려해야 할 요소를 확립하자, 연구팀은 여러 지형에 실험 양봉장을 설치하고는 팀의 실험동물인 잭 브라우닝에게 훌륭한 장소 세 곳과 형편없는 장소 세 곳에 그의 벌통을 설치해 달라고 요청했다. 그러고는 그 벌들이 어떻게 해내는지 보기 위해 가루받이 시즌에 벌들을 추적했다. 잭 브라우닝의 벌들과 밀러의 서류를 원예학의 패턴에 대한 USGS(미국 지질조사소)와 USDA(미국 농무부)의 자료와 상호 참조하면서, 훌륭한 양봉장에 대한 양봉가들의 육감을 좀 더 정량적인 수치로 대체하기 위해 과학자들은 좋은 양봉장의 비밀을 알아내길 희망했다. 랭스트로스는 이렇게 썼다. "식물 속 꿀의 비밀은 여러 요인에 기인하며, 대부분은 우리가 아무리 자세히 조사해도 알 수 없다. 어떤 시즌에는 달콤한 꽃꿀이 가득하고, 어떤 시즌에는 너무 부족해서 벌들이 클로버로 뒤덮인 하얀 들판에서 거의 아무런 먹이도 구하지 못할 때도 있다." 연구팀의 팀원인 USDA 벨츠빌 꿀벌 실험실의 제프 페티스는 좀 더 수량적인 개념으로 "무엇이 장소를 형편없게 만드는지? 토지의 수분 함유량인가? 먹이의 양인가? 꽃가루의 단백질 함량인가?"를 질문했다. 연구를 통해 팀은 규정하기 힘든 공식을 알아내기를 희망했다.

하지만 연구의 역사적인 측면에서 밀러의 참여에는 커다란 문제가 있었다. 밀러는 지나치게 강박적인 양봉가라는 점이었다. 과학자들은 번영하지 못하는 양봉장인 통제 집단이 필요했다. 그런데 밀러는 번영하지 못하는 양봉장을 발견하면 없애버린 것이다. 그래서 시간이 흐른 후 살펴보니 밀러의 양봉장은 모두 훌륭한 곳으로 기록되었다. "그 분은 실험을 망쳤어요"라고 스피박은 농담하듯 말했다. 그럼에도 불구하고, 팀은 잭 브라우닝의 벌들을 이용해 겨울과 봄의 가루받이 전국 시즌에 들어가기 전과 시즌이 끝난 후의 벌통의 영양학적 건강을 조사했다. 그들은 날씨와 먹이가 벌들의 건강에 어떤 영향을 미치는지 알아내고 그럼으로써 새로운 발견을 하게 되기를 바랐다.

노제마와 바로아, 살충제, 외래 바이러스와 같은 여러 가정에 더해 지난 5년 동안 일어났던 설명이 불가능하고 견디기 힘든 봉군의 상실에 영양 또한 중요한 역할을 했을 것이라고 점점 더 많은 과학자들이 믿게 되었기 때문에 이 연구는 아주 중요했다. 곤충학자들은 단일경작지가 제공할 수 있는 것보다 더 다양한 식이가 벌들에게 필요할 것이라고 믿고 있었다. 예컨대 2006년, CCD가 처음 발생했을 때에는 미국 대부분 지역이 엄청난 가뭄으로 고생하고 있었다. 2007년, 양봉가들이 봉군의 3분의 1을 잃었을 때에는 연이은 흉년으로 힘든 해였다. 일부 과학자들은 좋지 않은 날씨가 먹이의 양에만 제한을 가할 뿐 아니라 꽃가루 알갱이에 일어난 미세한 변화로 인해 영양분이 줄어드는 방식으로 영양에도 영향을 미칠 수 있었기 때문이라고 믿고 있다.

대부분의 대규모 양봉가들은 위기에 처하기 몇 년 전부터 가루받이 시즌 시작 전 영양분을 구하기 힘든 시기에 벌들을 살아남게 하기 위해 저가의 옥수수 시럽에 의존하기 시작했다. 이들은 주유소에서 노즐로 자동차에 기름을 넣듯 300갤런들이 탱크에서 노즐을 이용해 벌통에 시럽을 주입했다. 하지만 정크 푸드만 먹는 인간처럼 벌들도 동일한 영양실조 증상에 시달리고 있을지 모른다는 연구 결과가 점점 더 많이 발표되었다. 자연의 먹이가 부족하면 상황이 더 심각해진다. 도시 스프롤 현상과 단일작물 재배, 티 하나 없는 잔디밭, 잡초를 찾아볼 수 없는 정원, 그리고 목초지의 감소 등으로 인해 벌들은 꽃꿀과 꽃가루에서 적절한 영양적 다양성을 추구하기 어려워지게 된 것이다.

벌들이 천연의 장소를 필요로 한다는 것이 밝혀졌다. 데니스 반엔겔스도르프가 "자연 결핍 장애"라고 부르는, 벌들에게 닥친 영양학적 문제는 치료가 간단하다. '잔디밭이 아닌 초지'를 만들어야 하는 것이다. 잔디는 살충제로 가득하고 꽃이라고는 찾아볼 수 없는 '녹색 사막'이다. 단일작물은 단기간에만 꽃이 피고, 영양학적으로 볼 때 벌들에게 동일한 상실감을 안겨준다. 하지만 초지에는 미래가 있다. 야생초지, 야생 그대로의 살충제가 뿌려지지 않은 초지, 다양한 잡초가 무성하게 자라나며 여름 내내 꽃이 풍부하게 피는 초지 말이다. 초지는 벌들에게 구원이다.

벌들은 초지를 원한다. 꽃꿀과 꽃가루, 꿀이 필요하다. 벌들의 먹이로 여겨지는 것들이 필요하다. 이것은 전혀 새로운 발견이 아니다. 150년 전 랭스트로스가 쓴 글이다. "실제 양봉에서 몇 가지 요소는 벌들에게 먹이를 공급하는 것보다 훨씬 더 중요하다. 하지만 이 요소들보다 더 방치되고 도외시되는 것은 없다. 봄이 되면 현명한 양봉가는 굶주린 봉군에게 먹이를 주는 일에 자신의 식사를 준비하는 것만큼 열심이다."

밀러도 비슷한 결론에 다다랐다. 그는 꽃을 따라다니며 벌들에게 한 트럭 분량의 옥수수 시럽을 먹이곤 했다. 하지만 2005년 바로아 응애로 인해 큰 낭패를 본 후, 영양에 대한 접근법을 다시 고려해야 할 필요가 있다고 판단했다. 많은 전업 양봉가들이 꿀 대부분을 팔아버리고 벌들에게는 대신 액상과당을 먹인다. 밀러도 그랬지만 더 이상 그렇게 하지 않는다. 한 양봉가가 경험한 증거에 따르면 옥수수 시럽을 쏟아 붓는 대신 벌통에 꿀을 남겨놓고 먹이를 구하기 힘든 계절에 벌들에게 꽃가루 보충제를 먹인 양봉가들은 손실이 적었다고 한다. 밀러는 이렇게 설명한다. "일단 겨울이 시작되고 봉군이 동면상태에 돌입하면, 겨울 동안 그 어떤 마법의 가루도 이들을 번성시킬 수 없다." 그래서 그는 늦여름이 되면 꿀을 얼마만큼 수확해 팔지, 어느 정도 양을 벌통에 남겨 겨울 동안 벌들이 먹을 수 있도록 할지 결정해야만 한다. 봄에 아몬드 꽃이 피기를 기다리는 동안 밀러는 벌들에게 설탕 시럽을 먹이지만 겨울에 벌들은 꿀을 먹는다.

밀러가 겨울을 어떻게 날지 고려하듯, 벌들도 겨울나기를 고려한다. 낮이 짧아지고 꽃꿀과 꽃가루가 떨어지기 시작하면 봉군은 수축한다. 우선, 봉군은 여왕벌이 겨울을 날 만큼 강인한지 판단하고, 그렇다는 결론이 나면 봉군 전체의 안녕을 위해 꿀은 많이 소비하면서 집단에의 공헌도는 정자공급 말고는 거의 없는 수벌의 수를 줄인다. 10월 초가 되면 양육벌들은 독침으로 찌르거나 날개의 뿌리와 다리를 물어뜯어 벌통에서 수벌들을 내몬다. 그러고는 아직 자라나는 새끼 수벌 방을 열어 남아 있는 수벌 번데기들을 문밖으로 가져다버린다. 랭스트로스의 글을 보자. "이러한 약식 재판으로 내쫓기지 않더라도 수벌들은 박해와 굶주림으로 인해 곧 죽게 된다." 이것이 이 시기에 일어나는 일이다. 밀러는 이렇게 썼다.

자연에 용서란 없다.
이제, 결핍 모델이 만연한다.
낮이 짧아진다.
태양각의 높이가 낮아진다.

기온은 떨어진다.

곧 빠르게 가을이 다가오면서, 여왕벌은 알 낳기를 완전히 멈춘다. 여왕이 낳은 마지막 알은 겨울 벌로 부화한다. 이들은 다시 꽃 피는 봄이 시작되면 봉군을 번성시킬 봄의 새끼들을 기르기 위해 4~6개월간 생존해야 한다. 이제 봉군은 본격적으로 겨울을 준비한다.

먹이구하기 벌들은 겨울 동안 벌통을 유지하기 위해 벌집의 틈과 구멍을 봉하고 메울 때 사용하는 수지와 같은 물질인 프로폴리스를 모은다. 꽃가루모으기 벌들은 자라나는 새끼들을 위해 메역취와 검위드를 찾아다닌다. 꽃꿀모으기 벌들은 자신들의 임무가 점점 헛된 일이 되어간다는 사실을 깨닫는다. 결국, 추위가 찾아오고 꽃꿀의 흐름이 완전히 멈추면 남아 있는 벌들과 새끼들은 따뜻하고 안전하게 지내기 가장 편한 벌통 바닥 가까이에 무리를 지어 모인다. 어린 벌들을 키우던 곳에는 꿀과 꽃가루가 채워진다.

양봉가들은 이 비축량으로 봉군이 겨울을 나도록 한다. 그래서 매년 가을 밀러처럼 양봉가들은 안전하려면 어느 정도의 꿀을 약탈해야 할지 계산한다. 꿀을 너무 조금 남겨 벌들이 허약해진 상태로 겨울을 나면, 바로아 응애의 먹이가 되기 쉽고 봄에 아몬드 가루받이를 하는 동안 확산되는 다양한 바이러스에 감염되기 쉽다. 혹은 봉군이 굶주리면 각각의 벌들은 꿀이 완전히 없어질 때까지 점점 더 꿀을 적게 먹다가 봉군 전체가 죽어버린다. 밀러는 겨울을 날 벌통의 무게를 130파운드로 유지시킨다. 75파운드는 꿀이고(대부분의 양봉가들은 55~60파운드를 남긴다)

55파운드는 벌과 나무, 각종 외장재의 무게다.

이 무게는 많은 동료 양봉가들에게 '무겁다'고 여겨진다.

일부 양봉가들은 실제로 육아실의 벽에 붙어 있는 꿀까지도 벗겨낸다.

그 무게를 시럽으로 대체할 수 있기를 바라면서.

다른 양봉가들, 특히 와이오밍 주 리버튼에 사는 좋은 친구인 래리 크라우스는

벌들에게 꿀보다 좋은 먹이가 없음을 주장한다.

그는 겨울을 날 벌통을 '무겁게' 한다.

매년 겨울 그가 플레이서 카운티로 보내는 세미트레일러의 짐을 내가 내리기 때문에 알고 있다.

평범한 여름이면, 밀러는 자신이 원하는 중량에 다다를 수 있고 그러고도 여전히 많은 양의 꿀을 팔 수 있다. 하지만 숨이 막힐 듯한 더위와 가뭄이 드는 여름이거나 너무 춥고 비가 많이 내리는 여름이면, 그는 수확을 위해 벌통을 일찍 거두어들이고 벌들로 하여금 남아 있는 꿀을 봉군이 겨울을 나는 육아실에 채워넣을 수 있도록 한다. 그것은 꿀 판매에 있어 또 다른 실망스러운 해가 될 것임을 의미하지만 여름 동안의 먹이 구하기가 실망스러우면 양봉가는 이 방법을 취해야만 한다. 좋은 먹이(좋은 꿀)는 양봉가에게 전부다. 번영과 파산 사이, 성실한 먹이구하기 벌들의 부지런한 윙윙 소리와 죽어가는 양봉장의 슬픈 적막감 사이에는 차이가 있다.

아마도 그래서 양봉가들이 그렇게 외로운 존재인 것 같다. 양봉가들은 장소를 공유하지 않는다. 그럴 수 없다. 꽃이 충분하지 않기 때문이다. 그래서 밀러의 벌꿀 채취소에서 일하던 여성인 모나가 일을 그만둔 것이다. 모나는 친절한 성품에 각이 진 체형으로 깊지만 과장된 소리로 배꼽을 잡고 웃던 여성이었다. 하지만 내가 객클을 처음 방문하고 얼마 지나지 않아, 그녀는 그곳에 있는 밀러의 이웃 몇몇에게 접근해 밀러의 이주 꿀벌들 대신 자신과 남편인 어니가 소유한 토착 벌을 그들의 밭에 놓게 해달라고 부탁했다. 10명 정도의 농지 소유주들이 동의했고 밀러는 배신감 그 이상을 느꼈다. 몇 달간, 아마도 몇 년간 밀러는 모나를 부를 때 이름 대신 '악마'라고 불렀다. 지금은 자신이 너무 유치했다며 후회 비슷한 감정을 느끼고 있긴 하지만 말이다. 역설적이게도, 그 장소들은 수년간 형편없는 실적을 보이고 있다. 그럼에도 불구하고 그것은 밀러가 원한 적 없던 전쟁이고, 배울 필요가 없던 씁쓸한 교훈이다. 가끔 그것은 거의 쓸모가 없다.

하지만 꿀이 있다. 혀에 놀라울 정도의 달콤한 쾌락을 안겨주는 꿀이 있다. 우리는 가끔 현대 양봉의 문제점에 대해 이야기할 때 양봉가들이 꽃의 수만큼 다양한, 지구상에서 가장 달콤한 경이로운 물질을 생산한다는 사실을 잊어버리곤 한다. 스컹크와 곰, 여타의 벌, 그리고 인간은 그 풍요를 얻기 위해 엄청난 노력을 들여야 한다.

토스트 혹은 그 어떤 빵도 목적을 위한 수단에 지나지 않는다. 그 목적이란 중력과 이론이 허락하는 한 최대한의 꿀을 꿀단지에서 입으로 옮기는 것이다. 1파운드짜리 단지에 입술은 대지 않고 말이다.

그건 물리학일 뿐이다.

아무도 보지 않는다면, 곰 모양 꿀단지를 들고 마시는 것은 완전히 합법적이다.

밀러는 꿀을 사랑한다. 그는 음식에 꿀을 한 주전자씩 들이붓는다. 종종 꿀을 생산할 때마다 손실을 보기는 한다. 하지만 궁극적으로 그는 의문의 여지가 없는 훌륭한 것을 만들어내는 일에 참여하고 있다. 그는 꿀을 만들어낸다.

"내년에는 확실해요, 그렇지요?"

작년에는 벌들이 병에 심하게 걸려
작업복 없이도 벌통 사이를
걸어다닐 수 있었다.
하지만 올해는 달랐다.
벌들이 보이고,
그 소리를 들을 수 있었다.
그곳에는 생명이 있었다.
밀러는 트럭을 몰고 비포장길을 달리다
끝없이 일렬로 펼쳐진
아몬드 나무들 사이에서 멈추었다.
그는 엔진을 끄고
수천 마리의 벌들이
꽃들 속에서 일하며 내는
윙윙 소리에 귀를 기울였다.
밀러가 소리쳤다.
"어이! 힘들 내라고."
그러고는 들뜬 목소리로 말했다.
"저기 벌들이 윙윙대는 것 좀 보세요."

2009년 객클의 여름은 풍성한 듯 보였다. 전해 가을에는 비가 많이 내렸고 겨울에는 눈이 많이 내렸다. 밀러는 새 꿀벌 채취소를 짓고 있었지만 12월이 되자 건물의 골조에 눈이 쌓이는 바람에 작업은 중지되었다. 봄이 오자 대초원은 흠뻑 젖었다. 4, 5월 그리고 6월까지 비가 내렸다. 꿀벌 채취소 주변, 가을에 굴착기가 파놓은 땅은 끔찍한 진흙탕이 되어버렸다. 하지만 수분이 많은 것은 꽃에 도움이 되므로 밀러는 개의치 않았다. "노스다코타에 엄청난 물"이라며 그의 글은 시작한다.

거대한 물웅덩이가 모여 있다.

몇몇 집에는 지하에 물이 찼다. 드문 일은 아니지만

여전히 고통으로 다가온다.

이러한 상황은 물론 세 가지 고급 작물에 대한 사전 징조다.

나는 진한 황록색의 엘도라도와 뚜껑이 고장 난 노트북, 흰색 타조가죽 인테리어를 고려하고 있다.

그렇게 할 수 있기 때문이다.

이러한 상황은 또한 세계적인 수준의 모기 개체수와
수조 마리의 사슴진드기를 암시한다.
진흙에 빠져 꼼짝 못하는 트럭과 부서진 장비들 또한 예견되어 있다.

실제로 밀러는 사슴진드기를 겪고 그의 트럭은 진흙에 빠져 꼼짝 못했다. 비는 계속 내렸다. 밀러는 더욱 흥분했다.

스위트클로버는 7월 4일이면 미러 높이만큼 자랄 것이다.
트럭의 사이드 미러 말이다.
황금색의 다코타 티 덕분에
늙은 존은 곧 백만장자가 될 것이다.

하지만 7월은 평소보다 시원했다. 밀러는 "아름답고 온화하며 평균보다 5도 낮았다"고 적었다. 그런데 이것이 문제가 되었다. 클로버가 꽃을 피우기에는 충분히 따뜻한 날씨 같았지만, 보아하니 클로버는 그 생각에 동의하지 않는 듯 했다. "습기가 충분하다"라고 밀러는 썼지만 클로버에게는 그렇지 않았다.

올해는 스위트클로버를 위한 해가 아니다.
그리고 왜 아닌지에 대한 단서가 없다.
지난 9월, 우리는 시기적절한 비를 세 번 맞이했다.
스위트클로버가 가을에 싹을 틔우며 뿌리를 곧게 내렸다.

내년에는 괜찮을 것이다! 스위트클로버.

올해는 그렇지 않지만.

그렇게 안 좋은 날씨로 인해 벌꿀 채취소 완성이 지연되는 것은 사실 문제가 되지 않았다. 완성되었을 때 실험해볼 작물이 없었기 때문이다. 밀러는 그 해를 자신의 '잃어버린 여름'이라고 불렀다. 기분 좋은 시원한 여름이 이른 추위가 기승을 부리는 가을로 넘어가자, 미국 북부의 반을 차지하는 곳의 처참함이 분명해졌다.

우리 작물은 형편없다.

크라우스의 작물도 형편없다.

크라우스의 이웃 3분의 2가 사라졌다. 그리고 꿀 1배럴도 추출하지 못하고 있다.

벌들은 2010년에도 또 다른 처참한 파괴를 경험하게 될 것이다.

여기서 처음 읽는 것이겠지만, 형편없는 작물이란 형편없는 벌이다.

그것은 6개월간 슬로 모션처럼 진행되는 파괴다.

파멸을 위해 미끄러운 비탈을 달려 내려온다, 나는.

벌들은 벌통 밖을 나가려 하지 않았다. 너무 춥고 너무 비가 많이 내렸기 때문이다. 밀러의 '춤추는 아가씨들'은 '사육사와 스스로를 굶기기로 작정했다.' 춥고 비가 오는 9월에 벌들은 먹이를 구하러 나가지 않기 때문에 노제마 예방약도 건드리질 않았다. 이어서 계속 춥고 비가 내리던 10월에도 마찬가지였다. 11월이 되자, 밀러는 창고로 벌들을 들여보내기 위해 짐을 쌌고 그의 스프레드시트에 의하면 그는 아주 좋지 않은 상황에 처해 있었다. 벌들이 충분한 꿀 없이 겨울을 나야 할 것이라는 사실은 스프레드시트 없이도 알 수 있었다. 2009년 벌통은 2008년보다 평균 12파운드 더 가벼웠고 그가 할 수 있는 일은 벌통을 들어올려 비축량이 부족하다는 사실을 인지하는 것뿐이었다.

양봉가의 운명을 결정하는 많은 요인들이 계산이 불가능한 것들이지만 몇 가지는 예측이 가능하다. 그 중 한 가지가 바로 형편없는 여름은 형편없는 겨울을 초래한다는 것이다. 밀러는 형편없는 겨울을 준비해야 할 것이고 북부 지방에 일렬로 늘어선 주에 기반을 둔 다른 양봉가들도 마찬가지일 것이었다. 서늘하고 축축한 여름으로 인해 미국 중서부 전역에서 밀원이 되는 작물의 작황이 형편없었다. 이른 추운 가을로 인해 양봉가들을 회복시킬 수도 있었을 늦게 피는 작물들이 사라졌다. 2009년 말이 되자, 전국적인 벌꿀 생산량은 2천만 파운드 감소했다. 사상 최악의 수확량이었고, 사람들이 기억하는 한 최악의 해였다.

그 결과는 전혀 놀랍지 않았다. 충격적인 겨울의 손실이 또 한 해 이어졌을 뿐이었다. 전국적으로 몹시 추웠던 겨울로 인해(플로리다의 기온은 2주간 영하권을 맴돌았다) 남쪽 지방의 겨울 꿀 생산은 좌절되었고 모든 곳의 새끼 벌들이 대대적으로 죽었다. 북쪽 지방에서의 추위는 부족한 벌꿀 비축량 문제를 더욱 악화시켰다. 날씨가 추울수록 육아실을 따뜻하게 하기 위해 일할 더 많은 벌들이 필요하며, 더 많이 일할수록 더 많이 먹어야 하기 때문이다.

2010년 1월과 3월 사이, 밀러는 봉군의 절반 정도를 잃었다. 일부는 바로아 응애와 CCD 때문이었지만, 대부분은 겨울의 굶주림 때문이었다. 전국적으로 양봉되는 봉군의 34퍼센트가 사라졌고 노스다코타의 양봉가들은 추운 겨울로 인해 상황이 더 나빴다. 재앙에 대비해 많은 벌통들을 비축한다는 사실은 차치하고라도, 밀러는 심각한 손실 상황을 고려하여 가루받이 사업 모델을 구축했기 때문에 그 해의 가루받이 계약을 지킬 수 있었다.

매년 재앙에 대비해 계획을 세워야만 한다는 사실을 받아들이기까지는 시간이 걸렸다. "그 사실에 저항을 하고 있었어요. 자만과 독선, 부정, 어리석음, 그리고 많은 벌들을 잃고 싶지 않은 마음 때문이었지요." 밀러는 나에게 말했다. 하지만 그는 자신이 받아들일 수 있는 것보다 더 많은 죽음을 예상해야만 한다는 사실을 결국 직시했고 "영구히 북미 지역 양봉가들과 함께할 낮은 수준의 봉군 실패 대처 작업"에 익숙해질 필요가 있다는 것을 받아들였다. 그 사실에 만족하는 사람은 아무도 없다. 각각의 실패한 봉군이 노동비와 사료 값, 여왕벌 대체비와 포장비로 60달러를 추가로 잃고 있지만 업계에는 어떻게 돈을 벌어야 할지 알고 있는 사람이 거의 없다. 반엔겔스도로프는 "지속 불가능하다"고 말한다.

하지만 밀러는 그런 것을 깊이 생각할 수 없다. 2010년의 손실 이후 그는 날씨에 저주를 퍼붓고 자책도 했으며 툭툭 털고 일어나 다시 많은 양의 벌들을 재배하는 사업을 계속했다. 비록 봉군의 절반을 잃긴 했지만 나머지 절반은 살아남았으며, 살아남은 봉군은 밀러에 의하면 아주 뛰어난 것들이기 때문이다. 밀러는 내게 말했다. "우리는 워싱턴 주에서 있을 사과꽃가루받이를 위해 역동적인 벌들을 보냈습니다." 그 벌들이 왜 그렇게 잘해냈는지 그는 알지 못한다. 하지만 감사하게 생각하고 있다. 돈을 잃는 것은 재미가 없지만 벌들을 돌보는 일은 재미있다. 밀러는 "양봉가는 이 중 어느 것을 택할까?"라는 글을 썼다.

> 봉군 중 30퍼센트가 죽는 것일까, 혹은 가루받이 가격이 30퍼센트 떨어지는 것일까?
>
> 답: 둘 다 아니다! 우리는 양봉가들이다. 양쪽을 다 가지길 원한다.

이제 명확해졌다. 양봉가들은 합리적인 사람들이 아니다. 이들은 벌을 사랑한다. 벌들은 그들을 사로잡는다. 마치 "나를 잡아봐요"라고 말하는 것 같다. 벌들이 아프면 양봉가들에게 극심한 영향을 미친다. 아마도 그 영향은 상호적인 것 같다. 독일인들은 양봉가가 죽었을 때 벌들에게 그 사실을 말해주지 않으면 멀리 날아가버린다고 믿었다. 아마도 그것은 일방적인 열정일 것이다. 하지만 상관없다. 꽃꿀은 벌들이 가루받이를 하도록 유혹하고, 벌들은 수천 년간 자신들을 잘 돌보도록 인간을 유혹했다. 그래서 밀러는 '완벽하게 전투 장비'를 갖추고 벌통 입구에 훈연기의 연기를 뿜으며 조심조심 하이브툴을 이용해 뚜껑을 여는 일을 무엇보다 사랑한다. "벌통을 대할 때 동작은 조심스럽고 느려야 하며 벌들이 당신의 존재를 익히도록 해야 한다. 절대로 작업 중에 벌들을 죽이거나 상처 입히지 말아야 하고 그들 위로 숨을 쉬어서는 안 된다." 랭스트로스의 글이다.

밀러는 무례하고 철이 없으며, 지독한 모르몬교도에다가 무관심한 남편이다. 그리고 가끔은 끔찍한 꿀벌 사업가다. 비유적으로 말해 사람을 대하는 그의 태도는 항상 조심스럽지 않다. 그러나 벌들에게만큼은 아니다. 벌들을 대하는 그의 자세는 조심스럽다. 온순하고 자애로우며 호기심이 많다. 그는 다음 벌통의 뚜껑 아래에서 어떤 일이 벌어지는지 몹시 보고 싶어한다. 아무 양봉가에게나 물어보아라. 벌들은 중독성이 있다. 벌들의 목적의식, 결속력, 끊임없는 복잡한 특징들 때문이다. 밀러는 벌들로 가득한 벌집틀과 봉인된 벌집들, 그리고 부화를 앞둔 새끼들을 보는 것을 가장 좋아한다. 그는 이렇게 말한다. "아, 바로 그곳은 번영을 누리고 있어요."

하지만 산업으로서의 양봉업은 번영하지 못하고 있다. 응애와 질병이 이 직업을 파괴시킨 것처럼 봉군의 수도 황폐화시켰다. 제2차 세계대전 중 설탕 공급량을 제한했던 미국에는 1946년 양봉되는 봉군이 거의 580만 개 있었다. 1970년이 되자 그 수치는 400만으로 급감했다. 이때는 바로아 이전 시대였고, 미국 부저병이라는 오랜 골칫거리에 대한 치료법을 발견한 덕분에 산업에 자신감이 충만하던 시대였다. 벌을 재배하는 일은 그 어느 때보다 쉬웠다.

하지만 사람들은 여전히 대거 이 직업을 떠나고 있었다. 그 이유는 사람들이 도시로 이동했기 때문이었다. 또한 생계를 위해 돈을 벌 수 있는 더 나은 방법들이 갑자기 많이 생겨났기 때문이었다. 값싼 설탕과 옥수수 시럽, 사카린, 슈퍼마켓용 꿀 등 덕분에 차와 토스트를 달콤하게 만들기 더 쉬워졌기 때문이었으며, 편리함의 시대에 양봉은 힘든 일이었기 때문에 이 직업을 떠났다. 현대의 미국인이 직업으로 양봉을 택하는 것은 합리적이지 않았다. 남아 있는 사람들은 진정 원하는 일이었기 때문에 남았을 뿐이다.

밀러도 떠난 적이 있었다. 1974년 스무 살일 때, 그는 힘들었던 여름이 끝나자 객클을 떠나 운전을 시작한 지 12시간 만에 아이다호에 도착했다. 그가 콜벳을 소유한 1999년 이전까지 유지되던 기록이다. 콜벳으로 밀러는 11시간 45분 기록을 세웠다. 콜벳을 소유한 때는 또 다른 반항의 시대였다. 밀러는 이렇게 썼다. "가을이 다가오면서 객클은 텅 비었고 나는 그만두었다." 그는 "친구들이 있고 독립할 수 있으며 책임감에서 해방된" 평범한 삶을 원했다. 그는 앨버슨스 슈퍼마켓에서 일을 했고 아이다호 주 렉스버그에 있는 모르몬 학교인 릭스 칼리지에서 한 학기를 보냈다. 하지만 "흡연과 음주를 비롯한 용서받을 수 없는 행동" 때문에 학교를 떠날 것을 명령받았다. 밀러는 학교를 옮겨 보이시 주립대학에서 1년을 보내며 학생자치위원회에 가입하고 엄청난 파티를 열었으며 거의 체포될 뻔했다. 그리고 학생자치위원회에서 쫓겨나 진짜로 체포를 당하고 주말을 아다 카운티 감옥에서 보냈다.

밀러는 그것이 좋은 경험이었다고 말한다. "다시는 감옥에 가고 싶지 않다는 사실을 배웠습니다." 브리검 영 대학교로 옮긴 그는 대학에 대한 꿈을 영원히 버릴 수 있었다. "거의 숨 막혀 죽을 뻔했다니까요." 밀러는 다시 벌에게 돌아왔다. 세상에서 어떻게 살아가야 할지 몰랐지만, 그때에도 밀러는 벌들이 '끊임없는 호기심'을 불러일으킨다는 사실을 알고 있었다. 감옥보다 낫고, 술 마시는 것보다 나았으며, 대학보다 나았다. 그리고 밀러가 상상할 수 있는 그 어떤 미래보다 훨씬 더 나았다.

벌들을 양봉가와 비교하는 것은 너무 쉽지만 한 번만 더 하려 한다. "한때 나는 양봉장 부근에 철망이 설치된 창문과 문이 있는 사탕 가게를 열었다. 벌들이 약탈을 시작한 이후였다." 랭스트로스의 글은 이렇게 시작된다.

자신들의 출입이 거부된다는 사실을 알자, 수천 마리가 철망에 내려앉아 그물 사이를 뚫고 들어오려는 헛된 노력을 하다 짜증을 내며 커다란 소리를 냈다. 모든 시도가 실패하자, 이들은 달콤한 냄새가 풍기는 굴뚝을 타고 내려오려고 했다. 가게 안으로 들어온 대부분이 불에 날개를 그슬렸지만 말이다. 굴뚝 위에도 철망을 설치할 필요가 생겼다. 수천 마리의 벌들이 그런 장소를 파괴하고, 수천 마리가 넘는 벌들이 달콤한 냄새에 속아 헛된 노력을 하며, 더 많은 수천 마리의 벌들이 위험은 아랑곳하지 않고 맹목적으로 들러붙어 내려앉는 것을 보면서, 나는 알코올에 중독된 사람들이 자신을 버리고 맹목적으로 술잔에 달려드는 모습을 떠올렸다. 비록 사람들은 이 추악한 악마들이 자신들의 주변에 떨어져 때이른 죽음에 이르는 비참한 희생자가 된 모습을 보았지만, 여전히 미친 듯 사체를 누르고 짓밟아 자신들 또한 같은 심연에 빠지게 된다. 그리고 그들의 태양 역시 가망 없는 절망으로 떨어진다.

랭스트로스의 사탕으로 인한 혼란스러운 습격과 마찬가지로, 양봉가들은 자신들이 선택한 길에 놓여 있는 '가망 없는 절망'을 보고도 그 길을 따른다. 밀러는 인생에 탐욕과 두려움 두 가지가 있다고 말하길 좋아한다. 하지만 그 역시 다른 사람들과 마찬가지로 인생에는 열정도 있다는 사실을 알고 있다. 칼릴 지브란은 수술과 암술 사이, 꽃과 꽃 사이에서 진화에 따른 춤을 추는 "벌은 사랑의 메신저다"라고 썼다. 벌들은 꽃꿀을 얻기 위해서라면 무슨 짓이든 할 것이다. 양봉가들은 벌들을 위해서라면 무슨 일이든 할 수 있다. 달콤한 향기에 속아 성급하게 뛰어내리는 벌들처럼, 술을 찾아다니는 주정꾼처럼, 양봉가들 역시 어떤 희생을 치르더라도 본능적으로 무슨 일이든 한다. 그러나 벌들과는 달리 양봉가는 사람이다. 선택을 할 수 있다. 그렇다면 우리는 그들이 그렇게 현명하지 못하고 어리석은 선택을 한 것에 감사해야만 한다. 세상은 그들 없이는 돌아가지 않으니 말이다.

하지만 어리석은 선택을 한 양봉가들도 현실에 일부 양보해야 했다. 병원균과 화학물질, 그리고 빠른 이주는 벌들이 자연 상태에 있을 때보다 더욱 빠르게 진화하도록 만들었다. 그리고 양봉가들도 벌들과 함께 진화를 해야 했다. 살아남기 위해 혹은 양봉가가 아닌 다른 무언가가 되기 위해 말이다. 1년에 한 세대가 아니라, 25년에 한 세대씩 번식을 하는 양봉가들은 무언가에 영향을 받아 바뀌기가 벌들보다 더욱 어렵다. 이들은 저항이라는 문제도 가지고 있다. 주로 너무 저항을 하지 않아서가 아니라, 너무 저항이 심해서 문제가 된다.

이들은 늘 자신들에게 효과가 있었던 것을 건드리는 것에 저항한다.

일부 양봉가들, 주로 수천 개의 봉군을 키우지 않는 사람들은 존 밀러와 같은 사람들이 벌들과 고향에 머무르며 질병이 우글대는 아몬드 과수원에서 멀리 떨어져 있고, 벌통에서 모든 화학물질을 제거하며, 대량생산을 완전히 그만두기를 바란다. 하지만 우리가 슈퍼마켓에 농산품이 가득하길 바라는 한 그런 일은 일어나기 어렵다. 그런 음식을 먹기를 원하는 다수의 사람들을 위한 다른 방법이 없기 때문이다. 대규모 농업은 대규모 양봉가를 필요로 한다.

팻 하잇컴은 이렇게 말한다. "존과 나는 사업을 하며 20명의 사람들이 집을 사고 자동차 할부금을 낼 수 있도록 해주지요." 실제로 사업을 하게 되면 "원칙만 지키며 살기"가 쉽지 않은 법이다.

하지만 양봉가들도 진화했다. 짚으로 만든 꿀벌집을 이용하다 꼭대기에 막내가 달린 벌통을 이용했고, 랭스트로스의 벌통을 이용한다. 그리고 거기에서 멈추었다. 그렇게 단순하고 우아한 것을 누가 건드리고 싶겠는가? 양봉가들은 흑색종 벌에서 이탈리아 벌, 카르니올라 벌, 벅파스트 벌, 그리고 미네소타 위생 벌로 옮겨갔다. 이들은 기차에서 고속도로로 진화했고, 아몬드와 체리, 크랜베리와 블루베리로 이동했다. 꿀에서 설탕 시럽, 옥수수 시럽으로 진화했다가 다시 꿀로 되돌아갔다. 응애용 화학약품에 불신의 눈길을 보내고 있으며 응애를 처치하기 위해 저항력을 키우고 천연물질을 사용하는 등, 좀 더 지속 가능한 방법을 찾고 있다. 양봉가들은 고도의 손실과 골칫거리의 원인이 되는 특정 작물을 피하고 있다.

존 밀러는 2008년 캘리포니아 오렌지 농장에서 벌들을 빼냈다. 데이브 하켄버그도 2010년 플로리다에서 같은 조치를 취했다. 하켄버그는 벌들을 조지아로 데려와 산업작물용 살충제에서 멀리 떨어진 숲 속에 놓아두었다. 그곳에서 벌들은 티티 관목, 골베리, 라즈베리를 즐기며, 남부의 봄 내내 피는 야생식물들을 먹이로 삼는다. 하켄버그가 말했다. "이 벌들은 기억도 안날 만큼 오랜만에 보는 최고의 벌들입니다. 우리는 아주 성공적입니다. 봉군이 엄청나게 커졌어요."

양봉가들은 또한 세상에 대한 자신들의 헌신에 대해 좀 더 수다스러워야 한다는 사실도 배우고 있다. 그리고 밀러가 이사회 임원으로 있는 '프로젝트 아피스 멜리페라'와 같은 이익 단체를 출범해 함께 협동해야 하며 더 많은 연구를 하도록 하고 미국인들에게 벌과 벌 서식지의 중요성을 교육시키도록 해야 한다는 사실도 배우고 있다. 밀러는 자신들이 너무 늦게 그러한 사실을 깨달은 건 아닌지 우려하고 있다. 15분간의 유명세를 낭비한 건 아닌지 말이다.

> 사람들이 움직이기 시작했다.
>
> 우리는 지난날에 지나치게 매달려 있었다.
>
> 지난 세기에 말이다. ……

그는 양봉가들이 너무 느리게 진화한다고 걱정하고 있다. 마치 필요 이상으로 오래 사는 일벌들처럼 노쇠한 "노인들로 가득한 방"이 될까 우려하고 있는 것이다. 벌들은 부화한 후 벌통 안에서 양육벌로 일을 하다 먹이구하기 벌로 일하기 위해 밖으로 모험을 나서는 충실한 삶을 산 후, 힘을 잃어간다. 자연의 힘과 시간 때문이다. 털이 빠지고 피부가 벗겨진다. 젊음을 상징하던 솜털이 달린 더듬이가 떨어져나가고, 탄력 있던 피부는 딱딱하게 굳어진다. 날개는 접히고 해진다. 닳아버리는 것이다. "갑자기 죽는다"고 랭스트로스는 썼다. "그리고 생의 마지막 날 혹은 가끔은 마지막 시간마저도, 도움이 되는 노동을 하며 보낸다." 이것이 벌들이 죽는 방식이다. 하지만 최근 벌들이 겪는 것들은 날개가 떨어지거나 미라화되거나, 마비성 발작으로 몸을 떨거나, 갑자기 사라지는 등 정상이 아니다.

많은 벌들을 잃는 것은 재정적으로 존립이 불가능하며 재미도 없다. 존의 아버지인 닐은 계속되는 손실에 철학적인 자세를 보인다. 닐은 내게 말했다. "다시 젊은 시절로 돌아가도 같은 일을 처음부터 다시 반복하고 있었을 겁니다. 한 가지 문제가 해결되면 또 다른 문제가 튀어나온다는 사실을 알 만큼 오래 산 것 같습니다." 그는 1960년대 살충제와 잔디깎기 기계 문제로 고통을 겪었다. 그의 아들은 지금 응애와 질병에 맞서 고군분투하고 있다. 닐은 문제가 해결되면, "다음 문제가 기다리고 있을 것"이라고 한다.

2009년 여름, 존은 자신의 벌들에게 생긴 문제를 쉽게 처리할 수 있을 거라고 생각했다. 그는 이렇게 말했다. "그 해가 풍년이 될 줄 알았어요. 세 가지 고급 작물이 꽃을 피울 준비를 하고 있었거든요." 그런데 비가 계속 내렸다. 어떻게 해야 할까? 벌들이 꽃꿀을 대하듯, 오직 한 가지 방법은 전진하는 것뿐이다. 밀러는 이렇게 말한다. "내년에는 더 나아질 거예요. 내년에는 달라질 겁니다."

그는 역설적으로 말하고 있는 것이다. 왜냐하면 내년이 다가오고 있기 때문이다. 이제는 올해가 된 내년은 꽤 괜찮은 시작을 보였다. 강수량은 충분하되 너무 많지 않았으며, 적당히 따뜻하되 과하지 않았다. 훌륭한 한 해가 될 수도 있다. 중서부 지역을 덮칠 것으로 예견되고 있는 메뚜기 떼가 현실화되지만 않는다면 말이다. 메뚜기 떼는 녹색 색종이 조각처럼 떨어져내리면서, 꽃과 유충을 먹어치우고, 잎과 줄기, 꽃등 식물의 모든 부분을 집어삼킨다. 또 고속도로와 울타리 기둥을 뒤덮어버리며, 빨랫줄에 걸린 면 셔츠를 그 자리에서 걸신들린 듯 먹어치운다. 작년에 메뚜기 떼의 개체수는 20배 이상 증가했으며 거의 30년 만에 최악의 사태를 초래했다. 비록 올해 크게 좋아지지는 않더라도 내년에는 좀 더 나아질 것이다. 밀러는 이렇게 썼다. "내년에는 확실합니다, 그렇죠?"

밀러는 양봉에 보상이 따른다는 것을 알고 있기 때문이다. 2월의 어느 날 아몬드 농장에서 죽음을 유예하는 짧은 기간 동안, 밀러는 자신의 벌들을 확인했다. 전날 밤에는 지독한 살인적인 서리가 있었지만, 이른 오후에 기온이 섭씨 5도까지 올라가 꽃가루를 찾아 첫 번째 정찰벌들이 모험을 나서게 되는 한계점을 넘어섰다. 기온은 12도까지 올라갔고 첫 번째 먹이구하기 벌들이 나섰다. 그리고 수은주가 18도를 가리키자 봉군에 있는 모든 먹이구하기 벌들이 밖으로 줄줄이 나와 아몬드 농장 가운데에 퍼졌으며 꽃 사이를 춤을 추며 돌아다녔다. 그 전해에는 벌들이 병에 심하게 걸려 작업복 없이도 벌통 사이를 걸어다닐 수 있었다. 하지만 올해, 올해는 달랐다. 벌들을 볼 수 있고, 그 소리를 들을 수 있었다. 그곳에는 생명이 있었다.

밀러는 트럭을 몰고 비포장길을 달리다 끝없이 일렬로 펼쳐진 아몬드 나무들 사이에서 멈추었다. 그는 엔진을 끄고 수천 마리의 벌들이 꽃들 속에서 일하며 내는 윙윙 소리에 귀를 기울였다. 밀러가 소리쳤다. "어이! 힘들 내라고!" 그러고는 들뜬 목소리로 말했다. "저기 벌들이 윙윙대는 것 좀 보세요."

——* 사람과 지식이 어우러진 숲에서 오늘과 미래의 길을 찾는다 *——

그 많던 쌀과 옥수수는 모두 어디로 갔는가

월든 벨로 지음 / 김기근 옮김 / 288쪽 / 값 14,900원

식량전쟁을 둘러싸고 벌어지는 세계화와 신자유주의의 본질
세계적인 석학이자 탈세계화 운동의 지도자 월든 벨로의 최신작 최초로 옥수수를 지배했던 멕시코, 모범적인 쌀 자급국가였던 필리핀이 수입쌀과 수입옥수수에 의존하게 된 까닭은? 전세계 식량부족 사태의 이면을 파헤친 수작!

화학에서 인생을 배우다

황영애 지음 / 256쪽 / 값 14,000원

2010 교육과학기술부 인증 우수과학도서, 행복한아침독서신문 추천도서 도서추천위원회 추천도서
평생을 화학과 함께 해온 한 학자가 화학에서 깨달은 인생의 지혜. 중성자, 플라즈마, 촉매, 엔트로피… 19가지 화학적 개념을 통해 학문의 즐거움을 깨닫게 하고 사유의 지평을 열어줄 교양과학서

반성 - 되돌아보고 나를 찾다

김용택, 박완서, 안도현, 이순원 외 지음 / 256쪽 / 값 12,000원

교보문고 이달의 추천도서(2011년 1월), 전국서점 베스트셀러 석권
반성은 독선과 아집, 집착과 욕망의 일상 속에서 상처를 주고받은 모든 이들을 치유하는 아름다운 고백이다. 우리 시대 대표작가들이 전하는 진솔한 반성의 이야기를 통해 우리 모두가 잊고 살았던 삶의 소중한 가치를 깨닫는다.

사카모토 료마 평전

마쓰우라 레이 지음 / 황선종 옮김 / 328쪽 / 값 14,900원

"한 번뿐인 인생, 료마처럼 멋지게 살고 싶다" – 손정의(소프트뱅크 회장)
국내 최초 출간! 일본 천년의 리더 1위, 일본 역사상 가장 존경받고 사랑받는, 현대 일본 경영자들이 입을 모아 찬탄하는 인물인 사카모토 료마를 철저한 고증을 거친 역사적 사료와 객관적인 시각, 깊이 있는 분석을 통해 배운다.

카리스마의 역사

존 포츠 지음 / 이현주 옮김 / 544쪽 / 값 25,000원

범접할 수 없는 치명적인 권력의 힘, 카리스마의 과거, 현재, 미래를 조망
서로 다른 시대에 서로 다른 문화에 의해 사용되고 개조되어온 개념, 카리스마. 1세기부터 2천 년 간 지속돼온 '카리스마'의 의미 변화와 단절, 변종의 역사를 통해 카리스마의 문화적, 사회적인 다양한 역할을 탐색한다.

밀레니얼 제너레이션

린 C. 랭카스터, 데이비드 스틸먼 지음 / 양유신 옮김 / 416쪽 / 값 17,900원

IGM 세계경영연구원 추천도서, 전언론의 극찬
향후 20년간 기업과 사회를 지배할 새로운 인류에 대한 분석.
"앞으로 당신의 조직에서 무슨 일이 일어날지 궁금하다면 이 책을 읽어라!" -『디지털 네이티브』의 저자 돈 탭스콧

꿀벌을 지키는 사람

1판 1쇄 인쇄 2011년 7월 13일
1판 1쇄 발행 2011년 7월 22일

지은이 한나 노드하우스
옮긴이 최선영

발행인 김기중
주간 신선영
편집 김수정 정진숙
펴낸곳 도서출판 더숲
주소 서울시 마포구 서교동 479-8 남궁빌딩 4층 (121-839)
전화 02-3141-8301
팩스 02-3141-8303
이메일 thesouppub@naver.com
트위터 @thesouppub
페이스북 페이지 facebook.com/thesoupbook
출판신고 2009년 3월 30일 제313-2009-62호

ISBN 978-89-94418-28-5 (03840)